신경림과 민족문학 다시 읽기

강 정 구

국학자료원

머리말

2002년도 여름이었던 것으로 기억이 난다. 당시에 나는 박사수료를 한 지 5년이 지났음에도 졸업을 엄두 내지 못했고, 학문에 대한 열정도 뜨겁지 않았다. 뭐 하나 갈피를 잡지 못하던 시절, 즉 암흑기에 해당되던 때였다. 졸업은 해야겠기에 시인 한 분 잡아서 쉽게 가려고 여러 명의 후보를 놓고서 선후배들에게 묻던 우매한 시기였다. 그 때, 지금도 늘 고마운 선배 한 분이 신경림 문학 연구에 대해서 이렇게 평했다. 봉우리가 많고 봉우리마다 기암괴석이 있는 지리산과 같은 시인을 잡으면 평생 연구할 거리가 된다고.

지금 생각해보니 그 때 신경림 시인을 붙잡지 않았다면, 나는 공부를 그만 두었을 지도 모른다. 그만큼 신경림이라는 이름과 그의 문학은 나에게 끝없이 '앞에 던져진 것'(pro-blem)이었다. 다시 말해서 1970년대 진보적 민족문학의 장에서 중심에 위치하면서도, 반복적으로 읽을수록 민족문학의 의미와 경계를 새롭게 해석할 수 있게 만들어주는 것이었다. 나는 2003년도에 박사학위논문 「신경림 시의 서사성 연구」를 제출한 이후에도 계속해서 되물었고, 그 되물음에 대한 나의 소박한 답변들을 여러 논문으로 만들어서 학술지에 게재했으며, 그것들을 이번에 한데 모았다.

이 책을 출판하는 나의 의도는, 신경림의 문학이 민족문학을 다시 읽고 새로 여는 중요한 열쇠가 된다는 것이다. 제1부 '신식민주의를 '탈(脫)'하는 방식의 새로움'에 들어가 있는 5편의 논문들은 주로 진보적 민족문학의 장에서 중심에 위치했던 신경림의 민중시와 민중문학론에 대해서 탈식민주의적인 독법으로 새로 읽기를 시도해서, 신경림의 민중시와 민중문학론에 나타난 민중이 주로 현실변혁적·이데올로기적인 존재가 아니라 생생한 일상적인 삶을 살아가는 존재임을 지속적으로 살펴본 것이었다. 이 때 내가 제시한 탈식민주의적인 독법이란 진보적 민족문학론에서 전유하던 논리와 달리, 진보적 민족문학론의 단수적·일의적인 민중 개념을 비판·해체하면서 복수적·다의적인 민중 개념을 열어놓기 위한 논리로 활용되었다.

시집『농무』를 대상으로 한 논문「신경림의 시집『농무』에 나타난 탈식민주의 연구」와 서사시집『남한강』을 중심으로 한 논문「탈식민적 저항의 서사」는 내 탈식민주의적인 독법의 시발점이었고, 논문「신경림 시에 나타난 민중의 재해석」과「진보적 민족문학론의 민중시관(民衆詩觀) 재고」는 이러한 독법을 신경림의 시세계 전반으로 확대한 것이었으며, 논문「민중 개념의 다양성과 그 변천 과정」은 신경림의 민족문학론을 대상으로 한 것이었다.

민족문학을 다시 읽고 새로 여는 하나의 열쇠가 신경림의 문학이라고 생각하는 나의 사유는, 이 책의 제2부와 제3부에서도 각각 서사성과 문학지리학이라는 테마로 변주되면서도 연속되어 있다. 제2부 '서사성의 수용과 시의 변화 양상'이라는 제목 아래 편집된 5편의 논문들은 신경림 문학 세계의 내적 논리를 구체적이고 본격적으로 재구성하는 작업이었다.

나는 박사학위논문에서 신경림 시의 서사성에 대해서 서사이론을 가지고 서 분석한 바 있었고, 이러한 결과의 일부를 나름대로 보완하여서 논문 「신경림의 서술시와 화법」과 「신경림의 서술시와 초점화」로 바꾸어서 학술지에 게재했다.

이러한 학위논문의 성과에서 한 걸음 더 나아갈 수 있었던 계기는 아무래도 신경림의 습작 장편소설『고독한 산』의 발견이었다. 이 소설을 영남대학교 도서관에서 찾자마자 신경림 선생님께 전화를 했던 순간은 나에게 행복하면서도 두고두고 죄송스러운 기억으로 남아있다. 소설을 복사해서 보내드리겠다는 나의 말에, 신경림 선생님께서는 "됐어요."라 는 특유의 어조로 대꾸하셨다. 들추기 싫은 과거인 양. 솔직히 말해서 신경림 문학의 서사성을 새롭게 밝히는 일은 학문적인 필요성도 있었겠지만, 사사로운 내 욕심으로 시작되었다.

신경림의 장편소설『고독한 산』을 다룬 논문 「'고독'에 접근하는 문학적 방식」은 1950년대의 실존주의에서 리얼리즘으로 전개되는 양상을, 논문 「소설『고독한 산』과 시집『농무』의 서사구조 연구」는 소설의 서사성이 시의 서사성으로 전환되는 구체적인 양상을, 그리고 논문 「신경림 문학의 서사성 재고(再考)」는 신경림 문학에서 서사성이 어떠한 경로로 발전 · 심화되는지를 살펴본 것이었다.

제3부 '문학지리학적인 읽기: 타자와 대면하는 현장'에 수록된 4편의

논문들은 2010년대 들어서 새롭게 관심이 일어난 문학지리학에 대한 나의 이해이자 대답이었다. 문학지리학에 대한 나의 관심은 엄밀히 말해서 학계의 최근 흐름을 뒤쫓는 것이었지만, 신경림의 문학에 나타난 농촌, 장소, 기행, 현장 등의 의미를 새롭게 살펴본 좋은 계기가 되었다.

이러한 계기는 1950~1970년대 작품을 대상으로 한 논문 「문학지리학으로 읽어본 신경림 문학 속의 농촌」과 1980년대의 작품을 중심으로 한 논문 「문학지리학으로 읽어본 1980년대 신경림 시의 장소」로 구체화되었다. 아울러 나는 신경림의 기행수필과 시의 관계를 살펴본 논문 「신경림의 기행문학과 시의 서사화 전략」과 시세계 전반에서 현장의 의미를 검토한 논문 「신경림의 시에 나타난 현장의 의미」를 발표했다.

이러한 일련의 과정은 10년의 세월 동안 진행된 것이었다. 생각해보면 글마다 부끄럽고, 그러기에 괴로운 것들뿐이었다. 10년 동안 한 발자국도 제대로 나아가지 못했다는 회한에 다름 아니다. 이러한 것들은 모두 출판하려는 자의 자의식일 것이다. 물론 이러한 것들보다 더 큰 문제는 출판된 다음, 학계의 냉정한 평가일 것이다. 신경림의 문학을 연구하다 보면, 선생님의 모습이 늘 떠오른다. 조그마한 체구에서 뿜어져 나오는 아우라는 참 단단한 밤송이와 같은 느낌이다. 나도 앞으로 그런 글을 쓰고 사유해야 한다는 바람과 각오를 출간사의 마지막 줄에 올려놓는다.

이 책이 출간되기까지 애써 주신 많은 분들, 특히 이 연구의 토양을 제공해주신 신경림 선생님, 출판을 허락해주신 정구형 대표님, 신경림 박사학위논문의 지도교수이신 박이도 선생님, 학문의 길을 열어주시고 이 책 여러 논문의 교신저자이면서도 부족한 나를 저자의 위치에 홀로 세워주신 김종회 선생님께 감사의 인사를 드린다.

2014년 10월
천장산 아래에서

이 책의 논문들은 다음과 같은 출처를 지님을 밝힌다.

「申庚林의 시집 『農舞』에 나타난 脫植民主義 연구」, 『어문연구』 33권 1호, 한국어문교육연구회, 2004. 3, pp.305~324.
「탈식민적 저항의 서사시-<남한강>론」, 『한국시학연구』 12집, 한국시학회, 2005. 4, pp.49~72.
「申庚林 시에 나타난 民衆의 재해석」, 『어문연구』 33권 3호, 한국어문교육연구회, 2005. 9, pp.303~322.
「진보적 민족문학론의 민중시관(民衆詩觀) 재고」, 『국제어문』 40집, 국제어문학회, 2007. 8, pp.265~290.
「민중 개념의 다양성과 그 변천 과정-신경림의 민족문학론을 대상으로」, 『현대문학의 연구』 43집, 한국문학연구학회, 2011. 2, pp.293~323.

「신경림의 서술시와 화법」, 『민족문화연구』 50집, 민족문화연구원, 2009. 6, pp.85~110.

「申庚林의 서술시와 焦點化」, 『어문연구』 37권 3호, 한국어문교육연구회, 2009. 9, pp.315~335.

「'孤獨'에 접근하는 문학적 방식−申庚林의 소설 『고독한 산』'論−」, 『어문연구』 36권 3호, 한국어문교육연구회, 2008. 9, pp.195~215.

「소설 『고독한 산』과 시집 『농무』의 서사구조 연구」, 『국제어문』 44집, 국제어문학회, 2008. 12, pp.227~253.

「신경림 문학의 서사성 재고(再考)」, 『한국시학연구』 23집 , 한국시학회, 2008. 12, pp.69~92.

「문학지리학으로 읽어본 신경림 문학 속의 농촌−1950~70년대 작품을 중심으로」, 『한국문학이론과 비평』 16권 3호, 한국문학이론과비평학회, 2012. 10, pp.5~27.

「문학지리학으로 읽어본 1980년대 신경림 시의 장소」, 『어문학』 117집, 한국어문학회, 2012. 9, pp.317~338.

「신경림의 기행문학과 시의 서사화 전략」, 『세계문학비교연구』 40집, 세계문학비교학회, 2012. 9, pp.29~51.

「신경림의 시에 나타난 현장의 의미」, 『한국언어문화』 49집, 한국언어문화학회, 2012. 12, pp.61~85.

차 례

Ⅲ. 문학지리학적인 읽기: 타자와 대면하는 현장

Ⅰ. 신식민주의를 '탈(脫)'하는 방식의 새로움

신경림의 시집 『농무』에 나타난
탈식민주의 연구

Ⅰ. 서론

이 글은 신경림의 시집 『농무』를 1970~1980년대에 제기됐던 민족민중문학의 시각이 아니라 정신분석학적인 탈脫식민주의의 시각으로 살펴보려는 의도를 갖는다. 그 동안 『농무』는 민족민중문학의 지지자들에 의해서 주로 분석, 평가되어 왔고 '민중'에 관한 상당한 연구 결과가 집적되어온 것1)이 사실이다. 그렇지만 민족민중문학의 시각은 다소 당위적인 민중 논의에 의거해서 『농무』를 바라보았기 때문에 이제는 새로운 독법이 요청된다.

---

1) 강정구, 「신경림 시의 서사성 연구」, 경희대 대학원 박사학위논문, 2003, 3~18쪽 참조. 주로 '민중'에 관한 논의는 백낙청, 조태일, 염무웅, 이광호, 조남현 등에 의해서 1970~1980년대에 진행됐다. 그리고 '민중' 논의를 바탕으로 한 '서사' 논의가 염무웅, 유종호, 고형진, 윤영천, 한만수, 박혜숙, 강정구 등에 의해서 1980~2000년대에 전개됐다.

정신분석학적인 탈식민주의의 시각은『농무』에 나타난 시편들의 시간적 배경인 1950~1970년대의 역사를 신新식민주의로 규정하고, 이 시집을 신식민주의에서 벗어나려고 하는 텍스트로 읽고자 의도한다. 탈식민주의는 신新식민주의에 대한 거부와 저항을 통한 극복을 의미한다.2) 이 때 정신분석학적인 탈식민주의란 파농F. Fanon이『검은 피부, 하얀 가면』에서 보여주듯이, 민중의 무의식 속에 숨어있는 콤플렉스complex를 자각하게 만들어 주체성을 회복하고 탈식민하도록 하는 것을 의미한다.3)

---

2) 고부응 외,『탈식민주의:이론과 쟁점』, 문학과지성사, 2003 참조; L. Gandhi, 이영욱 역,『포스트식민주의란 무엇인가』, 현실문화연구, 2000 참조; B. Moore—Gilbert, 이경원 역,『탈식민주의! 저항에서 유희로』, 한길사, 2001 참조.
3) 탈식민주의는 정신분석학과 이론적 연계 관계에 있다. 그것은 마노니(O. Mannoni), 파농에게서 확인된다. 여기에서는 파농의 탈식민주의가 정신분석학과 긴밀한 관계를 형성하고 있음을 살펴보면서 그 이론적 연계를 검증하고자 한다.

마노니는 식민 상황에서 지배자, 피지배자 사이의 관계를 '열등'과 '의존' 콤플렉스 관계로 이해한다는 점에서 정신분석학을 활용한다. 그에 따르면 식민지 원주민(피지배자)은 의존콤플렉스 때문에 식민지의 지배자에게 '의존'하고, 식민지 지배자는 열등콤플렉스 때문에 그것을 숨기기 위해서 타자(원주민)를 무시하고 지배하려는 병리적인 충동을 가지고 있다고 한다.

그런데 파농은 식민지 민중의 '열등함'이 마노니가 주장하듯이 피지배자의 근본적인 성향이 아니라 식민상황이라는 역사적, 문화적 상황의 산물이라고 주장한다. 그에 따르면 '열등콤플렉스'는 백인이 조장한 것이다. 백인의 차별 대우와 무시로 인하여 원주민은 스스로를 무가치한 존재로 인식하고 흑인으로서의 정체성을 부정한다. 이러한 상황을 극복하기 위해서 백인을 동경하고 백인의 가면을 쓰는데, 이것이 열등콤플렉스의 실체이다.

파농은 이 열등콤플렉스를 극복해야만 탈식민할 수 있다고 생각한다. 무의식의 작용인 열등콤플렉스를 찾기 위해서 피지배자의 언어, 행동(사랑), 관계(지배자·피지배자)를 분석하여 피지배자가 자신도 모르게 이 콤플렉스에 빠져 있음을 인식해야 한다. 식민지의 민중은 이러한 콤플렉스의 실체를 자각하여서 자기해방에 이를 수 있고 타자(지배자)에게 자기 존재에 대한 인정을 요구하여 자기정체성을 회복할 수 있다. 이처럼 파농의 탈식민주의는 콤플렉스에 빠진 자가 그것을 자각하여 자기해방에 이르는 정신분석학적인 방법을 활용하여 전개된다.

F. Fanon, 이석호 역,『검은 피부 하얀 가면』, 인간사랑, 1998, 11~293쪽 참조; 양석원,

민족민중문학은 작품 속의 민중을 바라보는 시각에서 정신분석학적인 탈식민주의와 다르다. 민족민중문학도 신식민주의에 대한 저항과 극복이라는 공통된 전제에서 출발하지만, 민중을 현실 변혁의 당위적 주체로 규정하는 경향이 강하다. 민중은 "피지배자·피압박자로서 역사의 주체",[4] 혹은 "역사적으로 자기 회복에 의해 다시 역사의 주인으로 되어 가고 있는 사회적 존재"[5]인 것이다. 한국의 역사에 적용하면, 분단 모순에 기인한 독재, 반자주, 부의 독점 등의 문제를 해결할 책임 있는 주체로 의도되어 왔고, 그 기본 구성원으로는 근대자본주의 사회의 노동자계급이 상정되어 왔다.

이러한 잣대로 신경림의 시집 『농무』를 읽는다면 그것은 난센스를 유발한다. 먼저 『농무』에는 '피지배자·피압박자'인 민중은 보일지라도 역사 변혁의 당위적인 주체로서의 민중은 거의 보이지 않는다. 그리고 노동자계급보다는 농민을 포함한 촌민과 도시빈민이 작품 속의 주요 인물들이다. 또한 그의 관심사는 농촌민(農村民)[6]과 도시빈민이 겪는 가난한 삶의 고통과 울분이지 민주나 통일, 혹은 분단이 아니다. 이러한 것들 때문에 시인의 시는 <창작과비평>지에서 비판되기도 했다. 1978년의 한 좌담에서 백낙청은 "통일에 대한 뜨거운 정열"이 부족함을, 구중서는 "분

고부응, 「탈식민주의와 정신분석학─마노니와 파농을 중심으로」, 앞의 책, 2003, 59~94쪽 참조; J. D. Nasio, 표원경 역, 『정신분석학의 7가지 개념』, 백의, 1999, 11~177쪽 참조; A. Lemaire, 이미선 역, 『자크 라캉』, 문예출판사, 1994, 114~120쪽 참조.
4) 백낙청, 「민중은 누구인가」, 『인간해방의 논리를 찾아서』, 시인사, 1979, 146~167쪽 참조.
5) 박현채, 김병걸·채광석 편, 「민중과 문학」, 『민족, 민중, 그리고 문학』, 지양사, 1985, 75쪽.
6) 농촌민(農村民)이란 농촌에 사는 촌민을 의미하기로 한다. 농민은 농사짓는 사람, 촌민은 농촌·어촌·산촌에 사는 사람들을 의미하는 개념이다. 그런데 『농무』에는 '나'와 여러 등장 인물들 가운데의 다수는 농사를 짓지는 않으나 농촌에 살기 때문에 이들을 아우르는 개념이 요청된다.

단상황에 대한 체질적인 저항감이 없"[7]음을 각각 지적한 바 있었다.

이처럼 『농무』는 "민중문학의 한 구체적인 모델"[8]로 평가받으면서도 반대로 그들의 시각에 적합하지 못한 모순된 측면이 있다. 그것은 민족민중 문학이 계몽의 시선으로 『농무』를 바라보았기 때문이다. 그 시선은 현실의 억압을 가까운 미래에 극복해야 함을 강조하는데, 시대의 현실 속에서 그 극복의 문제는 독재에서 반反독재(민주)로, 분단에서 반反분단(통일)으로 의 요구로 제기되었다. 따라서 민족민중문학은 지배권력에 대한 대항권력, 혹은 지배담론에 대한 대항담론으로 기능했다. 염무웅은 이러한 측면을 "현실권력에 의해 탄압받는 주변적 · 저항적 담론"[9]으로 규정한 바 있다.

그렇지만 실제로는 그러한 '주변적 · 저항적 담론'이 극복의 당위를 계몽하는 또 다른 '억압'으로 작용해 온 것이 사실이다. '주변적 · 저항적 담론'은 통일과 분단이라는 관심에 논의를 집중시킴으로써 '또 다른 중심'이 되고, 성격이 다른 담론들을 '억압'하는데, 『농무』에 대한 평가에는 그 '억압'이 작용한 면이 없지 않다. 백낙청은 농촌의 현실을 반성하는 『농무』와 그 직후의 시편에 대해서 "반성이라는 것은 그 결과로 무언가 다른 게 이루어져야만 하는 거고 또 그러기를 우리가 기대하고 있"[10]다고 비판했는데, 이것은 시인에게 논의의 '주변'인 농촌에서 '중심'인 통일과 민주로 관심을 기울이라는 '억압'이다. 실제로 시인은 '억압' 이후의 시편들에 대해서 "노동시를 써야 한다 하니까 저도 노동시를 써봤고, 통일시를 써야 한다 해서 통일시를"[11] 써야 했다고 고백했다.

---

7) 고은 외, 「내가 생각하는 민족문학(좌담)」, 『창작과비평』 1978년 가을호, 290~304 쪽 참조.
8) 조남현, 「「농무」의 시사적 의미」, 『문학과비평』 1988년 여름호 , 253~260쪽 참조.
9) 염무웅, 「민족문학의 상상적 경계들―그 착종된 역사성에 대하여」, 영남대인문과학 연구소 학술회의 발표문, 2002.
10) 고은 외, 앞의 좌담, 1978, 31쪽.
11) 신경림 · 김사인, 「신경림의 시세계와 한국시의 미래(대담)」, 『오늘의 책』 봄호, 1986, 35쪽.

이제는『농무』를 읽을 때에 작품 속의 인물들을 역사 변혁의 당위적인 주체로 외부에서 규정하는 것이 아니라 내부에서 이해하는 것이 요구된다. 이것 때문에 변혁의 '의식'이 있는 자로 인물들을 미리 규정하지 않고 그들의 무의식을 살펴보는 것이 요청된다. 이 논문은 그 무의식을 분석하여 콤플렉스를 찾고 극복하는 과정을 추적하기로 한다. 콤플렉스는 의식적으로 찾을 수 없는 무의식 속의 복잡한 심리 과정을 말하기 때문에 정신분석의 방법을 통해서만 밝혀진다.

『농무』에는 농촌과 서울에 대한 복잡한 심리가 들어 있다. 농촌에서 소외된 화자는 서울로 탈향脫鄕하려는 심리를, 또 서울에서는 농촌으로 되돌아가지 않으려는 심리를 강박적으로 보여주고 있다. 이러한 심리를 분석하기 위해서는 주요 인물들의 이야기를 정신분석하여 무의식의 구조를 밝혀낼 필요가 있다. 작품 속에 나타난 인물들 – 시적 화자 '나'를 중심으로 하는 농촌민들 – 의 말과 행동을 분석하고 농촌과 서울의 관계를 집중적으로 규명할 필요가 있다. 이 과정을 통해서 숨겨진 콤플렉스를 드러내어 시인이 말하고자 하는 주제의식을 재조명해야 한다.

이러한 방법으로『농무』에 대한 몇 가지 오해가 풀릴 것으로 믿는다. 먼저 가장 큰 오해는 소재 '농촌'이 '주변적 · 저항적 담론' 속에서 '주변'이라는 점이다. 그러나 오히려 농촌은 '주변적 · 저항적 담론'의 '중심'으로써 그 가치가 있음을 지적하고자 한다. 두 번째의 오해는『농무』는 농촌과 도시빈민가의 현실을 비판하기만 하는 텍스트라는 것이다. 그렇지만 시집에는 신식민주의가 전개한 근대화를 동경하고 전前근대를 두려워하는 심리가 무의식적인 차원에서 구조화되어 있다. 이것을 '서울콤플렉스'라고 명명하여 분석해 볼 것이다. 세 번째의 오해는 현실비판과 계몽이『농무』의 본령이라는 것이다. 그러나『농무』의 본령은 그러한 비판성 또는 계몽성보다는 실재와 상상의 분열 속에서 그 분열을 자각하고 스스로를 해방시키는 데에 있음을 밝힐 것이다.

II. 전근대에 대한 무의식적인 불안과 공포

『농무』에는 왜 농촌소외와 탈향의 이야기가 중심을 이루는가. 근대화에 따른 농촌의 소외 때문이라는 것은 표면적인 이유에 불과하다. 몇몇 시편을 분석해보면 전근대에 대한 화자의 무의식적인 불안과 공포가 숨겨져 있고 그것을 극복하기 위해 탈향의 욕망을 드러내는 것이 확인된다. 이 때 화자는 농촌민으로서의 자기주체성을 부정하여 분열된 자아의 양상을 보여준다. 이 장에서는 이 점을 치밀하게 분석하고자 한다.

1960~1970년대의 근대화는 대외 예속적 · 종속적인 성격을 띤 신식민주의의 전략이었는데, 그 이면에서는 민중의 소외라는 심각한 부작용이 노출된다. 시인은 신식민주의의 지배 담론(discourse, 이야기)이 공적 영역에서 배제하고 금지한 그 부작용을 농촌민의 취언醉言, 행동, 태도를 통해서 보여준다. 이것은 신식민주의에 맞선 '주변적 · 저항적 담론'으로서 중요한 의미를 갖게 된다.

신식민주의는 자신의 이야기(담론) 이외의 것은 배제하고 금지한다. "어떤 사회에서든 담론의 생산을 통제하고, 선별하고, 조직화하고 나아가 재분배하는 일련의 과정들"[12]이 존재한다는 푸코M. Foucault의 말을 상기하지 않더라도, 신식민주의는 자신이 소외시킨 농촌에 대한 이야기를 방송과 일상의 영역에서 배척(rejet)하고 농촌민들의 소외와 울분에 대한 이야기를 공적인 문화에서 금지(interdit)시킨다. 농촌에 대한 이야기는

---

12) M. Foucault, 이정우 역, 『담론의 질서』, 서강대출판부, 1998, 10쪽.

농촌민의 타자성他者性을 사상한 자기대화 또는 독아론獨我論이 되어버린다.13) 농촌은 전통을 보존한 공간, 그러나 별 의미가 없는 공간으로 취급되어 무관심 속에 저장되거나 술과 도박과 게으름이 난무하여 근대화가 되어야 할 공간으로 규정될 뿐이다.

그러나 『농무』에서는 그런 배제와 금지와 왜곡을 가로질러 농촌민이 근대화로부터 소외된 농촌의 현실을 취언의 방식으로 말하고 있다. 이 방식 속에는 근대화가 농촌공동체에 가하는 보이지 않는 거대한 폭력과 그로 인한 무의식적인 불안과 공포가 숨겨져 있다.

> 나라 은혜는 뼈에 스며
> 징소리 꽹과리 소리
> 면장은 곱사춤을 추고
> 지도원은 벅구를 치고
> 양곡 증산 13 · 4프로에
> 칠십 리 밖엔 고속도로
> 누더기를 걸친 동리 애들은
> 오징어를 훔치다가
> 술동이를 엎다
> 용바위집 영감의 죽음 따위야
> 스피커에서 나오는
> 방송극만도 못한 일
> (중략)
> 펄럭이는 농기 아래
> 온 마을이 취해 돌아가는
> 아아 오늘은 무슨 날인가
> 무슨 날인가
>
> — 「오늘」 부분

---

13) 병곡행인, 송태욱 역, 『탐구1』, 새물결, 1998, 10~27쪽 참조.

위의 시에는 농촌에 대한 시각의 차이가 선명하게 대조되어 있다. 면장과 지도원은 농촌의 근대화를 지향하는 자들이다. 그들은 '오늘'을 "양곡 증산 13 · 4프로"라는 성과를 기념하는 축제의 잔치로 만들고 싶어한다. "곱사춤을 추고" "벅구를 치"는 그들에게 농촌은 "칠십 리 밖엔 고속도로"가 건설되고, "스피커에서 나오는 방송극"을 들을 수 있는 근대화가 진행 중인 공간이다. 그러나 그 근대화는 실제 농촌에서 전근대적인 문화와 경제의 구조를 바꾸어 놓지 못하여 오히려 농촌민들이 근대화에서 소외되었다는 인식만을 가지게 만든다. 시인의 표현대로 농촌은 "도저히 먹고 살 길이 없었"[14]을 정도로 '절망적'이었다. '나'는 그러한 근대화를 비난하고 비꼬는 자이다. '나'가 주목하는 농촌민들은 "누더기를 걸친 동리 애들"과 죽은 "용바위집 영감"이다. "동리 애들"은 "오징어를 훔치"는 굶주림과 가난을, "용바위집 영감"은 '방송극'에 떠밀린, 죽은 노인에 대한 동리 사람들의 무관심을 표상한다.

'나'의 무의식 속에서 농촌은 근대에 대조되는 전근대로써 이미지화된다. 근대화가 배제된 공간인 셈이다. '나'의 소외는 이 지점에서 발생한다. 이 때 근대화에 대한 비판의 이면에는 전근대에 대한 무의식적인 공포와 불안이 숨어있다. 근대화에서 소외된 농촌은 전근대로 표상되는데, 전근대는 "도저히 먹고 살 길이 없었"[15]을 정도로 생존의 위협이 된다. 위의 시에서도 전근대적인 농촌은 '가난'과 '죽음'이 난무하는 공간이다. "용바위집 영감"은 죽고 "동리 애들은/오징어를 훔"친다. 그러한 삶에는 희망이 없다.

'나'는 그것을 취언의 방법으로 말하고 있다. 이 취언은 합리적, 이성적으로 보이는 지배 담론의 화법을 비합리적, 감성적으로 거부하는 방식으

---

14) 신경림 · 김사인, 앞의 대담, 1986, 17쪽.
15) 신경림 · 김사인, 앞의 대담, 1986, 17쪽.

로써 '주변적·저항적 담론'의 중요한 한 화법이 된다. 위의 시에서 "마을이 취해 돌아가는" 농촌민들의 모습 속에는 가난과 죽음이 거대한 그림자처럼 자신들의 삶을 억누르고 있고 머지않아 자신들에게도 닥칠 것이라는 무의식적인 불안과 두려움이 숨겨져 있다. "오늘은 무슨 날인가"라는 반문에는 잔치의 비극성과 소외에 대한 복잡한 심리가 들어 있는 것이다.

'나'는 이러한 무의식적인 불안과 공포를 극복하기 위해서 어떻게 하는가. 그것은 탈향의식으로 드러난다.

> 못난 놈들은 서로 얼굴만 봐도 흥겹다
> 이발소 앞에 서서 참외를 깎고
> 목로에 앉아 막걸리를 들이키면
> 모두들 한결같이 친구 같은 얼굴들
> 호남의 가뭄 얘기 조합 빚 얘기
> 약장사 기타 소리에 발장단을 치다 보면
> 왜 이렇게 자꾸만 서울이 그리워지나
>
> ─「파장」부분

위의 인용에서는 화자가 농촌의 소외된 현실을 생각하다가 자신도 모르게 "서울이 그리워지"는 것을 토로한다. 화자는 파장 뒤에 길가를 서성인다. 농촌을 사는 자기 자신은 '못난 놈'이다. 그 이유를 위의 시에서 찾아보면 "호남의 가뭄", "조합 빚"과 같은 생활고에서 비롯하는 듯하다. 농촌의 현실은 가난에서 벗어날 수 없었던 듯싶다. 화자는 그러한 '얘기'를 이런저런 사람들과 말하다가 갑자기 "서울이 그리워"진다. 왜 그럴까. 탈향의식은 농촌의 생활고에서의 탈출하기이다. "비료값도 안나오는 농사"(「농무」)로부터 벗어나고 싶은 것이다.

그런데 이 탈향의식은 무의식의 차원에서 보면 전근대로부터의 탈출이 된다. 탈향은 농촌 소외에 대한 진정한 극복이 될 수 없다. 하지만 전근대로 표상되는 '농촌'에 산다는 불안과 공포로부터 심리적으로 탈출하고자 하는 의식인 것이다. 주사를 피해서 아랫말로 도망친 아내를 찾는 "나는 장정들을 뿌리치고 어느/먼 도회지로 떠날 것을 꿈"(「실명」)꾸는 구절이나, 화자의 아내가 가난과 두려움에 시달려 "3월 1일이 오기 전에/이 못난 고장을 떠나자고 졸라"(「3월 1일 전후」) 대는 구절도 이런 방식으로 이해된다.

탈향의 대가는 농촌민으로서의 자아를 부정하는 것이다. '나'는 소외된 농촌을 거부하고 서울에서 살고 싶다는 욕망 때문에 분열된다. 농촌민으로서의 자기동일성은 붕괴되는 것이다. '나'는 농촌을 소외시키는 근대화를 비판하지만 자신도 모르게 찾는 곳은 근대화가 한창 진행되는 '서울'이다. 그 '서울'은 어떤 곳일까.

Ⅲ. '서울콤플렉스'와 자기분열

근대화에 의한 소외는 농촌과 도시에서 모두 나타나지만 농촌에서 상경한 『농무』의 인물들 중의 일부는 서울을 좋아하고 농촌을 싫어하는 경향이 있다. 이 경향은 의식적으로 설명하기 힘들다. 서울을 비판하면서도 서울을 좋아하는 이 심리를 분석하면 그들의 무의식에는 근대화가 진행되는 '서울'에 대한 동경과 전근대적인 '농촌'에 대한 공포가 구조화되어 있다. 이 장에서는 이것을 '서울콤플렉스'로 부르고자 한다. 이것은 상경한 도시빈민이 실제의 고통스러운 서울과 무관하게 무의식적인 차원에서 '서울'의 상상에 빠져 있으며, 실재와 상상 사이에서 자기분열의 양상을 보이고 있음을 의미한다.

'서울콤플렉스'는 농촌민이 지닌 탈향의식의 무의식적인 근거이다. 가난한 농촌을 떠나게 만드는 힘은 궁핍함에 대한 공포이자 그 극복에 대한 환상이다. 상경한 도시빈민들에게 있어서 현실의 서울은 삶의 기반이 전무한 공간으로서 농촌보다 더한 궁핍과 소외를 조장해 놓는다. 그러나 그들의 서울은 현실이 아니라 상상 속에 있다.

가) 이발 최씨는 그래도 서울이 좋단다
　　 … (중략) …
　　 술독이 오른 딸기코와 떨리던 손
　　 늦 어린애를 배어 뒤뚱거리던 그의 아내
　　 최씨는 골목 안 생선 비린내가 좋단다
　　 쉴 새 없는 싸움질과 아귀 다툼이 좋단다
　　 이발소에 묻혀 묵은 신문이나 뒤적이고
　　 빗질을 하고 유행가를 익히고
　　 허구헌날 우리는 너무 심심하고 답답했지만
　　 최씨는 이 가파른 산동네가 좋단다
　　 시골보다도 흐린 전등과 앰프소리가 좋단다
　　 여자들이 얼려 잔돈 뜯을 궁리나 하고 돌아가는
　　 동네에 깔린 가난과 안달이 좋단다

　　　　　　　　　　　　　　　　　　　　 －「골목」부분

나) 을지로 육가만 벗어나면
　　 내 고향 시골 냄새가 난다
　　　　 … (중략) …
　　 거둬들이지 못한 논바닥의
　　 볏가리를 걱정하고
　　 이른 추위와 눈바람을 원망한다
　　 어디 원망할 게 그뿐이냐고
　　 한 아주머니가 한탄을 한다
　　 삼거리에서 주막을 하는 여인

어디 답답한 게 그뿐이냐고
어수선해지면 대합실은 더 썰렁하고
나는 어쩐지 고향 사람들이 두렵다
슬그머니 자리를 떠서
을지로 육가 행 시내버스를 탈까
육가에만 들어서면
나는 더욱 비겁해지고

—「시외버스 정거장」

　상경한 도시빈민들이 경험한 서울에 대한 심리가 위의 두 시에 나타나 있다. 가)에는 도시빈민인 '최씨'가 생각하는, 나)에는 농촌과 서울의 분기점이라고 할 수 있는 시외버스 정류장의 '대합실'에서 '나'가 느끼는 서울에 대한 생각들이 암시되어 있다.

　가)에서 '최씨'의 서울은 구질구질한 현실에도 불구하고 아이러니하게 '좋'은 곳으로 나타난다. 현실 속의 서울은 "쉴 새 없는 싸움질과 아귀 다툼"이 반복되는 난장판이고 "너무 심심하고 답답"한 소외된 곳이다. 그곳의 '최씨'는 "술독이 오"르고 "떨리던 손"을 가진 주정뱅이이고, "묵은 신문이나 뒤적"일 만큼 장사를 못 하는 도시빈민이다. '최씨'는 농촌보다 더 나을 것이 없는 이런 서울이 "그래도 좋단다". 그를 바라보는 시인은 '좋단다'라는 서술어를 반복시킴으로써 서울에 대한 그의 호감을 강조하고 있다.

　여기에서 '최씨'가 '좋'다고 말하는 서울은 현실 속의 공간이 아니라 무의식적인 욕망의 기표로 파악되어야 한다. 그는 "남쪽 산골 읍내에서 여관을 했"던 농촌민으로서 아마도 근대화에 의해 소외된 가난한 농촌에서 벗어나고자 하는 꿈만으로 상경한 자일 것이다. 따라서 그의 '서울'은 현실 속에서는 가난과 소외 상태가 지속된 공간에 불과하지만 상상 속에서는 그 상태를 벗어나고자 하는 욕망의 기표가 된다. '최씨'는 그러한 욕망이 만드는 무의식적인 상상 속에서 자신이 소망하는 공간을 '서울'로 만들어 내고 있다. 위의 시에서 그가 '좋'아하는 것들은 오히려 한결같이 벗어나고자 꿈꾸는 것들이다. 그것들은 '최씨'가 무의식적으로 도달하고 싶은 '서울'이 어떤 곳인지를 반어적으로 알려준다.

'최씨'는 자기 자신을 성공한 서울사람으로 상상하고 그와 자기 자신을 무의식적으로 동일시(Identification)하는 것이다. 오늘은 이 구질구질한 '골목'에서 살고 있지만 가난과 소외를 극복한 성공의 이미지를 자기 자신에게 투사하고 있다. 그러한 이미지에 대한 욕망이 너무나 커버린 나머지 현재의 자아는 망각된다. 그는 미래에 성공할 자신의 이미지에 오늘의 자신을 일치시키고 있다.

한편 나)에서 '나'의 서울은 우연히 만난 '고향사람들'을 두려워하고 피해야 할 곳으로 암시된다. 나)를 읽으면 몇 가지 의문이 생긴다. 왜 '나'는 "을지로 육가만 벗어나면/내 고향 시골 냄새가" 나고, 시외버스 정거장의 '대합실'에서 만난 '아주머니'를 애써 외면하다가 '어쩐지' '두'려움을 느끼며, '육가'로 되돌아가 '비겁'함을 토로할까. '나'는 '나' 자신도 모르게 발생되는 상상과 느낌들에 당혹감을 느낀다.

이러한 상상과 느낌은 '나'의 무의식 속에서 "을지로 육가"(서울)와 그 대척점인 '고향'(농촌)이 대립되는 데에서 비롯된다. 위의 시에서 '나'는 상상 속의 농촌에 가까워질수록 두려움을 느끼기 때문에 상상 속의 서울에 머무르고자 한다. "을지로 육가"는 비약적인 근대화가 진행되는 서울로 상상되었을 것이다. 그래서 그곳을 '벗어나면' 상상 속의 농촌이 된다. "을지로 육만 벗어나면/내 고향 시골 냄새가" 나는 이유가 그 때문일 것이다. 또한 시외버스 정거장의 '대합실'에서 '고향사람'의 한탄과 답답함을 회피하는 것도 같은 이유이다. '고향사람'과 그들의 농촌 얘기는 무의식 속에서 서울의 대척점인 농촌, 혹은 근대의 대척점인 전근대를 의미한다. 그것은 공포이므로 "어쩐지 고향 사람들이 두렵"게 되고, "슬그머니 자리를 떠서/시내버스를 탈까"라고 고민하게 된다. 그렇지만 '나'는 그러한 도망을 통해 묘하게 '비겁'함을 느낀다. 이 '비겁'함은 농촌에 대한 공포를 회피한 데에서 생긴 자기 비판적인 감정일 것이다.

'골목'과 시외버스 정거장의 '대합실'은 서울에 대한 환상과 농촌에 대한 공포를 양가적으로 가진 공간들이다. '나'와 '최씨'는 모두 그러한 공간들 속에서 살아간다. 그곳은 현실의 서울과는 무관한 상상의 공간을 만드는 콤플렉스의 생산 공장이고, 탈향하여 서울을 사는 자들이 현실의 가난과 소외를 망각하는 무의식의 밀실이다.

이러한 '서울콤플렉스'에 빠진 자들은 자기의 존재성을 스스로 분열시킨다. 그들은 서울이라는 가난과 소외의 현실을 애써 무시하고 근대화의 환상에 자신의 소망을 일치시킨다. 그들은 자기 자신의 상상과 현실이 분열되었다는 사실도 자각하지 못한 채로 살아간다. 그들에 의해 근대는 자신의 어두운 이면을 감추고 지탱할 수 있다. 농촌에서와 마찬가지로 서울에서도 무의식적인 공포는 사라지지 않는다. 이 '서울콤플렉스'는

$$
\begin{array}{cc}
\text{농촌(不好)} \leftrightarrow \text{서울(好)} \\
\| \qquad\quad \| \\
\text{전근대(공포)} \quad \text{근대(동경)}
\end{array}
$$

으로 구조화되어 있다. 밑줄은 의식과 무의식의 경계를 의미한다. 자아는 의식적으로는 서울을 싫어하고 농촌을 혐오한다. 그의 무의식 속에서는 서울을 근대로, 그리고 농촌을 전근대로 표상하고서 근대에 대한 동경과 전근대에 대한 공포를 숨기고 있는 것이다.

그렇다면 이제 문제는 '서울콤플렉스'에서 어떻게 벗어날 수 있는가 하는 것이다.

IV. 해방, 존재의 자각으로부터

민중의 진정한 해방은 존재의 자각으로부터 시작된다. 자신이 소망하는 것이 신식민주의가 의도한 결과라는 사실을 자각하지 않고서는 해방에 도달할 수 없다. 시인은 신식민주의를 극복하는 방법으로 '서울콤플렉스'에 빠진 존재가 실재와 상상의 분열 속에서 그 분열을 자각하고 자기 자신을 콤플렉스에서 해방되는 모습으로 형상화한다. 그것은 크게 두 가지 양상으로 전개된다. 하나는 농촌에 대한 공포를 조장한 원인이 되는 신식민주의에 맞선 인정투쟁으로, 다른 하나는 서울에 대한 환상이 거짓이었음을 적나라하게 밝히는 사실적인 서술로 나타난다.

먼저 근대화에서 소외된 농촌민임을 자각하고 신식민주의에 대한 인정투쟁으로 나서는 장면을 형상화한 시「갈길」을 살펴보자.

> 녹슨 삽과 괭이를 들고 모였다
> 달빛이 환한 가마니 창고 뒷수풀
> 뉘우치고 그리고 다시 맹세하다가
> 어깨를 끼어 보고 비로소 갈길을 안다
> 녹슨 삽과 괭이도 버렸다
> 읍내로 가는 자갈 깔린 샛길
> 빈 주먹과 뜨거운 숨결만 가지고 모였다
> 아우성과 노랫소리만 가지고 모였다
>
> $\qquad\qquad\qquad\qquad\qquad$ -「갈길」전문

위 시의 전반부는 "비로소 갈길을 안다"라는 존재의 자각 부분까지이다.「갈길」의 시간적 배경이 되는 1960~1970년대의 농촌민들은 신경림의 말처럼 "앞으로 시골 사람들은 전부 죽게 될 것이다. 보나마나 우리 땅을 빼앗기고 고향에서 밀려나게 될 것이라는"[16] 심각한 경제적인 소

외를 경험했다. 위 시의 시적 화자는 그 소외의 원인이 자기 자신들에게 있지 않고 신식민주의의 농업 정책에 있음을 '뉘우치'면서 깨달았을 것이다. 이러한 현실 상황에 대한 인식은 존재가 해야 할 일을 자각하게 된다. "맹세하다가/어깨를 끼어 보고 비로소 갈 길을 알"게 된다.

시의 후반부에서 존재는 자각을 통해서 신식민주의라는 절대적 타자에게 인정과 승인을 받기 위한 행동을 감행한다. "녹슨 삽과 괭이도 버"리고 "빈 주먹과 뜨거운 숨결만 가지고"서 목숨을 걸고 자유를 요구하고 있다. 헤겔G. W. F. Hegel에 따르면 "자유의 획득은 오직 생명을 걸음으로써 가능"[17]하다. 농촌민인 즉자적 존재는 농촌의 소외를 조장하는 신식민주의라는 타자를 의식함으로써 대자적 존재로 발전하고 있다. 시적 화자는 생명을 거는 실천을 통해 자신의 존재성을 타자에게 인정해 달라는 투쟁의 길을 나선다.

이러한 「갈길」의 인정투쟁은 시대 현실에 비추어 볼 때에 시인의 예언자적인 자의식에서 비롯되었다는 사실을 부정할 수 없다. 따라서 시인은 서울에 대한 환상이 신식민주의에 의해서 무의식적으로 조작된 결과임을 밝히는 데에 주목한다. 그것은 서울을 사실적으로 서술하는 것이다. 이제 서울은 신식민주의가 조작한 대로 동경의 공간이 아니라 소외가 한층 심화된 공간으로 밝혀진다.

> 나라의 은혜를 입지 못한 사내들은
> 서로 속이고 목을 조르고 마침내는
> 칼을 들고 피를 흘리는데
> 정거장을 향해 비탈길을 굴러가는
> 가난이 싫어진 아낙네의 치맛자락에

---

16) 신경림 · 김사인, 앞의 대담, 1986, 20쪽.
17) G. W. F. Hegel, 임석진 역, 『정신현상학』, 지식산업사, 1989, 261쪽.

연기가 붙어 흐늘댄다.
어둠이 내리기 전에 산 일번지에는
통곡이 온다. 모두 함께
죽어 버리자고 복어알을 구해 온
어버이는 술이 취해 뉘우치고
애비 없는 애기를 밴 처녀는
산벼랑을 찾아가 몸을 던진다.

　　　　　　　　　　　　　　　　　　　　　　－「산 1번지」부분

　‘산 1번지’에 사는 도시빈민들은 소외의 극단에 도달한 자들이다. 그들은 "나라의 은혜를 입지 못한 사내들", "가난이 싫어진 아낙네", "복어알을 구해 온/어버이", "애비 없는 애기를 밴 처녀"들로서 한결같이 삶의 의미와 비전을 잃어버린 채 절망에 빠진 자들이다. 그들의 서울은 아마도 그들이 성장했을 농촌과 거의 다름이 없을 것이다. 서울은 근대화의 소외라는 측면에서 보면 공간적으로 확장된 농촌일 뿐이다. 농촌이라는 것만 무시하면 시 「서울로 가는 길」에서 엿보이는 농촌민에 대한 서술은 위의 시와 상당히 유사한 태도를 보인다. 예를 들면 "그의 탄식이 스며 있"고 "힘 없는 뉘우침"과 "그의 아내의 눈물", 그리고 "가난과/저주의 넋두리"와 "절망과 분노의 맹세" 있다는 구절들이 바로 그것이다.

　‘산 1번지’는 환상의 뒤편에 숨겨진 도시빈민들의 비극적인 서울이다. 시인은 근대화의 희생양들을 똑똑히 바라보고 있다. 서울이 환상의 공간이 아님을 자각하면서 ‘서울콤플렉스’에서 벗어나고 있다. 서울에 대한 동경과 전근대에 대한 공포는 권력의 근대화 정책에 따라 조장된 일종의 허구였던 셈이다. 따라서 억압당한 존재성을 자각함으로써 근대화의 환상에서 스스로를 해방시키고 있다.

V. 결론

　신경림의 시집 『농무』는 정신분석학적인 탈식민주의의 한 텍스트로서 그 의미와 가치를 지녔다. 그 이유는 시적 화자가 신식민주의를 거부하고 저항하려는 탈식민주의적인 인식을 가졌기 때문이다. 시편들의 주요 인물들은 신식민주의가 전개한 근대화의 환상에 빠진 결과, 스스로가 그 환상을 원하고 있다고 오인하고 있었다. 즉 그들은 원인과 결과를 거꾸로 알고 있었다. 서울에 대한 동경과 농촌에 대한 공포는 자신의 심리적인 원인에서 기인한 것이 아니라 신식민주의의 정책이 조장한 결과였다. 시적 화자는 이러한 '서울콤플렉스'에 빠진 인물들을 자신과 타인들 속에서 발견하고, 콤플렉스를 자각하는 과정을 통해서 자기해방에 도달하려고 하였다.

　이러한 탈식민주의적 독법은 민족민중문학 논의와는 달리 작품들의 무늬와 결을 좀 더 세밀하게 살펴볼 수 있는 기회를 마련해 줬다. 먼저, 그것을 통해 『농무』가 '주변적 · 저항적 담론'의 '주변'이라는 기존의 생각을 부정했다. 이 시집에 나타난 '농촌'은 신식민주의의 근대화로부터 소외된 시적 화자가 그 소외를 비판하고 탈향을 모색하는 공간이었는데, 거기에는 근대화를 비판하면서도 동시에 근대화된 '서울'을 향하는 '나'의 아이러니가 있었다. 그것은 무의식 속에서 농촌이 전근대로 표상되고 전근대에 대한 불안과 공포에 시달리기 때문이었다. 그는 농촌민으로서의 자기 존재를 부정하고 서울사람이 되려는 무의식적인 욕망을 가지고 있었기 때문에 '서울'이 농촌소외의 유일한 출구였던 셈이다. 이리한 농촌의 소외 이야기는 농촌을 농촌만의 문제가 아니라 근대화, 신식민주의의 문제로 살펴봤다는 점에서 '주변적 · 저항적 담론'의 '중심'으로써 충분한 가치를 지녔다. 특히 「오늘」에서 보여준 취언은 비합리적이고 감성적인 방식으로 공적 언어에 저항하고 삶의 이면에 숨겨진 불안과 공포를 암시하는 중요한 '주변적 · 저항적 담론'의 한 화법이었다.

둘째, 근대화에 의한 소외는 서울과 농촌에서 동시에 나타나지만 인물들 중의 일부는 서울을 좋아하고 농촌을 싫어하는 '서울콤플렉스'에 빠져 있었다. 그들의 이야기를 분석해 보면 근대화로 상징되는 '서울'에 대한 동경과 전근대로 상징되는 '농촌'에 대한 공포가 무의식적인 차원에서 구조화되어 있음을 확인할 수 있었다. 「골목」과 「시외버스 정거장」에서 각각 나오는 '골목'과 '대합실'은 그러한 콤플렉스의 공간으로 표상되었으며, '최씨'와 '나'는 콤플렉스 때문에 실재와 상상 사이에서 자기분열된 모습을 보였다.

셋째, 『농무』는 현실비판적이고 계몽적인 목소리라기보다는 존재의 자각과 자기해방성을 강조하는 텍스트임이 확인되었다. 민중의 진정한 해방은 현실 변혁의 당위성을 내세운 계몽적인 주체를 통해서가 아니라 콤플렉스에 빠진 자기 존재를 자각하고, 그로 인해 스스로 해방하는 것을 통해서 가능한 것이었다. 즉자적 존재에서 신식민주의라는 타자를 의식함으로써 대자적 존재임을 자각하고 '갈길'을 깨닫는 시 「갈길」은 시인의 예언자적인 자의식을 통해 농촌민의 인정투쟁을 노래했다. 그리고 서울의 현실을 적나라하게 드러낸 시 「산 1번지」에서는 서울에 대한 환상이 거짓임을 자각함으로써 '서울콤플렉스'로부터 스스로를 해방시키고 있었다.

앞으로 이러한 탈식민주의적인 읽기는 신경림의 시편 전체로 혹은 민중시 전체로 확대될 필요가 있다. 신경림의 시세계는 『농무』 이후에 '서울'에서 멀어지는 방향으로 전개된다. 주로 민요기행이나 지방의 순례를 통해서 과거의 문화와 전통, 특히 이야기(설화)와 노래(민요)를 찾아내 작품의 소재로 활용하는 그의 작업은, 전근대인 농촌이 보존한 민족문화에 대한 가치와 의미를 현재로 복원하는 것이고, 그 복원을 통해서 신新식민주의에 맞서는 민중의 근원적이고 본질적인 힘을 되살리는 것이다. 또한 1970~1980년대에 발표된 많은 민중시의 경우에도 민중의 현실 자각과 자기 인식적인 해방은 당위적인 변혁의 방향이 아니라 그 자체의 내적 논리를 갖는 방향에서 기인한다. 그 해석은 이제 정신분석학적인 탈식민주의의 몫으로 판단된다.

탈식민적 저항의 서사
―『남한강』론

I. 서론

1. 문제제기

서사시『남한강』[1]은 1970~1980년대의 시대적 분위기에 편승해서 상당 부분이 오독된 대표적인 텍스트이다. 『남한강』은「새재」(1978),「남한강」(1981),「쇠무지벌」(1985)이라는 세 편의 서사시가 합본된 연작 형태이고, 각각 한일합방, 삼일운동, 해방이라는 한국근현대사의 주요 사건들을 배경으로 민중의 일상을 다룬 서사시[2]이다. 그런데 이 서사시는 민

---

* 필자는 2004년 11월 27일 제14회 한국시학회 전국학술대회에서 발표된 이 논문의 토론자로 나선 이은봉 선생님의 애정 어린 말씀에 지면을 통해 감사드린다. 특히 발표 후 30여 분간 민중, 백낙청, 민족문학론, 서사시를 키워드로 한 선생님의 세세한 생각과 지적은, 논문의 문제점과 대안을 날카롭게 제기한 것과 아울러 민중시와 민족문학론의 논리를 비판적으로 성찰하고자 하는 필자에게 1970~1980년대 민족문학 진영의 분위기와 사정을 아는 데에 상당한 도움이 되었다.
1) 이 논문의 연구텍스트는 창비사의 1987년 본이다. 이하 시집 각주는 (3쪽)의 방식으로 한다.
2) 이은봉은 토론문에서는 신경림의『남한강』을 "서구적 개념의 서사시, 에픽(Epic)으로

족민중문학을 대표하는 시인이 창작했다는 점과 1970~1980년대의 시대 현실을 암유한다는 점을 근거로 하여 작품 자체를 넘어서는 이데올로기적인 오독이 있어왔다.

이러한 이데올로기적인 오독은 민족문학론의 이항대립적인 대결 논리를 작품에 무리하게 적용하는 데에서 발생한다. 특히 『남한강』에 등장하는 주요 인물들을 모두 현실 변혁의 주체라는 의미의 '민중'으로 재단하고, 민중이라는 이유만으로 그들의 생각과 행동을 무조건 항일과 저항으로 규정하는 것은 문제가 있다. 이렇게 되면 『남한강』의 서사적 골격은 민중 대 (신)식민주의자, 혹은 민족주의 대 식민주의로 양분되고 그 서사적 주제는 민족주의라는 선과 식민주의라는 악의 대결이라는 흑백논리로 귀결된다.

이 논문의 문제의식은 이러한 흑백 논리적인 시각에서 벗어나고자 하는 것이다. 이 글에서는 『남한강』에서 형상화된 민중의 탈식민적 저항을, 파농F. Fanon과 바바H. Bhabha의 탈식민주의적 시각으로 재평가하고자 한다.

볼 수 있는지"에 대해 장르논쟁적인 질문을 던졌다. 『남한강』은 이은봉의 주장대로 에픽 개념과는 다른 인물(영웅이 아닌 농민 일반)의 서사이고, 서사시 또는 서사민요(ballad)라는 개념의 적용 여부가 논쟁적인 작품이기는 하다. 그렇지만 필자는 에픽의 형식 개념에서 시작해 내용으로 들어가기보다는, 민족문학론과 탈식민주의론의 관계에서 논의를 풀어나가기를 원한다. 이 논문에서 중요한 것은 "영웅이냐, 농민 일반이냐"가 아니라 "농민의 정체성이 무엇이냐"이다. 다만 서사시 용어의 확실성 정립을 위해서 김재홍의 견해를 수용하기로 한다. 그는 장시(長詩)/단시(短詩)를 형식적 길이 개념으로, 서사민요를 장형/중형/단형 서사시에서 단형 서사시 개념으로, 서사시를 서사의 기본 요건인 일정한 성격의 인물, 일정한 질서를 지닌 사건, 개연성 있는 이야기가 있는 노래체의 율문 개념으로 이해한다(김재홍, 「한국 근대서사시와 역사적 대응력」, 『현대시와 역사의식』, 인하대학교출판부, 1988, 6~31쪽 참조). 『남한강』이 서사민요 또는 단형 서사시인가에 대해서는 논쟁의 여지가 있지만, 여러 민중(인물)의 개연성 있는 한국근대현대사의 주요 사건을 노래체로 서술했다는 점에서 서사시라는 규정이 가능하리라고 본다.

이들의 논리를 통해서 『남한강』의 주요 인물들은 다양하게 검토될 수 있다. 「새재」의 '돌배', 「남한강」의 '연이', '대장간집 작은아들'과 '누이', 「쇠무지벌」의 농민들이 지닌 심리의 분석 과정을 거쳐서 인물들의 내면을 재확인하고 그들의 탈식민적 저항에 대해서 새로운 가치평가를 하고자 한다.

이 논문은 크게 세 가지의 문제를 제기한다. 먼저, 「새재」의 분석에서는 '돌배'의 정체성을 문제삼을 것이다. 「새재」는 '돌배'의 행위를 중심으로 하는 서사시이다. 이 서사시에서 '돌배'의 여러 행위를 살펴볼 때 '돌배'는 과연 '도적'으로 평가받아야 하는가, 아니면 '의병'으로 평가받아야 하는가. 이러한 질문은 '돌배'의 폭력적 성격을 규명하는 일이다. 그 동안 '돌배'에 대한 논의에서는 이러한 반성적 질문 없이 막연히 현실 변혁의 주체인 '민중'으로 규정되어 왔다.

둘째, 「남한강」의 분석에서는 '연이'를 비롯한 '대장간집 작은아들'과 '누이'에 대한 심리를 주목하고자 한다. 「남한강」은 중심 줄거리 없이 식민지 민중의 일상사를 다룬 서사시이거나, 「새재」의 후편 정도로 평가되어 왔다. 따라서 이들은 모두 탈식민적 저항 또는 해방이라는 민족적인 요구를 암묵적으로 수행한다고 이해되어왔다. 그렇지만 이 글에서는 '연이'의 사랑과 '대장간집 작은아들'의 살인 행위에 숨겨진 내면을 분석하여 그들의 심리적 이상성을 규명하기로 한다.

셋째, 「쇠무지벌」의 분석에서는 신식민주의와 농민의 정체성에 대해 반성을 하고자 한다. 「쇠무지벌」은 신식민주의자에 맞선 민중(농민)의 투쟁이 중심인 서사로 평가되어 왔다. 이러한 기존 평가에서는 신식민주의자의 억압적 정체성과 농민의 투쟁적 정체성이 원래부터 그런 것처럼 선험적으로 규정되고, 이들의 정체성에 대한 다른 논의는 제한되어 왔다. 그러나 서사시에 대한 정밀한 분석을 통해서 이들의 정체성이 선험적인 규정과는 다름을 규명하기로 한다.

2. 연구사 비판 및 연구방법

『남한강』에 대한 연구는 주로 서사시의 형식과 민중의식에 대해서 진행되어 왔다. 형식적 측면의 논의에서는 서사시 형식의 특징과 문제점을 정리하고 비판하는 것이 중심이었다. 이러한 논의로는 염무웅과 유종호의 논의가 주목할 만하다. 염무웅은 신경림의 서사시에 숨겨진 단시적 욕구를 살펴봤고,[3] 유종호는 신경림의 서사시가 근대적 세련에 미치지 못함을 지적한 바 있다.[4]

한편, 내용적 측면의 논의에서는 주로 『남한강』의 등장인물들에 대한 민중의식을 주목한 것들이 많다. 임헌영, 민병욱, 윤영천의 논의가 주목할 만하다. 이 때 이들의 논의에는 민중에 대한 선험적 의식이 숨어 있는 듯하다. 민중이 현실 변혁의 역사적 주체라는 의식 때문에, 『남한강』에 대한 이들의 논의는 군데군데에 오독이 있으며 주요 등장 인물의 심리에 대한 천착이 부족한 느낌이다.

가령, 임헌영은 서사시집 『남한강』의 해설에서 '돌배'와 그의 친구들인 '모질이', '근팽이', '팔배'가 합심해서 정참판댁 곳간을 습격하는 것을 '농민반란'으로 규정한다.[5] 그렇지만 「새재」에서 돌배의 신분이 '뱃사공'이라는 점에서 '농민반란'이란 표현은 옳지 못하고, 또 4인의 습격이 '반란'이 된다는 사고방식은 그리 일반적이지 않은 듯하다. 이러한 표현의 이면에는 '돌배'를 현실 변혁의 주체로서의 민중으로 선先규정한 사유가 숨어있다.

---

3) 염무웅, 「서사시의 가능성과 문제점」, 『한국문학의 현단계1』, 창작과비평사, 1982, 7∼51쪽 참조; 염무웅, 「80년대의 문학」, 『창작과비평』 1985년 가을호, 97∼141쪽 참조.
4) 유종호, 「슬픔의 사회적 차원」, 『동시대의 시와 진실』, 민음사, 1982, 117∼143쪽 참조.
5) 임헌영, 「신경림의 시세계─『남한강』을 중심으로」, 신경림, 『남한강』, 앞의 책, 209쪽. "모질이 · 근팽이 · 팔배 등이 합세하여 일으킨 농민반란은 정참판네 곳간을 습격한 데서 '화적'이란 명칭을 얻게 된다."

이러한 선험적 의식은 민병욱의 논의에도 스며들어 있다. 그는『남한강』의 주요 인물들의 행위를 "계급적 실천"으로 이해하면서, "연이의 삶은 돌배가 속해 있는 민중집단의 삶이 수행해야 할 계급적 과제를 그대로 계승하는 것"[6]이라고 말한다. 그렇지만 연이의 평범한 삶이 "계급적 과제"를 수행했는가 하는 문제를 따져보면 쉽게 답이 나오지 않는다. 민병욱 역시 주요 인물들을 현실 변혁의 주체로서의 민중으로 보지 않았나 하는 생각이 든다.

또한 윤영천도 마찬가지이다. 그는「남한강」을 분석하면서 "'운동적 삶'의 관점에서 볼 때"라는 전제를 달면서 "앵금장이야말로 작품 내적인 일차적 주인공"[7]이라고 평가한다. 그러나 그러한 전제를 달고「남한강」을 읽을 필요가 있을까 하는 의문이 든다. 작품 읽기의 방법 자체에 억압된 민중의 해방이라는 이데올로기적인 시각이 전제되어 있기 때문이다. 작품의 표층에서는 그러한 해방의 움직임이 적극적으로 보이지 않기 때문에 억지로 작품의 심층을 재구성하고 있는 느낌이 든다.

이처럼『남한강』연구에는 크게 두 가지의 암묵적 합의가 존재한다. 하나는 주요 등장인물들을 현실 변혁의 주체라는 의미의 민중으로, 다른 하나는 그들의 거의 모든 행위를 반성적 사유 없이 항일적 · 농민운동적 · 민족주의적 성격으로 규정한다는 점이다. 그 결과『남한강』은 자칫 민족주의라는 선과 식민주의라는 악 사이의 대립으로만 이해되는 감이 있다. 그리고 같은 맥락에서 주요 인물들의 생생한 내면 심리를 세밀하게 파악하지 못하는 문제점이 제기되기도 한다.

따라서『남한강』에 대한 새로운 독법이 필요하다. 이 논문에서는 탈

---

6) 민병욱, 「신경림의『남한강』혹은 삶과 세계의 서사적 탐색」, 『시와시학』1993년 봄호, 129쪽.
7) 윤영천, 구중서 외 편, 「농민공동체 실현의 꿈과 좌절」, 『신경림 문학의 세계』, 창작과비평사, 1995, 187쪽.

식민주의의 시각을 활용하여 『남한강』에 나타난 탈식민적 저항의 성격을 검토하고 (신)식민지 민중의 정체성을 분석하고자 한다. 이 때 주요 인물들의 내면 분석을 하기 위해서 파농F. Fanon과 바바H. Bhabha의 탈식민주의론을 참고8)하고자 한다.

II. 등장인물의 양가성

기존의 연구사는 '돌배'를 현실 변혁의 주체로서의 민중으로 선先규정

---

8) 이은봉은 토론문에서 "민족문학론과 탈식민주의론이 어떻게 같고 어떻게 다른지 알고 싶"다고 했다. 그의 질문에 대한 답변은 이 논문 전체에 녹아들어 있다. 여기에서는 핵심만 밝히기로 한다. 우선 민족문학론과 탈식민주의론은 (신)식민주의에 대해 '탈식민'을 지향한다는 점에서는 같다. 그렇지만 둘은 탈식민의 성격이 다르다. 민족문학론의 탈식민은 지배권력에 맞선 민중의 이항대립적 대항이고, 이 때 민중은 현실 변혁의 투쟁 주체로 선(先)규정된다. 이 논리에서는 (신)식민주의자와 민중의 정체성이 미리 고정되어 이항대립의 구조는 경직된다. 그렇지만 탈식민주의론의 탈식민은 지배권력에 맞선 민중의 이항초월적 대항이고, 이 때 민중은 지배권력과의 관계 속에서 양가적이고 모방적인 존재로 규정된다. 이 논리에서는 (신)식민주의자와 민중의 정체성이 고정되지 않고 서로가 서로에 의해서 규정되며 이항대립의 구조는 해체·초월된다.
이 논문에서 양가성(ambivalence)이란 식민 상태에서 하나의 사물에 대해 서로 상충하는 경향(「새재」에서 '돌배'의 성격에 대한 상충성─의병이냐 도적이냐)을 의미한다. 그리고 모방성(mimicry)이란 바바(H. Bhabha)에게 있어서 피식민자가 식민자의 정책을 따르고 흉내내는(mimic) 과정에서 정책의 실패를 드러내고 식민자의 권위를 위협하는 것을 의미한다. 필자는 이 논리를 바탕으로 하여 식민자의 억압과 폭력에 대해서도 피식민자가 닮아가는 것(「쇠무지벌」에서 신식민주의자의 폭력적 성향을 닮아가면서 그들을 위협하는 농민의 모방 심리)으로 모방성을 확대 해석했다(고부응 편, 『탈식민주의─이론과 쟁점, (주)문학과지성사, 2003 참조; B. Bhabha, 나병철 역,『문화의 위치』, 소명출판, 2002 참조; F. Fanon, 이석호 역,『검은 피부 하얀 가면』, 인간사랑, 1998 참조; F. Fanon, 박종렬 역,『대지의 저주받은 자』, 광민선서, 1979 참조; P. Childs · P. Williams, 김문환 역,『탈식민주의 이론』, (주)문예출판사, 2004 참조).

하는 경향이 강하다. 이렇게 되면 '돌배'에 대한 다양한 평가는 불가능해진다. 거의가 다 민족문학론적인 시각의 논의만 반복된다. 가령 민병욱이 "돌배가 자기가 속한 집단의 계급적 자각을 거쳐서 계급적 실천 행동에 이"[9]른다고 주장하면, 돌배는 억압된 식민지 현실의 해방주체로서 규정된다. 그리고 그의 행위는 모두 구국과 항일의 행위로 정당화된다.

그러나 작품 속에서 '돌배'의 행위를 주목해 보면, 그가 도적인지 의병(또는 민중)인지 애매하다. 식민지 사회의 공적 담론에서 '돌배'는 도적으로 이해된다. 공적 담론에서 이야기되는 '돌배'는 부잣집을 습격하여 도적질을 하고 도망을 다니는 이에 불과하다. 그러나 시인이 '돌배'를 주목하는 이유는 그가 단순한 도적이 아니기 때문이다. 그는 친일적인 성향의 부잣집을 털고 왜놈과의 싸움을 통해서 조선인 여자를 구출하며 반일적, 항일적 의식을 지녀서 의병의 면모가 있다고 할 수 있기 때문이다.

「새재」 초반부의 중심사건은 '돌배'의 정참판댁 습격 사건이다. 정참판댁 습격 사건이란 '돌배'가 친구 세 명과 함께 마을지주인 정참판댁을 두 차례 습격하여 곳간을 털고 여러 사람들에게 상해를 입힌 뒤 도망친 것을 의미한다.

이 사건에서 '돌배'는 도적/민중의 양가성을 보여준다. '돌배'가 정참판댁에 몽둥이와 삽자루를 들고 무단 침입하여 쌀과 비단을 훔쳐간 것은 분명히 도적질이다. 또한 (마을)"사람들은 날더러 도적이라 한다./우리 것 뒤늦게 알고 되찾은/우러더러 사람들은 화적떼라 한다"(22쪽)라는 구절에서 보듯이, '돌배'는 식민지 지배권력은 물론 (마을)'사람들' 사이에서도 도적으로 이해된다. 그러나 그의 도적질은 반봉건사회의 모순에 대한 일정한 현실인식에서 시작된다. 그의 현실인식은 "이 가난은 누구 탓인가/왜 우리는 굶주려야만 하는가"(20쪽)라는 구절과, "이 기름진 땅/강

---

9) 민병욱, 앞의 글, 126쪽.

가의 모든 들판은/우리 것이다."(21쪽)라는 구절에서 드러난다. 가난의 원인과 토지소유권에 대한 반성 때문에, '돌배'는 평범한 도적이 아니라 반봉건적 현실 모순에 대항하는 자 또는 현실 변혁의 주체로서의 민중이 되는 측면이 있다.

이러한 '돌배'의 양가성은 왜놈패와의 싸움에서도 분명하게 확인된다. '돌배'와 그의 친구들은 정참판댁에서 도망쳐 충주 음성 샛간 철길 공사판에 숨어든다. 여기에서 '왜놈기사'가 '한 아낙네'를 희롱할 때 '돌배'가 저지하는 것을 계기로 왜놈패와 조선인 노동자들 사이에 싸움이 벌어진다. 왜놈패들이 최부자집으로 숨어들자 조선인 노동자들이 최부자집에 불을 내고 곳간을 턴 뒤, 왜헌병의 출현으로 도망치게 된다.

이 사건에서 '돌배'와 그 무리들의 행위는 식민지 현실이라는 시대 상황을 감안해도 도적질로 규정되기 쉽다. 최부자가 도망온 왜놈패들을 보호하고 내놓지 않는다고 해도, 또한 그들이 일제의 사법으로는 정죄되지 않을 수 있다고 해도 왜놈패들의 잘못을 '최부자'에게 물을 수는 없는 일이다. 최부자집을 방화하고 곳간을 터는 행위는 어떤 사회이든지 법적뿐만 아니라 관습적으로 허용될 수 없는 폭력과 도적질에 불과하다. '돌배'의 무리는 상당히 감정적으로 격앙된 행동을 한 것이다.

그럼에도 불구하고 '돌배'의 행위가 도적의 그것과 다르다면 그것은 그 행위의 원인이 남다르다는 점이다. 「새재」에서 '돌배'의 심리는 다음과 같이 표현된다.

배를 곯는 설움
짓밟히는 아픔
나라 빼앗긴 울분

이 모든 것이 한덩어리가 되어

치고 밟고 찌르고 던진다.
저것이 내가 미워하는 모든 것이다.
나를 밟고 학대하는 모든 것이다.(36쪽)

'돌배'의 심리를 통해 보면 그의 폭력은 항일적인 성격을 지닌다. 그의 폭력적 행위는 "나라 빼앗긴 울분"이라는 비판적 현실감정과, 친일파 양반과 일제에게 "배를 곯는 설움/짓밟히는 아픔"을 지니는 민족적 분노와 설움에서 비롯된다. 이러한 현실비판 의식 때문에 '돌배'의 심리 속에서는 왜놈패들이 일제의 전형으로 나타날 수 있다. 이러한 심리 상태를 볼 때 '돌배'의 폭력은 현실비판과 저항으로 이해할 수 있는 여지가 있다. 이처럼 '돌배'는 심리적으로는 현실 저항적인 민중이고 현실적으로는 폭도 또는 도적이다.

'돌배'의 양가성은 음성 샛간 철길 공사판에서 도망쳐서 새재를 넘어 일군의 도적들과 만난 뒤 "왜놈들을 잡고/양반님네 부자집 곳간을"(47쪽) 터는 행위를 할 때 좀 더 문제시된다. '돌배'는 총으로 무장을 하고 사격술을 배우는 등 일군의 조직을 만들고, 연풍고을과 풍기고을을 비롯해 문경, 영해, 청산, 청안, 괴산을 돌면서 헌병을 죽이며 양반들의 쌀을 빼앗아 양민들에게 나눠준다. 이러한 그의 행위는 1910년 한일합방 전후로 활발했던 의병운동의 전형적인 모습이다.[10]

그렇지만 「새재」에서 '돌배'의 정체성은 전적으로 의병이라고 말할 수 없다.

바람이 불고 눈보라가 치는구나.
양반님네 새재의 큰도둑 치기 위해
의병을 모은다는 소문이 들리고.

---

10) 박성수, 『독립운동사연구』, 창작과비평사, 1980, 7~379쪽 참조.

> (중략)
> 양반님네 발 뻗고 자겠다
> 의병을 모았다는 소문 속에,
> 바깥도둑 접어두고 집안도둑 치겠다
> 의병을 모았다는 소문 속에,
> 문경 장터 연풍 고을
> 의병들로 덮였다는 소문 속에.(50쪽)

'돌배'는 당대의 현실에서 의병이 되지 못한다. 그 이유는 두 가지다. 첫째는 '돌배' 무리가 지배 담론을 형성하는 '양반님네'에 의해서 도적으로 규정되었기 때문이다. 만약 '양반님네'가 의병을 모집하지 않았다면 '돌배' 무리는 '큰도둑'이 아니라 의병로서의 지위를 가졌을 지도 모른다. 그러나 '양반님네'가 '돌배' 무리를 '큰도둑'으로 규정하여 의병을 모았기 때문에 '돌배' 무리는 공적담론에서 정말로 '큰도둑'으로 기입되는 것이다.

둘째는 '돌배' 무리가 의병조직로서의 민족의식과 항일의식이 부족했기 때문이다. '양반님네'는 그들을 "새재의 큰도둑"으로 규정하고, 식민지 현실의 내부 혼란을 잠재운다는 명목으로 상당한 규모의 "의병을 모"았고 '돌배' 무리를 토벌했다. 그렇지만 '돌배'의 무리는 "서로 다투고/주먹질을 하고/한밤중에 몰래 도망치는 자도 있"(52쪽)는 문란한 모습과, "이곳 나간 양반 길잡이 되"(53쪽)는 배신으로 자멸했다. 이 붕괴과정에서 항일의식은 보이지 않는다.

'돌배'는 그가 붙잡혀 신문받는 과정에서도 현실적으로는 의병 또는 민중으로서의 단일한 정체성을 분명하게 확보하지 못한다. 그것은 양반의 기만 때문이다. "나라를 빼앗긴 일 되찾는 일이/모두"(54쪽) 양반들의 일이 되는 상황에서 '돌배'는 "도둑의 괴수 화적떼 두목이"(54쪽) 될 뿐이기 때문이다. 다만 '돌배'는 그의 내면에서만 양반들의 기만을 잘 알고 있으며 현실 변혁의 존재인 민중이 된다. "우리들 어리석은 백성의 소란으

로/나라 되찾는 일 더 어지러워진다지만,/나는 믿을 수 없다/나라 걱정 가
없은 백성 걱정에/잠 못 이룬다 하지만,/나는 믿을 수 없다.//너희들이렇
게 볼 때 '돌배'는 식민지 현실의 공적 담론에서는 '도적'으로, 그리고 그
의 내면을 들여다보는 시인의 시선에서는 '의병' 또는 '민중'으로 정체성
이 규정된다. 현실과 내면 사이의 괴리감, 그것은 식민주의에 비판ㆍ저
항하는 인간의 정체성 규정이 단순한 문제가 아님을 암시한다. 의병으로
서의 확고한 정체성을 확립하는 것은, 단순히 한 개인의 결심이나 각오
만으로 되는 것이 아니라 조직과 집단의 분명한 의식이 형성되고, 실천
을 통해서 그 의식을 표출할 때만이 가능하다. 그럴 때만이 식민지 사회
가 기만적으로 반복하는 공적 담론의 경계를 넘어서서 탈식민적 저항으
로 기록될 수 있는 것이다.

III. 식민지 민중의 심리적 이상성(異常性)

그 동안 서사시 「남한강」 연구에서는 민족문학론적 시각을 과도하게
적용하여 무리한 해석이 많았다. 「남한강」의 주요 인물들은 거의 현실
변혁의 주체로서의 민중으로 이해되었고, 서사적 골격 역시 민중적 저항
이라는 관점에서 규명되었다. 이러한 관점을 억지로 적용하면, 한 남자
를 사랑한 '연이'와 누이의 정부를 죽인 '대장간집 작은아들'도 현실 변
혁적인 민중으로 오인되고, 그러한 사랑과 살인도 민중적 저항으로 오
해된다.

그렇지만 「남한강」은 남한강 주변에서 식민지적 일상을 살아가는 사
람들의 심리적 이상성을 잘 보여주는 텍스트이다. '연이'와 '대장간집 작
은아들'은 식민지배로 인하여 정상적인 삶을 살지 못하는 '저주받은' 자

들이다. 식민지배라는 특수 상황은 거의가 다 식민주의자(일본인)를 우월한 자로, 그리고 식민지 민중을 열등한 자로 규정해 놓는다. 그렇기 때문에 식민주의자에 대한 식민지 민중의 내면을 분석해보면, 이들은 혹독한 식민지배를 부정하거나 반대로 식민주의자의 세계에 편입하려고 할수록 심리적 왜곡 상태에 빠지고, 그로 인하여 일상적 현실에서 비정상적인 심리적 반응을 야기하는 경우가 많다.

예를 들어 「남한강」의 첫부분에서 '연이'의 사랑을 보자. '연이'는 '돌배'를 찾아다니다가 "쇠전 높은 막대에 덩그마니 달린/시커먼 머리통,/눈조차 까마귀에게 쪼아먹힌/처참한"(65쪽) '돌배'의 모습을 목도한 뒤, 엄청난 정신적 충격에 휩싸이고 꿈에서도 '돌배'의 원통함을 듣는다. 이러한 '돌배'의 죽음은 '연이'의 정신적 외상(trauma)에 해당한다. 이후 '연이'는 자신의 삶을 "낭군 원수 갚"(67쪽)는 것으로 이해하고 '돌배'에 대한 사랑을 유일무이한 것으로 생각한다.

그런데 문제는 '연이'가 "솟구치는 힘/스스로도 억누를 수 없는"(71쪽) 성적 존재로서의 육체를 지니고 있다는 점이다. '연이'는 '앵금타는 이'를 만나서부터 그에게 관심을 보이고, 곧이어 육체를 허용한다. 이 때 '앵금타는 이'에 대한 '연이'의 사랑은 정상적이지 않고 분열적이다. '연이'는 '앵금타는 이'를 육체적으로 사랑하지만 정신적으로 완전히 사랑할 수 없다. 왜냐하면 그녀의 무의식에는 '돌배'라는 정신적 외상이 자리하고 있기 때문이다.

　　나는 모르오 당신의 뜻을.
　　내 방문 열지 마오
　　내 사랑은 오직 돌배뿐.

　　그러나 귀 기울이다 훌쩍이고 흐느끼는

연이의 몸에 그의 손 닿으면
온몸에 불꽃이 일어.

당신에게는 그의 혼이 씌웠구료.
목 잃고 저승길 못 찾은 원혼
구천계곡 헤매다가
앵금소리 구성진 가락 타고
당신에게 씌웠구료.

들려주오 더 구성진 가락
뼛속 깊이 맺힌 원한.
당신의 피를 타고
내 몸에 스미는구료.(88~89쪽)

위의 인용에서 '연이'는 '앵금타는 이'와 '돌배'의 동일시를 통해서 심리적 분열 상태를 벗어나는 것처럼 보인다. 그녀는 '돌배'라는 죽은 망령을 매개로 '앵금타는 이'와의 사랑을 스스로에게 승인한다. 그렇지만 그 사랑은 실존적 대상을 향한 것이 아니라 죽은 혼령을 향한 것에 불과하다. "당신에게는 그의 혼이 씌웠"다는 환영보기와, "뼛속 깊이 맺힌 원한./당신의 피를 타고/내 몸에 스"민다는 자기합리화가 있어야만 가능한 사랑이다. 따라서 그 사랑은 온전한 것이 아니다. 서로의 마음을 교환하고 서로의 실존을 확인할 수 있는 종류가 아니다. 「남한강」 전체를 보아도 '연이'의 사랑이 육체적일 뿐 서로의 마음을 교환하는 것에까지 이르지 못하는 까닭은, 그녀의 정신적 불구성에 관계한다.

'연이' 못지않게 식민지배로 인한 심리적 이상성異常性을 보여주는 자가 '대장간집 작은아들'이다. 그는 자기의 '누이'가 '나가야마'의 하녀살이를 하다가 임신한 것을 알고는 '나가야마'를 살해한다. 이 살인 사건은

'대장간집 작은아들'이 순사들에게 끌려가 뭇매를 맞고 집으로 돌아와 사흘 만에 죽는 것으로 종결된다. 이 때 문제가 되는 것은 살인을 둘러싼 주요 인물들의 심리적 이상성이다. 이들은 식민지 현실에서나 가능할 법한 여러 가지 비정상적인 반응들을 보여준다.

　　　나가야마를 찌른 이는 대장간집 작은아들.
　　　왜놈의 하녀살이에
　　　우쭐대는 누이가 미웠을까.

　　　왜놈의 씨 뱄다는 누이년
　　　주인만 잡고 통곡하고
　　　속없는 대장장이
　　　집안 망했다 두 다리 뻗고 땅을 치네.

　　　　　(중략)
　　　철없는 아들놈 때문에 돈방석을 놓쳤다
　　　불려온 대장장이 종주먹질 속에
　　　왜놈 몽땅 쳐죽이겠다 아들은 길길이 뛰고
　　　네 나지미냐 순사놈들
　　　연이를 잡고 놀려 댄다.(83~85쪽)

위의 인용에서 보듯이 '대장간집 작은아들', '누이', '대장장이'는 모두 심리적으로 이상자異常者들이다. 먼저, '누이'가 '나가야마'와 정을 통한 이유는 전적으로 그가 식민지 사회의 상류계층인 일본인이기 때문이다. 그래서 '나가야마'가 죽었을 때 한 인간에 대한 '누이'의 슬픔과 비애는 보이지 않는다. 둘째, '대장간집 작은아들'이 '나가야마'를 죽인 것은 '누이'와 '나가야마' 사이의 문제가 아니라 극히 개인적인 문제 때문이다. 그 것은 아이러니컬하게도 '누이'가 '나가야마'를 사랑한 것과 같은 이유이다. '대장간집 작은아들'은 '나가야마'가 일본인이기 때문에 그를 죽인 것이다. 셋째, '대장장이'가 "집안 망했다"고 하는 것은 사위를 잃어버린 비극 때문이 아니라, "철없는 아들놈 때문에 돈방석을 놓쳤다"에서 보듯이 일본인을 통해서 얻을 수 있는 치부의 기회를 놓쳤기 때문이다.

이러한 비정상적인 심리는 식민주의자에 대한 열등감을 잘못 극복하는 두 가지의 상반된 태도에서 비롯된다. 하나는 식민주의자를 사랑함으로써 일본인 세계에 편입되는 것이고, 다른 하나는 식민주의자를 증오함으로써 일본인 세계를 파멸시키는 것이다. 전자는 '누이'의 태도이고 후자는 '대장간집 작은아들'의 태도이다. '누이'는 '나가야마'가 아닌 식민주의자를 사랑함으로써 그 세계에 편입하고자 한 것이었고(따라서 '우쭐' 댈 수 있었다), '대장간집 작은아들'은 '나가야마'가 아닌 식민주의자를 증오함으로써 그를 살인할 수 있었다(따라서 주재소에서도 "왜놈 몽땅 쳐죽이겠다"고 소리를 지를 수 있었다).

그럼에도 불구하고 두 태도는 모두 불행한 결과를 초래한다. 두 태도는 식민주의라는 커다란 현실적 핍박과 억압이 만들어낸 심리적 콤플렉스를 보여준다.[11] 식민주의는 현실적 일상뿐만 아니라 식민지 민중에 대한 심리적 지배를 통해서 유지되기 때문에 저주받은 삶의 '파놉티콘'이 된다. 식민주의라는 심리적 감시망을 뚫고 파놉티콘의 '바깥'으로 탈주하는 것은 여간 어려운 일이 아닐 것이다.

---

11) 이러한 심리적 콤플렉스는 식민지 민중들에게는 식민주의에 대한 부러움과 두려움으로 변형되어 나타나기도 한다. 가령 식민지 민중은 "신기한 왜놈 상품에 감탄하고 혀를 두르"(74쪽)는 부러움과 아울러 "우리는 모르오 아무것도/모르오./(중략)/오라면 오고 서라면 서고/밟으면 밟히는 어리석은 백성들"(90쪽)로 표현된다.

Ⅳ. 정체성에 대한 반성

「쇠무지벌」의 서사시인은 농민과 신식민주의자 사이의 대립을 중심 서사로 서술하고 있다. 이 때 농민을 현실 변혁의 존재로 선先규정하면 이 서사시의 무게중심은 작품 후미의 투쟁에 놓이게 된다. 농민이 지나치게 투쟁적인 존재로 이해되면 신식민주의자도 상당하게 억압적인 존재로만 설명된다. 이렇게 되면 「쇠무지벌」은 신식민주의자의 억압에 대한 농민의 투쟁과 좌절로밖에 설명되지 않는다.

그러나 「쇠무지벌」에서 농민과 신식민주의자의 정체성은 선先규정될 수 없는 복잡성을 지니고 있다. 이들은 민족 대 반反민족, 또는 민족주의 대 신식민주의라는 이분법의 단순 논리로 포착될 정도의, 형해만 남은 형상으로 서술되지 않는다. 신경림의 서사적 주인공들은 단일하지 않는 복수적複數的 심리와 행위를 가지고 있는 인물들이다.

「쇠무지벌」의 처음 부분에서 해방 직후 농민과 신식민주의자(구舊친일권력)의 태도는 투쟁과 억압의 대립으로 일관하지 않는다. '새부자', '새양반', '옛통수', '왜군수' 등의 구舊친일권력은 이상한 화해론을 펼친다. 그것은 농민에게 응징 당할 것을 두려워하면서도 농민을 무시하는 양가적인 태도에서 기인한다. 그들이 "옛일 잊고 화해할 때"(137쪽)라고 말하면서도 "사람 잘난 게 잘못이냐/(일제의 명령에 의해서 체포, 구금, 고문 등을―필자 주)시키니까 했지./어리석고 미련한 백성/남의 탓만 하누나"(132쪽)라고 말하는 것은 우연이 아니다.

한편 구舊친일권력의 양가적 심리는 농민의 양가적 반응을 야기한다.

> 노적가리 밑에 누워
> 밥 굶는 법 없느니,
> 광에서 인심 나고

뒤주에서 정 솟느니,
지금은 서로 용서할 때
너그럽게 받아줄 때.

몰아내세 몰아내세
새부자 새양반 몰아내세
빼앗긴 만큼 빼앗고
짓밟힌 만큼 짓밟세.
지금은 서로 갈라설 때
몰아내고 짓밟을 때.(141~142쪽)

위의 두 연은 각각 농민 가운데 '어른들'과 '젊은이들'이 말하는 것으로 추정된다. '어른들'은 구舊친일권력의 화해론을 반복한다. 이들의 화해론은 구舊친일권력의 부와 폭력을 두려워하면서 의지하는 식민적 심리에 기인한다. 반면 '젊은이들'은 구舊친일권력의 응징론을 주장한다. 이들의 응징론은 구舊친일권력이 사용한 폭력과 차별화 논리를 모방하여(mimic) 되돌려주는 탈식민적 심리에서 기인한다. "빼앗긴 만큼 빼앗고/짓밟힌 만큼 짓밟세"라는 폭력과 "지금은 서로 갈라설 때"라는 차별화에 대한 주장은 식민주의를 빼어 닮은 것이다.

구舊친일권력과 농민의 심리적 복잡성은 황밭들에 대한 소유권 문제로 서로 대립하는 과정을 살펴볼 때에도 확인된다. 해방공간이 신식민지화되는 과정에서 신식민주의자가 된 구舊친일권력의 화해론은, 일제 시대 때 빼앗은 땅의 반환 문제에 대해 양가적 태도를 보인다. 농민을 두려워하면서 무시하는 이들의 양가적 심리는, 식민지하에서 강제로 토지를 빼앗긴 농민의 분노를 잠재우기 위해서 작은 토지를 선뜻 내놓지만 근본적으로는 농민을 무시12)하기 때문에 황밭들 10만 평을 내놓지는 않는다.

---

12) 신식민주의자가 황밭들을 내놓으라고 찾아간 '어른들'과 '새 통수'에게 "너희 할애비

신식민주의자의 이중적 태도 때문에 농민은 복잡한 심리적 반응을 드러낸다. 먼저, '어른들'은 권력을 두려워하면서도 권력에 의지하는 심리 때문에, '젊은이들'이 황밭들 소유권 문제를 제기할 때에는 "쉬이 그건 우리가/쌀 받고 보리 받아 넘긴 땅이니"(157쪽)라고 말하면서 권력의 화해론에 계속 동조한다. 반대로 '젊은이들'은 다르다.

> 짓밟은 만큼 짓밟고
> 파헤친 만큼 파헤치리라,
> 삽, 괭이, 가래 곤추들었다.
>
> 흐르늪 샘보들 먼저 짓밟아라,
> 맨발로 짚세기발로 고무신발로 짓밟아라,
> 버드래기 버들버덩부터 파헤처라
> 삽질 괭이질 가래질로 파헤처라.(180쪽)

'젊은이들'이 신식민주의자의 못자리를 파헤칠 수 있는 까닭은 모방 (mimicry)의 심리 때문이다. 이들은 자신들이 심은 못자리를 뒤집어놓은 신식민주의자의 폭력 행위를 그대로 흉내내는 행위를 보여준다. 이 행위는 신식민주의자의 "짓밟고 파헤친" 행위를, "짓밟은 만큼 짓밟고/파헤친 만큼 파헤치리라,"라고 하면서 반복하는 것이다. 이러한 반복적 · 모방적 행위는 신식민주의자의 폭력적 행위를 빌려와 그 행위를 그대로 되돌려주는 과정을 통해서 그들의 原의도를 무산시키는 탈식민적 저항으로 이해된다.

「쇠무지벌」의 후반부에서도 신식민주의자와 농민의 복잡한 심리는 계속 엿보인다. 신식민주의자인 '왜면장네 큰아들'은 못자리를 파헤친

애비한테 사들인 땅,/남의 땅에 모 꽂다니 명화적이 따로 없네."(176쪽)라고 말한 구절이 그 예가 된다.

농민을 '빨갱이'로 규정한다. 이 규정 속에는 농민이 자신을 해할지 모른다는 두려움과 아울러 그러한 농민을 억압해야 한다는 자기합리화가 숨겨져 있다. 그는 "술청에서 공술 먹고,/말강구네 키 큰 딸 대낮에 치마 찢고,/(중략)/이발소에서 나오는 중늙은이 잡아/마당 뺑뺑이질 시키고 무릎까"(189쪽)는 행위를 서슴없이 하는데, 그의 심리 속에는 '빨갱이'에 대한 신식민주의자의 방어본능이 작동하는 것이다. 그의 눈에는 체제 위협과는 무관한 힘없는 촌민이 '빨갱이'로 보이는 것이다.

반면 농민은 농민을 폭력적이고 체제 위협적 존재로 보는 신식민주의자의 심리를 모방하여 정말로 자신들이 신식민주의자를 해할 수도 있다는 자신감과 아울러 억압에서 극복돼야 한다는 신념을 가지게 된다.

> 게으르다 떼었던 하늘바래기 논,
> 네 다시 가지려무나,
> 장리쌀 못 갚는다 빼앗았던 모래밭 돌밭
> 그것도 네 가져라.
> 삼칠제도 고맙잖고
> 동네 화목림도 필요없다
>
> 내놓아라, 황밭들이라 십만 평
> 우리네 천한 조상 피땀으로 일군 땅,
> 보리됫박 좁쌀됫박으로
> 우리 할범 속여 차지한 땅,
> 대대로 우리 함께 갈고 거두던 땅.
>
> 자정이 되어 굿가락이 무르익으면
> 진삿골 어른 벌벌 떨며 끌려나와
> 문서에 도장 찍고 새참 내고.(193~194쪽)

위의 인용에서 농민의 투쟁은 선험적 혹은 선천적으로 부여받는 것이 아니라, 신식민주의자의 심리를 반복하고 모방한 것이다. 농민은 농민에게 '땅'의 일부를 되돌려주어 황밭들을 지키려고 한 신식민주의자의 심리를 그대로 반복 · 모방하여서 '땅'의 일부를 다시 되돌려줌으로써 황밭들을 지키려고(혹은 다시 빼앗으려고) 한다. 이 때 신식민주의자가 농민을 '빨갱이'처럼 두려운 존재로 여길 때만이 농민은 빼앗긴 땅을 되찾는 것을 두려워하지 않는 정말 두려운 존재가 되고, 농민을 위협적인 존재로 여길 때만이 농민은 '진사골 어른'의 집을 찾아가 황밭들 문서를 빼앗는 위협적인 존재가 된다.

이처럼 농민은 원래 폭력적인 존재로 선先규정되는 정체성을 지닌 것이 아니라, 신식민주의자와의 관계에서 그들의 양가적 심리를 반복 · 모방하는 과정에서 폭력적인 존재로 규정된다. 따라서 농민의 폭력은 계급논리나 혁명논리가 아니라, 신식민주의자의 폭력에 대한 모방논리로 이해할 필요가 있다. 농민은 신식민주의에 대립하고 갈등하면서 동시에 신식민주의자의 양가적 심리를 반복하고 모방하는 존재인 것이다.

V. 결론

이 글에서는 『남한강』이 1970~1980년대의 시대적 분위기에 편승해서 상당 부분이 오독된 대표적인 텍스트임을 밝히고, 그 이유가 민중을 현실 변혁의 주체로 선先규정하는 논리에 있음을 살펴보았다. 민중이 선험적으로 규정되면, 「새재」의 '돌배'와 「남한강」의 '연이'와 '대장간집 작은아들'과 「쇠무지벌」의 농민은 모두 민중으로, 이 연작서사시의 주제도 민중의 투쟁과 좌절로 판독된다. 그러나 이 글은 민족문학론적 시각을 비판하면서 보완하고자 파농과 바바의 논의를 활용하여 탈식민주의적 시각을 구성하였다. 그 결과 다음과 같은 결론이 도출되었다.

첫째, 「새재」의 '돌배'는 '도적'/'의병'으로서의 양가성을 지닌 존재이다. 그는 정참판댁을 습격하고 왜놈패와 싸우고 "왜놈들을 잡고/양반님네 부자집 곳간을"(47쪽) 터는 행위를 할 때 식민지 현실의 공적 담론에서는 '도적'으로 규정되지만, 그의 내면을 들여다보는 시인의 시선에서는 '의병'(민중)으로 파악된다. 이러한 현실과 내면 사이의 괴리감은 탈식민하기의 어려움을 암시한다. 탈식민적 저항이란 식민지 사회가 기만적으로 반복하는 공적 담론의 경계를 넘어설 때만이 가능하다.

둘째, 「남한강」의 주요 인물들은 식민지적 일상을 살아가는 사람들의 심리적 이상성을 보여준다. '연이'는 '앵금타는 이'를 사랑하지만 온전한 사랑에 몰입할 수 없다. '연이'의 사랑은 식민주의자에 의해서 처참하게 죽임을 당한 '돌배'가 유일무이하기 때문이다. 그녀는 '돌배'와 '앵금타는 이'의 이미지를 일치시키는 방법으로 사랑을 얻으려고 하지만, 그것은 육체적 사랑만 있다는 점에서 그녀의 정신적 불구성을 보여준다. 또한 '나가야마' 살인 사건에 대한 '대장간집 작은아들'과 가족들의 반응 역시 비정상적이다. '누이'의 사랑과 '대장간집 작은아들'의 살인에 대한 동기에는 인간으로서의 '나가야마'는 없고 상류층 일본인으로서의 '나가야마'만이 존재한다.

셋째, 「쇠무지벌」의 신식민주의자와 농민은 선先규정될 수 없는 복잡성을 지닌 존재이다. 신식민주의자의 행위에는 농민이 자신을 해할지 모른다는 두려움과 그러한 농민을 억압해야 한다는 자기합리화, 그리고 농민을 무시해도 된다는 우월감의 심리가 복합되어 있다. 이러한 신식민주의자의 심리를 반복하고 모방하는 존재가 농민이다. 농민은 신식민주의자를 두려워하면서도 그들을 해할 수 있다는 자신감과 아울러 억압에서 해방되어야 한다는 신념을 갖는다.

이렇게 볼 때, 민중이 보여주는 탈식민적 저항의 성격은 민족문학론적 시각보다는 탈식민주의적 시각에서 좀더 잘 파악된다. 탈식민주의적 시각은 민중의 삶과 탈식민적 저항을, 이분법적인 논리로 가두어 놓지 않고 이분법적인 논리를 해체하며 초월하는 성격으로 재구성한다. 그리고 민중의 정체성을, (신)식민주의에 맞선 현실변혁적 주체로 선先규정하는 것이 아니라 양가적이고 모방적이며 심리적 이상성이 있는 존재로 재규정한다. 그 결과 민족문학론의 시각에서 상당 부분 오독된『남한강』의 민중은 작품의 현실 속에서 생생하게 살아있는 존재가 되는 것이다.

탈식민주의적 시각은 서사시의 암유성에 대한 좀더 심도 있는 해석을 가능하게 한다.『남한강』에 대한 탈식민주의적 접근은, 동구 사회주의 붕괴 이후 이념 해체의 시대에 새로운 읽기를 가능하게 해준다. 그러한 접근을 통해서 하나를 부정함으로써 다른 하나를 중심에 내세우는 방식이 아니라, 서로의 내면을 파악하고 정체성을 반성하여 이분법의 체계를 초월하는 새로운 논리를 제시한다. 오늘날처럼 이분법의 수많은 변종들이 '유령'처럼 휘젓고 다니는 사회에서는, 자기 자신과 상대방에 대한 정체성을 반성하여 그러한 이분법을 해체하고 초월하는 논리를 만드는 일이 의미 있는 듯싶다.

신경림 시에 나타난 민중의 재해석

I. 서론

1. 문제 제기

이 논문은 기존의 신경림 시 연구에서 보이는 민중의 해석을 문제 삼고자 한다. 기존의 연구에서는 민족문학론의 직·간접적인 영향으로 말미암아 암암리에 신경림의 시에 나타난 민중을 역사변혁 또는 현실극복의 주체로 다소 경직되게 바라봤다. 그렇지만 신경림 시 속의 민중은 그러한 이데올로기적인 독법으로는 파악될 수 없는 생생한 일상의 존재라는 점에서 재해석이 요청된다.

이 연구가 겨냥하는 것은 '신경림의 시에 나타난 민중이란 누구인가?' 하는 것이다. 즉 민중의 정체성에 관한 것이다. 이것을 해명할 때 가장 문제가 되는 것은 우리의 사고 깊숙이 뿌리박혀 있는 민족문학론의 강력한 영향력이다. 민중은 피억압 계층으로서 역사변혁과 현실극복의 의지를 가진 주체라는 것이 하나의 규범으로 작용할 때에, 다른 해석은 설 자리를 잃어버린다. 새로운 자리 확보의 어려움은 역사적 · 사회적 공과를 함께 지닌 민족문학론의 과過에 해당한다. 이 과실이란 민중을 투쟁적 주체로 오인하게 만드는 선험적인 환각 효과를 발생시키고, 그 결과 작품의 해석과정 곳곳에 이데올로기를 끌어들인 것을 의미한다.

이런 이데올로기의 세례를 받으면 일상을 평범하게 살아가는 민중이 투쟁적 · 저항적 주체가 되고, 나아가 혁명적 주체로 우뚝 서는 것처럼 보이며, 그 결과 민중시의 위상은 곧 저항문학 · 투쟁문학으로 제한되는 경향마저 생기고 만다. 우리 문학에서 이러한 이데올로기적인 독법의 가장 큰 피해자가 신경림이다. 그의 시는 1960년대 중반 이후 민중의 체험과 관찰을 통해서 '쉽게 규정할 수 없는' 독특한 민중상을 드러내 왔다. 그런데 민족문학론은 이 '쉽게 규정할 수 없는' 특징을 자신의 이데올로기에 의거해서 담론화하고 시대적 분위기에 편승한 결과, 신경림 시의 민중을 권력의 반대편에 위치하고 권력에 맞선 투쟁적 존재 또는 이항대립적 존재로 만들어 왔다.

그러나 신경림의 시에서 민중은 그러한 규정을 넘어서는 과잉과 초과의 존재이다. 이 논문은 탈脫식민주의(postcolonialism)의 방법론을 활용해서 민족문학론의 이데올로기적인 독법을 해체하고 민중의 정체성을 재해석하고자 한다. 호미 바바H. Bhabha가 논의하고 있는 탈식민주의는 이항대립적으로 인식된 민중과 자본 · 권력의 관계를 혼성시키는(hybrid) 통로가 된다.[1] 다시 말해서 이제는 민중을 자본 · 권력에 대해 투쟁하는 존재가 아니라 모방하고(mimic) 혼성하는 존재로 다시 살펴보자는 것이다.

이러한 탈식민주의적인 시각은 민중에 대한 기본적 인식을 변화시킨다. 민중은 자본 · 권력이 주도한 여러 로드맵roadmap들—공업화, 근대화,

---

1) Bhabha, H., 나병철 역, 『문화의 위치』, 소명출판, 2002, 177~192쪽, 209~244쪽 참조; Childs, P. · Williams, P., 김문환 역(2004), 『탈식민주의 이론』, (주)문예출판사, 253~318쪽 참조.

도시화, 산업화, 교양화, 국민화—의 흐름을 근본적으로 거부하지 않고 실제로는 대부분 협조적이었다. 또한 민중은 마르크시즘marxism과 같은 반체제적 전망을 가지고 자본·권력의 폭력에 맞섰던 것이 아니라, 우연한 계기에 그 폭력의 방식을 그대로 모방해 자본·권력에게로 되돌려주었던 것이다. 아울러 민중은 특정한 이데올로기를 선택했던 것이 아니라 좌우 이데올로기가 혼성된 경계선에 위치했던 것이다.

탈식민주의적인 시각을 참조하면 신경림의 시에서 민중의 정체성은 시기별로 크게 세 가지의 면모로 드러난다. 먼저, 자본·권력의 공업화 정책에 순응하고 모방하는(mimic) 가운데 차이의 감성을 보여준 민중상民衆像이 제시된 1970년대까지의 시기이다. 등단작 「갈대」를 포함해 시집 『농무』(1973)와 『새재』(1979)가 그 연구대상이 된다. 둘째, 모방의 과정에서 정책의 모순을 드러내거나 자본·권력의 폭력을 되돌려주는 민중상을 형상화한 1980년대의 시기이다. 시집 『달넘세』(1985), 『가난한 사랑노래』(1988), 『길』(1990)과 서사시 『남한강』(1987)이 그 연구대상이 된다. 셋째, 좌우 이데올로기가 혼성된 경계선 위에 있는 민중상을 서술한 1990년대 이후의 시기이다. 시집 『쓰러진 자의 꿈』(1993), 『어머니와 할머니의 실루엣』(1998), 『뿔』(2002)이 그 연구대상이 된다.

2. 연구사 비판

신경림 시에 대한 그간의 연구는 그의 시를 민중시의 문맥에 위치시키고 그 의미와 의의를 부여해 온 과정으로 보인다. 이 때 문학과 저항의 관계에 천착한 기존의 연구들은 그의 시에서 민중의 '실체'와 '전망'을 무의식적으로 동일시하는 오류를 주로 범해 왔다. 즉, 피억압 계층(실체)을 역사변혁과 현실극복의 투쟁 주체(전망)로 규정해 온 것이다. 이러한 시각은 민족문학론과 시대적 분위기의 영향 때문인 것으로 추측된다. 민족문학론자들뿐만 아니라 비민족문학론자들도 직·간접적 혹은 경중의 차이가 있을 뿐 이러한 영향에서 자유로울 수 없었다. 또한 반민족문학론자들도 실체를 전망으로 규정하는 발상을 비판만 했지 뚜렷한 대안적 사유를 제시하지는 못했다.

신경림의 시를 소위 말하는 진보적 이데올로기와 처음으로 연결시킨 자는 백낙청이었다. 백낙청은 신경림의 시가 민중시로 규정될 수 있음을 처음으로 발견해 냈다. 백낙청은 『농무』의 「발문」에서 그의 시가 "민중의 사랑에 값하는 문학"[2] 즉, 후에 '민중시'가 됨을 밝혔고, 한 좌담회를 통해서 "어떤 구체적인 역사적인 의미를 가진 숨은 사연"이고 "미래의 어떤 비존을 암시하는 측면"[3]이 있음을 강조했다.

신경림의 시에 대한 백낙청의 평가는 그의 참여적 경향과 문단의 지배적 위치 때문에 이후 시인의 시작에도 상당한 영향을 끼쳤고,[4] 나아가 시 연구에서 중심적인 관점이 되고 말았다. 특히 1980년대 후반 이광호, 윤영천, 이시영이 보여준 민족문학론적인 시각의 심화와 확대는, 신경림 시를 다소 경직되고 편향되게 해석한 느낌마저 들게 만들었다. 이광호는 신경림의 시에서 당대 민족문학론 논쟁의 한 맥락인 지식인과 소외계층의 "연대감을 표명하고 있는 목소리"[5]를 다소 도식적이고 거칠게 찾아냈다. 윤영천은 시장의 생선장수 아주머니를 억지로 "역사 변혁의 주체로서의 민중"[6]으로 해석했다. 이시영은 시 「겨울밤」에서 "올해에는 돼지라도 먹여볼거나"라는 민중의 소박한 소망에서 "소박하나 분명한 현실 극복 의지를 읽을 수가 있다."[7]라고 편향적인 평가를 했다.

---

2) 백낙청, 「발문」, 신경림, 『농무』, 창작과비평사, 1973, 111쪽.
3) 백낙청 외, 「시인과 현실(좌담)」, <신동아> 7월호, 1973, 302쪽.
4) 강정구, 「신경림 시의 서사성 연구」, 경희대 대학원 박사학위논문, 2003, 67쪽을 참고할 것.
5) 이광호, 「『농무』의 세 가지 목소리」, 『문학과 비평』 여름호, 1988, 245쪽.
6) 윤영천, 「예술가의 사회적 책무」, 『한국현대시연구』, 민음사; 1989(『서정적 진실과 시의 힘』, 창작과비평사, 2002, 179쪽에 재수록).
7) 이시영, 「70년대의 시」, <동서문학> 1990년 겨울호, 180쪽.

한편 이러한 민족문학론의 시각에서 벗어나려는 여러 시도가 있었다. 민족문학론의 시각에 반발하는 경우도 더러 있었지만 그리 성공적이지는 못했다.8) 오히려 민족문학론의 '현실변혁 논의'와는 일정한 거리를 두는 분석들이 의미가 있었다. 장르적 특성을 주목9)하거나 그 외의 새로운 특성들을 찾으려는 경우가 대부분이었다. 후자의 경우에는 단시에서 구전시와 이야기시, 장시로 전개되는 시적 논리를 규명한 유종호의 논의,10) "민중의 삶이 그에게는 바로 자신의 절실한 체험적 현실"이라는 관점에서 이데올로기보다는 체험과 경험의 형상화를 강조한 염무웅의 논의,11) "입말의 습관, 구비문학의 전통"에서 창작방법론을 해명한 한만수의 논의12)는 상당히 날카로운 면이 있었다. 그러나 이러한 시도들은 민중의 정체성에 대한 근본적인 반성과 문제점을 제기하지 않았다. 따라서 이제는 민중에 대한 재해석이 요구된다.

II. 1970년대까지의 시기: 모방과 차이의 감성

신경림의 시세계에서 등단작인 시 「갈대」(『농무』, 1956)와 대략 10여 년 뒤부터 다시 시작되는 「겨울밤」(『농무』, 1965) 이후의 시편들은, 슬

---

8) 이기철은 시 「농무」가 성공한 이유를 "작품 외적인 것"에서 규명하고는 있지만 민족문학론의 민중 논의에 참여하지 못하고 회피했다(이기철, 「「농무」와 「남사당」의 상상력」, 『시문학』 1989 8월호, 98쪽).
9) 염무웅, 「서사시의 가능성과 문제점」, 『혼돈의 시대를 구상하는 문학의 논리』, 창작과비평사, 1995; 김현, 「울음과 통곡」, 『분석과 해석』, 문학과지성사, 1988; 고형진, 「서사적 요소의 시적 수용」, 『고려대 한국어문교육』 3호, 1988.
10) 유종호, 「슬픔의 사회적 차원」, 『동시대의 시와 진실』, 민음사, 1982.
11) 염무웅, 구중서 외, 「민중의 삶, 민족의 노래」, 『신경림 문학의 세계』, 창작과비평사, 1995, 172쪽.
12) 한만수, 「서정, 서사, 서경성의 만남」, 『순천대학교논문집』 제16집, 1997, 7쪽.

품이라는 공통의 감성을 지니면서도 분명히 구별되는 뚜렷한 변모를 보여준다. 이 때 "─산다는 것은 속으로 이렇게/조용히 울고 있는 것"으로 표현되는「갈대」의 슬픔은 뭔가 풀어지지 않은 삶의 이야기에서 비롯된다.「갈대」는 '은폐의 서사'라는 서정시의 문법에 충실한 것이다. 반면「겨울밤」이후의 시편들에는 고단한 삶을 살아가는 농촌 민중들의 슬픈 이야기가 비유와 상징, 그리고 서사가 적절하게 조화를 이루면서 서술되어 있다.

백낙청과 대부분의 민족문학론 논자들은 이러한 슬픔을 공동체적이고 사회과학적인 차원으로 이해했다. 슬픔의 서사는 시인 자신을 포함한 "우리 민족의 대부분이 자기가 직접, 아니면 한다리 건너서 겪"[13]은 민족 공동체의 수난에서 비롯되었기 때문이다. 그래서 슬픔의 주체는 민중 집단(계급)으로, 그리고 슬픔의 원인 제공자는 자본·권력으로 분석되었다. 이 때 이 둘은 마치 서로 등지고 대립되는 것으로 이해되었다. 따라서 슬픔이 분노의 감성으로 전환될 때에는 두 계급의 대립이 심화되는 것으로 생각되었고, 현실극복의지의 표상으로까지 예측되었다.

그러나 이러한 슬픔과 분노의 감성이 실제로 이항대립二項對立 또는 계급적 대결의 심리일까.

쌀값 비료값 얘기가 나오고
선생이 된 면장 딸 얘기가 나오고,
서울로 식모살이 간 분이는
아기를 뱄다더라. 어떡할거나.
술에라도 취해 볼거나. 술집 색시
싸구려 분 냄새라도 맡아 볼거나.
우리의 슬픔을 아는 것은 우리뿐.

---

13) 백낙청, 앞의 글, 302쪽.

올해에는 닭이라도 쳐 볼거나

　　　　　　　　　　　　　　　　　　　－「겨울밤」 부분(『농무』)

학교 앞 소줏집에 몰려 술을 마신다
답답하고 고달프게 사는 것이 원통하다
　　　　　　　　(중략)
산구석에 처박혀 발버둥친들 무엇하랴
비료값도 안나오는 농사 따위야
아예 여편네에게나 맡겨 두고
쇠전을 거쳐 도수장 앞에 와 돌 때
우리는 점점 신명이 난다.

　　　　　　　　　　　　　　　　　　　－「농무」 부분(『농무』)

　시 「겨울밤」에 나타난 농촌 젊은이들의 이야기 속에는 슬픔과 분노
의 감성이 복합되어 있다. 상경한 '분이'는 "아기를 뱄"고, "쌀값 비료값"
은 감당하기 힘들다. 차라리 술이나 마시러 가서 "술집 색시/싸구려 분
냄새라도 맡아" 보고 싶고, 농사가 안 되니 "닭이라도 쳐" 보고 싶다. 시
「농무」의 시적 화자는 좀 더 강한 분노를 보여준다. 농사를 지으며 "답답
하고 고달프게 사는 것이 원통"해서 "비료값도 안나오는 농사 따위야/아
예 여편네에게나 맡"기고 그 분노를 이기지 못해서 역설적인 '신명'의 춤
을 춘다.
　그런데 이때의 슬픔과 분노는 자본·권력과 맞서고 그들을 거부·부
정하는 감성으로 보기 힘들다. 왜냐하면 민중은 농사를 거부하고 (비료
사용 등의) 효율성을 무시하며 자본·권력과 근본적으로 대립하는 자가
아니라, 그들이 주도하는 농업 공업화 정책－비료사용, 영농다각화, 식량
증산 등－에 협력하고 순응하기 때문이다. 즉 민중의 슬픔과 분노는 계
급화 된 대항의 감성이 아니라, 그들의 정책을 순응하고 그들을 닮아가

는(모방하는, 동일시하는) 과정에서 현실적으로 그들과 차이만을 경험하기 때문에 발생하는 감성인 것이다. 따라서 "술집 색시/싸구려 분 냄새라도 맡아" 보거나, 농사를 "여편네에게 맡"기는 일탈적 행위를 근거로 하여서 농업 공업화를 실패로 규정하거나 민중의 대항적 욕망을 과도하게 노출시키는 해석은 무리가 따른다. 신경림 시의 민중은 자본·권력의 욕망과 정책을 근본적으로 포기하거나 거부하는 자가 아니고, 더욱이 그들과 맞서서 그들을 비판하고 극복하려는 자가 아니기 때문이다.

또한 민중의 이농현상도 체제에 대한 거부와 일탈을 보여주는 것이 아니라, 체제의 로드맵에 순응하는 민중상을 보여주는 것이다. 왜냐하면 개발독재 체제는 "나는 장정들을 뿌리치고 어느/먼 도회지로 떠날 것을 꿈꾸었"(「실명」, 『농무』)고 "아내는 3월 1일이 오기 전에/이 못난 고장을 떠나자고 졸라"(「3월 1일 전후」, 『농무』)대는 구절에서처럼 농촌의 반프롤레타리아를 도시로 유입해왔기 때문이다. 그리고는 "이발 최씨는 그래도 서울이 좋단다/(중략)/최씨는 골목 안 생선 비린내가 좋단다/쉴 새 없는 싸움질과 아귀 다툼이 좋단다"(「골목」, 『농무』)라는 구절에서 보듯이 농촌보다는 도시가 경제적·문화적으로 낫다는 도시화·근대화의 환상을 민중들에게 심어줬기 때문이다.

그렇다면 1970년대의 현실에서 자본·권력의 로드맵에서 근본적으로 일탈하는 민중상이 가능할까. 다시 말해서 자본·권력을 모방하지 않는, 혹은 초월하는 민중상이 가능할까 하는 문제이다.

하늘은 날더러 구름이 되라 하고
땅은 날더러 바람이 되라 하네
청룡 흑룡 흩어져 비 개인 나루
뱃길이라 서울 사흘 목계나루에
아흐레 나흘 찾아 박가분 파는

가을볕도 서러운 방물장수 되라 하네

—「목계장터」부분(『새재』)

위의 시가 전통시가율격의 창조적 복원이라는 평가는 차치하고 곧바로 민중 성격의 문제로 들어가 보자. 시적 화자는 '구름'이나 '바람', 또는 "서러운 방물장수"의 삶을 살아갈 운명을 자각한 민중이다. 그는 일견 자본 · 권력의 공업화 · 산업화 정책에서 멀찍이 떨어져 보인다. 그렇지만 이러한 시적 화자도 자본주의적 세계체제에서 근본적으로 벗어날 수 없는 생산 · 유통 · 소비의 한 존재인 것이다. 그 역시 생존을 위해서는 "서러운 방물장수"로의 삶이나 어떤 직업을 가져야 하고, 그 순간 자본주의의 회로에 기입되고 만다. 위의 시에서 시인은 자본주의의 회로에서 완전히 벗어나는 선적 사유나 유목적 사유에까지 나아가지 않는다. 이런 의미에서 「목계장터」에서 그리는 일탈과 초월의 분위기는 초超자본주의적 또는 초超체제적인 것과는 거리가 다소 멀다.

다만 시적 화자의 일탈 소망은, 자본 · 권력을 모방하는 민중이 느끼는 차이의 심리적 변형으로 판단된다. 민중은 체제에 대해 순응하고 모방하면서도, 동시에 자본 · 권력과의 차이가 너무나 커서 그 괴리감을 견디지 못할 때에 체제를 벗어나고 싶은 소망을 드러낸다. 위의 시는 그 소망을 마치 운명처럼 노래한 것이다. 이런 점에서 「목계장터」는 시집 『농무』에서 보여준 날카로운 현실인식과 비판의식에서 다소 퇴보한 인상을 주기도 한다.

III. 1980년대의 시기: 모방의 '예측할 수 없는' 효과들

1980년대의 신경림 시는 주로 체제 전복적이고 이데올로기적인 관점에서 읽혀왔다. 이 시기에는 무엇보다도 시인 자신이 집회와 행사에 참여해 시를 실천운동화 했거나, 잦은 여행을 통해 기층 민중들과 만나 그들의 빈곤한 삶과 사회구조적 모순을 시화했기 때문이다. 그 결과 이 시기에 대한 평가에는 부지불식간에 자본·권력에 맞선 투쟁과 저항이라는 이데올로기적인 독법이 유독 많이 보인다(앞의 '연구사 비판'에서 구체적인 예를 검토한 바 있다).

그런데 이러한 독법은 민중과 자본·권력을 이항대립화시키는 공통점이 있다. 그것은 마치 자본·권력이 현실의 커다란 모순덩어리이고 그모순을 해소하기 위해서는 민중이 나서야 한다는 대결의 환상을 심어주기 쉽다. 이런 상황에서 시 속의 민중이 피억압계층이라는 너무 작은 위상으로만 정립되어버리면 그 실제의 의미를 전부 포괄하지 못하는 것이된다. 하지만 그렇다고 해서 역사변혁 또는 현실극복의 주체라는 너무 큰위상으로 정립되어버리면 그 실제의 의미를 왜곡하는 것이 되기 쉽다.

사실 신경림이 1980년대의 시에서 보여준 민중은 피억압계층의 역사변혁주체화와는 상당한 거리가 있다. 일부의 집회시·행사시를 제외하면 시속의 민중은 자본·권력이 유도하는 로드맵을 성실하게 따르고 모방하는 존재이면서, 동시에 모방의 과정에서 '예측할 수 없는' 효과들[14]

---

14) 모방의 '예측할 수 없는' 효과들이란 호미 바바가 말하는 모방의 특징을 의미한다. 그는 모방이 "예의바름의 규율 내에 존재하는 시민불복종의 계기, 즉 눈부신 저항의 신호를 특징짓는다"(Bhabha, H., 나병철 역, 앞의 책, 241쪽)고 말한 바 있다. 즉 민중은 자본·권력을 모방하는 과정에서 그들이 의도하지 않고 예측할 수도 없었던 의외의 저항적인 말과 생각, 행위들을 자본·권력에 되돌려준다는 것이다. 따라서 모방의 '예측할 수 없는' 효과들은 자본·권력을 모방하는 민중의 말과 생각, 행위에서 발생하는 것이다. 기존의 연구는 이러한 민중의 모습을 비교적 잘 서술해 낸 신경림의 시

을 우연히 보여주는 존재들이다. 그 효과들 중의 하나는 체제 순응적이고 모방적인 민중이 오히려 체제의 심각한 부작용과 내부모순을 우연히 폭로한다는 점이다.

> 평택에서 돼지를 기르는 한효선씨는
> 자기 자신이 종종
> 돼지가 되어 사는 꿈을 꾼다
> 아무리 성실하고 부지런히 살아도
> 또 정직하고 착하게 살아도
> 사람들은 그것을 알지 못한다
> 거짓말을 하고 속임수를 쓰고
> 도둑질을 해도 알지 못한다
> 그런 돼지 가운데서
> 사람들은 마음 내키면
> 아무거나 골라 잡아먹는다
>
> ―「돼지꿈」 부분(『길』)

위의 시에서 '한효선씨'의 꿈 이야기는 모방의 '예측할 수 없는' 효과를 보여준다. 그 효과란 민중이 체제에 순응·모방하는 과정에서 은연중에 비판과 저항이 발생되는 것을 의미한다. 사실 그는 체제전복적인 투쟁을 의도하고 그러한 인식에서 비판과 저항을 하는 자가 아니다. 오히려 그는 체제 순응적으로 살아가고 그러한 입장에서 자기를 되돌아보는 말을 하는 자인데, 그 말이 체제 내부의 모순을 우연히 폭로하는 비판적·저항적 언행이 되어 버린다. 그는 도살당하는 돼지가 된 꿈을 통해서 "성실하고 부지런히" "또 정직하고 착하게" 사는 자기와 "거짓말을 하고 속임수를 쓰고/도둑질을" 하는 타인들이 구별되지 않는 현실을 인식한다. 그

를 두고서 주로 이항대립적인 저항문학으로 해석했지만, 이 논문에서는 이러한 해석을 비판하고 민중이 보여주는 모방의 효과를 탐색하고자 한다.

리고 그가 순응하고 모방하려는 체제는 자신과 같은 체제 순응자들을 "마음 내키면/아무거나 골라 잡아먹"는 '사람들' 앞에서 보호하지 못함을 자각한다. 이러한 인식과 자각을 통해서 체제순응적인 인간과 그렇지 못한 인간을 구별하지 못하는 체제의 내부모순이 폭로 · 비판된다. 그리고 그 결과 모방 속의 저항 또는 모방의 '예측할 수 없는' 효과가 발생되는 것이다.

모방의 '예측할 수 없는' 효과 중 다른 하나는 민중의 폭력적 행위에서 발견된다. 주로 연작 형태를 이루는 서사시 계열인 「새재」(1978), 「남한강」(1981), 「쇠무지벌」(1985)과, 시집 『달넘세』에 실린 「씻김굿」과 같은 전통가락을 빌린 시편들에서는 민중과 자본 · 권력 사이의 싸움을 보여준다. 이 때 서사시편에서 일본식민주의자 · 양반 · 지주와 싸우는 민중의 폭력은, 이데올로기적인 독법으로 읽기보다는[15] 지배자들의 폭력을 모방하는 민중의 '예측할 수 없는' 효과로 보는 것이 더 타당하다. 왜냐하면 민중의 폭력이란 당대의 자본 · 권력이 민중에게 가하는 폭력을 우연한 계기에 모방해서 그대로 되돌려주는 차원이 아닌가 판단되기 때문이다. 즉 민중은 지배자들의 폭력을 모방하는 과정에서 폭력적 저항이라고 하는 '예측할 수 없는' 효과를 발생시키는 것이다.

가령 「쇠무지벌」(『남한강』)에서 "짓밟은 만큼 짓밟고/파헤친 만큼 파

---

15) 예를 들어 민병욱은 「남한강」을 논의하면서 "연이의 삶은 돌배가 속해 있는 민중집단의 삶이 수행해야 할 계급적 과제를 그대로 계승하는 것"(민병욱, 「신경림의 『남한강』 혹은 삶과 세계의 서사적 탐색」, 『시와 시학』 1993. 봄호, 129쪽)이라고 주장했다. 그의 표현들을 보면 '돌배'는 민중계급으로, 그리고 '연이'를 포함한 민중들은 전복과 혁명으로 추측되는 계급적 과제를 수행해야 하는 존재로 곡해되기 쉽다. 그러나 신경림의 시에서 민중이 정말로 계급과 혁명의 세계관을 가지고서 저항했는지에 대해서는 의구심이 든다. 그의 서사시에서 '돌배', '연이', '대장간집 작은아들', 쇠무지벌 사람들과 같은 중심인물들은 사회과학(지식)의 세례를 전혀 받지 못한 종류이고, 시인 자신도 사회과학적인 시각과 용어들을 잘 보여주지 않기 때문이다.

헤치리라,/삽, 괭이, 가래 곧추들었다"라는 구절은, 그들의 폭력이 사회
과학에 바탕을 둔 마르크스적인 성격이나 민족주의 의식에 투철한 민족
지사적인 성격이 아니라, 자본·권력의 폭력'만큼'을 반복·반환하는 모
방적인 성격임을 예증해 준다. 쇠무지벌 사람들은 양반과 지주가 '황밭
들'을 "파헤친 만큼"만 그대로 '파헤치'기 때문이다. 이렇게 볼 때 신경림
이 형상화한 민중의 폭력은 모방의 '예측할 수 없는' 효과이다. 민중의 폭
력(적 저항)이란 자본·권력이 자신들의 폭력적 의도를 되돌려 받는 의
외의 과정인 것이다.

이처럼 신경림 시의 민중은 자본·권력과 이항대립하고 역사의 주인
으로 우뚝 서는 선규정적인 민중상으로는 설명할 수 없는 두 가지의 새
로운 민중상―체제에 순응·모방하는 비판적 민중상, 체제의 폭력을 반
복·반환하는 저항적 민중상―을 보여준다.

신경림의 시에서 새로운 민중상의 발굴은 곧바로 민중의 범주와 경계
를 심화·확대시키는 결과를 낳는다. 그는 민중을 선규정하고서 그들을
형상화하는 이데올로기적인 방법이 아니라, 그가 만나는 다종다양한 사
람들을 민중으로 범주화하는 사후적이고 생산적인 방법을 선택한다. 예
를 들어 시「소장수 신정섭씨」(『길』)에서 '소장수 신정섭씨'는 "70마지
기의 큰 농사를 짓는 자"[16]이기 때문에 민족·민중담론에서는 민중으로
파악하기 힘들지만, 신경림은 "물고문 불고문으로 사람을 잡고/몽둥이질
발길질로 나라를 잡고/마침내 성고문으로 스스로 짐승이 된/얼빠진 사람
들을 모조리 잡아다가" "소장수를 시키고 싶"다는 자의 소망과 태도를
민중의 것으로 만들어버린다.

신경림의 시는 해방의 서사가 쉽게 범하기 쉬운 이데올로기의 유혹에
서 일정한 거리를 두고 있다. 그는 이러한 거리를 민중의 시대라고 부르

---

16) 신경림, 『민요기행2』, 한길사, 1989, 211쪽.

는 1980년대에 확보하고 있다. 이러한 거리는 민중시를 이데올로기로 치환하는 무의식적인 경향을 재고하는 한 표지가 될 수 있다.

IV. 1990년대 이후의 시기:
좌우 이데올로기의 경계선 위에 있는 존재들

동구권 사회주의의 붕괴만큼이나 한국의 사회과학과 실천운동에 커다란 반향을 일으킨 사건이 또 있을까. 이 사건은 한국의 진보진영이 가진 내적 논리의 취약성을 여실히 드러냈다. 이른바 '모델의 붕괴'는 1990년 전후 반십 년의 시기 동안 변혁적이고 투쟁적인 민중시의 침묵과 퇴보로 나타났다. 그러한 현상은 민중이 좌익 또는 우익 이데올로기의 상징계(Symbolic system)에 기입이 될 수 없음을, 그리고 그러한 이데올로기의 전망에서 살펴지는 상징이 될 수 없음을 반증한다. 즉 민중은 순수한 국민, 근로자, 산업전사 혹은 인민, 노동자, 투사가 아닌 것이다.

그렇다면 민중은 누구인가. 신경림은 다른 민중 시인들이 침묵할 때 일상적 현실의 민중을 형상화하려고 애썼다. 그는 그러한 민중을 찾아내고 형상화한 결과, 어느 한 이데올로기의 영향에 종속되지 않은 민중을 發見할 수 있었다.

> 꼴뚜기젓 장수도 타고 땅 장수도 탔다
> 곰배팔이도 대머리도 탔다
> 작업복도 미니스커트도 청바지도 타고
> 운동화도 고무신도 하이힐도 탔다
> 서로 먹고 사는 애기도 하고
> 아들 며느리에 딸 자랑 사위 자랑도 한다
> (중략)

잘 가라 인사하면서도 남은 사람들 가운데
그들 가는 곳 어덴가를 아는 사람은 없다
그냥 그렇게 차에 실려 간다
다들 같은 쪽으로 기차를 타고 간다

— 「기차」 부분(『쓰러진 자의 꿈』)

위의 시에서 '기차'는 다양한 민중들이 만나 이런 저런 이야기들을 하는 日常의 공간이다. 그 공간은 상당히 서민적인 또는 기층 민중적인 분위기를 자아낸다. 시적 화자의 눈을 통해서 민중들 하나하나가 사는 모습과 성격을 드러낸다. 시적 화자는 아마도 이야기와 모습을 통해서 어떤 사람들의 신분—'꼴뚜기젓 장수', '땅 장수'—을 알 수 있었을 것이고, 더러는 신체적 특징들—'곰배팔이', '대머리'—이 다른 어떤 사람들의 첫인상을 알려준다고도 생각했을 것이다. 그리고 또 다른 어떤 사람들의 외양—'작업복', '미니스커트', '청바지', '운동화', '고무신', '하이힐'—을 통해서 사는 모습과 상황을 짐작했을 것이다. 위의 시에는 이러한 다종다양한 사람들과 함께 기차를 탔다는 시인의 경험과 인상이 서술되어 있다.

신경림이 발견한 '기차' 속의 민중들은 이데올로기의 상징계에 기입되지 않는 과잉과 초과의 존재이다. 그들은 어떤 이데올로기의 잣대로 설명할 수 없고, 설령 설명한다고 해도 상징계(언어)의 그물을 빠져나가는 '쉽게 규정할 수 없는' 존재들이다. 그들은 자본·권력이 요구하는 국민도, 변혁논리가 요구하는 노동자도 아닌 것이다. 그들은 이데올로기가 구축한 상징계의 경계를 넘어서 있는 일상의 존재들일 뿐이다.

이러한 존재는 좌우 이데올로기가 서로 첨예하게 부딪히는 특정한 일상의 공간에서 더욱 잘 발견된다.

강철 같은 사회주의자의 힘은 오로지
혁명으로 얻은 저희 이익을 지키는 데 쓰이고 있다며
혁명에 다리와 평생을 바친 늙은 전사는 쓰게 웃는다
사람은 한없이 추악하더라
한없이 허약하더라

서울과 평양에서 날아온
기형의 쌍생아 같은 신문이 나란히 놓여
병든 조국의 소식을 말해주는 늦은 밤
푸른 옷에 실려간 꽃다운 이내 청춘…
지금 내 귀에 들리는 저「늙은 투사의 노래」는 환청일까
자본주의의 독한 병균으로 구석구석 썩어가기 시작한
북방의 작은 도시에 오는 밤비는
여름에도 차다
　　　　－「늙은 투사의 노래－연길에서」전문(『어머니와 할머니의 실루엣』)

　위의 시에서 '늙은 전사'는 마르크스가 전망했던 사회주의의 노동자가
아니다. 1990년대의 사회주의 국가 중국이 시적 화자에게 낯선 풍경으로
다가오는 까닭은, 좌익 이데올로기의 현실과 이상 사이의 분열 때문이
다. 사회주의의 이상이 행복한 노동자의 세상이라면, 현실은 "혁명으로
얻은 저희 이익을 지키는 데 쓰"는 '사회주의자'와 "사람은 한없이 추악"
한 것을 깨달은 노동자만이 있다.
　'늙은 전사'는 좌익 이데올로기라는 상징계의 분열을 표상하는 존재이
다. 이 분열은 시적 화자에게 상당히 충격적으로 다가온다. 그것은 무엇
보다도 '「늙은 투사의 노래」'를 부르는 한국 진보진영의 사회주의 전망
에도 균열을 내기 때문이고, 나아가 자본주의(우익 이데올로기)가 '연길'
을 그 "독한 병균으로 구석구석 썩어가"게 만들기 때문이다. '늙은 전사'
는 바로 좌우 이데올로기가 서로 부딪히는 그 사이에 낀 존재인 것이다.
　시인은 '늙은 전사'를 발견함으로써 자기 자신의 현실까지도 재발견하

고 있다. 중국에서 바라보는 '서울'(우익 이데올로기)과 '평양'(좌익 이데올로기)은 그 어느 것도 이데올로기를 제대로 실현시키지 못했다는 점에서 "기형의 쌍생아"였던 셈이다. 그리고 자신을 비롯한 남북한 민중은 '서울'이면서도 '평양'을, 또는 '평양'이면서도 '서울'을 함께 '사는' '쌍생아'의 모습이었던 것이다. 이런 과정에서 이데올로기는 "모두들 외면해버리는/고독하고 아름다운 소리"(「고양이」, 『어머니와 할머니의 실루엣』)이겠지만, 허물어도 "기둥도 벽도 형체도 없"이 "오도마니 제자리에 서 있"(「덫」, 『어머니와 할머니의 실루엣』)는 것이다. 그것은 환상인 줄 알면서도 현실에 작용하고 있어서 초월할 수 없다.

이처럼 신경림은 좌우 이데올로기의 경계선 위에 있는 민중을 형상화한다. 이 때 민중의 실체와 그에 대한 전망은 사회과학이 아니라 현실(日常)에서 찾아진다. 가령, "오지 않는 열차를 기다리기에도 지쳐 마침내/우리는 지금 새로운 열차를 만들 꿈을 키우고 있는 거다./스스로들 열차되어 서로가 서로를 태우고/(중략)/힘차고 아름다운 열차를 만들 꿈을 키우고 있는 거다"(「아름다운 열차」, 『뿔』)에서 보듯이, '열차'(전망)는 전화의 과정도 새로운 이론화도 아니다. 그것은 좌익과 우익뿐만 아니라 다종다양한 이데올로기들의 경계선인 일상에서 민중이 스스로 꿈꾸고 만드는 것이다.

이 움직임이 이론으로 정립되는 것은 먼 훗날의 일이기 때문에, 기존의 이론으로 오늘날을 재단하는 것은 우를 범하기 쉽다. 이런 점에서 신경림의 시에서 민중은 민족문학론의 민족 · 민중 담론으로 연역될 수 없다. 도리어 그의 시에 나타난 민중상이 이항대립으로 경직된 민족 · 민중 담론을 부드럽게 만들고 탈脫이항대립화 또는 탈脫구조화시킨다. 그의 시에서 민중은 처음부터 대립이 아닌 혼성(混成, hybridity)의 존재였던 것이다.

Ⅴ. 결론

어느 한 이데올로기가 사회와 역사의 전면에 부각될 때에, 그 이데올로기는 한편으로는 나름의 생명을 가지고 주어진 역할을 수행하지만, 다른 한편으로는 경직된 사고의 흐름을 만들어 놓는다. 오늘날은 1970~1980년대 민족·민중 담론의 역할과 한계에 대해서 반성할 때이다. 이 글은 신경림 시에 나타난 민중이 자본·권력과 맞서는 이항대립적인 존재가 아니라 모방과 혼성의 존재임을 살펴봤다. 민중의 정체성 규명에 대한 이러한 새로운 시도는 호미 바바 등이 이루어낸 탈식민주의의 성과를 바탕으로 하여 기존의 이데올로기적인 독법을 해체한 것이었다.

먼저, 1970년대까지의 시편들에서는 민중이 지닌 슬픔과 분노의 감성을 주목했다. 그 감성은 현실 극복적인 심리가 아니라 체제에 대해 순응적·모방적으로 살아갈 때 생기는, 민중과 체제와의 차이의 심리로 이해됐다. 시 「겨울밤」과 「농무」, 「실명」에서 보이는 민중의 슬픔과 분노, 그리고 일탈행위와 이농현상은 자본·권력의 공업화 정책을 거부·부정하는 것이 아니라, 오히려 정책의 로드맵을 따라가는 순응적이고 모방적인 감성과 행위에서 비롯되었다. 민중은 자본·권력을 닮으려고(동일시하려고, 모방하려고) 하지만 현실적으로는 뜻대로 되지 않아 차이만을 느꼈던 것이다. 그 차이의 감성이 슬픔·분노였고, 그것을 견디는 방식이 일탈행위와 이농현상이었다. 그렇지만 시 「목계장터」에서 살펴봤듯이 현실에서 자본·권력의 로드맵을 일탈하는 것은 거의 불가능했다.

둘째, 1980년대의 시편들에서는 민중의 비판과 저항을 분석했다. 그 결과 민중의 비판과 저항은 반反체제적 또는 전복적인 의지를 지닌 것이 아니라, 자본·권력의 정책을 모방하는 과정에서 우연히 발생한 '예측할 수 없는' 효과들로 밝혀졌다. 시 「돼지꿈」에서 보듯이 체제 순응적으로 살아간 민중의 꿈 이야기는 모방의 과정에서 체제 내부의 모순을 은연중에 폭로한 것이었다. 또한 서사시 「쇠무지벌」에서 민중의 싸움은 계급과 혁명의 세계관에 의거한 것이 아니라, 자본·권력의 폭력만큼 그대로 모방해 되돌려주는 의외의 행위였다. 이러한 새로운 민중상의 발굴은 시 「소장수 신정섭씨」 경우처럼 사회과학의 논의를 넘어서서 민중의 범주와 경계를 심화·확대시키는 결과를 낳았다.

셋째, 1990년대 이후의 시편들에서는 이데올로기의 혼란에 직면한 민중을 살펴봤다. 이러한 민중은 어느 한 이데올로기를 선택한 존재가 아니라 좌우 이데올로기의 경계선 위에 있는 존재였다. 시 「기차」에서 알 수 있듯이, 민중은 이데올로기의 '상징 그물'에 가둘 수 없는 과잉과 초과의 존재였다. 이러한 민중을 가장 잘 형상화한 시가 「늙은 투사의 노래」였는데, '늙은 전사'와 시적 화자는 '서울'(우익 이데올로기)과 '평양'(좌익 이데올로기)을 동시에 '사는' 존재였다. 이런 상황에서 민중의 전망은 어떤 이론에서 연역되는 것이 아니라, 시 「아름다운 열차」처럼 현실에서 스스로 만들고 꿈꾸는 것이었다. 이처럼 민중은 민족·민중 담론에서 설명하는 이항대립적 존재가 아니라, 탈이항대립적·탈구조적인 혼성의 존재인 것이다.

신경림 시의 민중은 역사적·사회적 일상을 生生하게 살아간 존재들이었다. 그들은 이데올로기적인 존재가 아니라 자본·권력과 어느 정도 혼성된 존재였다. 따라서 그들을 이항대립적인 존재로 바라보는 기존의 해석은 상당히 문제가 있었다. 그런데 이러한 사정은 신경림의 시를 비롯한 민중시 전반에도 마찬가지일 것으로 추측된다. 앞으로 우리는 지난 시대를 생생하게 살아간 일상 속의 민중을 다시 낯설게 만나볼 필요가 있다. 이 논문은 이러한 기대에 대한 첫 발이 되고자 한다.

진보적 민족문학론의 민중시관(民衆詩觀) 재고

— 신경림의 시를 중심으로

Ⅰ. 서론

이 글에서 문제 삼는 것은 진보적 민족문학론의 민중시관이다. 1970
년대 이후에 발생한 진보적 민족문학론의 핵심 이념은 민중 중심의 민족
문학을 추구하는 것이다. 여기에서 민중이란 대다수(衆)의 사람들(民)이
라는 원래의 뜻에서 현실극복 · 변혁의 주체로 이해된 개념이다. 이러한
민중 이해는 1960년대 중반의 새로운 시적 경향을 '민중시'로 명명하고,
시 속의 민중을 '현실극복 · 변혁의 주체'로 해석한 중요한 한 원인이 된
다. 문제는 이런 해석이 시 속의 민중이 보여준 삶의 여러 측면들에서 저
항의 측면을 과도하게 강조한다는 점이다. 그 결과 민중시는 저항적인 시
로 일반화되고, 민중시에 대한 다양한 해석이 제약되는 경향이 발생한다.
이 글의 문제의식은 대표적인 민중시인 중 하나로 알려진 신경림의
시[1]를 대상으로 해서 민중을 현실극복 · 변혁의 주체로 바라본 일부 민

---

1) 신경림은 다음과 같은 시집을 상재했다.『농무』, 창작과비평사, 1975 증보판;『새재』,
   창작과비평사, 1979;『달넘세』, 창작과비평사, 1985;『남한강』, 창비사, 1987;『가난

족문학론적인 독법2)이 지닌 문제점을 지적한 뒤, 그 문제점을 넘어서는 한 방법으로써 전복(overthrow)의 독법을 제시하고자 하는 것이다. 그 동안 민족문학론에서는 많은 경우에 시 속의 민중을 저항의 주체로 해석하고, 그렇게 해석된 민중을 실재(real)인 것으로 설명해 왔다. 그렇지만 시 속의 민중과 해석된 민중 사이에는 무시할 수 없는 의미론적인 간극이 있는 경우가 많다. 이 글에서는 이 간극을 주목해서 그 속에 숨어있는 민중—민족주의 이데올로기의 과잉을 찾아내고 그 문제점을 수정·보완하기 위한 독법을 모색하고자 한다.3)

한 사랑노래』, 실천문학사, 1988;『길』, 창작과비평사, 1990;『쓰러진 자의 꿈』, 창작과비평사, 1993;『어머니와 할머니의 실루엣』, 창작과비평사, 1998;『뿔』, 창작과비평사, 2002.

2) 이 논문에서 민족문학론적인 독법이란 민중을 현실극복·변혁의 존재로 바라보고 민중시를 저항적인 시로 일반화시킨 논자들의 해석 경향을 지시하는 다소 편의적인 표현이다. 민족문학론자라면 누구나 다 일반화시켜 읽는다는 뜻이 아니라, 일부 민족문학론자와 그 동조자들이 그렇게 읽었다는 경험적인 표현이다. 구체적으로는 이 논문의 II～V장에서 비판된 논의를 뜻한다.

3) 이 논문에서는 민족문학론적인 독법에 숨어있는 과도한 민중—민족주의 이데올로기를 해체·보완하기 위해서 탈—민족주의적(post—nationalism)인 인식을 참조하기로 한다. 민중—민족주의 이데올로기는 그 자체로 소외된 민중의 해방 모색이라는 순기능이 있음에도, 자칫 과잉될 때에는 민중의 다양한 측면을 지우고 변혁·극복의 측면만을 강조하기 쉽다. 이 글에서 말하는 탈—민족주의적인 인식이란 베네딕트 앤더슨(B. Anderson)이 민족(nation)을 절대적인 실체가 아닌 다양한 역사적·사회적 측면들의 구성물로 본 것처럼 민중을 이해하자는 것을 뜻한다((B. Anderson, 윤형숙 역, 『상상의 공동체』, 나남출판, 2002, 19～64쪽). 진보적 민족문학론에서는 그 동안 민중을 "역사적으로 자기 회복에 의해 다시 역사의 주인으로 되어 가고 있는 사회적 존재" (박현채, 김병걸·채광석 편, 「민중과 문학」, 『민족, 민중 그리고 문학』, 지양사, 1985, 72쪽)로 보는 경향이 있는데, 이 경향은 시대를 가로지르는 거시적이고 절대적인 관점을 형성한다. 그렇지만 탈—민족주의적인 인식에서는 민중을 당대 현실의 다양한 측면들로 '구성된' 산물로 본다. 진보적 민족문학론에서 주장한 거시적·절대적인 관점이 민중의 여러 측면들 중 하나임을 밝히고, 아울러 다른 측면들도 있음을 강조한다. 이렇게 보면 민족문학론의 민중 논의는 탈—민족주의적인 인식으로 수정·보완될 수 있다. 이 논문에서는 민중을 저항의 존재로 여기는 유일한 정체성론을 상대화시켜서

신경림의 시를 읽은 민족문학론자의 논의는, 때로 시의 맥락에서 벗어나서 현실 변혁적·저항적인 민중을 찾아냈다는 점에서 이데올로기적이다(이 점은 II장에서 구체적으로 살펴본다). 그렇지만 그의 시에 나타난 민중은 이데올로기적인 민중상民衆像과 거리가 있는 이미지를 많이 드러낸다는 점에서 민족문학론의 민중시관을 재고할 필요가 있다. 이러한 민중시관은 실제 시의 특징과 진가를 놓친 중요한 원인이 된 경우가 종종 있기 때문이다.

이 글에서는 민족문학론의 민중시관에 맞서서 전복의 독법을 개진하고자 한다. 이 글에서 말하는 전복의 독법이란 사실상 보충·보완의 독법을 뜻한다. 신경림의 시에 대한 민족문학론적인 독법의 문제점을 지적하면서, 기존의 시각으로 살펴보지 못한 시의 특징을 세밀히 검토하고 보충하는 의미가 있기 때문이다. 우선 민족문학론이 신경림의 1960~1970년대 시에서 읽은 민중은 현실극복·변혁의 측면을 강조한 대문자 민중(Minjung)이다. 대문자 민중이란 삶의 생생하고 세세한 모습을 경시한 이미지이다. 이 글에서는 소문자 민중들(minjungs)의 다양성과 차이를 복원하고자 한다(III장). 그리고 민족문학론에서는 신경림의 1980년대 시에 나타난 민중을 '소외에서 극복·저항으로' 향하는 목적론적인 주체로 읽는다. 이것은 비非목적론적인 일상, 혹은 미시적인 일상의 모습을 간과한 독법이다. 이 글에서는 구체적인 일상이 보여주는 모순성과 복잡성을 주목하고자 한다(IV장). 마지막으로 민족문학론에서는 1990년대 이후의 신경림 시에 나타난 성찰적인 태도를 진보進步의 한 과정으로 살펴본다. 이런 시각은 진보에 대한 인식 그 자체를 반성·성찰하는 양상을 제대로 검토하지 못하는 약점이 있다. 이 글에서는 진보주의에 대한 근본적인 성찰의 의미를 탐구하고자 한다(V장).

다양한 시각의 가능성을 증명하고자 한다.

II. 신경림의 시에 대한 민족문학론적인 독법

그 동안 신경림의 시가 주로 민족문학론적인 독법으로 읽혀온 결과, 시속의 민중은 현실극복 · 변혁의 주체로 규정된 측면이 많았다. 1970~1980년대의 시대를 살아왔고 견디어 온 연구자라면, 부지불식간에 독재 권력에 맞선 저항을 강조한 민족문학론적인 시각에 동화되기 쉽다. 그렇게 되면 민족문학론이 규정한 민중상은 자연스러운 것처럼 보인다. 신경림시 속의 민중은 삶의 다양한 측면이 세세하게 형상화되었음에도, 그 해석 공간에서는 저항의 측면이 강조 · 부각돼 온 것이다.

이러한 시각의 독법은 슬라브예 지젝S. Zizec의 사유를 빌면 민족문학론의 무의식적인 사고구조에서 기인한다.[4] 민족문학론에서는 민중이 현실극복 · 변혁의 주체가 '되어야 함'을 욕망하는데, 이 욕망은 거꾸로 '이미' 현실에서 민중이 그런 주체라는 이데올로기적인 환상(ideological fantasy)을 만들기 때문이다. 민족문학론자는 평범한 '대다수의 사람들'에게 자신의 욕망을 저도 모르게 투사한 것이다. 이 과정을 거치면, 신경림 시 속의 민중은 민족문학론에서 욕망하는 민중상과는 실제로 거리가 있을지라도 그렇게 보이게 된다. 문제는 이런 현상이 신경림 시를 일一방향적으로 해석하게 만든다는 점이다.

민족문학론적인 독법은 신경림의 시집 『농무』를 처음 평가한 백낙청의 논의에서부터 나타난다. 그는 신경림의 시에서 "발전하는 역사의 한 현장"[5]을 발견하고 "미래의 어떤 비존을 암시하는 측면"[6]이 있음을 주장한다. 이 때 "발전하는 역사"와 "미래의 어떤 비존"이란, 민족문학론이

---

4) S. Zizec, 이수련 역, 『이데올로기라는 숭고한 대상』, 인간사랑, 2002, 173~180쪽 참조; T. Myers, 박정수 역, 『누가 슬라보예 지젝을 미워하는가』, 앨피, 2005, 189쪽 참조.
5) 백낙청, 신경림, 「발문」, 『농무』, 창작과비평사, 1975, 111쪽.
6) 백낙청, 「시인과 현실(좌담)」, <신동아> 1973년 7월호, 302쪽.

주창한 민중상과 정확히 일치한다. 대다수의 민족문학론자가 욕망한 민중은 "민족생존권의 수호와 반봉건적인 시민혁명의 완수"[7]자, 혹은 "역사적으로 자기회복에 의해 다시 역사의 주인으로 되어 가는 있는 사회적 존재"[8]가 되어야 하기 때문이다. 그런데 문제는 『농무』의 주된 정서가 농촌 촌민의 소외와 울분, 그리고 분노에 있다는 점이다. 백낙청이 논한 '발전' 혹은 '비존'과 관련지을 만한 시는 기껏해야 시 「갈길」을 비롯한 네댓 편 정도뿐[9]이다. 이런 사정으로 볼 때, 백낙청이 몇 편의 시를 근거로 해서 시집 전체의 성격을 저항적·진보적인 것으로 규정했다고 보기 어렵다. 오히려 무의식적으로 시 속의 민중을 자신이 원하는 민중상으로 본 것이 아닌가 추측된다.

이러한 현상은 백낙청뿐만 아니라 거의 모든 민족문학론자에게서 일어난다. 이런 과정을 거쳐서 오늘날 신경림 시의 저항적·변혁적인 이미지가 만들어진다. 이시영은 "올해는 닭이라도 쳐 볼거나."와 "올해에는 돼지라도 먹여 볼거나."(시 「겨울밤」)라는 한 촌민의 푸념에서 "분명한 현실 극복 의지"[10]를 읽고, 윤영천은 "장바닥에 밴 끈끈한 삶"(시 「편지」)을 사는 시장 사람들을 "역사 변혁의 주체"[11]로 읽는다. 또한, 서사시 「새재」에서 뱃사공인 '돌배'와 그의 친구 3인이 정참판네의 재산을 노략하는 것이 '농민반란'[12]으로 과장되고, 서사시 「남한강」에서 누이의 남편인 나가야마를 일본인이란 이유로 살해한 '대장간집 작은아들'의 행위와 남편

---

7) 백낙청, 「민족문학 개념의 정립을 위해」, 1974, 『민족문학과 세계문학 I』, 1978, 131쪽.
8) 박현채, 김병걸·채광석 편, 「민중과 문학」, 『민족, 민중 그리고 문학』, 지양사, 1985, 72쪽.
9) 시 「전야」, 「원격지」, 「밤새」가 이 범주에 포함된다.
10) 이시영, 「70년대의 시」, <동서문학> 1990년 겨울호, 180쪽.
11) 윤영천, 「예술가의 사회적 책무」, 1989(『서정적 진실과 시의 힘』, 창작과비평사, 2002, 179쪽에 재수록).
12) 임헌영, 신경림, 「신경림의 시세계─「남한강」을 중심으로」, 『남한강』, 창비사, 1987, 209쪽.

을 잃은 '연이'의 슬픈 삶이 "계급적 실천"[13]으로 곡해된다. 더욱이 조태일은 탈脫이데올로기 시대로 논의된 1990년대 중반에도 주요 시적 소재인 '술'을 "현실을 변화시켜보려는 역설적인 몸부림"[14]으로 설명한다.

이처럼 이데올로기의 과잉이 지속되는 이유는 민족문학론자의 시대적인 역할과 관계한 듯하다. 민족문학론자는 경험적인 차원에서 그들이 욕망하는 민중상과 시 속의 민중이 다름을 잘 알고 있었을 것이다. 그들은 시 속의 촌민이 양계 · 양돈을 하는 것이 현실극복의지라기 보다는 농업 공업화 사업에 영향 받은 행위였고, 장바닥의 삶이 생존을 위한 몸부림이었으며, 서사시 속 인물들의 행동이 오늘날의 관습에도 심하게 어긋난 도둑질과 살인행위였음을 잘 알고 있다. 그렇지만 그들이 '민족문학론자로서' 민중시를 읽고 논할 때에는 민족문학론의 시대적 사명과 역할이 적극 강조되고, 그러다 보면 민중—민족주의 이데올로기를 견지하고 작품을 해석하게 된다. 슬라브예 지젝의 표현을 빌면, "자신이 무슨 일을 하고 있는지 잘 알고 있지만 그럼에도 여전히 그것을 하고 있"[15]는 것이다.

아쉽게도 이러한 독법은 신경림 시의 연구사에서 중심을 차지한다. 민족문학론적인 독법이 문제시되는 중요한 이유는 좀 더 합리적이고 의미 있는 연구사를 주변으로 내몬다는 점에 있다. 예를 들어 '슬픔'과 형식의 관계를 예리하게 분석한 유종호의 논의,[16] 그리고 시인 "자신의 절실한 체험"[17]이나 "입말(口語)의 습관"[18]을 주목한 논의는 연구사의 중심에서

---

13) 민병욱, 「신경림의 「남한강」 혹은 삶과 세계의 서사적 탐색」, 『시와시학』 1993. 봄호, 29쪽.
14) 조태일, 구중서 외, 「열린 공간, 움직이는 서정, 친화력」, 『신경림 문학의 세계』, 창작과비평사, 137쪽; 147쪽, 1995.
15) S. Zizec, 이수련 역, 『이데올로기라는 숭고한 대상』, 인간사랑, 2002, 62쪽.
16) 유종호, 「슬픔의 사회적 차원」, 『동시대의 시와 진실』, 민음사, 1982, 117~143쪽.
17) 염무웅, 구중서 외, 「민중의 삶, 민족의 노래」, 『신경림 문학의 세계』, 창작과비평사, 1995, 71~72쪽; 85쪽. 그는 민족문학 진영에 속하면서도 민족문학론적인 독법을 벗어나 있는 특이한 경우에 속한다.
18) 한만수, 「서정, 서사, 서경성의 만남」, 『순천대학교논문집』 제16집, 1997, 7쪽.

벗어나 있다. 더욱이 민족문학론적인 독법은 신경림의 시를 너무 일—방향적으로 읽게 만드는 문제점이 있다. 시 속의 민중과 만나기도 전에 이미 그 정체성이 선先규정될 때, 다른 특성들에 대한 논의는 소극적일 수밖에 없다.

Ⅲ. 민중들의 다양성과 차이 — 1960~1970년대의 시

민족문학론에서는 신경림의 1960~1970년대 시에 나타난 민중을 현실극복·변혁의 측면을 강조한 대문자 민중Minjung으로 논의해 왔다. 그렇지만 이 논의 과정에서 실제 민중의 삶을 세세하게 기록한 시적인 특질은 간과·경시되었다. 시집『농무』와『새재』속의 민중을 대문자 민중Minjung으로 읽은 민족문학론의 독법은, 소문자 민중들(minjungs) 즉 다양성과 차이를 지닌 민중들을 제대로 주목하지 못했다는 점에서 재고될 필요가 있다. 대문자 민중의 상像과 시 속의 민중은 비교적 동떨어진 의미론적인 거리가 있다. 이 장에서는 그 거리를 드러내면서 시 속의 민중들이 지닌 다양성과 차이를 분석하고자 한다.

먼저, 신경림의 시에서 민중들의 다양성과 차이가 잘 드러난 시「겨울밤」을 분석하고자 한다. 이 시는 시집『농무』의 전체적인 경향을 대표한다. 민족문학론에서는 민중의 소외의식과 울분, 그리고 분노를 표현하고 있으며 나아가서 현실극복적·변혁적인 의식을 형상화한 것으로 설명해 왔다. 그렇지만 시 속의 민중은 그렇게 설명될 수 없는 많은 측면들이 있으며 특히 다양한 삶의 모습을 보여준다.

우리는 협동조합 방앗간 뒷방에 모여
묵내기 화투를 치고
내일은 장날, 장꾼들은 와자지껄
주막집 뜰에서 눈을 턴다.
들과 산은 온통 새하얗구나. 눈은
펑펑 쏟아지는데
쌀값 비료값 얘기가 나오고
선생이 된 면장 딸 얘기가 나오고,
서울로 식모살이 간 분이는
아기를 뱄다더라. 어떡할거나.
술에라도 취해 볼거나. 술집 색시
싸구려 분 냄새라도 맡아 볼거나.
우리의 슬픔을 아는 것은 우리뿐.
올해는 닭이라도 쳐 볼거나.

― 「겨울밤」 부분19)

위의 시에서 '우리'란 대명사는, 그 동안 "묵내기 화투를 치"는 자들을
비롯한 시 속의 모든 인물들이 포함된 것으로 설명돼 왔다. '우리'는 "소
외계층 모두"20) 혹은 "정서적 유대감의 내부에는 어떠한 분열이나 갈등
도 존재하지 않는"21) 집단, 즉 대문자 민중으로 규정됐던 것이다. 그렇
지만 이런 규정은 '우리' 내부의 다양성과 차이를 경시한 결과에서 비롯
된다. 계층과 삶의 양상 면에서 위 시의 민중을 분석해 보면, 개개인은 자
기 개성과 독특한 삶의 모습을 다양하게 보이면서 서로 차이를 지니며
살아간다.

계층 면에서 보면, 시 속의 민중들은 서로 이질적으로 구성돼 있어서

---

19) 신경림, 『농무』, 창작과비평사, 증보판, 1975, 6쪽.
20) 이광호, 「「농무」의 세 가지 목소리」, 『문학과 비평』 1988. 여름호, 247쪽.
21) 박해경, 구중서 외, 「토종의 미학, 그 서정적 감정이입의 세계」, 『신경림 문학의 세
계』, 창작과비평사, 1995, 109쪽.

어떤 공통점으로 묶이기가 힘들다. "선생이 된 면장 딸"은 자기 지식을 활용해서 안정된 삶을 누릴 가능성이 높은 지식인으로 분류된다. 그리고 "쌀값 비료값 얘기"를 하고 "올해는 닭이라도 쳐 볼거나"라고 말하면서 뒷방에 모인 촌민들은 축산 경영을 직접할 만한 능력이 있는 정도의 상·중류층과 소작농 정도의 하류층이 뒤섞여 있는 것으로 추측된다. 또한 "서울로 식모살이 간 분이"와 "싸구려 분 냄새" 풍기는 "술집 색시"는 삶의 빈곤과 곤란을 경험하는 하류층으로 구분된다. '분이'는 어떠한 경제적 기반도 없어 보이고, "술집 색시"도 밑바닥 인생을 살기 때문이다. 이들은 하나로 묶이지 않은 다양한 계층에 속해 있다.

삶의 양상 면에서도 시 속의 민중들은 서로 차이를 보여준다. 가령 '우리'는 '선생', '분이', "술집 색시"와 서로 다른 삶을 살아가는 것으로 판단된다. '우리'는 '화투'와 '술'에 빠져서 나름의 불만을 토로하거나, 양계를 하고자 하면서 삶의 활로를 모색한다. 이런 촌민들의 삶은 엄밀히 말해서 그들 고유의 것이다. 그들의 삶은 학교라는 공간 속에서 사는 '선생'이나 술집이라는 퇴폐의 공간 속에 사는 "술집 색시"와 서로 다른 모습을 지닌다. 이들 모두의 감성을 울분과 분노로 표현하고 현실극복·변혁의 측면에서 읽으려고 하거나, "소외계층 모두" 혹은 그 "내부에는 어떠한 분열이나 갈등도 존재하지 않는"다고 판단한다면 그것은 민중들의 차이를 무시하는 것이 되기 쉽다.

이러한 민중들의 다양성과 차이는 한 인물의 삶 속에서도 살펴진다. 저항적인 성격이 유독 강조된 서사시 「새재」를 보면, 중심인물인 '돌배'는 그 동안 의적 혹은 의병으로서 싸우다 죽음을 맞이한 현실극복적·변혁적인 대문자 민중으로 해석됐다. 그렇지만 이러한 이미지는 '돌배'가 보여준 세부적인 삶의 양상을 계급적인 논리로 설명하고 균형 감각이 있는 평가를 가로막는 중요한 한 이유가 된다. 사실 '돌배'는 현실극복·변혁으로 일관된 삶의 내용을 보여주지 않는다.

그 이유는 크게 두 가지로 나눠볼 수 있다. 첫째, '돌배'가 친일부류와 싸웠다는 측면에서 의병(대문자 민중)으로 볼 수 있지만, 한편으로는 '화적'·'도적떼'(소문자 민중들)의 측면이 있다는 것도 무시할 수 없다. '돌배'가 악덕 지주로 몰아세운 정참판네는 흉년 때면 사람들에게 "싸래기 한 됫박" 퍼주는 등 "인심 좋고" "안인심 후"한 마을 지주로 소문났고, 그런 정참판네를 노략하자 마을사람들이 '도적' 혹은 '화적떼'로 불렀다는 점은, 당대 사회현실에서 '돌배'에 대한 평판이 어떠한가를 분명히 보여준다. 정참판네를 악덕 지주로 몰고 '돌배'를 대문자 민중으로 규정짓는 것은 계급적인 시각의 발로가 되기 쉽다. '돌배'가 도적이라는 주변적인 시각도 '돌배'라는 인물을 평가할 때에 간과할 수 없는 것이다.

둘째, '돌배'가 아낙네를 성희롱한 왜놈 기사를 죽이고 '왜놈패들'이 '최부자집'으로 숨어들었다는 이유로 방화한 행위도 전적으로 의병의 행동으로 볼 수는 없다. '돌배'가 '왜놈패들'의 부정한 행위를 제재한 점은 의병의 요소가 있지만, 그 행위가 충동적인 살해와 방화라는 점은 의병의 이미지를 넘어서서 범법자의 이미지를 보여주기 때문이다. 이런 행위는 오늘날의 상식에서 볼 때 구국심救國心의 차원으로 용납·이해되기 힘들만큼 지나친 면이 있다. 성희롱했다고 사람을 죽이고 친일부류를 숨겨줬다고 방화를 한다면 그것은 정당한 방어를 넘어서서 범법적인 행동이 된다.

이렇게 본다면 '화적', '도적떼', 살인자, 방화범의 측면들은 모두 '돌배'와 그의 시대를 평가할 때 되짚어볼 중요한 사항들이다. 이런 다양한 측면들을 모두 지워버리면, '돌배'의 세부적인 삶은 계급의 도식에서 설명되고 단지 대문자 민중으로 읽힐 뿐이다. 그렇지만 세부적인 삶을 주목할 때에 '돌배'가 의병·의적과 구별된 도적·살인자·방화범의 측면들을 지니고 있음을 확인할 수 있고, 이런 측면들을 기초로 해서 좀 더 세밀한 평가와 연구가 가능하게 된다. 중요한 것은 '돌배'가 '다양성'과 '차이'의 존재임을 인정해야 한다는 점이다.

IV. 미시적인 일상 ― 1980년대의 시

신경림의 1980년대 시는 '소외에서 극복·저항으로' 전화하는 목적론적인 세계를 지향한 것으로 주로 알려져 있다. 그의 시는 민중의 소외된 일상에 관심을 표명하고 그 극복을 주장한 것으로 해석되었다.[22] 그러나 이런 해석은 자칫 비非목적론적인 방향, 즉 민중의 미시적인 일상을 형상화한 방향이 있음을 간과·무시할 위험이 있다. 시집 『달넘세』, 『가난한 사랑노래』, 『길』, 그리고 서사시 「남한강」과 「쇠무지벌」에서 형상화된 일상은, 당대 민족문학론이 주도한 방향과 반대되고 어긋난 양상을 많이 보여주기 때문이다. 이 장에서는 민족문학론적인 독법을 전복해서 미시적인 일상의 두 양상―모순성과 복잡성―을 주목해 보고자 한다.

무엇보다도 신경림의 시에는 어떤 동일한 현실 상황에 대해서 서로 상반된 민중의 모습을 포착하는 시선이 있다. 이런 시선은 그의 시가 소외에서 극복으로 전화한다는 민족문학론의 독법이 단지 일―방향적인 측면임을 확인시켜주는 증거가 되고, 민중이 경험하는 다多방향적인 삶의

---

22) 민족문학론에서는 많은 경우 신경림의 시에 대해서 '소외에서 극복·저항으로' 전화한다는 목적론적인 논리를 잣대로 논의했다. 앞의 II장에서 검토한 윤영천과 민병욱의 논의 이외에도, 시집 『달넘세』를 "극복되어어야 할 현실과 만나야 할 미래"(김명수, 「두 중진시인들의 새 시집」, 『창작과비평』 1994년 봄호, 197쪽)의 차원으로 설명한 김명수와 시집 『가난한 사랑노래』를 "역사의 주체요 민족의 중심 세력으로서의 민중과의 하나됨의 추구"(이경수, 「우리 시대의 사랑 노래」, 『문학과 사회』 1988. 여름호, 1241쪽)로 이해한 이경수의 논의가 여기에 속한다.

측면을 동시에 포착하고 있음을 알려준다. 신경림은 구체적인 시공간 속에서 민중을 경험하고 그 경험을 시로 옮기는 작업을 통해서 일상의 모순을 세밀하게 포착한다. 다음 두 편의 시를 읽으면서 일상을 살아가는 두 민중의 상반적 · 모순적인 태도를 살펴보기로 한다.

모두가 물에 잠겼다.
타관 객지땅 지게품으로 떠돌다
돌아와 보니
대롱대는구나 새빨간 감만이 매달려.

찬 하늘에선 까마귀만 울고
기쁨도 다툼도 눈물도 물에 잠겨
아아, 사는 일 그 모두가
물에 잠겨서.

— 「감나무」 부분23)

강물은 해발 구십미터
제일차 수몰선을 넘실대며 흐르고
연속극 속에서는 사랑놀음이 한창이다
아낙도 웃고 연필을 꼬나쥔 큰놈도 웃는다

이 집이 물에 잠겨도
잃을 것도 버릴 것도 없다 한다
보상금 받아 도회지로 나가 방을 얻고
논밭일 발뺀대서 오히려 꿈이 크다

— 「강물2」 부분24)

---

23) 신경림, 『달넘세』, 창작과비평사, 1985, 91쪽.
24) 신경림, 『달넘세』, 창작과비평사, 1985, 55쪽.

위의 두 시에서는 1972년 충주댐 건설로 인한 수몰(예정)지역의 촌민들이 살아가는 일상을 서술한다. 이 때 주어진 일상을 대하는 민중들의 태도는 상반된다. 첫 번째의 시적 화자에게 있어서 수몰이라는 상황은 존재의 상실로 이어지는 고통스러운 사건이다. "모두가 물에 잠겼"고, "기쁨도 다툼도 눈물도 물에 잠"겼고, "사는 일 그 모두가/물에 잠"겼다. 고향의 수몰이란 존재론적인 차원에서 존재(Sein)가 귀향할 곳을 잃어버린 너무나 크나큰 사건이다. 존재의 상실감, 그것은 "잠겼다"라는 표현의 반복과 심화에 상응한다.

두 번째의 시에서는 동일한 상황에 처한 민중의 태도가 첫 번째의 시와 다르게 서술된다. 시적 화자에게 있어서 수몰이라는 상황은 보상금이 예상되는 즐거운 사건이다. 연속극을 보면서 "아낙도 웃고", "큰놈도 웃"으며, "도회지로 나가 방을 얻고/논밭일 발뺄대서" "꿈이 크다". 첫 번째의 시와 달리, 농촌 혹은 고향이란 이미 정이 떠나서 "잃을 것도 버릴 것도 없"는 지긋지긋한 공간이다. 그곳을 떠날 수 있는 "보상금을 받아 도회지로 나"간다는 것은, 좀처럼 오지 않는 삶의 행복한 일탈이고 그 욕망의 실현이다. 삶의 행복과 기대, 그것은 '웃는다'라는 표현 속에 다 담겨 있다.

이처럼 상반된 일상을 시집 『달넘세』에 동시에 배치한 까닭은, 시인의 의도적인 일면이 있을 법하다. 민중들의 미시적인 일상은 어느 한 방향으로 설명되지 않는 모순적인 혹은 다⁄방향적인 것임을 암시하기 때문이다. 위의 두 시에서 보듯이 신경림의 시는 동일한 상황에서 경험되는 모순을 있는 그대로 제시하기 때문에 목적론적인 시각으로 읽기 힘들다. 더욱이 수몰민의 '소외' 감정이나 탈향자의 농촌 '극복' 의지는 사회과학적·계급적인 것과는 거리가 있다. '소외'의 감정은 존재론적인 것이고, '극복'의 의지는 세속적인 것이기 때문이다. 이런 사실로 미루어 볼 때, 위의 두 시는 소외에서 극복·저항으로 전화되는 논리를 잣대로 읽기에 곤란한 점이 많다.

또한, 신경림의 시에는 목적론적인 시각으로 포착하기 어려운 민중적 삶의 복잡성이 포착돼 있다. 그의 시에서 형상화된 민중은 민족문학론이 설정한 민중 범주의 핵심을 벗어나 있거나 아예 포함되지 않은 측면이 있으며, "극복되어야 할" 소시민의 '현실'을 오히려 긍정하는 양상을 띠기도 한다. 먼저, 시인은 민족문학론에서 민중의 중심 범주로 설정한 노동자계급이 아닌 농촌의 촌민들을 관심의 대상으로 삼는다. 이들 중에서 "보상금을 받아 도회지로 나가"는 것을 좋아하는 수몰예정지역의 사람들, "버렸던 땅값"이 올라 좋아하는 철원 이철웅씨의 '자식들',25) 그리고 "70마지기의 큰 농사를 짓는"26) 부호로 알려진 '소장수 신정섭씨' 등은 경제적인 부를 축적하거나 규모 있는 농축산을 하는 것으로 추측된다는 점에서 "직접적 생산자이면서 사회적 생산의 결과에의 참여에서 소외된 피억압자·피수탈자·피지배자"인 민중과는 의미론적인 거리가 있다.27)

그리고 시인의 시는 소시민적이거나 보잘것없는 삶을 긍정한다는 점에서 목적론적인 시각으로 설명하기 어렵다. 평범한 민중이 살아가는 일상 속에는 나름대로 가치 있는 즐거움과 소망, 깨달음이 있다. 시인은 그 가치들을 잘 인정하고 주목한다. "낯익은 악다구니에 귀에 밴 싸움질들"을 하다가 "덩더꿍이 가락에 한바탕 자지러"지는 "상암동 산동네 사람들"의 즐거움, "내후년엔 봉고차 빌려 타고 가자꾸나/고향 학교 운동장에서 한바탕 치자꾸나"하는 "다리를 저는 이발사"28)의 소박한 소망, 그리

25) 신경림,『길』, 창작과비평사, 1990, 12쪽.
26) 신경림,『민요기행2』, 한길사, 1989, 211쪽.
27) 이들이 '소외'된 민중이라면 그 '소외'란 정치경제적인 일의적(一意的) 시각으로 설명되지 않는다. 오히려 사회적·문화적·지역적이거나 존재론적인 다의적(多意的) 시각까지 확장된 복잡성으로 설명되어야 한다. 이렇게 되면 소외의 개념은 계급적인 시각을 넘어선 것이 된다.
28) 신경림,『가난한 사랑노래』, 실천문학사, 1988, 26쪽; 37쪽.

고 "세상은 그렇게 얕은 것도 아니"고 "세상은 또 그렇게 깊은 것도 아니라"는 "김막내 할머니"[29]의 깨달음이 바로 그러한 예이다. 이러한 미시적인 삶의 양상은 목적론적인 시각으로 살피기 힘들다. 미시적인 일상 속에서 나름대로 삶의 여러 가치들을 수용하는 민중의 복잡성을 보여주는 것이다.

V. 근본적인 성찰 ― 1990년대 이후의 시

1990년대 이후의 신경림 시는 주로 민족문학 갱신론과 연관 지어 논의된다. 그의 시에 나타난 성찰적인 태도는 동구권 사회주의의 해체 시대에 민중시(민족문학)의 갱신과 활로를 모색하고 진보에 대한 변함없는 믿음을 보인 것으로 설명됐다.[30] 그의 시적 성찰은 진보를 향한 한 과정으로 인식된 것이다. 하지만 이런 인식으로는 시인이 보여준 성찰의 근본적인 의미를 제대로 살펴볼 수 없다는 점에서 전복의 독법이 필요하

---

29) 신경림, 『길』, 창작과비평사, 1990, 91쪽.
30) 동구권 사회주의 붕괴라는 외부 현실의 변화에도 신경림의 시에 대한 민족문학론의 독특한 독법은 지속된다. 이 과정에서 신경림의 시에 나타난 성찰의 의미는 진보와 변혁의 논리를 위한 것으로 설명된다. 시집 『쓰러진 자의 슬픔』에 대해서 이병훈은 "민족문학의 성과를 부단한 자기성찰을 통해서 '내면화'"(이병훈, 「슬픈 내면의 탐구(발문)」, 신경림, 『쓰러진 자의 꿈』, 창작과비평사, 1993, 97쪽)하는 것으로, 김태현은 "다시 약진하기 위해 시인은 자아를 성찰하는 것"(김태현, 「약진을 위한 성찰」, 『실천문학』 1994. 봄호, 302쪽)으로, 심지어 김명수는 "마침내 다가올 아름다운 역사에 대한 낙관을 담는"(김명수, 「두 중진시인들의 새 시집」, 『창작과비평』 1994. 봄호, 436쪽) 것으로 읽는다. 또한 시집 『어머니와 할머니의 실루엣』에 대해서도 도종환은 "운명공동체의 연대 같은 것"(도종환, 「상처와 세월(해설)」, 신경림, 『어머니와 할머니의 실루엣』, 창작과비평사, 1998, 106쪽)을 느낀다고 말한 바 있다.

다. 시집 『쓰러진 자의 꿈』, 『어머니와 할머니의 실루엣』, 그리고 『뿔』
에서는 진보 그 자체에 대한 회의와 비非변증법적인 사유를 보여준다. 이
장에서는 그 성찰적인 사유의 의미를 검토하기로 한다.

　신경림의 시적 성찰은 민족문학론의 역사인식에 대해서 근본적인 회
의를 품는 형태로 나타난다. 민족문학론에서 역사란 유토피아 혹은 목적
인을 향한 진보의 과정으로 설명된다. 이 때 이러한 설명으로 이해되기
어려운 역사적인 사건은 억지로 진보의 한 과정으로 전유되기 쉽다. 이
런 시각에서는 역사 발전의 비전을 크게 손상시킨 동구권 사회주의의 붕
괴 사건도 진보의 한 과정으로 설명된다. 시인은 이런 역사적인 시각과
근본적으로 단절하는 태도를 다음의 시에서 보여준다.

　　　사람들은 자기들이 길을 만든 줄 알지만
　　　길은 순순히 사람들의 뜻을 좇지는 않는다
　　　사람을 끌고 가다가 문득
　　　벼랑 앞에 세워 낭패시키는가 하면
　　　큰물에 우정 제 허리를 동강내어
　　　사람이 부득이 저를 버리게 만들기도 한다
　　　사람들은 이것이 다 사람이 만든 길이
　　　거꾸로 사람들한테 세상 사는
　　　슬기를 가르치는 거라고 말한다
　　　길이 사람을 밖으로 불러내어
　　　온갖 곳 온갖 사람살이를 구경시키는 것도
　　　세상 사는 이치를 가르치기 위해서라고 말한다
　　　그래서 길의 뜻이 거기 있는 줄로만 알지
　　　길이 사람을 밖에서 안으로 끌고 들어가
　　　스스로를 깊이 들여다보게 한다는 것은 모른다
　　　길이 밖으로가 아니라 안으로 나 있다는 것을
　　　아는 사람에게만 길은 고분고분해서

꽃으로 제 몸을 수놓아 향기를 더하기도 하고
그늘을 드리워 사람들이 땀을 식히게도 한다
그것을 알고 나서야 사람들은 비로소
자기들이 길을 만들었다고 말하지 않는다

— 「길」 전문31)

"스스로를 깊이 들여다보"는 성찰은 위 시가 1990년 전후에 발표됐다는 점으로 볼 때, 동구권 사회주의의 붕괴 사건과 관계함을 알 수 있다. 시적 화자는 뜻하지 않은 역사적 충격 앞에서 역사('길')와 주체('사람들')의 관계를 반성한다. 위의 시에서는 두 가지 종류의 성찰이 엿보인다. 하나는 민족문학론자의 비非근본적인 성찰이다. 이러한 성찰에서는 뜻대로 풀리지 않는 역사를 진보의 한 과정으로 전유한다. '사람들'은 "부득이 저를 버리게 만"든 1990년대 초반의 역사적인 사건을 "세상 사는 슬기" 혹은 "이치를 가르치"는 것으로 말한다. 부조리한 역사적인 사건은 진보를 위한 필연적인 과정의 하나가 된 것이다. 다른 하나는 앞의 성찰을 다시 성찰한 시인의 좀 더 근본적인 성찰이다. 이것은 비非근본적인 성찰로 설명되지 않는 역사를 '있는 그대로' 바라보는 방식이다. "사람들은 자기들이 길을 만든 줄 알지만/길은 순순히 사람들의 뜻을 좇지는 않는다"라는 구절에서 보듯이, 시적 화자는 통제 불가능한 역사의 가능성을 인정한다. 역사란 어느 시점에 가면 '사람들'이 통제할 수 있는 것이 아니라, 오히려 '사람들'의 이해를 초월하는 그 어떤 것이다.

신경림이 시에서 보여준 근본적인 성찰은, 진보에 대한 민족문학론자의 신념을 문제 삼고서 그것을 비판한다는 점에서 중요한 의미가 있다. 민족문학론에서는 그 동안 진보의 신념을 부분적으로 비판하되 그 비판이 다시 신념의 일부분이 되는 자기대화(monologue)를 진행한 혐의가 있

---

31) 신경림, 『쓰러진 자의 꿈』, 창작과비평사, 1993, 8~9쪽.

다. 그렇지만 시인은 근본적으로 다른 방식의 말을 한다. 그 방식이란 "자기들이 길을 만들었다고 말하지 않는" 것, 즉 계몽(적인 인간)이 역사를 만들었다고 말하지 않는 것이다. 이것은 역사가 진보의 과정이라는 시각을 근본적으로 반성하는 진술이라는 점에서 민족문학론적인 역사인식과 구별된다.

아울러 신경림은 비非변증법적인 인식을 보여준다는 점에서 민족문학론적인 인식과 다르다. 민족문학론에서는 변증법적인 지양의 과정을 통해서 비非동일적인 것을 동일적인 것으로 포섭한다. 이와 달리 신경림의 시에서 민중은 동일화의 논리로 포섭되지 않는 비非동일자(타자)로 나타난다. 묵뫼에 묻혀 있는 '요령잡이', "어린 인민군 간호군관", "다리 하나 잃은 소년병", '나무꾼', '등짐장수', "죽은 말강구"32)(「묵뫼」)는 민족문학론자의 변증법적인 사유에 포섭될 수 없는 타자들이다. 어떤 이데올로기적인 행위를 할 수 없고 어디에 속할 수도 없는 이 죽은 자들은 인민, 전사, 국민, 민중 계열로 동일시될 수 없는 비非동일자이다. 민족문학론적인 진보 논리의 한계를 내포하고, 그 이데올로기의 영향력이 무의미함을 알려주는 표지들이다.

또한 신경림은 진보의 시간으로 설명되지 않는 성찰의 시간성을 보여주기도 한다. 그의 시에서 "재봉틀을 돌리는 젊은 어머니와/실을 감는 주름진 할머니의/실루엣"이 "세상의 전부가 되었다"33)(「어머니와 할머니의 실루엣」)는 개인사적인 내밀한 추억이나, "옛날의 그 모차르트 선율을 따라가"다 만난 "억압된 욕망의 환상"34)(「까페에 안자 K331을 듣다」)과 같은 은밀한 자기 고백은, 미래(진보)의 의미로 소급·해석되지 않는다는 점에서 자기의 과거를 고백하는 성찰의 시간성 위에서 진행된다. 이

32) 신경림, 『어머니와 할머니의 실루엣』, 창작과비평사, 1998, 10~11쪽.
33) 신경림, 『어머니와 할머니의 실루엣』, 창작과비평사, 1998, 25쪽.
34) 신경림, 『뿔』, 창작과비평사, 2002, 58쪽.

러한 시간의식은 거의 모든 사건들을 진보의 시간으로 해석하는 민족문학론의 시간 인식과 분명히 다르다.

VI. 결론

이 글에서는 진보적 민족문학론의 민중시관을 문제 삼았다. 민족문학론에서는 원래 대다수(衆)의 사람들(民)을 뜻하는 민중 개념을 현실극복·변혁의 주체로 이해했는데, 이러한 이해에 기초해서 민중시를 읽은 결과 많은 문제점이 발생됐다. 그 대표적인 예가 신경림의 시에 대한 편향된 독법이었다. 시 속의 민중이 보여준 삶의 다양한 측면들에서 현실극복·변혁의 측면이 과도하게 강조된 나머지, 신경림의 시는 저항적인 시로 일반화됐던 것이다. 이 글에서는 이런 문제점을 극복하고자 신경림의 시에 대한 민족문학론적인 독법의 문제점을 지적한 뒤, 그 독법을 전복하는 또 다른 독법의 가능성을 제안했다.

신경림의 시가 이데올로기적으로 읽힌 원인은, 슬라브에 지젝의 사유를 빌면 민족문학론자의 무의식적인 사고에서 기인했다. 민족문학론에서는 민중이 현실극복·변혁의 주체가 '되어야 함'을 욕망했는데, 이 욕망은 거꾸로 시 속의 민중이 '이미' 그런 주체라는 이데올로기적인 환상을 만들어냈다. 이렇게 되면 시 속의 민중은 삶의 다양한 측면들이 있음에도 저항적인 측면이 유독 강조되어 보이기 마련이었다. 백낙청, 이시영, 윤영천, 임헌영, 민병욱, 조태일 등의 민족문학론자는 경험적인 차원에서는 그들이 욕망하는 민중상과 시 속의 민중이 다름을 잘 알았을 것이다. 그렇지만 '민족문학론자로서' 시를 읽을 때에는 여전히 민중―민족주의 이데올로기를 드러냈다.

이 현상은 민중을 형상화한 시(민중시)를 저항적 · 극복적인 성격으로 보게 만드는 중요한 이유가 됐다. 이 글에서는 이러한 민족문학론적인 독법을 수정 · 보완하고자 세 가지의 차원에서 전복의 독법을 구현했다. 먼저, 신경림의 1960~1970년대 시에 나타난 민중은 주로 현실극복적 · 변혁적인 측면을 강조한 대문자 민중으로 논의돼 왔다. 그러나 이 장에서는 대문자 민중론을 전복해서 소문자 민중들, 즉 다양성과 차이를 지닌 민중들을 살펴봤다. 시「겨울밤」에 나타난 '우리', "선생이 된 면장 딸", "서울로 식모살이 간 분이", 그리고 "술집 색시"는, 계층과 삶의 양상 면에서 볼 때 하나의 공통점을 찾기 힘들 만큼 다양성과 차이를 지녔다. 또한 서사시「새재」에서도 '돌배'는 의적 · 의병의 측면만 있지 않고, 도적 · 살인자 · 방화범의 측면들을 지닌 '다양성'과 '차이'의 존재였다.

그리고 신경림의 1980년대 시에 나타난 민중은 주로 '소외에서 극복 · 저항으로' 전화하는 목적론적인 세계를 지향한 것으로 알려져 왔다. 그렇지만 이 장에서는 목적론적인 전화론을 전복해서 민중의 미시적인 일상에서 발견된 두 양상—모순성과 복잡성—을 주목했다. 먼저 시「감나무」와 「강물2」를 비교해 보면서 수몰이라는 사건을 경험한 민중들의 모순적인 태도를 분석했다. 수몰이란 사건에 대해서 민중은 소외에서 극복 · 저항으로 전화한 일—방향적인 태도가 아니라, 한편으로 존재의 상실을 보이고 다른 한편으로는 보상금을 기대하는 즐거움을 지닌 모습으로 형상화됐다. 민중의 미시적인 일상은 이처럼 다多방향적이고 모순적인 양상을 지녔다. 또한 시 속의 민중들은 민중론의 핵심 범주에서 벗어난 농촌 촌민이 대다수였고, 소시민적이거나 보잘것없는 삶에 긍정적인 가치를 부여했다는 점에서 전화의 논리로 설명할 수 없는 복잡성을 지녔다.

마지막으로, 1990년대 이후의 신경림 시에 나타난 성찰적인 태도는 주로 민족문학론의 갱신과 활로를 모색하고 진보에 대한 변함없는 믿음을 보여준 것으로 설명됐다. 하지만 이 장에서는 민족문학 갱신론을 전복해서 진보에 대한 근본적인 회의와 비非변증법적인 사유를 드러낸 양상을 살펴봤다. 시「길」에서는 진보의 과정으로 설명되지 않는 통제 불가능한 역사의 가능성을 서술함으로써 진보주의에 대한 신념을 해체한다는 의미가 있었다. 아울러 신경림의 시적인 성찰은 비非변증법적인 사유를 지녔다. 그의 시에서 민중은 동일성의 논리로 포섭되지 않는 비非동일자 즉 타자였고, 시간의식은 비非진보적 · 성찰적인 시간성이 전제됐다.

지금까지 살펴본 것처럼 민족문학론에서는 이데올로기적인 독법으로 인해서, 신경림의 시적인 특질을 편향화 시킨 측면이 있었다. 이런 현상은 민족문학론의 민중시관을 문제시하게 만든 중요한 원인이 되었다. 민족문학론이 지닌 민중―민족주의 이데올로기의 과잉을 극복 · 보완하는 지점에서 민중시의 새로운 성격을 살펴볼 수 있는 가능성이 있기 때문이다. 이것은 비단 신경림의 시뿐만이 아니라는 것이 필자의 생각이다. 민족문학론이 민중시를 바라본 독특한 관점은 오늘날 다시 생각해봐야 하는 것이다. 이런 측면의 논의는 앞으로 김지하, 고은, 박노해, 박영근, 도종환, 정희성, 조태일, 이시영, 백무산 등을 비롯한 많은 민중 시인들을 대상으로 확장될 필요가 있다. 이 글의 의미는 그 논의의 문을 열었다는 점이다.

민중 개념의 다양성과 그 변천 과정

─신경림의 민족문학론을 대상으로

I. 서론

이 글에서 제기하는 문제는 신경림의 민족문학론에 나타난 민중 개념은 무엇인가 하는 것이다.[1] 1970년대 이후의 진보적 민족문학론에서 대

---

[1] 신경림의 민족문학론이라는 표현에서 민족문학론이란 백낙청이 주도한 1970년대 이후의 진보적 민족문학론을 약술하여 지칭한 것이다. 진보적 민족문학론은 당대의 보수적 민족문학론에 맞서서 민중을 역사변혁의 주체로 내세운 것을 가장 중요한 특징으로 지닌다. 신경림은 시집 『농무』의 시인으로 잘 알려져 있지만, 1972년에 평론 「농촌현실과 농민문학」을 시작으로 하여 민중의 역사변혁성을 논의하는 동시에 삶의 다양성을 논리화한다는 점에서 진보적 민족문학론에 속하면서도 일정한 차이를 지니는 평론가이기도 하다. 이 논문에서는 이러한 신경림 평론세계의 특성을 검토하고자 한다. 이 글에서 논의하고자 하는 신경림 민족문학론의 연구범위는, 구체적으로 평론집 『문학과 민중』(민음사, 1977)과 『삶의 진실과 시적 진실』(전예원, 1985), 그리고 평론 「시인이란 무엇인가」(『내일을 여는 작가』 2000년 여름호)와 「나는 왜 시를 쓰는가」(『낙타』, 창비, 2008), 신경림 시집에 나타난 후기 등의 소견, 그리고 각종 대담·좌담을 모두 포함하는 것으로 한다.

또한, 민중을 역사변혁주체로 지나치게 일의화(一意化)·단수화(單數化)하여 이해한 백낙청 중심의 진보적 민족문학론과 다의적(多義的)·복수적(複數的)인 민중 개념을

다수(衆)의 사람들(民)이라는 민중의 원原의미를 역사변혁주체로 여러 차례 공론화한 결과, 민중은 실제 현실의 다양한 측면이 간과된 채로 억압된 현실에 맞선 저항적·투쟁적인 주체로 일의화一意化·단수화單數化되었다는 점에서 1990년대 이후 비판의 대상이 되어 왔다.[2] 그렇지만 진보

함께 보여준 신경림의 민족문학론을 구별할 필요가 있을 때에는, 앞의 담론을 진보적 민족문학론의 주류로 표현하고자 한다. 그리고 신경림의 평론세계를 지칭하는 다른 표현들, 가령 민중문학론이나 민중시론 등의 용어는 모두 민족문학론의 하위개념으로 이해하기로 한다.

2) 이 논문에서 비판하고자 하는 진보적 민족문학론의 일의적·단수적인 민중 개념에 대해서 자칫 진보적 민족문학론자의 민중 논의가 획일적이고 단순하다는 오해를 살 우려가 있어 유의를 요한다. 진보적 민족문학론자라고 해서 늘 민중을 역사변혁주체로 바라보고 담론화한 것은 아니며, 더욱이 역사변혁주체라는 민중 개념은 당대의 부정적인 현실에 맞서는 시대적인 요청과 그 의의를 분명히 지닌 것이다. 다만 진보적 민족문학론의 내부에서 여러 차례의 공론화를 통해 역사변혁주체라는 의미가 민중 개념의 중핵을 차지하면서, 부지불식간에 일상을 살아가는 다양한 민중의 모습을 간과·경시한 채 주로 저항적·투쟁적인 주체로 일의화·단수화하는 일부의 무의식적인 경향이 이 논문의 비판 대상이 되는 것이다(강정구, 「진보적 민족문학론의 民衆詩觀 再考」, 『국제어문』 40집, 2007. 8, 265~289쪽 참조).

민중은 1960년대까지만 해도 보통 대다수의 사람들을 의미했으며, 지식인에 의해서 대변되어야 하는 계몽 대상으로 이해되어왔다. 그렇지만 1970년대의 진보적 민족문학론에서는 민중에 대해서 가난, 소외, 역사, 사회, 노동, 변혁, 진보 등의 여러 시대적인 문제와 결합되는 복잡다단한 과정을 거치면서 역사변혁주체라는 의미가 중핵을 이루게 된다. 1970년대 초반 보수적 민족문학론자에 맞서는 진보적 민족문학론자인 김지하·임헌영·염무웅·구중서·김병걸·백낙청의 글에서, 그리고 1980년대 <신동아>지의 특집 「민중이란 누구인가」에 참여한 여러 논자들인 안병영·유재천·박성수·황문수·이광주·한상범·고재식·조남현의 글에서 보면 민중은 역사변혁주체로 공론화된다(이 부분에 대해서는 강정구의 논문 「진보적 민족문학론의 민중 개념 형성론 보론」(『세계문학비교연구』 27, 2009. 6)을 참조할 것). 그렇지만 이러한 논의는 1990년대 이후 비판되기 시작된다. 민중을 논의하기에는 "위기의 역사적 실체가 불분명해"졌고, "단자화되고 분열"됐다는 지적이 진보적 민족문학론의 안팎에서 있었다(이광호, 「<민족문학>의 역사적 범주에 관하여」, 1994, 『환멸의 신화』, 민음사, 1995, 59쪽에서 재인용; 신승엽, 「민족문학론의 방향 조정을 위해」, 1997, 『민족문학을 넘어서』, 소명출판, 1999, 50쪽에서 재인용). 또한 민중은 황종연에 따르면 "공백의 기표"

적 민족문학론이 전개되는 그 내부의 복잡다단한 과정을 살펴보면, 민중이라는 개념 속에는 역사변혁주체라는 뜻뿐만 아니라 다양한 측면의 의미가 생성 · 확장되는 모습이 엿보인다. 이처럼 민중이라는 개념 자체가 의미적인 개방성을 지녀 왔다는 사실은, 그 동안 일의적 · 단수적으로 여겨왔던 진보적 민족문학론의 민중 개념을 다시 새롭게 읽는 열쇠가 된다.

여기에서는 1970~2000년대 신경림의 민족문학론에 나타난 민중 개념이 진보적 민족문학론에 속하면서도 실제 현실의 다양한 측면을 드러낸다는 점을 검토하고자 한다. 다시 말해서 신경림의 민족문학론에 나타난 민중 개념은 역사변혁주체라는 뜻뿐만 아니라, 담론자의 자기 체험과 인식을 중심으로 한 실제 현실의 모습을 다양하게 의미화하고 있다는 것이다. 그럼에도 기존의 논의에서는 진보적 민족문학론에 속한 담론의 민중 개념이라면 역사변혁주체로 일의화 · 단수화하여 이해한 측면이 강했고, 그러한 상황 속에서 신경림의 민중 개념이 지닌 다양성과 차이가 너무 경시 · 간과되는 분위기가 있어 왔다. 이 점에서 신경림의 논의에 나타난 민중 개념을 다의적多義的 · 복수적複數的으로 살펴보려는 본 논문의 필요성이 제기된다.

지금까지 신경림의 민족문학론에 나타난 민중 개념을 살펴봤던 연구사를 검토하기 위해서는, 무엇보다 진보적 민족문학론의 민중 논의를 살

로, 그리고 김철에 따르면 "다른 이데올로기와 결합했을 때"에만 힘을 발휘하는 '無垢性'으로 비판되었다(황종연, 「민주화 이후의 정치와 문학」, 『문학동네』 2004년 겨울호, 397쪽; 김철, 「민족―민중문학과 파시즘」, 『한국현대문학 100주년 기념 심포지움』, 1998, 『'국민'이라는 노예』, 삼인, 2005, 227~228쪽에서 재인용).

이 때 "실제 현실의 다양한 측면"이라는 표현에서 '현실'과 '다양'이라는 용어는 주의를 요한다. 자칫 역사변혁주체도 '현실'적이고 '다양'한 개념 중의 하나라는 오해를 살 여지가 있기 때문이다. 이 논문에서 말하고자 하는 민중 '현실'의 '다양'성이란 역사변혁주체라는 진보적 민족문학론의 이념으로 잘 포섭되지 않고 벗어나 있는 잉여와 초과의 부분을 의미한다.

퍼봐야 한다. 신경림의 민족문학론에 대한 논의 역시 진보적 민족문학론에 귀속되어 언급되는 암묵적인 전제가 있었기 때문이다. 진보적 민족문학론의 민중 개념은 그것을 주창하는 쪽이나 비판하는 쪽이나 주로 역사변혁주체라는 데에 초점이 맞춰졌다. 민중은 원래 대다수의 사람들을 뜻했으며 1960년대까지만 해도 지식인의 계몽 대상이었는데, 1970년대 진보적 민족문학론에서는 백낙청의 시민 개념과 상통되면서 역사변혁주체로 논의되기 시작했고,[3] 1980년대에 와서는 사회과학담론에 힘입어 노동자계급을 기본으로 하는 역사변혁주체로 일의화 · 단수화되는 경우가 많기 때문이었다.[4] 이러한 논의를 비판하는 쪽에서도 그 개념이 "심정적 ·

---

3) 백낙청은 1966년 평론 「새로운 창작과 비평의 자세」에서 "한국에 관한 한, 민중의 저항을 가로(대신—필자 주)맡고 근대화를 위한 가장 보편적인 이상을 제시하며 또 실천하는 역사의 주동적 역할을 작가와 지식인이 맡아야 한다는 데에 딴 말이 있기 어렵다."(백낙청, 「새로운 창작과 비평의 자세」, 『창작과비평』 1966년 겨울호, 『민족문학과 세계문학 I 』, 창작과비평사, 1978, 356쪽에서 재인용)고 말한 바 있으나, 1974년 평론 「민족문학개념의 정립을 위해」에 오면 "민족생존권의 수호와 반봉건적인 시민혁명의 완수라는 객관적으로" '주어진' 민중의 '사명'(백낙청, 「민족문학개념의 정립을 위해」, 『월간문학』 1974. 7, 『민족문학과 세계문학 I 』, 창작과비평사, 1978, 131쪽에서 재인용)을 강조한다. 민중은 1970년대에 오면 '시민혁명'을 완수해야 하는 변혁주체가 되는 것이다. 이러한 논의 이외에도 임헌영은 "참된 역사란 민중의 힘으로 창조"된다고 했고(임헌영, 「민족문학에의 길」, 『예술계』 1970년 겨울호, 44쪽), 염무웅은 "근대적인 의미의 민족 개념이 민주 및 민중 개념과 결합되어야" 한다고 했다(염무웅, 「민족문학, 이 어둠 속의 행진」, 『월간중앙』 1972. 3, 109쪽).

4) 박현채, 김병걸 · 채광석 편, 「민중과 문학」, 『민족, 민중 그리고 문학』, 지양사, 1985, 73쪽 참조. 1980년대 중반의 민중적 민족문학론자들은 사회과학담론에 힘입어 1970년대 진보적 민족문학론의 민중 개념을 계급적인 시각에서 비판했다. 진보적 민족문학론의 민중 개념이 비(非)계급적임을 문제 삼으면서 역사변혁주체의 자리에 노동자계급을 세우고자 시도했다. 채광석은 "오늘날의 노동자들의 삶과 실천의 자리는 소시민적 삶과 실천의 자리에 있는 사람으로서는 도저히 접근하기 어려운 위치에 있"(채광석, 「소시민적 민족문학에서 민중적 민족문학으로」, 『개방대학신문』 1986, 『민중적 민족문학론』, 풀빛, 1989, 219쪽에 재인용)음을, 그리고 김명인은 "소시민 계급의 시각으로는 더 이상 눈앞에 펼쳐지는 세계와 진리의 총체성을 보는 것이 불가능"(김명인, 「지식

단선적인 사고의 결과"[5]라는 점을 지적했지만, 다의적 · 복수적인 민중 개념을 탐구하는 데에까지 나아가지는 않았다.

진보적 민족문학론에 대한 이러한 논의는 신경림의 민중 개념을 바라보는 일종의 전제가 되어 왔다. 신경림이 생각한 민중 역시 역사변혁주체로 일의화 · 단수화되면서, 자기 체험을 바탕으로 한 실제 민중의 다양한 모습을 논리화 · 의미화한 측면은 간과 · 무시된 경향이 있어 왔다. 이러한 상황에서 신경림이 언급한 민중에 대한 논의는 "민족의 주체를 민중이라고 파악"한 백낙청의 "견해를 받아들"였다는 점을 지나치게 강조한 귀속론이나,[6] 아니면 논리적인 정합성을 제대로 갖추지 못했다는 점을 주목한 논리비판론이 주를 이루었다.[7] 혹은 민요의 전통을 나름대로 계승한 시론, 이른바 민요시론을 발전시켰다거나,[8] 민중시론에서 여러 경로를 거쳐 생명시론으로 발전 · 전개되었다는 평론세계의 내적 전개를 살펴본 것 등도 있었다.[9] 이러한 논의들에서 살펴볼 수 있듯이, 신경림의 민족문학론에 나타난 민중 개념이 진보적 민족문학론의 주류와 구별되는 다양성과 차이에 대한 논의는 제대로 검토되지 않았다.

인 문학의 위기와 새로운 민족문학의 구상」, 『전환기의 민족문학』, 풀빛, 1987, 97쪽)
함을 주장했다.

5) 김주연, 「민족문학론의 당위와 한계」, 『문학과 지성』 1979년 봄호, 『뜨거운 세상과 말의 서늘함』, 솔, 1994, 58쪽에서 재인용.

6) 김윤태, 구중서 · 백낙청 · 염무웅, 「민중성, 민요정신, 현실주의」, 『신경림 문학의 세계』, 창작과비평사, 1995, 305쪽.

7) 성민엽은 신경림의 평론 「문학과 민중」을 논하면서 그의 민중 개념이 "막연한 답변밖"에 되지 않고 전체적으로 "논리적 치밀성을 얻지 못"했음을 지적한 바 있다(성민엽, 「민중문학의 논리」, 『민중문학론』, 문학과지성사, 1984, 157쪽).

8) 이승훈, 「신경림의 시론」, 『한국현대시론사』, 고려원, 1993, 254~260쪽 참조; 윤여탁, 한계전 · 홍정선 · 윤여탁, 「창작방법으로서의 민중시론」, 『한국현대시론사연구』, 문학과지성사, 1998, 345~349쪽 참조.

9) 정민, 「신경림 시론의 변화 양상과 그 의미」, 『한국현대문학연구』 25, 2008. 8, 141~168쪽 참조.

이제 신경림의 민족문학론에서 민중 개념을 검토하기 위해서는, 진보적 민족문학론의 주류가 보여준 논의와 분명하게 차이가 나는 부분을 고찰할 필요가 있다. 이러한 고찰을 위해서는 진보적 민족문학론의 주류처럼 역사의 태동기부터 각 시대의 모순을 극복하고 변혁을 이루는 원초적·불변적·선험적인 공동체가 아니라, 신경림 자신의 체험과 인식에 따라 여러 측면으로 지시되는 문화적 조형물로 민중 개념을 바라보는 관점이 필요하다.[10] 다시 말해서 신경림의 민중 개념이 역사변혁주체의 의

---

10) 백낙청이 주도하는 진보적 민족문학론의 주류와 비교해 볼 때에 신경림의 민중 개념이 가장 차이가 나는 것은 그 개념의 개방성이다. 진보적 민족문학론 주류의 민중 개념이 한국사에서 이미 오래 전부터 존재해 온 변혁적인 성격의 공동체로서 계몽주의적·단선론적인 해방의 역사를 만들어 나아가는 주체라는 감이 강하게 드는 반면, 신경림의 경우는 시대를 살아가는 담론자의 체험과 인식에 따라 구상된 다의적·복수적인 이미지라는 것이 가장 중요한 특성이 된다. 이 논문은 이러한 특성을 잘 검토하기 위해서 민족이 고대부터 있어온 원초적·선험적인 공동체가 아니라 18세기 말경 "역사적 동력들이 복잡하게 교차해서 나온" "문화적 조형물"이라는 베네딕트 앤더슨 (B. Anderson)의 논의와, "민족을 고대로부터 근대라는 미래로 발전시켜 동일한 공동체로 만드는" 계몽주의적·단선론적인 역사를 비판하면서 그러한 "'역사'에 대한 대안으로써 역사의 양지분기(兩枝分岐) 개념(bifurcated conception; 하나의 줄기(역사적 사실)로부터 두(혹은 둘 이상의) 나뭇가지(전달(transmission)과 산포(dispersion))로 나뉘어간다는 의미)"을 주장하는 프라센지트 두아라(Prasenjit Duara)의 논의를 참조하고자 한다(B. Anderson, 윤형숙 옮김, 『상상의 공동체』, 나남출판, 2002, 23쪽; Prasenjit Duara, 문명기·손승회 옮김, 『민족으로부터 역사를 구출하기』, 삼인, 2004, 24쪽). 이러한 논의를 참조하면, 신경림의 민족문학론에 나타난 민중 개념이 진보적 민족문학론의 주류와 비교해 볼 때에 어느 정도로 개방적인가 하는 것을 살펴보고자 하는 본 논문의 작업이 가능해진다. 본 논문에서는 신경림의 논의에 나타난 민중 개념을 세밀하게 추적하기 위해서 1970년대 중반까지의 평론을 묶은 평론집 『문학과 민중』 (민음사, 1977)에서 원초적·선험적인 공동체가 아니라 현실적·경험적인 공동체인 농민을 중심으로 내세우는 담론(II장), 1970년대 후반부터 1980년대까지의 평론을 모은 『삶의 진실과 시적 진실』(전예원, 1982)에서 역사변혁주체이면서도, 다양한 삶의 모습으로 드러나고 산포되는 양지분기적인 민중 개념을 보여주는 계몽주의적이면서도 계몽에 대한 비판적인 이미지(III장), 그리고 1990년대 이후의 여러 글에서 역사변혁의 이념과 그 주체의 이미지를 해체하는 탈(脫)이념적인 민중 개념(IV장)을 검토

미를 지니면서도, 1970년대 이후 자기 체험과 인식의 양상에 따라 그 내포가 조금씩 변화하는 다의적 · 복수적인 양상을 띤다는 점을 규명하고자 하는 것이다.

II. 농민 중심의 담론

1970년대 초반, 진보적 민족문학론에서는 계몽의 대상이었던 대다수의 사람들인 민중을 역사변혁주체로 재인식하기 시작한다. 이 과정에서 민중 개념은 역사의 시작부터 있었다는 점에서 원초적이고, 변혁의 사명을 경험 이전에 지녔다는 점에서 선험적先驗的인 것으로 일의화 · 단순화 되어 간다. 그렇지만 이러한 진보적 민족문학론의 내부를 면면히 살펴보면, 민중이라는 용어 속에는 다양한 의미가 생성 · 발전되는 모습이 있음이 확인된다. 이 장에서는 1977년에 출간된 신경림의 『문학과 민중』에 나타난 민중 개념이 진보적 민족문학론에 속하면서도, 현실적 · 경험적인 농민 이미지를 중심으로 구성된다는 점을 세밀하게 검토하고자 한다.11)

하고자 한다.

11) 1970년대 초반, 신경림이 논의한 민중은 진보적 민족문학론에 속하면서도 벗어나는 양면적인 속성이 있다. 그의 논의에서 민중은 역사변혁주체의 이미지를 지닌다는 점에서 그의 담론은 진보적 민족문학론에 속한다. 그는 ""현실이 예술가를 지배하는 것이 아니라 예술가가 현실 속에다 자기의 이상을 도입하고 그에 따라 현실을 개조하는 것"이라고 (벨린스키가—필자 주) 술회했던 바, 그것은 또한 우리가 방영웅에게 들려주고 싶은 얘기"(신경림, 「문학과 민중」, 『창작과비평』 1973년 봄호, 『문학과 민중』, 민음사, 1977, 72쪽에서 재인용)라고 말한 바 있다. 여기에서 "현실을 개조"하는 것이란 분명 문학 속의 민중에게 역사변혁 혹은 현실변혁의 이념을 투영해야 함을 뜻하는 것이다. 그럼에도 신경림의 논의를 면면히 검토하면, 민중 개념은 진보적 민족문학론의 주류와 구별되는 다양성과 차이가 드러난다. 이 장에서는 이러한 것들을 현실적 ·

농민을 중심으로 구성된 신경림의 민중 개념은, 진보적 민족문학론을 주도한 백낙청의 원초적·선험적인 시민 논의와 비교해 볼 때에 자기 체험을 바탕으로 한 현실적·경험적인 이미지라는 점에서 중요한 차이가 있다. 백낙청은 1969년의 평론 「시민문학론」에서 시민 개념을 구성하는데, 이 개념은 진보적 민족문학론의 민중 개념으로 거의 그대로 수용된 바 있다.12) 이 때 백낙청이 생각한 시민이 상당히 원초적·선험적인 역사변혁주체로 의미화 되는 것과 달리, 신경림의 농민은 농촌 체험을 근거로 하여 구성된 다분히 현실적·경험적인 존재로 구상된다.

> 우주내에서 플라톤적 <설득>의 원칙으로서의 <이성>, 그 움직임의 추진력으로서의 <사랑>(플라톤 철학의 Eros), 그리고 그러한 이성과 사랑의 역사적 구체화로서의 <시민의식>은 현재까지 지속된 가장 오래된 문명사회의 하나인 한반도에 아득한 옛날부터 오히려 두드러지게 있었다고 말해야 옳다. 아니, 앞서 인용한 떼야르의 우주론에 의한다면—또한 플라톤의 「티마이오스」에 의하더라도—그것은 인류의 탄생 자체, 우주의 창조 자체에 이미 작용했던 것이다.13)

> 가령, 오늘의 농촌은 도시에 대한 내국식민지의 위치를 감수하면서, 자본주의 경제체제의 구조적 모순에 따른 세에레 현상의 심화로 외국자본의 압박이 전가되어 이중식민지의 역할을 하고 있다. 역대 지도자가 중농정책을 표방, 안간힘을 다하는 데도 농촌의 빈곤은 단순재생산에서

경험적인 농민 이미지라는 측면에서 분석하고자 한다.
12) 백낙청은 평론 「민족문학 개념의 정립을 위해」에서 "민중의식을 이러한 역사적 사명에 부응하는 시민의식으로 발전시키는 과업이 곧 민족문학의 본질을 이룬다"고 논의한 바 있다. 민중의 의식과 시민의 의식은 그의 담론에서 동질적인 것으로 판단된다(백낙청, 「민족문학 개념의 정립을 위해」, 『월간문학』 1974. 7, 『민족문학과 세계문학 I 』, 창작과비평사, 1978, 132쪽).
13) 백낙청, 「시민문학론」, 『창작과비평』 1969년 여름호, 『민족문학과 세계문학 I 』, 창작과비평사, 1978, 14쪽.

그치지 않고 확대재생산됨으로써 농촌의 파괴는 가속화하고 있는 것이다. (중략) 이러한 농촌과 농민이 문학상에 있어 소재 이상의 것으로 받아들여지지 않고, 지역적 개념 이상의 적극적인 것으로 받아들여질 수 없다는 것은 옳은 일일까.

    우리는 지금까지 많은 작가들이 농촌을 소재로, 또는 농촌에 관해 글을 썼고, 또 그 나름대로 성공한 것이 있음을 알고 있다. 그러면서도 한 두 사람을 제외한다면 이것이다 하고 내놓을 수 있는 뚜렷한 것을 찾아낼 수 없음은, 농촌현실에 대한 파악에 있어 적극성이 결여돼 온 까닭이 아닐까.[14)]

    위의 두 인용에서는 각각 시민과 농민을 담론의 핵심 대상으로 한다. 이 때 시민과 농민을 구성하는 담론자의 인식 방법이 상당히 상반된다는 점은 주목에 값한다. 전자는 "프랑스혁명기 시민계급의 시민정신을 하나의 본보기로 삼으면서도" "우리가 쟁취하고 창조하여야 할 미지未知·미완未完의 인간상人間像"[15)]으로 규정된 시민 개념을 부연하는 부분인데, 여기에서 시민으로서 지녀야 하는 의식인 '<시민의식>'은 "인류의 탄생 자체, 우주의 창조 자체에 이미 작용했"다는 구절에서 확인되듯이 원초적이고 선험적인 것이 된다. 이러한 서술로 미루어 짐작하건대, 시민은 구체적인 역사와 사회를 초월하여 태초부터 삶의 모순을 극복하고 변혁을 지향하는 의식인 '<시민의식>'을 지닌 원초적·선험적인 주체로 개념화되는 것이다.

    후자의 인용에서 농민은 원초적·선험적인 시민 개념과 달리, "오늘의 농촌"을 사는 자로 이해된다. "자본주의 경제체제의 구조적 모순"을 겪는 "도시에 대한 내국식민지"로써 규정되는 "농촌현실에 대한 파악에

---

14) 신경림, 「농촌현실과 농민문학」, 『창작과비평』 1972년 여름호, 『문학과 민중』, 민음사, 1977, 77쪽에서 재인용.

15) 백낙청, 「시민문학론」, 『창작과비평』 1969년 여름호, 『민족문학과 세계문학 I』, 창작과비평사, 1978, 14쪽에서 재인용.

있어 적극성"을 주목하는 내용을 보면, 신경림이 말하고자 하는 농민은 농촌을 살아가는 실제의 인간을 바탕으로 하여 구성된 현실적 · 경험적인 이미지로 추측된다. 신경림이 자신의 담론에서 이러한 농민 이미지를 구성하고자 하는 까닭은, 무엇보다 그가 실제의 농촌 생활을 통해서 그들의 실상을 나름대로 이해한 생생한 체험 때문이다. 그는 서울에서 대학을 다니던 중 갑작스럽게 낙향을 한 후 농촌에서 십여 년 가까운 청년 시절을 보내면서 "앞으로 시골 사람들은 전부 죽게 될 것이다. 보나마나 우리 땅을 빼앗기고 고향에서 밀려나게 될 것이라는" 정도의 피억압적인 현상을 느끼고 "한번 들고 일어나야 한다는"[16] 정도의 저항적인 성향을 지닌 농민들과 자주 만나 얘기했는데, 그러한 농민 체험이 그의 농민상農民像을 구성하는 실질적인 근거가 되는 것이다.[17]

이처럼 자기 체험을 바탕으로 한 현실적 · 경험적인 이미지로 농민을 인식하는 신경림의 태도는, 1973년의 평론 「문학과 민중」에서도 지속된다. 이 글에서 신경림은 "농민문학과 민중의 문학이 동의어"[18]임을 밝히면서 농민 중심의 민족문학론으로 나아간다. 이 때 이 민중이라는 용어는 진보적 민족문학론의 민중 개념과는 다른 의미를 지니는 측면이 있

---

16) 신경림 · 김사인, 「신경림의 시세계와 한국시의 미래(대담)」, 『오늘의 책』 1986년 봄호, 20쪽.

17) 이러한 점 때문에 신경림은 그의 평론 「농촌현실과 농민문학」(『창작과비평』 1972년 여름호, 『문학과 민중』, 민음사, 1977)에서 주요 한국문학작품 속의 농민 서술이 자신의 체험을 통해 구성된 농민상에 부합하느냐 그렇지 않느냐 하는 직감적 · 심정적인 방식으로 논의를 이끌어 나아간다. 이에 따라서 한국문학작품에서 농촌과 농민을 다루었어도 자신이 체험한 실제 농촌의 궁핍과 거리가 있는 경우에는 "리얼리티가 없고 설득력이 약하다"(99쪽)거나 "관심 대상에서 배제"(113쪽)되었다거나 "작품의 소재를 농촌에서 구했을 뿐"(104쪽)이라는 것으로 비판되나, 자신의 농민 체험과 거의 일치하는 경우에는 "농민의 전형을 창조해 내는"(113쪽) 것으로 긍정된다.

18) 신경림, 「문학과 민중」, 『창작과비평』 1973년 봄호, 『문학과 민중』, 민음사, 1977, 69쪽에서 재인용.

다. 그의 민중 개념은 "민중의 생활감정" 혹은 "민중의 감정과 사상"[19]이라는 표현에서 확인되듯이, 현실 생활 속의 체험과 밀접하게 관련된다.[20] 그가 한국현대문학작가 중에서 방영웅을 매우 높게 평가하는 부분을 살펴보기로 한다.

> 그는 결코 어떠한 것을 의식적으로 노리지 않는다. 아무렇게나 지껄이는 듯한 인상이 짙다. 그런데도 그것은 곧 민중의 소리가 되고 민중의 노래가 된다. 그의 소박하고 서투른 듯한 문장은 우리 민중의 것인 온갖 한과 청승을 다 지녔고 거기다가 구성지기까지 하다. 그는 곧잘 너절한 얘기를 너절하게 늘어 놓는다. 그러나 이러한 너절한 내용의 너절한 서술까지도, 그것은 마치 우리 형제의, 우리 친구들의, 우리 이웃들의 얘기 같아 더없이 절실하고 눈물겹다. 한 촌로가 있어서 그가 아무렇게나 지껄이는 말에도 울기도 하고 웃기도 하고 분노하기도 했던 경험을 필자는 가지고 있다. 그가 바라든 않든 그는 민중 속에 있는 작가요 민중을 떠나서는 살 수 없는 작가이다.[21]

신경림이 방영웅을 높이 평가하는 근거는, 단적으로 말해서 체험의 동질성에 있다. 방영웅의 "너절한 내용의 너절한 서술까지도, 그것은 마치 우리 형제의, 우리 친구들의, 우리 이웃들의 얘기 같아 더없이 절실하고 눈물겹다"고 표나게 공감하는 것은, "한 촌로가 있어서 그가 아무렇게나 지껄이는 말에도 울기도 하고 웃기도 하고 분노하기도 했던 경험을 필자

---

19) 신경림, 「문학과 민중」, 『창작과비평』 1973년 봄호, 『문학과 민중』, 민음사, 1977, 45쪽에서 재인용.
20) 이 때 평론 「문학과 민중」(『창작과비평』 1973년 봄호, 『문학과 민중』, 민음사, 1977)에서 체험을 비평적인 근거로 삼는 태도는 주요 한국문학작품이 "민중 밖에 서"(52쪽) 있느냐, 아니면 "민중에 대한 자각"(64쪽)이 있느냐 하는 심정적인 비평 기준을 만드는 원인이 된다.
21) 신경림, 「문학과 민중」, 『창작과비평』 1973년 봄호, 『문학과 민중』, 민음사, 1977, 70쪽에서 재인용.

는 가지고 있다"는 문장에서 알 수 있듯이 동질적인 체험 때문인 것이다. 이처럼 신경림이 그의 민족문학론에서 구상한 민중상은 자기 체험 속에서 현실적·실제적이고 또 '경험'적인 이미지로 조형된 것이다. 이 점에서 신경림의 현실적·경험적인 민중 개념은 진보적 민족문학론의 원초적·선험적인 민중 개념과는 다른 인식 방법으로 만들어진 것이다.

Ⅲ. 계몽주의적이면서도 계몽에 대한 비판적인 이미지

1970년대 초반에 재인식된 새로운 민중 개념은 1970년대 후반을 걸쳐 1980년대까지 지속적으로 심화·확대된다. 진보적 민족문학론을 비롯한 변혁운동진영이 그 세력을 얻을수록, 민중 개념은 현재 피억압상태에 놓여있으나 그러한 상태를 극복하는 변혁주체이어야 한다는 단선론적單線論的·진보주의적인 역사론과 결합되는 경향을 보인다. 이러한 민중의 이미지는 실제 현실 속의 다양한 모습을 간과·경시한 채 주로 현실극복·역사변혁의 의미를 계도하는 계몽주의적인 인식에 근거한 것이다. 그러나 신경림의 평론집 『삶의 진실과 시적 진실』에서 주요하게 보이는 민중은 이러한 계몽주의적인 인식에 부합되는 역사변혁주체이면서도, 그러한 인식을 성찰하는 계몽에 대한 비판적인 인식에 근거한 민중의 이미지, 즉 다양한 삶의 모습으로 드러나고 산포되는 양지분기적兩枝分岐的인 민중의 이미지를 동시에 지닌다는 점에서 주의할 필요가 있다.

이러한 상호모순적인 인식은 민중을 개념 정의할 때와 문학적으로 형상화할 때의 차이를 나타내는 부분에서 잘 드러난다. 진보적 민족문학론의 주류가 보여준 민중 개념은 피억압에서 역사변혁으로 향하는 계몽주의적·단선론적인 역사를 창조하는 주체인데, 이러한 성격이 과도하게 강조된 나머지 1970~1980년대의 문학창작에서 민중 형상화에 대한 논의는 상당히 획일적으로 경직되는 경향이 없지 않게 된다.[22] 이러한 분위기는 당대 진보적 민족문학론의 주류가 민중의 이름으로 억압적인 정치·경제권력과 맞서는 순기능이 있음에도, 민중 개념의 일의화·단수화라는 문제점을 노출시키게 된다. 이러한 상황에서 신경림은 계몽주의적이면서도 계몽에 대한 비판적인 인식을 보여주면서 민중 개념을 성찰한다.

> (가) ① 특권층과 대립되는 개념으로서, 지배계층에 대한 피지배계층 전체를 가르키는 것 ② 지식인에 상대되는 개념으로서의 민중 ③ 무사려한 근대주의에 대한 반대개념으로서의 민중 ④ 민족사의 발전이라는 측면에서 분단현실을 거부하는 통일의 주체세력[23]

> (나) 이러한 민중인식이나 민중의식은 민중의 문학, 민중을 위한 문학을 위해서 최소한의 바탕이 될 뿐, 문학의 방법에 도식적으로 적용될 수 없음은 물론이다. 더구나 문학은 삶을 총체적으로 파악한다는 점에 있어, 한 현상만을 국한적으로 다루는 경제 그 밖의 사회과학이나 삶을 총체적으로 다루되 그를 추상화하고 개념화하는 철학 등과는 같지 않다. 민중인식과 민중의식에 바탕한 민중문학은 역시 삶을 총체적으로 파악하고 그것을 구체적으로 형상화하여 독자 앞에 제시한다는 기능에 있어

---

22) 1970년대의 후반의 어느 좌담 「내가 생각하는 민족문학」을 살펴보면, 고은은 민족문학이 도식적이라는 비판에 대해서 그러한 비판을 하는 자들이 지닌 '제국주의적'인 예술성을 도리어 비판하고, 백낙청은 "민중들에 대한 뜨거운 생명적 감동"이나 "본마음에 따른 행동"을 강조하며, 구중서는 신경림의 시에 대해서 "분단상황에 대한 체질적인 저항감이 없다"고 논의한다. 이러한 논의는 당대 사회에서 민중을 역사변혁 주체로 형상화해야 한다는 일종의 압력으로 작용한다는 것이 필자의 판단이다(고은 외, 「내가 생각하는 민족문학」, 『창작과비평』 1978년 가을호, 20쪽; 25쪽; 30쪽).

23) 신경림, 「민중문학의 참길」, 『이화』, 1978; 『삶의 진실과 시적 진실』, 전예원, 1985, 29~32쪽에서 요약.

이와 대립되는 경향의 문학과 다를 바 없다. 삶의 구체적 형상화 과정에서 민중의 문학은 얼마든지 다양하고 다채로울 수 있으며, 이는 문학임으로 해서 부득이하고 가능한 것이다.[24]

　　(다) 민중을 표방하는 일부의 소설이 너무 뻔한 이야기를 너무 뻔한 방법으로 전개하고 있다는 사실이 지적되어야 할 것이다. 가난한 사람의 가난타령은 독자에게 가난한 삶의 현실을 인식시키기에는 충분하겠지만 그것만으로써는 뛰어난 소설이 기대되기 어렵다. 가난한 사람들에게는 가난한 대로의 삶이 있고, 독자들은 그 가난한 삶의 구체적이고도 중층적 재현을 원하는 터이다.[25]

　　세 부분의 인용 중에서 인용 (가)는 신경림이 민중 개념을 정의하는 부분이고, 인용 (나)와 (다)는 민중 형상화에 대한 그의 견해이다. 여기에서 주목해야 할 것은 민중의 개념을 정의할 때와 형상화 논의를 할 때의 차이이다. 신경림은 민중의 개념을 정의할 때에 피억압에서 역사변혁을 향하는 주체가 되어야 한다는 계몽주의적인 역사 인식을 잘 보여준다. 민중을 "민족사의 발전이라는 측면에서 분단현실을 거부하는 통일의 주체 세력"으로 규정하는 논의는, "민족을 고대로부터 근대라는 미래로 발전시켜 동일한 공동체로 만드는"[26] 계몽주의적인 역사론과 유사한 논리를 지니기 때문이다. 이러한 신경림의 논의는 "통일을 위한 진지한 노력"을 "민중에 의존"[27]해야 한다는 백낙청의 언급과도 내용적으로 유사하다.

---

24) 신경림, 「민중문학의 참길」, 『이화』 1978, 『삶의 진실과 시적 진실』, 전예원, 1985, 32쪽에서 재인용.
25) 신경림, 「민중문학의 참길」, 『이화』 1978, 『삶의 진실과 시적 진실』, 전예원, 1985, 40쪽에서 재인용.
26) Prasenjit Duara, 문명기 · 손승희 옮김, 『민족으로부터 역사를 구출하기』, 삼인, 2004, 24쪽.
27) 백낙청, 「인간해방과 민족 문화 운동」, 『창작과비평』 1978년 겨울호, 『인간해방의 논리를 찾아서』, 시인사, 1979, 128쪽에서 재인용.

인용 (나)와 (다)는 민중의 문학 형상화에 대한 신경림의 견해이다. 이 견해에서 검토해야 할 것은 신경림이 민중을 계몽주의적인 역사 인식을 통해서만 바라보아서는 안 된다는 비판적인 태도를 드러내고 있다는 점이다. 이러한 그의 태도는 민중을 역사변혁주체로 형상화하는 데에 몰입한 나머지 민중 소재의 문학(민족문학)에서 자칫 드러낼 수 있는 표현과 인식의 경직성과 상투성을 경계하는 부분에서 나온 것인데,[28] 정확하게 말하면 민중이 형상화될 때에는 삶의 다양성과 중층성을 띠어야 한다는 것이다. "삶의 구체적 형상화 과정에서 민중의 문학은 얼마든지 다양하고 다채로울 수 있"으며, "가난한 사람들에게는 가난한 대로의 삶이 있고, 독자들은 그 가난한 삶의 구체적이고도 중층적 재현을 원하는 터"라는 그의 주장은, 민중이라는 하나의 줄기에서 다양한 삶의 모습으로 전달되고 산포되는 양지분기의 사유임을 분명하게 보여준다. 이 부분에서 신경림은 역사 속의 다양한 민중 인식을 강조하는 것이다.[29]

---

28) 신경림은 민족문학에 가해지는 비판을 네 가지로 정리한 바 있다. ① 목소리가 모두 같다. ② 삶의 인식이나 시적 처리가 상투적이다. ③ 시어가 극히 한정되어 있고 상상력의 부족이 느껴진다. ④ 시의 세계가 한결같이 어둡다(신경림, 「민중문학의 참길」, 『이화』 1978, 『삶의 진실과 시적 진실』, 전예원, 1985, 33쪽에서 재인용). 이러한 비판이 나올 정도로 1970~1980년대의 민족문학 중 일부는 민중을 역사변혁주체라는 일의적·단수적인 측면으로 형상화한 혐의가 있다. 뿐만 아니라, 신경림은 "오랫동안 살아온 삶 또는 삶의 방법을 정리하고 관념화한 것이 이데올로기"(신경림, 「시와 이데올로기」, 『대학신문』 1979, 『삶의 진실과 시적 진실』, 전예원, 1985, 78쪽에서 재인용)라고 하거나, 시인이 "역사의식에 투철"하고 "마땅히 반외세, 반봉건의 자리에 서야 할 것"(신경림, 「시정신과 역사의식」, 『홍대학보』 1982, 『삶의 진실과 시적 진실』, 전예원, 1985, 89쪽에서 재인용)이라면서 계몽주의적인 인식에 근거하여 논의를 전개한 바 있다. 그렇지만 신경림은 민중이 역사변혁주체로는 정의된다는 계몽주의적인 인식을 지니면서도, 문학 형상화에 있어서는 일의적·단수적 민중 형상화를 비판하면서 민중 삶의 다양성과 차이를 강조하는 계몽에 대한 비판적인 인식을 보인다.

29) 신경림은 시가 사랑받기 위해서는 "집단적 민중의 참여와 공명에 의해서만 가능"(신경림, 「시와 민요」, 『월간독서』 1978, 『삶의 진실과 시적 진실』, 전예원, 1985, 66쪽

민중을 바라보는 신경림의 이러한 인식이 더 주목되는 지점은, 지식인의 민중 이해를 성찰하는 부분에서이다. 변혁운동진영에서는 1970년대 초반부터 민중이 역사변혁주체가 되도록 지식인이 선도 · 계몽해야 하거나 도움을 줘야 한다고 논의해 왔는데,[30] 이 때의 지식인은 민중을 다분히 계몽주의적인 인식 아래 바라보는 것이다. 특히 이러한 인식에 몰두한 문인은 민중을 역사변혁주체로 획일화하여 형상화하는 문제점이 더욱 노출된다. 그렇지만 신경림은 그러한 계몽주의적인 인식을 펼 때에 경계해야 할 것이 있음을 밝히면서, 계몽에 대한 비판적인 태도를 견지한다.

> 또 이때 우리는 실로 경계하지 않으면 안될 두 경우를 들 수 있겠습니다. 둘이 모두 <민중은 우매하다>라는 민중 경멸 사상에 바탕한 것인

에서 재인용)하고 한다거나, "시인이 활자를 제쳐놓고 독자와 만나는 일이 중요하다"(신경림, 「무엇을 어떻게 쓸 것인가」, 『정경문화』1982, 『삶의 진실과 시적 진실』, 전예원, 1985, 27쪽에서 재인용)고 하거나, "우리의 시는 민중의 삶 속에 깊이 뿌리박은 것"(신경림, 「나는 왜 시를 쓰는가」, 『단대신문』1979, 『삶의 진실과 시적 진실』, 전예원, 1985, 45쪽에서 재인용)이어야 한다고 말한 바 있는데, 이 때의 민중 개념 역시 다양한 삶의 모습으로 전달되고 산포되는 양지분기의 사유에 근거한 것으로 판단된다.

30) 진보적 민족문학론을 비롯한 변혁운동진영에서 지식인과 민중의 관계는 지식인 교사론에서 차츰 민중 선도론(지식인 도움론)으로 그 흐름이 바뀐다. 민중이 계몽대상으로 여겨질 때에는 지식인의 가르침을 받을 필요가 있지만, 역사변혁주체로 호명된다면 스스로 자기 행동을 결정하는 주체라는 점에서 역사를 선도해야 하고 그에 따라 지식인의 역할이 축소되는 것이다. 지식인 교사론은 "민중으로서의 시인은 민중들을 사랑하고 민중들의 사랑을 받는 가수이자 동시에 민중을 교양하며 민중들의 존경을 받는 교사여야 한다"는 김지하의 글에, 그리고 민중 선도론은 "민중이 어느 한 방향으로 나아가면 그것이 바로 대세이므로 대세 결정은 민중이 하고 지식인은 그런 대세가 결정된 후에 그것을 이론화하고 민중이 나아갈 전략 전술 등 기술적 측면을 정리하여 민중의 전진에 풍요한 지혜를 제공하는 역할을" 한다는 송건호의 말에 잘 나타나 있다(김지하, 「풍자냐 자살이냐」, 1970, 『민족의 노래 민중의 노래』, 동광출판사, 1984, 185쪽에서 재인용; 송건호 외, 유재천 편, 「민중의 개념과 그 실체」, 『민중』, 문학과지성사, 1984, 41쪽).

데, 그 첫째는 <민중을 위해 시를 쓴다>라는 건방진 생각입니다. 시로 써 우매한 민중을 가르치고 이끌겠다는 것인데, 과연 그것은 시의 타락 일뿐더러 발상 자체가 전근대적인 것이라 하지 않을 수 없습니다. 민중 의 참된 목소리를 표현한다는 것은 민중을 위해 시를 쓰는 것도 아니며 또한 그러한 자세로는 이루어지지도 않습니다. 그것은 민중의 삶의 모 습을, 생활과 정서와 사상을 형상화하는 일이며, 오로지 이는 민중과 체 험을, 그 기쁨과 설움을 함께 함으로써만 가능할 것입니다.[31]

위의 인용에서 신경림이 두드러지게 말하고자 하는 것은 "민중 경멸 사상"에 빠지는 위험성이다. 문학에서 재현한다(represent)는 것은 다시 (re) 나타낸다(present)는 뜻과 그렇게 하고자 할 때 재현 대상을 위해서 대표한다(stand for)는 뜻이 함께 있는데, 이 때 자칫 대표한다는 행위는 우매한 민중이 자신을 역사변혁주체로 스스로를 주체화하지 못하기 때 문에 그 주체화를 도울 목적으로 "<민중을 위해서 시를 쓴다>"는 생각 에 빠질 위험이 있다. 신경림은 이러한 계몽주의적인 인식을 비판하면 서, 민중을 형상화하는 일이란 "민중의 삶의 모습을, 생활과 정서와 사상 을 형상화하는 일이며, 오로지 이는 민중과 체험을, 그 기쁨과 설움을 함 께" 해야 하는 것임을 강조한다. 이것은 민중이 삶을 살아가는 나름의 맥 락에서 다양하고 복잡한 생활과 정서와 사상이 있음을 강조하는 것이 다.[32] 여기에서 민중이란 구체적인 삶에서 다양하게 드러나고 산포되는

---

31) 신경림, 「이 시대의 참된 목소리를」, 『한국문학』 1982, 『삶의 진실과 시적 진실』, 전 예원, 1985, 59쪽에서 재인용.

32) 이러한 신경림의 논의는 그의 민요시론을 다시 읽게 만든다. 그가 민중의 "슬픔·기 쁨·한 등을 서로 어울려 함께 노래"한 것이고, 오늘날 "어느 한 개인의 감정이나 사 상에서 비롯되는 것이 아니요, 집단적 민중의 참여와 공명에 의해서만 그 성립이 가 능한 것"이 민요라고 할 때, 그 민요란 김지하가 말한 '저항적인' "현대 풍자시의 보물 창고"나 백낙청이 언급한 "민족생존권의 수호와 반봉건적인 시민혁명의 완수라는 객 관적으로 주어진 사명"을 드러내는 "민족문학의 전통"과는 상당히 거리가 있다(김지 하, 「풍자냐 자살이냐」, 1970, 『민족의 노래 민중의 노래』, 동광출판사, 1984, 188~189

양지분기적인 개념으로 인식되고 있는 것이다. 이처럼 신경림의 민족문학론에서 민중은 계몽주의적이면서도 계몽에 대해 비판적이라는 상호모순적인 인식 아래 구성되는 것이다.

IV. 탈이념적인 민중 개념

1990년 전후 동구권 사회주의 붕괴는 역사변혁을 중심 이념으로 하는 진보적 민족문학론의 위기가 아닐 수 없다. 이런 상황에 직면한 진보적 민족문학론에서는 역사변혁의 이념을 좀 더 심화·발전시키거나 갱신을 모색함으로써 위기를 극복하고자 하기 때문에, 역사변혁주체라는 민중 개념을 여전히 고수하게 된다.[33] 이와 달리 동시대의 같은 위기를 헤쳐 나아가는 신경림의 민족문학론을 검토해 보면, 역사변혁의 이념과 그 주체의 이미지를 해체하면서 탈이념적인 민중 개념을 드러내고 있음이

쪽에서 재인용; 백낙청, 「민족문학 개념의 정립을 위해」, 『월간중앙』 1974. 7, 『민족문학과 세계문학 I 』, 창작과비평사, 1978, 130~131쪽에서 재인용). 신경림의 민요는 오히려 그러한 계몽주의적인 인식을 비판하면서 민중의 삶을 다양하게 드러내고 산포하는 양지분기적인 사유의 논의인 것이다.

33) 백낙청은 1990년대 이후 민중을 분단체제와 세계체제를 극복하는 주체로 상정한다. 그는 "다가오는 세상이 민중의 세상이자 곧 지혜의 시대"(백낙청, 「지혜의 시대를 위하여」, 『창작과비평』 1990, 『민족문학의 새단계』, 창작과비평사, 1990, 134쪽에서 재인용)이며, "남한 민중이 일차적으로 분단체제의 질곡 속에서나마 가능한 남한사회의 민주화와 자주화에 주력하면서 이를 통일로 이어지도록 힘쓰고, 동시에 북한 민중과 더불어 아무런 통일이 아닌 분단체제의 극복을 실현하여 세계체제의 변혁에 한 걸음 다가서도록 하며, 이 모든 과정과 그 너머로까지 세계 민중과 함께 근대 세계체제에 대한 근본적 대안을 찾아가는, 최소한 삼중의 운동을 벌여나가야 한다는 것이 분단체제론의 실천노선"(백낙청, 「민족문학론·분단체제론·근대극복론」, 『창작과비평』 1995년 가을호, 『흔들리는 분단체제』, 창작과비평사, 1998, 124쪽에서 재인용)이라고 말한 바 있다.

확인된다. 이러한 그의 민중 논의는 1990년대 이후 전개되는 진보적 민족문학론의 내부에서 나타난 이념적인 자기 성찰이라는 점에서 관심의 대상이 된다.

먼저, 신경림의 탈이념적인 사유가 가장 잘 드러나는 것은 1990년에 진행된 한 좌담에서이다. 이 좌담은 진보적 민족문학론을 주도해 온 계간 『창작과비평』지에서 기획된 것으로써, 1980년대 민족문학의 성과를 정리하고 위기의 시대를 극복하는 지혜를 얻고자 하는 목적에서 열린 것이다. 이 자리에서 신경림은 1980년대의 문학을 논의하면서 진보적 민족문학론의 심화 · 발전 · 갱신이라는 기획의도와는 맥락이 조금 다른 문제를 제시한다. 그 문제란 진보적 민족문학론의 역사변혁에 대한 이념이 과연 올바른 것이냐 하는 보다 근본적인 것이다.

> 신경림 그런데 이렇게 긍정적인 면이 있는가 하면, 문제점도 있지 않은가라는 생각을 해봤는데요. 그 문제점이라는 것은 80년대 문학을 바라보면서 과연 80년대 문학이 우리 현실을 제대로 읽었는가, 이런 문제를 하나 제기하고 싶습니다. 때에 따라서는 현실과 동떨어진 것을 현실이라고 잘못 알고서 문학을 한 일이 없는가? 또 하나는 사실 문학에서의 이념이라는 것은 현실 속에서 나와야 한다고 생각하는데, 그렇지 않고 오히려 이념을 통해서 현실을 보려고 하는 잘못된 시각은 없었는가, 다른 말로 하면 진실을 현실 속에서 찾지 않고 관념 속에서 찾았다, 관념이라는 말이 너무 심하면 이념 속에서 찾은 부분이 없지 않다, 이런 얘기를 드릴 수 있겠고요.[34]

신경림이 위의 인용에서 강조하는 것은 그 동안 진보적 민족문학론이 지녀왔던 역사변혁의 이념에 대한 성찰과 해체의 필요성이다. 여기에서

---

34) 신경림 · 이시영 · 김영현 · 정남영, 「새로운 년대의 문학을 위하여」(좌담), 『창작과비평』 1990년 가을호, 7~8쪽.

'이념'이라는 것은 동구권 사회주의를 모델로 하는 역사변혁에 대한 신념을, 그리고 '현실'이라는 것은 동구권 사회주의의 붕괴 이후 변혁운동의 모델이 상실된 '지금 이곳'의 한국 사회를 뜻한다.[35] 신경림은 "현실과 동떨어진 것을 현실이라고 잘못 알고서 문학을" 했다는 문제의식을 강력하게 피력한다. 동구권 사회주의를 모델로 하는 변혁운동의 이념은 그 붕괴 이후에 실질적인 동력을 상실했고 이러한 사실을 독아론에 빠져 부정해서는 안 된다는 판단인 것이다. 이것은 "문학에서의 이념이라는 것은 현실 속에서 나와야 한다고 생각하는데, 그렇지 않고 오히려 이념을 통해서 현실을 보려고 하는 잘못된 시각"이 있다는 논의로 구체화된다. 이러한 구체화는 사실상 역사변혁을 핵심 이념으로 하는 진보적 민족문학론의 이념에 균열을 내고 해체시키는 것에 다름 아니다.

그리고 신경림은 역사변혁주체의 이미지를 해체하는 탈이념적인 민중 개념을 드러낸다. 변혁운동의 현실적인 모델이 사라진 마당에 민중을 역사변혁주체로 규정하는 논리는 설 자리가 없는 것이다. 신경림은 이러한 이념적인 자기 성찰 위에서 진보적 민족문학론이 구상한 역사변혁주체로서의 민중 개념을 탈이념화하여 구체적인 현실 속에서 다시 발견하는 것을 중시 여긴다. 이러한 그의 노력은 1990년대 이후의 시에서는 물론이거니와,[36] 민중에 대한 소견과 담론에서도 그대로 나타난다.

---

35) 신경림은 이 좌담에서 "동구나 소련에서 일어난 변화 같은 것은 큰 변화이고 우리 민중들한테 큰 충격이었지요. 또 구체적으로 말할 수는 없는 것이지만 소련이나 동구에서 그러한 변화가 일어나기 전까지는 적어도 변혁운동이라고 할 때 막연하게나마 머릿속에 어떤 모델이 있었던 것이 사실입니다. 그 모델 자체가 흔들리니 충격이 아닐 수 없죠"(신경림 · 이시영 · 김영현 · 정남영, 「새로운 년대의 문학을 위하여」(좌담), 『창작과비평』 1990년 가을호, 64쪽)라고 말한 바 있다. 이 담화를 눈 여겨 볼 때, '이념'이란 동구권 사회주의를 모델로 하는 역사변혁을, 그리고 '현실'이란 "그 모델 자체가 흔들리"는 충격의 한국사회를 뜻하는 것으로 판단된다.

36) 강정구, 「신경림 시에 나타난 민중의 재해석」, 『어문연구』 127, 2005. 9 참조.

시집을 정리하면서 또 하나 느낀 게 있다면, 오늘의 우리 시가 너무 크고 높은 것만 좇고 있는 것이 아닌가, 그래서 자잘한 삶의 결, 삶의 얼룩은 다 놓치고 있는 것이 아닌가 하는 점이었다. 어쩌면 민중을 노래한 다면서 민중의 참삶의 깊은 곳은 보지 못하고 기껏 민중을 이끌고 가는 혹은 이끌고 가는 것처럼 보이는 힘을 힘겹게 뒤쫓아 가는 처절한 모습이 우리 시 한쪽에 보이기도 했기 때문이다. 과연 시가 그토록 욕심을 가지는 것이 올바른 일인가. 시의 값이 오히려 본질적으로 작고 하찮은 것, 못나고 힘없는 것, 보잘 것 없는 것들을 돌보고 감싸안고, 거기에 그치지 않고 스스로 낮고 외로운 자리에 함께 서고, 나아가 그것들 속의 하나가 되는 데 있는 것이 아닐까. 또 그것이 시의 참길이 아닐까.[37]

그러나 이만한 시는 그(이찬―필자 주)에게서조차 몇편 되지 않는다. 사회성에 치중한 나머지 시가 갖는 말의 예술이라는 점을 소홀히 생각했던 탓이 아닌가 여겨진다. 7, 80년대의 민중시 또는 사회시 쪽의 일부 시도 같은 잘못을 저질렀다. 시는 말로 하는 예술로써 사회성 자체도 명확한 말에 의해 경험됨으로써 비로소 의미를 갖게 된다는 사실을 간과했던 터이다. (중략) 그러나 7, 80년대 시에 대해서 올바른 진단이 따르지 못했고 그 처방도 바르지 못했으니, 시인은 본질적으로 정확한 말을 가지고 삶을 재창조함으로써 비로소 그 삶이 의미를 가지게 하는 존재라는 점을 이들 또한 중시하지 않고 있었던 것이다.[38]

두 인용의 공통점은 민중을 역사변혁주체로 규정하여 바라봤던 진보적 민족문학론의 이념을 벗어나야 실제 현실의 구체적인 민중을 만나고 그 삶을 새롭게 볼 수 있다는 것이다. 앞의 인용은 시집 『길』의 「후기」에 나온 부분이다. 여기에서 신경림은 "오늘의 우리 시가 너무 크고 높은 것만 좇고 있"어서 "자잘한 삶의 결, 삶의 얼룩은 다 놓치고 있"음을 문제시

---

37) 신경림, 「후기」, 『길』, 창작과비평사, 1990, 116~117쪽.
38) 신경림, 「시인이란 무엇인가」, 『내일을 여는 작가』 2000년 여름호, 『뿔』, 창작과비평사, 2002, 89~90쪽에서 재인용.

한다. 이 때 "너무 크고 높은 것만 좇고 있"는 상황이란 "민중을 이끌고 가는 혹은 이끌고 가는 것처럼 보이는 힘을 힘겹게 뒤좇아" 간다는 표현에서 부연되듯이, 역사변혁의 이념에 이끌리는 것 혹은 역사변혁의 이념적인 인식틀(episteme)로 민중을 바라보는 것을 의미한다. 쉽게 말해서 민중을 역사변혁주체를 선先인식한 뒤 그러한 인식에 적합한 민중의 이미지를 주목한다는 것이다. 신경림은 이러한 민중 이미지가 지닌 문제점이 바로 "자잘한 삶의 결, 삶의 얼룩", 즉 구체적인 삶을 사는 민중의 "작고 하찮은 것, 못나고 힘없는 것, 보잘 것 없는 것들"을 보지 못한다는 것이다. 이러한 그의 생각은 실제 현실을 살아가는 민중을 바라볼 때 역사변혁의 이념을 '탈脫' 하고 보자는 것이다.

아래의 인용 역시 탈이념적인 민중을 논의하고 있다. 신경림은 1970~1980년대의 민중시가 "사회성에 치중한 나머지 시가 갖는 말의 예술이라는 점을 소홀히 생각했"다고 비판하는데, 그 중요한 이유는 민중시 '일부'가 "본질적으로 정확한 말을" 하지 못했기 때문인 것이다. 이 때 "정확한 말"이란 '사회성'으로 표현되는 역사변혁성으로 민중을 이념화할 때에 발생되는, 실제 현실과 어긋나는 부정확성을 비판하는 기준이 되는 것이다. 민중을 "정확한 말"로 표현함이란 탈이념화된 민중의 삶을 세밀하고 세세하게 다시 보는 것 혹은 "삶을 재창조"하는 것을 뜻한다. 신경림은 역사변혁의 이념을 해체하여 구체적인 민중의 삶을 언어로 표현하는 것이 "정확한 말"을 하는 것이고, 그것이 바로 그들의 "삶이 의미를 가지게 하는" 재구성 과정인 것이다. 이처럼 신경림은 역사변혁의 이념과 그 주체의 이미지를 해체하여 탈이념적인 민중상을 재구성한다.

V. 결론

이 논문의 문제의식은 신경림의 민족문학론에 나타난 민중 개념을 재해석하고자 하는 것이었다. 백낙청이 주도한 진보적 민족문학론에서는 민중을 주로 역사변혁주체로 일의화·단수화하였는데, 그러한 논리로 신경림의 논의를 살펴보면 그가 보여준 민중 개념의 다의성·복수성을 간과·경시하기 쉬웠다. 신경림의 민족문학론은 진보적 민족문학론에 속하면서도 실제 민중의 다채로운 면모를 드러내며, 나아가 진보적 민족문학론이 전개되는 내부의 복잡다단한 과정에서 민중 개념의 다양한 의미를 보여준다는 점에서 검토의 대상이 되었다. 신경림의 민중 논의를 세 시기로 나누어서 검토해 본 결과 다음과 같이 민중 개념의 변천 과정이 도출되었다.

첫째, 1970년대 중반까지 신경림이 그의 민족문학론에서 보여준 민중 개념은 현실적·경험적인 이미지를 중심으로 구성된 것이었다. 진보적 민족문학론의 주류에서 내세운 시민 개념은, '<시민의식>'이 "인류의 탄생 자체, 우주의 창조 자체에 이미 작용했"다는 구절에서 알 수 있듯이 원초적·선험적인 것이었다. 이와 달리 신경림의 민중은 평론 「농촌현실과 농민문학」에서 보이듯이 "오늘의 농촌"을 사는 현실적·경험적인 이미지였다. 이러한 이미지를 구상하는 것이 가능했던 것은 신경림 자신이 실제로 "오늘의 농촌"을 체험한 경험과 밀접하게 관련이 있었다. 또한, 신경림은 "한 촌로가 있어서 그가 아무렇게나 지껄이는 말에도 울기도 하고 웃기도 하고 분노하기도 했던 경험을 필자는 가지고 있다"(평론 「문학과 민중」)는 구절에서처럼 자기 체험을 근거로 하여 농민 혹은 민중의 이미지를 구성했다. 그의 민중 개념은 원초적·선험적인 민중 개념과는 다른 현실적·경험적인 인식 방법으로 제조된 것이었다.

둘째, 1970년대 후반부터 1980년대까지 신경림이 전개한 민족문학론에서 민중 개념은 역사변혁주체라는 점에서 계몽주의적이면서도, 그러한 계몽주의적인 인식에 단순히 함몰되지 않고 다양한 삶의 모습으로 전달되고 산포되는 양지분기의 이미지를 지닌다는 점에서 계몽에 대해 비판적이었다. 민중은 "민족사의 발전이라는 측면에서 분단현실을 거부하는 통일의 주체세력"으로 정의될 때에 계몽주의적인 이미지로 읽혔지만, "삶의 구체적 형상화 과정에서 민중의 문학은 얼마든지 다양하고 다채로울 수 있"다거나 "가난한 삶의 구체적이고도 중층적 재현을"(평론「민중문학의 참길」) 해야 한다고 논의될 때에는 계몽에 대한 비판적인 이미지로 파악되었다. 그리고 신경림의 논의에서는 민중의 삶이 단선론적인 역사변혁에만 매몰되는 것이 아니라, 나름의 맥락에서 다양하고 복잡한 생활과 정서와 사상이 있음을 전제한다는 점에서 계몽에 대한 비판적인 태도를 함께 보여줬다. 신경림은 민중이 역사변혁주체라는 계몽주의적인 인식을 수용하면서도, 동시에 구체적인 삶에서 다양하게 드러나고 산포된다는 계몽에 대한 비판적인 인식을 지닌 것이었다.

셋째, 1990년대 이후 신경림의 논의에서 민중은 역사변혁의 이념과 그 주체의 이미지를 해체하는 탈이념적인 형상을 드러냈다. 동구권 사회주의 붕괴에 직면하여 진보적 민족문학론에서는 역사변혁의 이념을 심화 · 발전 · 갱신하는 데에 반해, 신경림은 한 좌담에서 "문학에서의 이념이라는 것은 현실 속에서 나와야 한다고 생각하는데, 그렇지 않고 오히려 이념을 통해서 현실을 보려고 하는 잘못된 시각"이 있었음을 성찰하면서 그 이념을 균열내고 해체시켰다. 뿐만 아니라, 신경림은 역사변혁주체의 이미지를 '탈'하는 민중 개념을 모색했다. 민중시가 "너무 크고 높은 것만 좇고 있"어서 "자잘한 삶의 결, 삶의 얼룩은 다 놓치고 있"(시집『길』의「후기」)다거나, "본질적으로 정확한 말을"(평론「시인이란 무엇인가」) 하지 못했다는 반성은, 모두 역사변혁의 이념을 '탈'해서 실제의 현실을 살아가는 민중을 정확하고 세밀하게 바라보고 그들의 민중상을 다시 재구성하자는 시도였다.

지금까지 신경림의 민족문학론에 나타난 민중 개념은 역사변혁주체라는 진보적 민족문학론에 속하면서도, 자기 체험을 중시한 실제 현실의 다양하고 중층적인 이미지를 드러내는 다의성·복수성을 지녔음이 검토되었다. 진보적 민족문학론의 민중 개념은 일의적·단수적인 경우가 주류를 이룬 가운데 다양성과 차이를 드러내는 의미 있는 시도가 일부 있어 왔고, 또 의미적인 개방성을 엿보인 소수가 있어온 것이었다. 민중 개념을 새롭게 탐구하고자 한 이러한 연구는, 앞으로 진보적 민족문학론 내부의 세부 지형을 탐색하는 데에 한 참고사항이 될 것으로 믿는다.

Ⅱ. 서사성의 수용과 시의 변화 양상

신경림의 서술시와 화법

Ⅰ. 서론

이 논문은 삶의 이야기(story)를 드러내는 서술시(narrative poem)로 신경림의 시를 규정한 뒤, 그의 서술시에 나타난 화법을 살펴보고자 하는 문제의식을 지닌다.[1] 이 논문에서 말하는 화법(narration)은 플라톤과 아

---

[1] 이 논문의 문제의식은 필자의 박사학위논문 「신경림 시의 서사성 연구」(경희대대학원, 2003)에서 논의한 화법 부분을 보완·발전·심화시킨 것이다. 박사학위논문에서는 서술구조의 한 요소로써 화법이 있다는 점을 살펴봤는데, 이 논문을 구상하는 과정에서 이 화법이라는 요소는 이야기(story; 인물과 그 행위로써의 사건이 있는 것)가 있는 서술시를 가능하게 만드는 데에 상당히 중요한 역할을 한다는 생각에 이르게 되었다. 한편, 그의 시를 서술시로 이해하는 것은 김준오의 견해를 수용한 것이다. 그는 엘스터(E. Elster)의 견해에 도움을 받아, 시를 문체에 따라 묘사시와 서술시로 분류한다. 대상과 대상의 특질은 묘사'되어야' 하고 삶의 조건과 과정은 서술'되어야' 하는데, 전자의 경우가 묘사시이고 후자의 경우가 서술시이다(김준오, 「서술시의 서서학」, 『한국서술시의 시학』(현대시학회 편, 태학사, 1998), 15~45쪽 참조. 김준오, 『시론』(문장, 1988) 참조. 이 논문에서는 서정시와 서사시를 막론하고 감정, 이미지보다는 사건 중심으로 씌어진 시를 서술시로 부르고자 한다.

리스토텔레스가 말한 모방의 방식을 의미한다.[2] 전통적인 서정시에서는 시인 자신이 말하는 디에게시스가 주로 사용되지만, 신경림의 서술시는 다른 양상을 보인다. 특히 백석과 이용악이 보여준 1930년대의 서술시만 해도 주로 시인이 자신의 이야기를 직접 말하는 데에 비해서,[3] 신경림의 서술시는 시「겨울밤」에서 보듯이 시인뿐만 아니라 타인(제3자)도 각자의 목소리로 말한다는 점에서 새로운 모습을 지닌다.

신경림의 서술시가 전통적인 서정시 이론으로 설명이 되지 않는 부분이 많다는 사실은 그가 개성적인 시를 썼음을 의미한다. 그의 서술시는 삶의 이야기가 있다는 점뿐만 아니라, 서사에서 사용되는 화법을 지니고 있다는 점에서도 서사적이다. 좀 더 강조해서 말하면, 그의 서술시가 그 이전의 서술시나 전통적인 서정시와 구별되는 가장 중요한 이유 중의 하나는 그가 혼합화법, 자유간접화법, 미메시스, 디에게시스를 서술의 목적에 맞게 적절하게 선택·사용한다는 것이다. 이 논문은 이러한 점을 자세히 규명하면서 신경림의 서술시와 화법의 긴밀한 관계를 검토하고자 한다.

신경림의 서술시와 화법의 관계를 살펴보기 위해서는, 전통적인 서정시의 화법과 구별되는 양상을 분석할 필요가 있다. 이 때 말하는 전통적

---

2) 플라톤과 아리스토텔레스를 참조하면, 시인이 자신의 인격으로 말하는 것은 디에게시스(diegesis) 혹은 서술이고, 타인의 인격으로 말하는 것은 미메시스(mimesis) 혹은 모방·대화이며, 이 두 가지가 혼합된 것은 혼합화법(mixed speech)이다. 이 때 디에게시스는 서정시(lyric), 미메시스는 극(drama), 그리고 혼합화법은 서사(epic을 포함한 narrative)에 대응된다(이상섭, 『아리스토텔레스의 『시학』 연구』(문학과지성사, 2002), 25쪽).

3) 가령 백석의 서술시「남신의주유동박시봉방」은 "어느 사이에 나는 아내도 없고, 또,/아내와 같이 살던 집도 없어지고,/그리고 살뜰한 부모며 동생들과도 멀리 떨어져서,/그 어느 바람 세인 쓸쓸한 거리 끝에 헤매이었다./바로 날도 저물어서,/바람은 더욱 세게 불고, 추위는 점점 더해 오는데,/나는 어느 목수네 집 헌 삿을 깐,/한 방에 들어서 쥔을 붙이었다."라는 구절에서 보듯이, 시인 자신의 독백적인 서술이 중심되어 있다.

인 서정시란 아리스토텔레스가 말하는 서정시(lyric) 장르를 의미하는데,[4] 이 장르는 헤겔이 "주관적인 것이며 내면적 세계이고 숙고하고 느끼는 감정의 세계"[5]를 보여주는 것이라고 하거나, 조동일이 "작품내적 자아가 세계를 일방적으로 대상화하는 것"[6]이라고 하는 데에서도 알 수 있듯이 시인이 자신의 목소리로 말하는 특징이 있다. 그렇지만 신경림은 서정시의 전통적인 화법을 위반하면서 새로운 화법을 적극적으로 수용·모색하여 독특한 서술시의 세계를 만든다.

이 논문에서는 그러한 양상을 세 부분으로 구분하여 논의하고자 한다. 먼저, 신경림의 서술시는 시 「겨울밤」부터 시작하여 1980년대까지 서정시와 서사시 장르로 나누어 전개되기 때문에 시집 『농무』, 『새재』, 『달넘세』, 『가난한 사랑노래』, 『길』이 속한 1970~1980년대 서정시의 세계와, 서사시 「새재」, 「남한강」, 「쇠무지벌」이 속한 서사시의 세계로 구분된다. 그리고 『쓰러진 자의 꿈』, 『어머니와 할머니의 실루엣』, 『뿔』, 『낙타』 등 현실사회주의의 붕괴가 현실화된 1990년대 이후의 서정시에서는 그 이전과는 다른 화법의 양상을 보이기 때문에 따로 나눌 필요가 있다.

그 동안 신경림의 서술시에 대한 논의는 다양하게 전개되어 왔지만, 그의 서술시를 가능하게 만든 화법에 대한 언급은 경시된 감이 있다. 백

---

4) '전통적인 서정시'라는 용어는 학술적인 검증을 거친 명확한 표현은 아니지만, 신경림의 '서사적인 경향의 서정시'와 구별할 필요가 있기에 사용하는 편의상의 개념이다. 이러한 개념이 필요한 이유는 무엇보다 신경림 서술시의 특질을 살펴보기 위해서이다. 그의 서술시가 전통적인 서정시의 화법과는 여러 면에서 다른 점이 있다는 사실은, 전통적인 서정시와 그의 서술시 사이의 화법 비교를 가능하게 만들고, 나아가서 신경림 시의 특질을 밝히게 만드는 중요한 이유가 된다. 이 논문은 이 점을 주목하는 것이자, 다른 서술시인과의 화법 비교분석을 진행하기 위한 사전작업이 된다.

5) Metscher, T. · Szondi, P., 여균동 · 윤미애 공역, 『헤겔미학입문』, 종로서적, 1983, 241~242쪽.

6) 조동일, 『한국소설의 이론』, 지식산업사, 1977, 66~136쪽 참조.

낙청은 신경림의 시집 『농무』의 발문에서 "리얼리스트의 단편소설과도 같은 정확한 묘사와 압축된 사연들을 담고 있"[7]다며, 서사적인 특성을 언급했다. 그 뒤 서사적인 특성에 대해서 '르뽀르따지'에 가까워 서정시에 미달한다는 김주연의 부정적인 논평이 있기도 했지만,[8] 주로 긍정적인 입장에서 논의가 진행됐다. 김현이 "서정시의 본질이라고 생각한 분위기보다는 차라리 수필적 세계에 속하는 성찰의 분위기"[9]를 지닌다거나, 조태일이 "무수한 사람들의 움직임이 있고 이 움직임 속에는 사람들이 살아가는 구체적인 이야기와 표정들이 있다"[10]거나, 혹은 유종호가 "서정적인 주조에 서경이 추가되고 그 속에 서사적 충동을 내장하고 있"[11]다고 한 것이 그 예가 된다.

신경림의 시를 논할 때 서사적인 특성이 자주 언급되는 것은 그 만큼 그의 시에 서사적인 요소가 많이 있음을 의미한다. 그럼에도 그의 서술시에 나타난 서사적인 요소에 대한 분석은 다소 드물었다. 신경림의 서술시에서 서사적인 요소에 대한 언급은 주로 서사시에 대한 것이었다. 염무웅은 서사시 「새재」가 시점의 일관성에 차질이 생겼지만 "크게 형식을 부숨으로써 형식문제에 대한 작은 논의를 침묵시킨 셈"[12]이라고 했고, 윤영천도 염무웅의 문제제기에 공감하면서 "서정성 실현에 지나치게 집착할 때 양식적 파탄은 필연적"[13]임을 지적했다.

---

7) 백낙청, 「발문」, 『농무』, 신경림, 창작과비평사, 1975, 112쪽.

8) 김우창 외, 「시인과 현실(좌담)」, <신동아> 1973년 7월호, 290~304쪽 참조.

9) 김현, 신경림, 「울음과 통곡」, 『씻김굿』, 나남, 1987, 426쪽.

10) 조태일, 구중서 외, 「열린 공간, 움직이는 서정, 친화력」, 『신경림 문학의 세계』, 창작과비평사, 1995, 148쪽.

11) 유종호, 구중서 외, 「서사 충동의 서정적 탐구」, 『신경림 문학의 세계』, 창작과비평사, 1995, 57쪽.

12) 염무웅, 「서사시의 가능성과 문제점」, 『한국문학의 현단계1』, 창작과비평사, 1982, 7~51쪽 참조.

13) 윤영천, 구중서 외, 「농민공동체 실현의 꿈과 좌절」, 『신경림 문학의 세계』, 창작과비

서정시를 대상으로 한 의미 있는 분석도 몇 편 제기된 바 있었다. 고형진은 신경림이 백석의 서술시적인 방법을 원용했음을 살폈고[14], 박혜숙은 신경림의 시에는 독자적인 특성—① 짧은 서정시이지만 서사적 구조의 활용 ② 민요적 리듬의 수용과 재창조 ③ 추상적 · 관념적 언어보다 체험적이고 구상적인 언어를 통한 이미지 ④ 민중적 삶을 재현하는 토착어—이 있음을 주목했다.[15] 또한 한만수는 "민중의 말버릇과 생각버릇(중구난방성)에 붓만 빌려주는 식으로 조용히 쫓아가다가, 기회를 보아 그들의 생각에 이의를 제기하거나 모자람이 있음을 일깨워주는 또 하나의 특성(중구동음성)"[16]이 있음을 지적했다.

선행연구에서는 서술시의 특성을 여러 차원에서 검토했지만, 아쉽게도 신경림 특유의 서술시를 가능하게 만드는 화법이라는 요소를 간과한 문제점이 있다. 화법 논의는 한국시에서 좀처럼 드문 것이기는 하지만, 신경림의 서술시가 지닌 특성을 파헤칠 때 중요한 키워드가 된다. 이 논문에서는 기존의 연구사를 적극적으로 수용 · 발전시켜서, 화법 논의에 활용하고자 한다. 그의 시적 출발이 되는 1950년대의 시 「갈대」가 "저를 흔드는 것이 제 조용한 울음인 것을/까맣게 몰랐다./─산다는 것은 속으로 이렇게/조용히 울고 있는 것이란 것을/그는 몰랐다."[17]에서처럼 전통적인 서정시의 디에게시스를 지닌다면, 그 이후의 시는 그러한 전통적인 서정시의 화법에서 일탈하는 양상을 보여준다. 1970~1980년대 서정시에서는 대화가 삽입되는 혼합화법과 자유간접화법이 구사됨을(2장), 서사시에서는 미메시스가 다양하게 실험되는 양상을(3장), 그리고 1990년

평사, 1995, 181쪽.
14) 고형진, 「서사적 요소의 시적 수용」, 『한국어문교육』 1988. 8, 59쪽.
15) 박혜숙, 「신경림 시의 구조와 담론 연구」, 『문학한글』 1999. 12, 148~169쪽 참조.
16) 한만수, 「서정, 서사, 서정성의 만남」, 『순천대학교논문집』 1997. 12, 94쪽.
17) 신경림, 『농무』, 창작과비평사, 1975, 72쪽.

대 이후의 서정시에서는 이야기가 수용되는 디에게시스를 사용함을 살펴보고자 한다(4장).

II. 대화가 삽입된 화법

1970~1980년대 신경림의 서정시는 서사를 방불케 하는 혼합화법과 자유간접화법이 자주 구사된다는 점에서 전통적인 서정시와 구별된다. 전통적인 서정시에서 주로 시인이 자신의 인격으로 말하는 디에게시스의 방식이 쓰인다면, 신경림의 서정시에서는 시인이 자신의 인격과 타인의 인격을 섞어 말하는 혼합화법과, 시인이 타인의 생각을 대용하여 자기 '스스로'(in propria persona) 말하는 자유간접화법의 방식이 주로 활용된다.[18] 이러한 화법은 신경림의 시가 자신의 주관을 토로하는 데에 중점을 둔 전통적인 서정시와는 달리, 자신과 타인들 사이의 일상과 그 속의 대화를 삽입하고자 하는 의지 때문에 가능한 것이다.

먼저, 서술과 대화의 혼합화법이 구사된 사례를 시 「겨울밤」을 통해서 살펴보기로 한다.

---

18) 이 장에서는 1970~1980년대 신경림의 서정시에서 전통적인 서정시의 화법과 구별되는 양상을 살펴보고자 하기 때문에 그 특성을 잘 드러내는 혼합화법과 자유간접화법을 분석의 대상으로 삼고자 한다. 아울러 이 시기에는 그 밖에도 디에게시스와 미메시스가 활용되기도 한다는 점을 덧붙인다. 가령 "내 살던 집 툇마루에 앉으면/벽에는 아직도 쥐오줌 얼룩져 있으리/담 너머로 늙은 수유나뭇잎 날리거든/두레박으로 우물물 한모금 떠 마시고/가위소리 요란한 엿장수 되어/고추잠자리 새빨간 노을길 서성이려네"(「고향길」)라는 구절은 시인이 자신의 인격으로 말하는 디에게시스이고, "조심조심 지뢰 사이를 지났지/긁히고 찢기면서 철조망도 넘었지/못다 운 넋들의 울음소리도 들었지/하얀 해골 덜 삭은 뼈에 대고/울면서 울면서 입맞춤도 하였지"(「두물머리」)라는 부분은 타인의 인격으로 말하는 미메시스이다.

우리는 협동조화 방앗간 뒷방에 모여
묵내기 화투를 치고
내일은 장날. 장꾼들은 와자지껄
주막집 뜰에서 눈을 턴다.
들과 산은 온통 새하얗구나. 눈은
펑펑 쏟아지는데
쌀값 비료값 얘기가 나오고
선생이 된 면장 딸 얘기가 나오고,
서울로 식모살이 간 분이는
아기를 뱄다더라. 어떡헐거나.
술에라도 취해 볼거나. 술집 색시
싸구려 분 냄새라도 맡아 볼거나.
우리의 슬픔을 아는 것은 우리뿐.
올해에는 닭이라도 쳐 볼거나.

-「겨울밤」 부분19)

위의 시는 대화와 서술(주석적 제시(authorial presentation); 시인 자신
의 직접적 개입)로 구성되어 있다. 겨울밤에 협동조합 방앗간 뒷방에 모
인 '우리'가 화투를 치면서 대화를 나누는 부분과 그것을 적절하게 요약
하는 부분으로 나뉜다. '-ㄹ거나'의 말투는 서로 오가는 대화로 생각해
도 손색이 없기 때문에, 그 말투 부분은 대화 부분으로 판단해 밑줄로 표
시해 본다. 이 시는 서술(주석적 제시) + 대화(장면 제시) + 서술(주석적
제시) + 대화(장면 제시)가 뒤섞여 있다. 서술 부분에서는 농촌 촌민들이
방앗간 뒷방에 모여 화투를 치고, 쌀값 비료 값 면장 딸 얘기가 오가고 있
다는 상황을, 그리고 대화 부분에서는 방앗간 뒷방에 모여 화투를 치는
촌민들의 여러 목소리를 직접 제시한다. 이 때 대화 부분은 시「겨울밤」
의 이야기가 실제 현실에서 일어났을 법한 일임을 느끼게 만들고, 그로

---

19) 신경림, 『농무』, 창작과비평사, 1975, 6쪽.

인해서 서정시에 대화를 삽입시키는 것이 어색하지 않고 자연스럽게 여겨진다. 다양한 인물들이 그들의 언어로 대화를 하기 때문에 현실감과 현장감이 잘 살아나는 것이다.[20)

자유간접화법은 주로 서사에서 화자가 등장인물의 말과 생각을 대용할 때 많이 쓰이는 화법이다.[21) 그렇지만 신경림의 경우에는 민중과의 대화를 통해 알게 된 그들의 생각과 말을 대용해서 자신의 생각과 말처럼 사용하기 때문에 자유간접화법이 많이 활용되는 경향이 있다. 아래 인용 부분은 그 대표적인 예이다.

> 아우라지 뱃사공은 산과 물이 싫다.
> 산과 물을 좋아하는 대처 사람이 싫다.
> 종일 배를 건너 손에 쥐는
> 천원 안팎의 돈 그것이 싫다.
> 세상이란 잘난 사람들끼리 그저
> 잘난 놀음으로 돌아치는 곳,
> 그를 가엾다고 말하는 세상 사람들이 그는 싫다.
>
> 　　　　　　　　　　　　　　－ 「아우라지 뱃사공」 부분[22)

---

20) 조태일은 신경림 시의 언어를 "우리의 삶과 정서에 밀착한 토착어"(「민중 언어의 발견」, 『창작과비평』, 1972년 봄호, 84쪽)라고 말한 바 있다.

21) 자유간접화법은 1) 간접인용이 생략되고 2) 영어의 고지동사(말하다, 논평하다, 답하다, 확언하다, 선언하다 등과 같이 말로 전달하는 행위에 관계되는 동사로서, that-節을 목적어로 취함)가 결핍되는 형식을 취한다. 이 화법의 장점은 1) 디에게시스와 미메시스가 교차될 필요가 없고 2) 인물의 정신적, 감각적 비전과 담화의 문체적 특징까지 환기시키고 3) 화자는 인용의 자유간접양식을 통하여 작품 속의 현실에 대한 인물의 견해(말, 생각)에 공감할 수 있고 4) 인물 내부의 목소리를 (독자가) 엿듣게 되는 미적 환상을 자아낸다(Paul Hernadi, 김준오 역, 『장르론』, 문장, 1983, 220~239쪽 참조).

22) 신경림, 『달넘세』, 창작과비평사, 1985, 66쪽.

위의 인용에서는 직접 혹은 간접화법을 사용한 문장에 비해서[23], 간접 인용이 생략되고 '말한다'라는 고지동사가 생략되는 형식을 취하는 자유 간접화법이 사용되어 있다. 시인은 아우라지 뱃사공의 생각을 공감하고, 그의 생각을 자신의 생각으로 대용한다. 아우라지 뱃사공의 아내는 가출을 해서 대처로 떠났다. 세상은 잘난 사람들끼리 노는 곳인데 반해, 그는 종일 배를 건너 천 원 안팎의 돈을 받으며 산다. 자신의 가정이 붕괴되고 인생이 초라해졌기 때문에, 뱃사공이라는 전근대적인 직업이 좋을 리가 없다. 그래서 산과 물이 싫다. 시인은 뱃사공의 이야기를 듣는 가운데, 그가 산과 물을 싫어하는 태도에 공감한다. 이 지점에서 시인은 뱃사공의 생각을 자신의 생각으로 대용하는 것이다.

이러한 자유간접화법에서는 제3자가 직접 시에 드러나지는 않지만 시인이 그와 함께 대화 또는 이야기를 나누고 그것을 기록한 것으로 판단되기 때문에 서사적인 특성이 잘 드러난다. "뱃사공은 산과 물이 싫다"는 구절을 읽으면, 시인과 뱃사공이 아우라지에서 대화를 하는 듯한 환각을 불러일으킨다. 시인이 뱃사공과 술 한 잔을 주고받으면서 그의 인생 이야기를 들어주고, 그의 생각을 충분히 이해하는 듯싶다. 더욱이 이러한 뱃사공—시인의 관계는 뱃사공—독자의 관계로 전이되기 쉽다. 독자는 마치 시인처럼 뱃사공의 심리를 들여다보는 미적 환상에 빠지기 때문이다. 독자는 시인의 시선으로 이야기 속에 참여되는 듯한 환각이 발생한다.

---

23) 위의 인용을 직접화법과 간접화법으로 바꾸면 다음과 같다.

직접화법을 사용한 문장으로 바꿀 경우—아우라지 뱃사공은 말한다. "산과 물이 싫다." 그는 대처사람들이 산과 물을 좋아하는 것을 안 뒤에 다시 말한다. "대처사람들이 싫다"

간접화법을 사용한 문장으로 바꿀 경우—아우라지 뱃사공은 산과 물이 싫다고 말한다. 그는 대처사람들이 산과 물을 좋아하는 것은 안 뒤에, 대처사람들이 싫다고 다시 말한다.

III. 미메시스의 다양한 실험

　일반적으로 서사시에서는 시인의 목소리를 중심으로 하고 등장인물의 목소리가 대화로써 삽입되는 혼합화법이 사용된다. 시인이 중심이 되어 이야기를 해야 이야기의 분위기가 일관되고 안정될 수 있다. 그런데 신경림의 서사시집 『남한강』[24]에서는 의도적으로 시인의 역할이 축소되고 등장인물의 역할이 확대되어 화법 상의 문제점이 발생하기도 한다. 신경림은 이러한 문제점이 발생함에도 불구하고, 서사시에서 미메시스를 다양하게 실험한다. 서사시에서는 보기 드물게 시인이 자신의 목소리를 최대한 줄이고 등장인물이 그의 생각과 언어를 직접 말하는 양상을 띠게 되는 것이다. 이 장에서는 신경림이 그의 서사시집 『남한강』에서 화법의 다양한 양상을 실험하고 있음을 검토하고자 한다.

　서사시 「새재」의 화법은 프롤로그를 제외하면 제3자인 돌배가 '나'로 나온다는 점에서 미메시스[25]로 규정된다. 그렇지만 「새재」에서는 미메시스로 설명이 되지 않는 경우가 자주 눈에 띈다.

>　나는 어깨에 총을 맞고 쓰러졌다가
>　충주목 연풍고을
>　향회공당에 와 갇혔다
>　도둑의 괴수 화적떼 두목이 되어.

---

24) 신경림의 서사시집 『남한강』에는 「새재」, 「남한강」, 「쇠무지벌」 등 세 편의 서사시가 묶여 있다. 이 때 이 세 편의 시가 서사시냐, 장시냐, 서사민요냐 하는 장르적 성격의 논쟁이 있지만, 이 논문에서는 화법을 논의의 대상으로 한다는 점에서 그 논쟁에서 비켜가기로 한다. 세 편의 시는 인물과 사건이 구조화된 긴 분량을 지닌다는 점에서 잠정적으로 서사시로 그 장르성을 규정한 뒤 논의를 전개하고자 한다.
25) 만약 「새재」가 연행·구연된다면, 프롤로그에서는 시인이 화자가 되고, 나머지 장에서는 시인이 아닌 제3자 돌배가 화자가 된다는 점에서 「새재」는 미메시스로 이해된다.

살을 찢는 눈바람이 더욱 세차고
산꿩이 먹이를 찾아 내려와
은행나무에 부딪쳐 피흘리는 저녁
나는 끌려나가 돌바닥에 꿇어앉혔다.

　　　　　　　　　　　　　－「빈 쇠전」 부분26)

　위의 인용에서는 '나'라는 인물은 돌배이다. 서사시 「새재」는 돌배라
는 제3자가 스스로 말하는 방식이라는 점에서 미메시스가 사용되었는
데, 이러한 화법의 사용은 중요한 문제점을 야기 시킨다. 서사시는 극과
달리 이야기가 전개되는 것을 요약해 주는 시인(서술자)이 필요하나, 시
인의 서술 부분이 없는 서사시 「새재」에서는 시인의 역할을 돌배가 해야
하기 때문이다. 서사시 속의 등장인물은 자신의 심리, 의도, 감정을 말할
뿐, 시인처럼 전지(Omniscience), 전능, 전존(Omnipresence)27)할 수는 없
지만, 「새재」에서는 시인의 역할까지 떠맡는 데에서 문제점이 발생한다.
위의 인용에서 '나'는 전지한 존재로 무리하게 표현된다. 부상을 입은 자
가 어디에 갇혀 있다는 것을 알기는 쉽지 않은 것인데도, '나'는 "어깨에
총을 맞고 쓰러졌다가/충주목 연풍고을/향회공당에 와 갇혔"음을 안다.
이러한 서술은 사실상 '나'가 '나'의 내면 안에 위치하는 내면적 서술자이
면서, 내면 밖에 위치하는 전지적 서술자가 된다는 것을 의미하지만, 이
런 서술자는 시인이나 가능한 것이다.
　이러한 문제점 때문에 결국 등장인물인 '나'의 목소리에 시인의 목소
리가 은밀히 개입되어서, 시인이 '나'를 서술할 때에는 서술의 안정성이
결여되는 경우가 있다. '나'가 서술자로 전개되는 이야기는 '나'의 내면심

---

26) 신경림, 「새재」, 『남한강』(창비사, 1987), 54~55쪽.
27) 전존이란 장면상 핵심적 지성의 위임 없이 장면으로부터 장면으로 건너뛸 수 있는 능
　　력을 말한다(S. Chatman, 『영화와 소설의 서사구조』, 김경수 역, 민음사, 1999, 259쪽
　　참조).

리를 섬세하게 추적해야 하는 것인데, 내가 총에 맞아 쓰러지고 향회공당에 갇히고 돌바닥에 꿇어 앉혀진 상황에서 "산꿩이 먹이를 찾아 내려와/은행나무에 부딪쳐 피흘리는 저녁"이라는 생각을 할 틈이 있는지 의문이다. 이 표현은 시인이 급박한 비극적인 상황의 긴장감을 느슨하게 만들어 서술의 안정성이 깨진 한 예이다. 이 부분은 원래 시인이 직접 말하는 것이 낫다. 그렇게 했다면 급박한 상황을 환기시키면서 더 긴장감을 유도할 수 있었을 것이다. 서정시의 화자로 서사시를 말하겠다는 위험한 욕망은 미메시스의 한계를 유발하는 원인이 된다.

시인은 「새재」 이후의 서사시 「남한강」과 「쇠무지벌」에서 다양한 방식으로 미메시스를 실험하면서 일정한 부분에서 혼합화법을 선택한 듯하다. 이 때 혼합화법은 시인이 사건의 진행자로서 이야기를 전개하는 것이 아니라 보조적인 역할에 그치는 대신, 여러 등장인물들이 실질적인 사건의 진행자로서 이야기를 이어나가는 독특한 형태이다. 서사시 「새재」에서 실험한 등장인물의 사건진행방식을 부각시켜, 주로 대화를 중심으로 사건을 전개해 나아가고, 꼭 필요한 경우에 시인이 부분적으로 개입하는 것이다. 이 때 등장인물의 목소리가 노래의 형태로 드러나면서 서사민요와 같은 구술적인 특성(Orality)을 지니게 된다. 서사시에서 감당하기 어려운 독특한 화법을 사용하되, 구술적인 방식으로 활용해서 그 한계를 피하고 있는 것이다.[28]

---

28) 신경림 자신은 "진도에서 여러 사람이 민요를 부르는 것을 들으면서 느낀 점인데, 그 곳에서는 여러 사람이 각기 조금씩 다르게 여러 가지 목소리로 함께 섞여 노래를 부릅니다. (중략) 나는 그러한 것을 시 속에서도 한번 시도해보는 것이 중요하고, 또 그 시도는 바로 장시를 통해 이루어질 수 있다고 봤습니다."라고 말한 바 있다(신경림 · 김사인, 「신경림의 시세계와 한국시의 미래(대담)」, 『오늘의 책』, 1986. 봄호, 26쪽).

아니오, 나는
돈만 아는 여자가 아니오.
내게는 단 하나 낭군이 있었다오.
범처럼 장한 낭군이 있었다오.

비록 혹처럼 애비 모를
자식이 딸렸지만
연이는 젊고 아리따운 여자.
나무에 물오르면
그 솟구치는 힘
스스로도 억누를 수 없는 것.

몸을 뒤틀고 아우성치고
소리를 지르고 팔다리를 떠는
강변 솔밭의
저 젊은 소나무들의 씨받이를 보았는가.
　　　　　　　　　　　－「남한강」 중 「소나무」 부분29)

쫓겨났던 사람 도망갔던 사람
눌려살던 사람 숨어살던 사람
다 돌아와 여기 모여서
비나이다 비나이다 산신님 용왕님
천지신명께 비나이다
올해도 풍년 들고 내년 후년에도 풍년 들고
뱃길 물길 무사 평안하고
내년 후년에도 무사 평안하고
　　　　　　　　　　　－「쇠무지벌」 중 「열림굿」 부분30)

---

29) 신경림, 「남한강」, 『남한강』, 창비사, 1987, 71쪽.
30) 신경림, 「쇠무지벌」, 『남한강』, 창비사, 1987, 147쪽.

구술적인 특성에 대하여 김현주는 ㉮ 대화를 이끄는 바탕글의 생략 ㉯ 반복적 운율과 우회적 서술 ㉰ 말건넴의 어투 ㉱ 시점의 이동 ㉲ 서술 전략의 사전 노출 ㉳ 부분의 독자성+부분의 흥미성을,[31] 그리고 옹 W. J. Ong은 ㉴ 감정이입의 서술을[32] 제시한 바 있다. 이 중 서사시에서 미메시스를 활용할 때의 한계를 보완해 주는 것과 관련되는 것은 ㉮, ㉰, ㉴, 그리고 ㉯이다. 먼저, 앞의 인용 1연에서는 '말하는데', '대꾸하는데'와 같은 바탕글이 생략된 채로 서술되어 시인의 서술 부분을 숨기고 있다. 원래 서사시의 혼합화법에서는 ""아니오, 나는/돈만 아는 여자가 아니오."라고 말하는데'라고 해야 하지만, 위의 인용에서는 '라고 말하는데'라는 바탕글이 생략되어서 미메시스가 된다(㉮). 그리고 "나는/돈만 아는 여자가 아니라오."라는 구절은, 연이가 독백하는 부분인데도 독자 혹은 청중을 의식한 말건넴의 어투를 사용해서 마치 청중·독자들과 대화하는 미메시스의 효과를 내고 있다(㉰). 또한, 2~3연은 사실 시인의 목소리이지만, '연이'에게 감정이 이입된 목소리로 읽힘으로써 마치 '연이'가 대화하는 것과 같은 미메시스의 느낌이 든다. 2연에서 '연이' 대신에 '나'를 집어넣고 읽어보면, 그것은 시인의 목소리가 아니라 영락없이 '연이'의 목소리가 된다(㉴). 아울러, 뒤의 인용에서는 "쫓겨났던 사람 도망갔던 사람/눌려살던 사람 숨어살던 사람"에서 보이듯이 반복적인 율격을 형성하고 있고, "비나이다 비나이다 산신님 용왕님/천지신명께 비나이다"에서 알 수 있듯이 AABA형 반복구조를 지니고 있다. 반복적

---

31) 김현주, 『판소리 담화 분석』, 좋은날, 1998, 192~230쪽 참조.
32) W. J. Ong은 구술문화에 입각한 사고와 표현의 특징을 9가지로 정리했다. ① 종속적이라기보다는 첨가적이다. ② 분석적이라기보다는 집합적이다. ③ 장황하거나 '다변적'이다. ④ 보수적이거나 전통적이다. ⑤ 인간의 생활세계에 밀착된다. ⑥ 논쟁적인 어조가 강하다. ⑦ 객관적 거리 유지보다는 감정이입적 혹은 참여적이다. ⑧ 항상성이 있다. ⑨ 추상적이라기보다는 상황의존적이다가 그것이다(W. J. Ong, 이기우·임명진 역, 『구술문화와 문자문화』, 문예출판사, 1995, 60~92쪽 참조).

인 운율을 활용해서 구술적인 특성이 강조된다(㉱).

서사시집 『남한강』에서는 미메시스가 중심 화법으로 채택되면서 다양한 실험이 진행된다. 때로는 미메시스와 혼합화법 사이의 충돌이 일어나기도 하고, 또 때로는 구술적인 특성을 강화해서 그 충돌을 피해가면서 이야기를 자연스럽게 전개시키기도 한다. 그 결과 여러 인물들이 자신의 목소리를 다채롭게 내면서 독특한 미메시스가 만들어진다.

IV. 고백 방식의 디에게시스와 서사성의 부각

1990년대 이후 신경림의 서정시에서는 전통적인 서정시와 다른 느낌의 디에게시스가 사용되어 있다. 서정시에서 디에게시스가 사용될 때에는 시인 자신이 직접 말하는 화법으로써 주로 자신의 주관과 감정의 표현이 중심인 경우가 많지만, 신경림의 시에서는 자신이 살아온 과거의 이야기를 숨김없이 사실 그대로 말하는 고백의 형식이 활용되어서 서사성이 강하게 드러난다. 이 고백이라는 방법은 1990년대 현실사회주의 붕괴라는 시대의 혼란을 자기 정체성의 혼란으로 치환함으로써 자기 자신이 살아온 과거의 위기와 혼란을 이야기하면서 자신을 되돌아보고, 궁극적으로 현실에 대응하기 위한 것으로 추측된다. 그의 서정시는 자신이 살아온 과거의 인물과 사건들을 고백함으로써 서사적일 수가 있는 것이다.

고백이라는 형식은 고백할 내용(이야기)이 전제된다는 점에서 시에 이야기가 수용되는 양상을 보여준다. 시인은 고백할 내용이 있어서 고백하는 것이 아니라, 1990년대라는 이데올로기 혼란의 시대가 만들어낸 성찰과 반성이라는 고백의 형식 앞에서 고백할 내용을 찾는다. 그 내용이 가족과 성에 관한 것이다. 이러한 고백의 내용들은 역사적 진보를 향하는 지식인의 이성과는 상반되는 것으로 보이지만, 역사와 현실에 대한 은밀한 성찰을 숨겨놓은 것이다.

시 「어머니와 할머니의 실루엣」을 통해서 가족에 대한 고백을 분석하기로 한다.

어려서 나는 램프불 밑에서 자랐다.
밤중에 눈을 뜨고 내가 보는 것은
재봉틀을 돌리는 젊은 어머니와
실을 감는 주름진 할머니뿐이었다.
나는 그것이 세상의 전부라고 믿었다.
밖은 칠흑 같은 어둠
지익지익 소리로 새파란 불꽃을 뿜는 불은
주정하는 험상궂은 금점꾼들과
셈이 늦다고 몰려와 생떼를 쓰는 그
아내들의 모습만 돋움새겼다.
소년 시절은 전등불 밑에서 보냈다.
가설극장의 화려한 간판과
가겟방의 휘황한 불빛을 보면서
나는 세상이 넓다고 알았다, 그리고

나는 대처로 나왔다.
이곳 저곳 떠도는 즐거움도 알았다.
바다를 건너 먼 세상으로 날아도 갔다.
많은 것을 보고 많은 것을 들었다.
하지만 멀리 다닐수록, 많이 보고 들을수록
이상하게도 내 시야는 차츰 좁아져
내 망막에는 마침내
재봉틀을 돌리는 젊은 어머니와
실을 감는 주름진 할머니의

실루엣만 남았다.
내게는 다시 이것이
세상의 전부가 되었다.

- 「어머니와 할머니의 실루엣」 부분33)

이데올로기 혼란의 시대에 이성적인 주체가 스스로를 성찰해야 한다는 생각은, 필연적으로 '내면'을 고백하게 한다. 신경림의 경우, 그 '내면'은 자신의 유년 시절과 그 때의 가족을 회상하고 그 회상으로부터 자기 자신의 어떤 근본 혹은 근원을 발견하는 데에서 탐구된다. 위의 인용은 시적 화자인 '나'가 어떻게 살아왔는가 하는 과정을 불빛을 중심으로 다루고 있다. 램프불 → 칸델라불 → 전등불 → (대처) → 램프불로 회귀하는 불빛의 이미지는 삶이란 순환하는 것이고 근원으로 돌아가는 것임을 암시한다. 이 시에서 현실 속의 존재는 "재봉틀을 돌리는 젊은 어머니와/실을 감는 주름진 할머니"가 "세상의 전부"라는 유년 시절의 믿음을 나이가 들어서도 다시 믿는, 자위하는 내면이 있음이 확인된다.

위의 시에서는 자신의 과거 이야기를 자세하게 고백함으로써 세계의 기원이자 끝을 순환적으로 이해하는 발상을 보여준다.34) 이 때 고백이라는 형식이 있기 때문에 삶의 이야기를 드러내는 것이 서정시에서 가능함을 파악하는 것이 중요하다. 어려서 램프 불 밑에서 자랄 때 곁에 있었던 어머니와 할머니의 이야기, 조금 자라나서 금점꾼들과 그 아내들의 이야기, 소년 시절의 가설극장과 가겟방 이야기, 대처로 나와 떠돌 때의 이야

---

33) 신경림, 『어머니와 할머니의 실루엣』, 창작과비평사, 1998, 24~25쪽.
34) 이러한 순환론적 발상은, 현실에서 유추해 보면 직선적인 발전론에 근거를 둔 역사의식을 반성·성찰하고 있음을 암시한다. 이런 맥락에서 김수이는 『어머니와 할머니의 실루엣』의 한 서평을 통해 "현실에 대한 불신을 모성애로의 회귀를 통해 치유한다"(김수이, 「신화의 복원에서 '복원의 신화'로」, <동서문학>, 1998년 6월호, 351쪽)고 말한 바 있다.

기, 그리고 다시 어머니와 할머니를 기억하는 이야기는 모두 고백을 통해서 서정시에 수용된 것이다.

성도 고백된다. 시 「귀뚜리가 나를 끌고 간다」를 분석해 본다.

찌르찌르찌르르 귀뚜리가 나를 닦달한다
이번에는 충주시 역전동 사칠칠의 오번지
실공장에 다니는 그 애한테서 나는 고치 냄새
사과꽃 위에 하얗게 달빛이 쏟아지는
그 애와 하룻밤을 보낸 호수 앞 여인숙
찌르찌르찌르르 귀뚜리가 나를 앞장세운다
지곳은 홍천읍 북면 복대리 오팔구번지
강물을 따라가는 숲길이 십리
부끄럼도 없는 내 거짓 맹세는
불행한 여자에게 불행 하나 더 보내고
찌르찌르찌르르 귀뚜리가 나를 끌고 간다
뉘우칠 줄도 모르는 나를 밤새도록 끌고 간다
　　　　　　　　　　　　　－「귀뚜리가 나를 끌고 간다」전문[35]

위의 인용에서도 '나'는 고백이라는 형식을 통해서 자신의 과거 속에서 성에 관한 은밀한 이야기를 말한다. 역전동에서 살았을 때 실공장에 다니는 "그 애"와 여인숙에서 하룻밤을 보낸 것을, 그리고 북면에서 살았을 때 '나'의 거짓 맹세로 어느 여자에게 불행을 더한 것을 이야기한다. 이 성에 대한 이야기는 한국문학의 서정시 풍토에서 뿐만 아니라 자기 개인에게 있어서도 굉장히 은밀한 것이고, 그것은 개인에게 잘 드러나지 않는 '내면'을 형성하는 것이다. 시인은 이러한 은밀한 이야기를 고백함으로써 서정시에 서사를 삽입시키는 데에 성공한다.

---

35) 신경림, 『어머니와 할머니의 실루엣』, 창작과비평사, 1998, 30쪽.

이러한 고백이라는 형식은 1990년대 시대의 혼란에 상응하는 자기 자신의 혼란을 드러내고, 자기 자신의 내면을 말함으로써 성찰의 과정에 이르게 하는 것이다. 이 점에서 고백은 시대현실의 혼란을 나름대로 견디고 극복하고자 하는 의지의 산물인 것이다. 고백이라는 형식은 자연스럽게 서정시에 이야기를 수용하는 방법이 된다.

V. 결론

이 논문의 문제의식은 신경림의 서술시에 나타난 화법을 살펴보고자 하는 것이었다. 그의 서술시에서는 시인뿐만 아니라 타인도 각자의 목소리로 말한다는 점에서 전통적인 서정시와 다른 화법이 사용되었는데, 이러한 화법의 사용은 한국 시사에서 좀처럼 보기 드문 일이었다. 그의 서술시에는 디에게시스 뿐만 아니라, 혼합화법, 자유간접화법, 미메시스가 서술의 목적에 맞게 적절하게 선택 · 사용되었다. 이 논문에서는 이러한 점을 규명하기 위해서 전통적인 서정시의 화법과 구별되는 양상을, 1970~1980년대 서정시의 세계와 서사시의 세계와 1990년대 이후의 서정시 세계로 삼분하여 분석했다. 이러한 분석은 화법이 신경림 특유의 서술시를 가능하게 만드는 중요한 요소임을 증명하고자 하는 목적을 지녔다.

첫째, 1970~1980년대 신경림의 서정시에서는 서사를 방불케 하는 혼합화법과 자유간접화법이 자주 구사되었다. 전통적인 서정시와 달리, 신경림의 서정시에서는 시인이 자신의 인격과 타인의 인격을 섞어 말하는 혼합화법과, 시인이 타인의 생각을 대용하여 자기 '스스로'(in propria persona) 말하는 자유간접화법의 방식이 주로 활용되었다. 이러한 화법은 시인 자신과 타인들 사이의 일상과 그 속의 대화를 서정시에 삽입하고자 하는 의지 때문에 가능한 것이었다. 시「겨울밤」에서는 혼합화법이 사용되었는데, 이 때 대화는 시인 자신과 주변 사람들의 실제 대화를 거의 그대로 옮겨놓았다는 점에서 자연스럽게 느껴졌다. 시「아우라지 뱃사공」에서는 시인이 뱃사공과 대화하면서 그의 생각과 말을 대용하는 자유간접화법을 활용했다.

둘째, 신경림의 서사시집『남한강』에서는 시인이 자신의 목소리를 최대한 줄이고 등장인물이 그의 생각과 언어를 직접 말하기 때문에 미메시스가 주로 활용되었다. 서사시에서는 원래 시인이 중심이 되어 이야기를 해야 이야기의 분위기가 일관되고 안정될 수 있다. 신경림은 미메시스를 활용하면서 다양한 실험을 보여줬다. 서사시「새재」의 화법은 프롤로그를 제외하면 제3자인 돌배가 '나'로 나온다는 점에서 미메시스로 규정되었지만, '나'가 전지하거나 전지적 서술자의 역할을 하는 등 미메시스로 설명이 되지 않는 경우가 자주 눈에 띄었고, 그 만큼 서술의 안정성이 결여되었다. 시인은「새재」이후의 서사시「남한강」과「쇠무지벌」에서 혼합화법을 선택했는데, 이 화법은 여러 등장인물들이 실질적인 사건의 진행자로서 이야기를 이어나가는 미메시스가 중심이 되었다. 이 때 시인은 구술적인 방식을 활용해서 서사시에서 감당하기 어려운 독특한 미메시스를 실험했다.

셋째, 1990년대 이후 신경림의 서정시에서는 자신이 살아온 과거를 숨김없이 사실 그대로 말하는 고백 형식의 디에게시스가 활용되어서 이야기의 시적 수용이 가능해졌다. 고백이라는 형식은 자기 자신이 살아온 과거의 위기와 혼란을 이야기하면서 현실의 혼란에 대응을 모색하기 위한 것이었다. 그는 자신이 살아온 과거의 인물과 사건들을 고백함으로써 서정시 속에 이야기를 수용할 수 있었다. 시인이 고백한 것은 가족과 성이었다. 시「어머니와 할머니의 실루엣」에서는 시인 자신의 과거 이야기를 자세하게 고백함으로써 세계의 기원이자 끝을 순환적으로 이해하는 발상을 보여줬는데, 이러한 순환론적 발상은 직선적인 발전론에 근거를 둔 역사의식을 반성·성찰하는 것이었다. 시「귀뚜리가 나를 끌고 간다」에서는 은밀한 성 이야기를 고백함으로써 서정시에 이야기를 삽입시키는 데에 성공했다.

이처럼 신경림의 서술시에서 화법은 시에 이야기가 생생하게 수용되는 중요한 장치가 된다. 대화가 삽입된 화법은 다양한 인물들의 언어가 제시되기 때문에 현실감과 현장감이 잘 살아나게 되고, 미메시스는 여러 인물들이 자신의 목소리로 이야기가 진행되기 때문에 구술성이 잘 드러나며, 고백 방식의 디에게시스는 고백된 이야기가 서술됨으로써 서사성이 부각되었다. 이렇게 볼 때 그의 서술시에서 화법은 이야기가 수용되는 기본적인 장치이고, 이야기의 상황과 성격에 따라 다르게 선택된 것임을 알 수 있다.

신경림의 서술시가 백석·이용악 등의 서술시나 전통적인 서정시와 구별되는 중요한 이유 중의 하나는, 다양한 화법을 서술 목적에 따라 적절하게 활용했다는 점이다. 이러한 다양한 화법의 적절한 활용은 서사에서 가능한 화법을 시에 적용하면서 이루어진 것이다. 신경림의 서술시에서 이야기가 잘 드러난 데에는 화법이 중요한 요소를 차지하고 있는 것이다. 앞으로 이러한 화법 분석이 신경림의 시세계에서 구체적인 시기별로 세부적으로 검토되고 다른 서술시인과 비교·분석되기를, 그리고 한국시에 접근하는 한 방법론으로 정착되기를 기대한다.

신경림의 서술시와 초점화

Ⅰ. 서론

이 논문에서는 신경림의 서술시敍述詩가 제작되는 과정에서 서사敍事 장르에서 보일 법한 초점화(focalization) 방식이 적극적으로 활용되었음을 살펴보고자 한다.[1] 그의 시는 1965년을 기점으로 해서 시인의 주관

---

1) 이 논문은 필자의 박사학위논문 「신경림 시의 서사성 연구」(경희대학교대학원, 2003)에서 논의한 초점화 항목에 대한 자기비판이자 보론의 성격을 띤다. 필자는 학위논문에서 초점화 과정의 다양성이 전통적인 서정시로부터의 변화와 일탈을 보여주는 증거라고 주장하면서, '주관의 객관화', "민중'으로 바라보기', '초점의 변화', '내면보기와 표상화'라는 소제목으로 나누어 신경림의 시를 분석한 바 있다. 그렇지만 초점론의 특성을 충분히 살리지 못해서 사실상 시점론과 엇비슷하게 되었고, "1인칭 복수 관찰자의 내적 초점화"나 "1인칭 관찰자의 내적 초점화"처럼 어색한 용어로 논의를 전개했다. 이 논문에서는 G. Genette와 Mieke Bal의 논의를 방법론으로 보충해서 실제적인 초점화론을 설계했으며, 초점화 방식의 선택이 서술시 제작 과정에서 어떠한 의미를 띠는가에 대해서 치밀하게 분석하고자 했다(G. Genette, 권택영 역, 『서사담론』, 교보문고, 1992 참조; Mieke Bal, 한용환 · 강덕화 역, 『서사란 무엇인가』, 문예출판사, 1999 참조).

적인 감성을 보여주는 서정적인 시에서 삶의 이야기가 있는 서술시(narrative poem)로 변화하는데, 이 변화의 과정을 잘 이해하기 위해서는 한국현대시론에서 잘 언급되지 않는 초점화에 대한 논의가 필요하다. 그의 서술시에서는 시 속의 인물과 세계 사이의 대결이 서사의 형태로 드러나 있는데, 그러한 대결이 잘 표상되기 위해서는 시인이 자기의 주관이 아닌 세계를 어떻게 바라보는가 하는 초점화가 문제시된다.

시에서 이야기를 수용하고자 하는 서술시인에게 있어서, 초점화 방식은 작품의 성격을 좌우하고 세련을 더하는 중요한 서술기법의 하나가 된다. 서술기법에는 여러 가지의 요소가 있지만, 초점화라는 요소는 신경림의 서술시가 만들어지는 데에 있어서 상당히 중요한 역할을 한다는 것이 본고의 판단이다. 이 논문이 주목하는 것은 바로 이러한 서술기법이다. 이 글은 신경림의 시가 서술시로 전개되는 과정에서 초점화의 방식이 어떻게 활용되었는가 하는 것을 문제로 제기한다. 1965년 이전의 시는 세계의 자아화라는 서정 장르의 특성을 보이기 때문에 초점화의 방식이 별로 중시되지 않지만, 1965년 이후의 시부터는 세계와 자아의 대결이라는 서사 장르의 특성을 띠기 때문에 다양한 초점화의 선택은 이야기를 시화하는 데에 있어서 필수적인 과정이 된다.[2]

이 글에서 말하는 초점화란 시각, 즉 보는 주체(초점화자)와 보이는 대상(초점화대상) 사이의 관계를 뜻하는 용어이다.[3] 초점화라는 용어는 초

---

[2] 이 논문에서 서정 장르와 서사 장르의 특성에 대해서는 조동일의 장르론을 참조하고자 한다. 그는 문학 속에서 의식과 행동의 존재를 인물로 설정하고, 그 인물을 세계와 자아로 그리고 자아를 작품 속의 자아(작품내적 자아)와 작품 바깥의 자아인 화자(작품외적 자아)로 구분한다. 서정은 작품내적자아가 세계를 일방적으로 대상화하는 것 즉 세계와 자아의 동일시이고, 서사는 작품외적 자아의 개입으로 세계와 작품내적 자아가 대결(·갈등)하는 것 즉 세계와 자아의 대결이다(조동일, 『한국소설의 이론』, 지식산업사, 1977, 66~136쪽 참조).

[3] 초점화는 시점(point of view)이나 견지(viewpoint), 혹은 관점(perspective) 등과 유사한

점화자가 초점화대상을 초점화하는 서술행위가 가능해야 성립한다. 이것이 신경림의 시에서 문제시되는 것은 서정 장르이면서도 서사 장르의 초점화를 적절하게 선택하기 때문이다. 세계와 자아의 동일시를 보여주는 서정 장르에서는 시인이 자신과 동일시되는 세계를 바라본다는 점에서 초점화의 문제가 크게 발생하지 않는다. 그렇지만 세계와 자아의 대결을 본질로 하는 서사 장르적 특성이 수용된 서술시에서는 그 대결을 어떻게 초점화하느냐4)에 따라서 다양한 서술이 가능하게 된다.

의미를 지니지만 미세한 차이가 있다. 이 중에서 시점이나 견지는 화자가 보는(view) (화자의) 지점(point)을 주목해서 누가 보는가하는 문제를 다룬다. 일인칭 '나'가 보느냐, 삼인칭 '작가'가 보느냐 하는 것이 문제가 된다. 관점은 그러한 시점을 제한하거나 제한하지 않는 것을 뜻한다. 사건을 바깥에서 관찰하느냐, 아니면 내적으로 분석하느냐 하는 것에 관계한다(G. Genette, 권택영 역, 『서사담론』, 교보문고, 1992, 174~177쪽 참조). 이러한 시점, 견지, 관점이라는 용어가 '보는 사람'과 '말하는 사람'을 잘 구분하지 못하고, 화자와 시각을 둘 다 지칭하여 부정확한 의미로 이어지는 문제점이 있는 반면, 초점화는 서술행위주체(말하는 사람)와 초점화자(보는 사람)를 구별함으로써 좀 더 세밀한 서사구조의 분석에 기여할 수 있다. 사진과 영화에서 가져온 개념이기에 기법적인 속성이 강조되는 것이다(Mieke Bal, 한용환·강덕화 역, 『서사란 무엇인가』, 문예출판사, 1999, 181~185쪽 참조). 신경림의 서술시에서는 시인이 우연히 만나 본 다양한 인물(민중)들이 초점화자가 되어서 그들이 바라보는 세상의 이야기가 시화되는 양상이 많다는 점에서 시점·견지·관점보다 초점화라는 용어가 구조 분석에 좀 더 용이할 것으로 추측된다. 이러한 사정 때문에 이 글에서는 초점화라는 용어를 선택·사용하고자 한다.

4) 초점화는 내적 초점화(internal focalization)와 외적 초점화(external focalization)로 크게 구분되는데, 각각 주인공 시점과 관찰자 시점과 유사하게 대응된다. 내적 초점화는 등장 인물의 의식을 통해서 초점이 이루어지는 경우를 뜻하며, 세 종류로 나뉜다. ① 그 초점이 한 사람에게 '고정된' 초점화, 즉 모든 것이 주인공의 눈을 통해 서술되는 경우, ② 초점 등장 인물이 처음에는 A였다가 그 다음에는 B, 그리고 그 다음에는 C 등이 되는 '가변적인' 경우, ③ 같은 사건이 여러 등장인물의 시점에 따라 여러 번 서술되는 '복수' 초점화의 경우가 있다. 그리고 외적 초점화는 서술이 그 인물을 통해서가 아니라 인물 그 자체를 향해 초점이 맞춰진 경우이다. 주인공이 자신의 생각이나 감정을 우리에게 전혀 알려주지 않으면서 연기함으로써 주인공의 외적 행위나 모습만 드러내는 경우이다(G. Genette, 권택영 역, 『서사담론』, 교보문고, 1992, 177~182쪽 참조).

그 동안 신경림의 서술시에 나타난 초점화 논의는 거의 부재했지만, 그것과 관련된 몇몇 주목할 만한 언급이 시기별로 있었다. 신경림의 1970년대 시에 대해서는 주로 서정 장르와 구별되는 서사적인 특성이 있음이 논의되었다. 특히 시집『농무』에 대해서 백낙청이 "단편소설과도 같은 정확한 묘사와 압축된 사연"5)이 있음을, 김우창이 농촌의 이야기가 많아 '르뽀르따지'에 가까움을,6) 김현이 "차라리 수필적 세계에 속하는 성찰의 분위기"7)를 지님을, 그리고 박혜숙이 "영화 서사물과 같은 장면과 서술성"8)이 있음을 살펴본 바 있었다. '단편소설', '르뽀르따지', "수필적 세계", 혹은 "영화 서사물"이라는 표현은 모두 서사구조를 지니고 있음을 전제로 시세계의 특징을 지적한 것이었지만, 그 구체적인 서사구조에 대한 분석은 결여되어 아쉬움이 있었다.

신경림의 1980년대 시는 주로 서사적인 시와 서사시로 나누어 분석되었다.9) 서사적인 시에 대해서는 김명수가 시집『달넘세』에는 "다양한 모습의 민중들이 시의 주인공으로 등장"10)한다고 했고, 김주연은 시집『가난한 사랑노래』에는 "객관적인 사실이나 사건"11)이 들어있다고

5) 백낙청, 신경림, 「발문」, 『농무』, 창작과비평사, 1975, 112쪽.
6) 김우창 외「시인과 현실」, <신동아> 1973년 7월호, 290~304쪽 참조.
7) 김현, 신경림, 「울음과 통곡」, 『씻김굿』, 1987, 나남, 426쪽.
8) 박혜숙, 「신경림 시의 구조와 담론 연구」, <문학 한글> 13호, 1999, 154쪽.
9) 서술시는 남송우의 견해를 참조하면 서사적인 시와 서사시로 구분된다. 서사적인 시는 시「겨울밤」처럼 서사적인 대립구조 속에서 서정적인 감성을 구체화한 서정시이고, 서사시는「새재」, 「남한강」, 「쇠무지벌」처럼 화자(작품외적 자아)와 인물(작품내적 자아)이 모두 제시된 긴 이야기를 뜻한다. 이 논문은 초점화론이기 때문에「새재」, 「남한강」, 「쇠무지벌」이 서사시냐 장시냐에 대한 논쟁은 피하기로 한다(자세한 논쟁의 상황과 문제점은 남송우의「서사시·장시·서술시의 자리」(현대시학회 편, 『한국 서술시의 시학』, 태학사, 1998)를 참조할 것). 이러한 규정은 이 논문을 진행시키기 위한 잠정적인 것이다.
10) 김명수, 백낙청 외, 「극복되어야 할 현실과 만나야 할 미래」, 『신경림 문학의 세계』, 창작과비평사, 1995, 199쪽.
11) 김주연, 백낙청 외, 「서정성, 그러나 객관적인」, 『신경림 문학의 세계』, 창작과비평

했으며, 한만수는 시집 『길』이 "전통적인 민중의 이야기 방법과 긴밀하게 연결"[12]되었음을 지적하면서 그것을 '중구동음'으로 명명했다. 한편 염무웅은 서사시 「새재」에 대해서 "서술의 초점문제 즉 사건과 등장인물이 화자와 맺고 있는 관계의 문제에 대한 일체의 합리주의적 배려를 초월"[13]했음을 살폈고, 윤영천은 「새재」, 「남한강」, 「쇠무지벌」에 대해서 시점 변화의 논리를 검토했다. 이러한 검토들은 나름대로 의미 있는 것이었으나, 초점화에 대한 전체적이고 일관된 논의가 부재한 문제점이 있었다.

1990년대 이후의 신경림 시에 대해서는 서사구조에 대한 논의가 약화되었다. 1990년대 이후의 시편이 주로 인물의 현실적인 갈등보다는 내면을 주목하고 화해를 모색하는 측면이 있었기 때문에 그 이전과는 달리 서사성이 약화되었기 때문이다. 시집 『쓰러진 자의 꿈』에 대해서 이병훈은 '내면탐구'라는 관점에서,[14] 그리고 유종호는 "교훈적인 우의성"[15]이라는 부분을 살펴봤다. 강정구도 이 시기의 시편이 "내면 성찰의 과정을 서술하기 때문에, 내면을 초점화하는 방법"[16]이 주로 활용됨을 강조했다. 그러나 이 시기에 나타난 서사성 역시 초점화 방식의 선택과 긴밀하게 연결된다는 점에서 본 연구가 요구된다.

초점화 논의는 신경림의 시가 서술시로 변모하는 양상을 시기별로[17]

사, 1995, 215쪽.

12) 한만수, 「서정, 서사, 서경성의 만남」, 『순천대학교논문집』 16집, 1997, 82쪽.

13) 염무웅, 「서사시의 가능성과 문제점」, 『한국문학의 현단계1』, 창작과비평사, 1982, 46쪽.

14) 이병훈, 신경림, 「슬픈 내면의 탐구」, 『쓰러진 자의 꿈』, 창작과비평사, 1993, 93~104쪽.

15) 유종호, 백낙청 외, 「서사 충동의 서정적 탐구」, 『신경림 문학의 세계』, 창작과비평사, 1995, 64쪽.

16) 강정구, 「신경림 시의 서사성 연구」, 경희대대학원 박사학위논문, 2003, 166쪽.

17) 신경림 시의 시기별 구분은 다음과 같이 하기로 한다. ① 1970년대까지의 시—ㄱ.

잘 설명해준다는 점에서 이 글의 연구방법론으로 활용될 필요가 있다. 이제부터 1965년 이전의 시에서 시인 자신의 주관을 초점화한다면 1965 년 이후의 시에서는 갈등이 있는 인물들을 초점화한다는 점에서 구별되고(II장), 1980년대의 시에서는 다양한 인물들의 이야기를 수용하고자 가변적 혹은 복수의 초점화 방식이 활용되며(III장), 1990년 이후의 시에서는 세계를 관찰하면서 외적 초점화 방식이 주로 사용된다는(IV장) 점을 분석하고자 한다.

II. 갈등이 있는 인물들의 초점화

신경림의 시는 1965년을 기점으로 해서 시인의 주관이 중심을 이루는 서정적인 시에서 인물들의 갈등이 노출된 서사적인 시로 변화한다. 이러한 변화가 가능한 이유 중의 하나는 서정시에서 보기 드문 초점화 방식이 활용되었기 때문이다. 1965년 이전의 시에서 주로 세계보다 시인 자신의 주관적인 감성을 주목한다면, 1965년 이후의 시에서는 현실에서 갈등이 있는 인물들을 초점화하는 경향이 돋보인다. 이러한 초점화 방식은 세계와 자아의 대결을 보여주는 서사 장르에서 잘 활용되는 것이다. 이처럼 신경림은 서사 장르에서 주로 활용되는 초점화 방식을

1965년 이전의 시: 시집 『농무』에 실린 1950년대의 시, ㄴ. 1965년 이후의 시: 시집 『농무』(1975)와 『새재』(1978)에 실린 1965년 이후의 시편들 ② 1980년대의 시— 시집 『달넘세』(1985), 『가난한 사랑노래』(1988), 『길』(1990)과 서사시 「새재」(1978), 「남한강」(1981), 「쇠무지벌」(1985)이 묶인 서사시집 『남한강』(1987), 이 중에서 『길』은 실질적으로 1980년대 후반에 쓰였기 때문에, 그리고 「새재」는 1978년에 발표되었지만 서사시를 한 장으로 묶는 관계로 인해서 1980년대의 서사시를 논의하는 부분에서 편의상 분석하기로 한다. ③ 1990년대 이후의 시—시집 『쓰러진 자의 꿈』 (1993), 『어머니와 할머니의 실루엣』(1998), 『뿔』(2002), 『낙타』(2008).

채택한 결과, 독특한 서술시를 만들 수 있었다.[18]

시집 『농무』에서는 이러한 변화를 잘 보여준다. 우선 1950년대의 시를 살펴보기로 한다. 1950년대에 발표한 시 「갈대」, 「묘비」, 「심야」, 「유아」, 「사화산 · 그 산정에서」 등 5편은 세계와 자아의 동일시라는 서정 장르적 특성에 잘 부합하며 그에 적합한 초점화 방식이 엿보인다. 다시 말해서 1950년대의 시는 시인이 세계를 자아화하기 때문에, 시인과 세계의 갈등보다는 시인의 주관적인 감성을 주목하는 방향에서 초점화가 이루어진다. 이 시기의 시는 대부분의 경우 시인이 초점화하고자 하는 하나의 대상이 주어진다는 점에서 고정된 초점화가 주로 활용된다.

> 쓸쓸히 죽어간 사람들이여.
> 산정에 불던 바람이여.
> 달빛이여.
> 지금은 모두 저 종 뒤에서
> 종을 따라 울고 있는 것들이여.
>
> 이름도 모습도 없는 것이 되어
> 내 가슴 속에 쌓여 오고 있는 것들이여.
>
> —시 「심야」 부분[19]

---

18) 서술(narrative) 행위는 서술행위주체(말하는 사람)나 초점화자(보는 사람)가 초점화대상(보여지는 사람)을 초점화하여야 가능하다. 이 점에서 초점화는 서술행위가 있다면 서사나 서정 장르를 불문하고 존재한다. 신경림의 시에 국한시켜서 말한다면, 초점화는 그의 서사적인 시뿐만 아니라 서정적인 시에도 존재한다. 이 장에서는 그의 1965년 이전의 시에 나타난 초점화가 주로 시인 자신의 감성을 (초점화)대상으로 하여 서정적인 시의 특성을 노출한다면, 1965년 이후의 시에서 보이는 초점화는 세계와 갈등하는 인물을 (초점화)대상으로 한다는 점에서 서사적인 시(서술시)의 특성을 드러냄을 증명하고자 한다.
19) 신경림, 『농무』, 창작과비평사, 1975, 74쪽.

그가 보내던 쓸쓸한 표정으로 서서
바람을 맞고 있었다.
그러나 비(碑)는 아무것도 기억할 만한
옛날이 있는 것은 아니었다. 어언듯
거멓게 빛깔이 변해 가는 제 가녀린
얼굴이 슬펐다.

                                        ― 시「묘비」부분20)

위의 두 편의 시에서는 모두 시인이 어떤 대상의 감성을 주목한다. 먼저 앞의 시에서 '나'라는 초점화자는 "쓸쓸히 죽어간 사람들"을 초점화 대상으로 설정하고 있는데, 이 때 "쓸쓸히 죽어간 사람들"이 세계와 갈등이 있음을 보여주는 것이 아니라, 그 '쓸쓸'한 상황을 강조하고 있다. 더욱이 시인은 "쓸쓸히 죽어간 사람들"을 초점화하면서도, "내 가슴 속에 쌓여 오고 있는 것들이여"라는 구절에서 볼 수 있듯이 그들의 죽음으로 인한 '나'의 고통스러운 감성을 응시하고 있다. 또한 뒤의 시에서는 시인이 묘비의 주인인 '그'를 바라보고 있는데, 이때에도 '그'가 죽음에 이를 수밖에 없는 갈등보다는 "그가 보내던 쓸쓸한 표정"에서 알 수 있듯이 그의 '쓸쓸한' 감성에 초점이 맞춰져 있다. 세계를 자아화하는 이러한 방식에서는 시인의 주관적인 감성이 강조되는 것이다.

이처럼 1965년 이전의 시에서는 세계를 나름대로 해석하는 시인의 주관성이 강조되고, 그 주관성을 초점화하는 경향이 있다. 이때에는 시인과 세계와의 갈등이 들어설 자리가 없게 된다. 반면에 신경림은 1965년 이후의 시에서 세계와의 갈등을 주목하고 그것을 시화할 때에 서정 장르에서는 거의 사용되지 않는 초점화 방식을 활용한다. 그 결과 시 속의 인물이 보여주는 세계와의 갈등을 초점화함으로써 독특한 서사적인 시를 제작할 수 있었던 것이다.

---

20) 신경림,『농무』, 창작과비평사, 1975, 73쪽.

농자천하지대본

농기를 세워놓고

면장을 앞장 세워

이장집 사랑 마당을 돈다

나라 은혜는 뼈에 스며

징소리 꽹과리 소리

면장은 곱사춤을 추고

지도원은 벅구를 치고

양곡 증산 13·4프로에

칠십 리 밖엔 고속도로

누더기를 걸친 동리 애들은

오징어를 훔치다가

술동이를 엎다

용바위집 영감의 죽음 따위야

스피커에 나오는

방송극만도 못한 일

– 시「오늘」 부분21)

    인용 시에서는 시인이 자신의 주관적 감성을 전면화하기보다는 갈등하는 인물들을 초점화하고 있다. 시인은 양곡 증산을 기념하는 마을잔치에서 여러 인물들을 바라보는데, 이들은 크게 두 종류로 나눠져 있다. 전자는 "곱사춤을 추"는 '면장'과 "벅구를 치"는 '지도원'인데, 이들은 국가의 농촌공업화農村工業化 정책을 지지하는 자들로서 "나라 은혜"를 인정하고 있는 듯하다. 후자는 "누더기를 걸친 동리 애들"과 죽어버린 "용바위집 영감"인데, 이들은 가난이나 불의의 죽음을 당해 고통스러워하는 자들로서 "나라 은혜"를 사실상 입지 못하고 있다. 시인의 눈에 비친 후자가 관심의 대상이 되는 까닭은, 그들이 국가의 정책적인 혜택을 거의

---

21) 신경림,『농무』, 창작과비평사, 1975, 24~25쪽.

입지 못한 소외자들이기 때문이다.

　시인은 상반된 두 집단을 초점화함으로써 갈등을 표면화하고 있다. 물론 이 갈등이 그 동안 어떻게 전개되어 왔는지에 대해서는 잘 알 수 없지만, 마을잔치가 배경인 위의 상황에서 충분히 공감이 되는 것으로 이해된다. 서사 장르처럼 시인(작품외적 자아)은 세계와 갈등하는 인물들(작품내적 자아)을 초점화함으로써 독특한 서사적인 시가 가능하게 된 것이다. "대학을 나온 사촌형은 이 세상이 모두/싫어졌다 한다"(시 「시골 큰 집」), "이제 우리에겐 맺힌 분노가 있을/뿐이다"(시 「원격지」), "산구석에 처박혀 발버둥친들 무엇하랴"(시 「농무」), 그리고 "녹슨 삽과 괭이를 들고 모였다"(시 「갈길」) 등과(이상 시집 『농무』), "너희들을 조롱하고/오직 가난만이 죄악이라 협박할 때"(시 「나는 부끄러웠다 어린 누이야」, 시집 『새재』) 등의 구절에서는 세계와의 갈등을 지닌 여러 인물들이 초점화되고 있다. 1960~1970년대의 신경림 시에서는 이와 같이 시인의 주관적 감성보다는 갈등을 초점화함으로써 독특한 서술시가 만들어진다.

III. 내적 초점화의 다양한 양상

　1980년대의 시에서는 서사 장르의 초점화 방식이 다양하게 활용되면서 신경림 특유의 서술시가 실험된다. 그는 서정시에서 흔히 보이는 초점화 방식뿐만 아니라 서사에서 활용되는 여러 방식을 채택함으로써, 많은 인물들의 이야기를 시 속에 수용할 수 있었다.[22] 특히 시인이 여러 인

---

22) 이 장에서는 신경림의 시에서 서사에 활용되는 다양한 초점화 방식이 활용됨을 규명하고자 하는 목적을 지니기 때문에, 시인의 주관인 정서를 주목하는 서정시의 초점화 방식은 언급하지 않기로 한다. 신경림의 시에서 이런 초점화 방식은 시 「고향길」, 「아아, 내 고장」(이상 『달넘세』), 「팔월의 기도」, 「오월의 내게」(이상 『가난한 사랑노

물들의 시각으로 세계를 응시하는 가변적인 초점화 방식이나, 하나의 사건에 대해서 여러 인물들이 자신들의 시각으로 각기 바라보는 복수의 초점화 방식은 이야기가 지닌 갈등을 생생하게 표출하는 데에 기여한다.

이러한 그의 실험은 서사적인 시와 서사시에서 모두 진행된다. 먼저 시집 『달넘세』, 『가난한 사랑노래』, 『길』을 대상으로 해서 초점화 방식이 서사적인 시를 제작하는 과정에서 어떤 역할을 지니는지에 대하여 살펴보기로 한다. 서정 장르가 시인이 세계를 자아화하는 방향에서 초점화되는 것이라면, 신경림의 서사적인 시는 시인이 여러 인물들의 시각으로 세계를 바라본다는 점에서 그 인물들의 이야기가 서술되기 쉬운 구조로 되어 있다. 이 경우 초점화자가 인물에서 시인으로, 혹은 시인에서 인물로 변하는 가변적인 초점화 방식이 활용되는 경우가 많다.

> 아무리 성실하고 부지런히 살아도
> 또 정직하고 착하게 살아도
> 사람들은 그것을 알지 못한다
> 거짓말을 하고 속임수를 쓰고
> 도둑질을 해도 알지 못한다
> 그런 돼지 가운데서
> 사람들은 마음 내키면
> 아무거나 골라 잡아먹는다
>
> 사람들도 누군가에 의해서
> 그렇게 죽어가는 것이나 아닐까
> 그렇다면 그 누구는 누군가
> 한효선 씨는 종종 저 자신을
> 누군가가 돼지처럼 골라
> 잡아먹는 꿈을 꾼다

래』),「철길」,「말과 별」(이상『길』) 등에 나타나 있다.

잘생긴 이 나라의 지도자들이

                                              —시「돼지꿈」부분23)

　시「돼지꿈」은 초점화자가 "한효선 씨"에서 시인으로 바뀌는 경우이
다. 우선 "한효선 씨"는 자신의 시각으로 세계를 바라본다. 그가 "아무리
성실하고 부지런히 살아도/또 정직하고 착하게 살아도/사람들이 그것을
알지 못"하고 그런 "돼지 가운데서" "아무거나 골라 잡아먹는" 것처럼
"종종 저 자신을/누군가가 돼지처럼 골라/잡아먹는 꿈을 꾼다"는 것은,
삶의 노력과 윤리가 생활에 아무런 도움이 되지 않는다는 자신만의 독특
한 시각을 보여준다. 그리고 나서 시인이 초점화자가 되어서 "한효선 씨"
의 시각에 자신의 시각을 덧붙인다. "잘생긴 이 나라의 지도자들이" "한
효선 씨"와 같은 서민을 '잡아먹는'다는 생각을 내비치는 것이다.24)

　이처럼 신경림의 서사적인 시에서는 시인이 시 속의 인물을 통해서 세
계를 바라보는 것을 중심에 놓고, 자신의 생각을 부연하는 가변적인 초
점화 방식이 주로 활용된다. 이러한 방식으로는 여러 부류의 인물들이
세계를 바라보고 초점화한다는 점에서 그 인물들의 혹은 그 인물들에 대
한 이야기를 잘 수용할 수 있다. 시「아우라지 뱃사공」에서는 시인과 뱃
사공의 시각에서 그의 처지와 동정의 시선을 초점화하고 있으며, 시「끊
어진 철길」에서는 "농사꾼 이철웅씨"와 시인의 눈으로 무섭게 변화하는
현실을 보고 있다. 또한 시「두물머리」에서는 첫째 연에서는 '북한강'이,
그리고 둘째 연에서는 '남한강'이 번갈아 초점화자가 되어 서로의 이야
기를 풀어내고 있다.25)

---

23) 신경림,『길』, 창작과비평사, 1990, 16~17쪽.
24) 위의 인용시에 대해서 1연의 초점화자가 "한효선 씨"이고 2연의 초점화자가 시인인
　　것으로 읽을 수도 있지만, "한효선 씨"에서 시인으로 초점화자가 변하는 것은 마찬가
　　지이다.
25) 예로 든 시의 주요 부분은 아래와 같다. 밑줄친 부분은 시인이 초점화자로, 그리고 나

그리고 신경림의 서사시에서는 하나의 사건에 대해서 여러 인물들이 자신의 시각으로 바라보는 복수의 초점화가 주목된다. 신경림의 서사시 「새재」, 「남한강」, 「쇠무지벌」 중에서 「새재」와 「남한강」은 가변적인 초점화가, 그리고 「쇠무지벌」은 복수의 초점화가 주로 사용된다. 여기에서는 「쇠무지벌」을 중심으로 논의를 전개하고자 한다. 「쇠무지벌」은 쇠무지벌 10만 평을 누가 차지하느냐 하는 문제를 중심으로 서사가 전개된다. 일제강점기에 양반·부자는 농민에게서 쇠무지벌을 거의 헐값에 사버리는데, 해방이 되자 농민이 다시 소유권을 주장하면서 갈등이 시작된다. 이 때 시인은 농민과 양반·부자를 복수의 초점화자로 내세워서 세계를 바라보는 양자의 시각을 잘 드러낸다.

> 우리끼리 목숨 걸고 몽고군 물리쳤다 해서
> 천민에서 풀어주고
> 갈아먹으라고 내린 땅
>
> 우리 땅 되찾을 길 언제 또 있겠는가.

머지는 등장인물이 초점화자로 이해된다.

"아우라지 뱃사공은 산과 물이 싫다/산과 물을 좋아하는 대처 사람이 싫다./종일 배를 건너 손에 쥐는/천원 안팎의 돈 그것이 싫다./세상이란 잘난 사람들끼리 그저/잘난 놀음으로 돌아치는 곳/그를 가엾다고 말하는 세상 사람들이 그는 싫다"(신경림, 「아우라지 뱃사공」, 『달넘세』, 창작과비평사, 1985, 66쪽).

"'금강산 가는 길'이라는 푯말이 붙은 인근/버렸던 땅값 오리라며 자식들 신바람 났지만/통일도 돈 가지고 하는 놀음인 것이 그는 슬프다/그에게서는 금강산 가는 철길뿐 아니라/서울 가는 버스길도 이제 끊겼다"(신경림, 「끊어진 철길」, 『길』, 창작과비평사, 1990, 12~13쪽).

"'조심조심 지뢰 사이를 지났지/긁히고 찢기면서 철조망도 넘었지/못다 운 넋들의 울음소리도 들었지/하얀 해골 덜 삭은 뼈에 대고/울면서 울면서 입맞춤도 하였지"//"내 몸에 밴 것은 눈물뿐이라네/쫓겨난 농투산이들 한숨뿐이라네/눈비 바람은 갈수록 맵차고(중략)'"(신경림(1988), 「두물머리」, 『가난한 사랑노래』, 실천문학사, 54쪽).

빼앗긴 땅 내 땅 만들 때는 이때뿐.
또 피를 보려나 어른들 걱정 속에
두레 내어 황밭들에 가래질이 시작되는구나
                      ―「쇠무지벌」 중「못자리 싸움 2」 일부26)

남의 땅에 모 꽂은 죄
남의 못자리판 파헤친 죄
양반한테 대든 죄
터무니없이 어른 헐뜯은 죄
이게 다 요새 빨갱이들이 하는 짓이니
법대로 엄히 다스리겠다는구나
                      ―「쇠무지벌」 중「흙바람 2」 부분27)

위의 두 인용은 하나의 사건에 대해서 대립된 두 인물의 생각을 각기
다르게 혹은 복수적으로 드러낸다. 앞의 시에서는 농민이 초점화자가 되
어서 쇠무지벌을 바라보는 시각을 보여준다. 농민은 쇠무지벌이 자신의
땅인 이유를 말하고, 양반·부자에게 "빼앗긴 땅"을 되찾을 때는 지금(해
방 직후)이라는 생각을 지니고서 "두레 내어 황밭들에 가래질"을 한다.
반면에 뒤의 시에서는 양반·부자가 쇠무지벌을 이해하는 시각에 초점
을 맞춘다. 양반·부자는 "남의 땅에 모 꽂은 죄/남의 못자리판 파헤친
죄/양반한테 대든 죄"가 모두 "빨갱이들이 하는 짓"이라면서 갈등에 직
면한 기본적인 시각을 보여준다.

서사시「쇠무지벌」에서는 이야기의 전개에 따라「두레 풍장」,「첫 장
날」,「열림굿」,「조리돌림」,「못자리 싸움」,「흙바람」,「횃불」등처럼
각 장에 소제목이 붙어있는데, 각 장마다 다시 번호가 붙어서 이야기가

26) 신경림,「쇠무지벌」,『남한강』, 창비, 1987, 171쪽.
27) 신경림, 위의 시집, 1987, 185~186쪽.

분절되고 있다. 이 때 그 번호마다 초점화자가 변화한다. 서사의 사태를 서술하는 시인을 제외하면, 농민과 양반·부자는 자신의 입장에 따라서 제각기 사태를 바라보고 해석한다. 이 점에서 복수의 초점화는 이야기 속의 대립 인물들이 지닌 상반된 세계관을 잘 보여준다. 신경림의 서사 시에서는 이와 같은 초점화 방식이 활용됨으로써 갈등에 대해서 균형감과 입체감이 있는 서술이 가능해진다.

IV. 세계의 관찰과 외적 초점화

1990년을 전후로 발생한 현실사회주의의 붕괴는 신경림의 시세계에 많은 영향을 준다. 특히 1990년대 이전의 시가 인물과 세계 사이의 갈등을 주목하였다면, 1990년대 이후의 시는 그 갈등을 성찰하고 이해하고자 하는 태도를 보이는 경향이 주조를 이룬다. 이 때 시인은 세계의 충격과 변화를 이야기하기 위해서 관찰자의 위치에 설 때가 많다는 것이 특징적인 점이다.[28] 이런 점 때문에 이 시기의 시에는 외적 초점화의 방식이 자주 활용된다. 주로 한 사물을 시적 대상으로 삼고서 그 사물의 외면을 관찰하거나, 과거 속의 자기 자신을 거리를 두고 바라보면서 회상하는 경우가 많다.

1990년대 이후의 시에서 사물이나 동식물을 초점화 대상으로 설정한

---

28) 1990년대 이후의 신경림 시에서는 물론 시인의 주관적인 정서를 주목하는 서정시의 초점화 방식도 있다. 가령 시 「하산」에서 "언제부턴가 나는/산을 오르며 얻은 온갖 것들을/하나하나 버리기 시작했다"라는 표현은 시인이 자신의 주관적 감성을 드러내는 초점화 방식이다. 이 외에도 「홍수」(이상 『쓰러진 자의 꿈』), 「또 한번 겨울을 보낸 자들은」, 「성탄절 가까운」(이상 『어머니와 할머니의 실루엣』), 「봄날」, 「장미에게」(이상 『뿔』). 「낙타」(『낙타』) 등이 이런 방식에 속한다.

경우를 먼저 살펴보기로 한다. 이 때 특징적인 점은 시인이 사물이나 동식물의 외면을 그대로 관찰할 뿐 그가 의도하는 생각이나 감성을 잘 드러내지 않는다는 것이다. 쉽게 말해서 시인은 관찰자의 위치에서 자신의 생각과 감성을 거의 알려주지 않고 다만 세계의 모습을 바라보기만 함으로써, 독자들에게 말하고자 하는 바를 암시하거나 그 관찰의 의미를 찾게 만든다. 이러한 과정을 거쳐서 세계를 관찰한 내용이 하나의 이야기가 되어서 시에 수용된다.

> 여든까지 살다 죽은 팔자 험한 요령잡이가 묻혀 있다
> 북도가 고향인 어린 인민군 간호군관이 누워 있고
> 다리 하나를 잃은 소년병이 누워 있다
> 등너머 장터에 물거리를 대던 나무꾼이 묻혀 있고 그의
> 말더듬던 처를 꼬여 새벽차를 탄 등짐장수가 묻혀 있다
> 청년단장이 누워 있고 그 손에 죽은 말강구가 묻혀 있다
>
> 생전에는 보지도 알지도 못했던 이들도 있다
> 부드득 이를 갈던 철천지원수였던 이들도 있다
> 지금은 서로 하얀 이마를 맞댄 채 누워
>   (중략)
>
> 세상을 만들면서 서로 하얀 이마를 맞댄 채 누워
>
>   −시 「묵뫼」 부분[29]

시인은 묵뫼라는 사물을 바라보면서 거기에 묻힌 자들을 하나하나 떠올린다. 이 과정에서 시인은 그들 개개인에 대해서 선악이나 호好 · 불호不好의 가치판단을 하지 않는 채 가만히 바라본다. "장터에 물거리를 대던 나무꾼"과 그와 원수를 진 "그의/말더듬던 처를 꼬여 새벽차를 탄 등

---

29) 신경림, 『어머니와 할머니의 실루엣』, 창작과비평사, 1998, 10쪽.

짐장수", 그리고 "청년단장"과 그가 죽인 "말강구"는 모두 살아 있을 때
에는, 개인적인 원한이나 좌우의 이념 때문에 "부드득 이를 갈던 철천지
원수"였다. 그렇지만 시인은 그들이 묻힌 묘뢰를 다만 관찰하는 태도로
써 새로운 의미를 암시하고자 한다. 이 시를 읽는 독자들은 "철천지원수
였던 이들"이 "세상을 만들면서 서로 하얀 이마를 맞댄 채 누워" 있다는
시인의 말을 통해서, 개인적인 원한과 이념을 넘어서는 더 큰 역사와 세
계에 대해서 생각을 하게 된다.

　이러한 시작법은 신경림이 일상의 사물을 심도 있게 바라보면서도 의
중을 숨기는 외적 초점화 방식에서 비롯된다. 시「길」,「기차」(이상『쓰
러진 자의 꿈』),「손」,「고양이」,「솔개」(이상『어머니와 할머니의 실루
엣』),「뿔」,「개」(이상『뿔』) 등이 그러한 사례가 된다. 사실 이러한 외적
초점화 방식은 신경림에게 있어서 현실사회주의의 붕괴로 인한 이데올
로기 혼란의 시기에 대응하는 한 방법이다. 시인은 이념의 혼란기에 이
념을 초월해서 세계를 바라보는 방법의 하나로써 자신의 생각을 진술하
기보다는 관찰을 통한 성찰과 깨달음을 택한 것이다.

　1990년대의 시에서 찾아볼 수 있는 또 다른 대응 방법은 과거 속의 자
신을 바라보는 것이다. 이념의 혼란기에 자기 자신을 성찰하는 것이다.

> 어두운 찻집의 구석자리가 보인다
> 좁쌀술을 파는 그 앞 선술집이 보인다
> 얽빼기 주모의 욕지거리가 들린다
> 술기운을 빌려 함께 찾아 들어간
> 질척이는 골목이 보인다
> 대낮에 30촉 전등을 컨 구석방이 보인다
> 우기가 아닌데도 눅눅한 이부자리가 보인다
> 두려워 떨던 시골 소녀가 보인다
> 위선의 검은 보자기를 뚫고 솟아오르던 내

억압된 욕망의 환성이 들린다
다시는 이런 일이 없으리라
지워버리자고 도망치며
수없이 되뇌던 혼잣말이 들린다

옛날의 그 모차르트 선율을 따라가니
            —시「까페에 앉아 K331을 듣다」전문30)

　　회상이란 자기의 과거를 되돌아보는 것이다. 시인은 자신의 과거 이야기를 통해서 스스로를 되돌아보고 성찰하고 있다. 이 때 주목되는 것은 외적 초점화 방식이 활용된다는 점이다. 시인은 과거의 자아를 자신의 기억 속에서 떠올리고 그 이미지를 가만히 바라봄으로써 관찰하고 있는 것이다. 과거의 자아가 "술기운을 빌려" "두려워 떨던 시골 소녀"에게 자신의 성적 욕망을 해소한 뒤 "다시는 이런 일이 없으리라"라면서 후회했던 이야기를 객관화하는 것이다. 자기 자신에 대한 객관화는 현재의 자신이 생각하는 자아관을 버리고서 새로운 자아를 모색하는 일종의 자아 탐구인 것이다.31)

　　신경림은 이처럼 자기 자신의 기억을 탐구하면서 외적 초점화 방식을

---

30) 신경림,『뿔』, 창작과비평사, 2002, 58쪽.
31) 자기를 되돌아보는 시는 초점화자의 성격을 어떻게 규정하느냐에 따라서 내적 초점
　　화로 읽힐 수도 있다. 시인의 눈을 통해서 모든 것이 서술된다는 입장에서 보면 고정
　　된 초점화가 될 수 있기 때문이다. 본 논문에서는 시인이 과거 속의 자아를 바라보는
　　방식이 그 자아의 생각이나 감정을 우리에게 전혀 알려주지 않으면서 그 자아의 연기
　　를 지켜봄으로써 외적 행위나 모습만 드러내는 경우로 이해했기 때문에 외적 초점화
　　로 규정하고자 한다. 위의 시에서는 '보인다'나 '들린다'라는 서술어가 많이 사용되는
　　데, 그 서술어들은 과거 속의 자아의 행위나 모습을 바깥에서(외적으로) 바라보는 증
　　거로 해석되었다. 다시 말해서 이 글에서는 과거 속의 자아가 자기 감성을 드러내는
　　것이 아니라, 현재의 시인이 과거 속의 자아를 응시하는 관찰의 의미를 중시여긴 것
　　이다(G. Genette, 권택영 역의『서사담론』(교보문고, 1992) 177~182쪽을 참조할 것).

사용하고 있다. 외부 현실의 혼란으로 인해서 시적 관심의 대상이 자기 자신으로 심화된 측면이 있는데, 이것은 자기 자신을 엄정하게 바라보고 새롭게 자아를 인식하겠다는 의도인 듯하다. 시인은 어머니와 할머니를 떠올리면서 "재봉틀을 돌리는 젊은 어머니와/실을 감는 주름진 할머니의 실루엣"이 "세상의 전부"(시 「어머니와 할머니의 실루엣」)라고 인식하기도 하고, 현실의 혼란을 고민하면서 "사회주의 혁명의 아버지 레닌의 모가지가/땅에 떨어져 민중의 발에 짓밟히던 날/나는 무엇을 했던가/무슨 생각을 했던가"(시 「별」)라고 말하기도 한다.[32] 외적 초점화는 자신과 세계에 대한 성찰의 이야기를 보여주는 한 방법인 셈이다.

V. 결론

이 논문의 문제제기는 신경림의 시가 서술시로 전개되는 과정에서 초점화의 방식이 어떻게 활용되었는가 하는 것이었다. 이러한 연구가 가능한 이유는, 그의 서술시에서 서사 장르의 다양한 초점화 방식이 적극적으로 활용되었기 때문이었다. 그의 시는 1965년을 기점으로 해서 서정적인 시에서 서사적인 시로 변화 · 전개되었는데, 이 과정에서 세계와 자아의 대결이라는 서사적인 문제를 수용하기 위해서는 초점화 방식에 대한 고려가 상당히 있었던 것으로 추측되었다. 이 논문에서는 G. Genette와 Mieke Bal의 논의를 방법론으로 수용해서 신경림의 시에 나타난 초점화의 방식을 시기 별로 분석했다.

첫째, 1970년대까지의 시는 1965년을 전후로 해서 서정적인 시에서 서사적인 시로 변화했는데, 그 변화가 가능한 이유 중의 하나는 서사 장

---

32) 신경림, 『어머니와 할머니의 실루엣』, 창작과비평사, 1998, 25쪽; 34쪽.

르에서 가능한 초점화 방식이 활용되었기 때문이었다. 시「심야」나「묘비」등 1965년 이전의 시에서는 시인이 세계를 주관화하기 때문에, 시인 자신이나 다른 인물에 대한 감성을 주목하는 방향에서 초점화가 이루어졌다. 그렇지만 시「오늘」처럼 1965년 이후의 시에서는 시인의 감성보다는 시인이나 등장인물이 지닌 세계와의 갈등이 초점화된다는 점에서 서정 장르와는 다른 양상을 보였다. 서사 장르에서처럼 시인(작품외적 자아)이 세계와 갈등하는 인물들(작품내적 자아)을 바라봄으로써 서사적인 시가 가능해진 것이었다.

둘째, 1980년대의 시에서는 다양한 초점화 방식이 활용되면서 신경림 특유의 서술시가 실험되었다. 그는 서사에서 가능한 여러 초점화 방식을 활용함으로써, 다양한 인물들의 이야기를 서사적인 시와 서술시 속에 수용했다. 시「돼지꿈」에서 볼 수 있듯이 서사적인 시에서는 시인이 다른 인물의 시각으로 세계를 바라보다가 자신의 시각으로 보기도 하는 가변적인 초점화 방식이 사용된 경우가 많았다. 그리고 서사시「쇠무지벌」에서는 쇠무지벌을 누가 차지하느냐 하는 사건에 대해서 서로 대립하는 농민과 양반·부자의 시각을 각각 보여주는 복수의 초점화 방식이 활용되기도 했다. 신경림의 시에서는 인물과 사건의 상황에 맞게 초점화 방식이 선택됨으로써 균형감과 입체감이 있는 서술이 가능해졌다.

셋째, 1990년대 이후의 시에서는 시인이 세계의 충격과 변화를 이야기하기 위해서 관찰자의 위치에 설 때가 많은 관계로 외적 초점화가 주목되었다. 1990년대 이전의 시와 달리, 이 시기의 시는 세계와의 갈등을 성찰하고 이해하고자 하는 태도를 보이는 경향이 주조를 이뤘기 때문이었다. 시인은 시「묵뫼」에서처럼 사물·동식물의 외면을 그대로 관찰하고 그 내용을 이야기로 만듦으로써, 혹은 시「까페에 앉아 K331을 듣다」의 경우에서 보이듯이 과거의 자아를 기억 속에서 떠올리고 그 이미지를 가만히 바라봄으로써 독자들에게는 말하고자 하는 바를 암시하는 방법으로 외적 초점화를 활용했다. 이러한 초점화 방식의 변모는 세계와 시인 자신을 관찰함으로써 새로운 인식에 도달하고 싶은 의도에서 비롯되었다.

　이상에서 살펴볼 수 있듯이, 신경림의 시가 서정적인 시에서 서술시로 변화되고 전개되는 과정에서 초점화라는 요소는 상당히 중요하게 활용되었다. 갈등이 있는 이야기를 시에 수용하기 위해서는 서사 장르에서 사용하는 초점화 방식에 대한 고려와 선택이 필수적이었으며, 이야기의 성격과 특성에 맞춰서 다양한 방식의 변화가 일어났던 것이었다. 다시 말해서 신경림의 서술시는 초점화 방식의 적절한 선택에서 가능했다고 해도 과언이 아닌 것이다. 이러한 초점화에 대한 논의는 신경림의 서술시뿐만 아니라 한국시사에 나타난 주요 시인들의 서술시에도 적용될 수 있을 것으로 기대된다. 논의의 확대와 후속연구는 다음 기회를 마련할 것을 기약한다.

'고독'에 접근하는 문학적 방식

-신경림의 소설『고독한 산』론

I. 서론

신경림의 1950년대 문학은 그 동안 시집『농무』에 실린「갈대」를 비롯한 5편의 시를 중심으로 논의되어 왔다. 기존의 연구사에서는 주로 "쓸쓸함과 슬픔에 민감한 반응"[1]을 보인다거나, "내면지향"[2] 또는 "슬픔의 내면적 가치"[3]가 있다고 평가해 왔다. 쓸쓸함(고독), 슬픔, 내면지향과 같은 것은 사실 1950년대 실존주의 문학의 핵심주제이다.[4] 이처럼 그

---

1) 유종호,「슬픔의 사회적 차원」,『동시대의 시와 진실』, 민음사, 1982, 120쪽.
2) 염무웅, 구중서 · 백낙청 · 염무웅 편,「민중의 삶, 민족의 노래」,『신경림 문학의 세계』, 1995, 73쪽.
3) 이광호,「「농무」의 세 가지 목소리」,『문화와 비평』, 1988, 251쪽.
4) '1950년대 실존주의 문학'이라는 용어는 그 동안 분명한 개념규정이 되지는 않았지만, '고독Isolation'과 그 극복을 위한 '참여Engagement'를 서사의 중심으로 삼은 작품을 관습적으로 이른다. 여기에서 '고독'은 "실존의 속성인 무목적, 무근거, 부조리, 허무, 고독, 불안과 같은 것이 실존의식의 구체적인 내용이" 된다는 표현에서 알 수 있듯이 실존의 절망적 · 비극적인 속성을(조연현,「실존주의 해의」, 1954, <문예> 3월호, 최예열 편,『1950년대 전후문학비평 자료2』, 월인, 2005, 67쪽에 재인용), 그리고 '참여'는 그

의 1950년대 문학은 실존주의적인 경향을 보이지만, 1960년대의 문학은 그것과는 상반된 반실존주의적인 경향 혹은 리얼리즘적인(realistic) 경향5)을 드러낸다. 10여 년의 편차를 둔 이러한 상반된 경향은 신경림 문학의 근본적인 전환을 보여주는데, 이러한 전환의 매개가 되는 작품을 살펴보는 일은 신경림 문학의 이해를 심화시켜준다.

이 논문의 문제의식은 이러한 문학적인 전환의 매개가 되는 신경림의 소설『고독한 산』6)을 대상으로 그 전환의 내적 논리를 검토하는 것이다.

런 속성 속에서 "자기를 실현"하기 위한 결정과 행동을 뜻한다(이철범(1957), 「실존주의와 휴매니즘의 관계-싸르뜨르의 경우」,『문학예술』12월호, 최예열 편(2005),『1950년대 전후문학비평 자료2』, 월인, 170쪽에 재인용). 당대의 실존주의자들은 하이덱거가 '불안Anxious'을 인간 실존의 조건으로부터 비롯된 대상 자체가 없는 근원적·본질적인 감정으로 보는 것처럼(M. Heidegger, 이기상 역(1998),『존재와 시간』, 까치글방; 이대영(1998),『한국 전후실존주의 소설연구』, 국학자료원) '고독' 역시 그러한 감정으로 인식했고, 사르트르의 철학을 수용해서 인간이 자기 고유의 상황에 대면하여 전적으로 자신의 책임을 의식하고 그 상황을 변경하거나 고발하기 위해서 행동할 것을 결심하는 태도로써 '참여'를 이해했다(J. P. Sartre, 박정태 역(2008),『실존주의는 휴머니즘이다』, 이학사, 21~88쪽 참조).

5) 이 논문에서 말하는 리얼리즘적인 경향은 백낙청의 논의에서 많은 영향을 받았다. 그는 여러 평론에서 리얼리즘 개념을 객관적 현실의 반영이라는 측면과 아울러 "현실에 대한 정당한 인식과 정당한 실천적 관심"이라는 비판적·진보적 시각에서 규정한 바 있다(백낙청, 「리얼리즘에 대하여」,『민족문학과 세계문학II』, 창작과비평사, 1985, 356쪽; 백낙청, 「민족문학론과 리얼리즘론」,『통일시대 한국문학의 보람』, 창비, 2006, 359~412 참조).

6) 신경림의 소설『고독한 산』은 '申玄圭'라는 필명으로 <대구일보> 1958. 9. 1~1959. 2. 14에 게재되었다. 본 연구자는 소실된 것으로 잘못 알려진 1950년대 후반의 <대구일보>를 영남대학교 도서관에서 찾은 뒤, 소설 속에 나타난 몇몇 소재─주인공 종구가 휴학상태이고 고향이 충주이며 시를 절필한데다가 클래식을 좋아했다는 점, 그리고 종구가 그의 아버지 달영을 소극적·패배적인 인물로 생각한다는 점─가 신경림의 1950년대 삶과 유사함을 살펴보고, 여러 탐문 끝에 '신현규'라는 작가가 신경림의 필명임을 밝혀냈다(신경림·정희성·최원식, 구중서·백낙청·염무웅 편, 「삶의 길, 문학의 길(대담)」,『신경림 문학의 세계』, 1995, 21~28쪽 참조; 신경림·이희중, 「우리시의 정체성을 생각한다」,『현대시』2월호, 1991, 43쪽 참조; 신경림, 「세월이 참 많이도 가고」,

신경림은 그의 소설에서 실존주의 문학의 핵심주제인 '고독'을 리얼리즘적인 방식으로 다루고자 했다. 이 때 그 '고독'에 접근하는 문학적 방식을 살펴보면 실존주의에서 리얼리즘으로 변모되어가는 과정을 엿볼 수 있고, 그 변모의 내적 논리를 규명할 수 있을 것으로 기대된다. 1950년대에 발표된 그의 소설은 주인공 종구의 '고독' 문제를 중심주제로 하고 있고 이 점에서 실존주의적인 분위기를 보여준다. 그렇지만 그의 소설에 나타난 고독은 당대의 실존주의 문학에서 보이는 인간의 본질적 · 근원적인 조건이 아니라, 구체적인 인물이 처한 역사적 · 사회적 현실 속에서 경험되는 감성으로 서술되는 새로운 감각을 나타내고 있다.

이처럼 '고독'에 접근하는 태도의 감각이 새롭다는 사실은 그의 소설이 습작에 가까운 수준임에도 불구하고[7] 그의 문학적 변모과정을 이해하는 첩경이 된다는 점에서 연구의 필요성이 제기된다. 1950년대에 지배적이었던 실존주의 문학은 자기 현실의 문제를 서구 실존주의 이론 속에 투사시킴으로써 현실을 추상화 · 관념화하는 경향을 보이는 문제점이 있다.[8] 전후 사회에 만연된 허무주의와 절망감은 하이데거M. Heidegger의

『어머니와 할머니의 실루엣』, 창작과비평사, 1998, 31쪽 참조; 신경림, 「까페에 앉아 K331을 듣다」, 『뿔』, 창작과비평사, 2002, 58쪽 참조; 신경림, 「아버지의 그늘」, 『어머니와 할머니의 실루엣』, 1998, 29쪽 참조).

7) 신경림의 소설은 <한국일보>의 공모에서 낙선되어 지방지 <대구일보>에 게재되었지만, 전체적인 작품의 수준이 떨어지고 그 평가가 좋지 않았다. 그의 소설을 읽어본 친구들이 "'소설보다는 시가 낫겠다'는 충고"를 했다는 기록이 이를 반증한다. 신경림 · 정희성 · 최원식, 구중서 · 백낙청 · 염무웅 편, 「삶의 길, 문학의 길(대담)」, 『신경림 문학의 세계』, 1995, 25쪽.

8) 실존주의 소설에 대한 그간의 평가는 우리 현실의 문제를 서구 실존주의 이론에 기대어 사유함으로써 당대의 사회적 · 역사적인 현실을 추상화 · 관념화 · 보편화시킨다는 것이었다. 한수영이 "역사의 실체를 외면하고 애써 실존적 개인이 직면한 개별적인 각각의 '상황'으로 '현실의 구체성'을 돌려버린다"(『한국현대비평의 이념과 성격』, 국학자료원, 2000, 172쪽)고 하고, 정희모가 '추상론' · '보편론'(『1950년대 한국문학과 서사성』, 깊은샘, 1998, 289쪽)이라고 하며, 김윤식 · 정호웅이 "일상적 삶이 수용"(『한

'내던져진 존재'라는 개념을 통해서 인간의 본질적·근원적인 고독으로 이해되었고, 그것을 극복하기 위한 시도 역시 사르트르J. P. Sartre의 '참여' 개념을 통해서 역사적·사회적 발전의 맥락을 떠난 '자기입법'과 '자기 실현'의 과정으로 인식되었다. 이런 분위기 속에서 문학적 주제로서의 '고독'에 접근하는 기존의 실존주의적인 방식을 극복하고 새로운 방식을 찾고자 한 노력의 결과물이 바로 소설『고독한 산』이다.

1950년대의 신경림은 실존주의에 대해서 모순적인 태도를 보였던 것으로 추측된다. 시 창작에서는 기본 경향으로 삼았지만, 자신의 문학관에서는 부정했기 때문이다. 그가 1950년대에 실존주의 경향에 깊이 경도되고 그러한 경향에서 시를 썼다는 것은 부정할 수 없는 사실이다. 그럼에도 그는 1958년 이후에는 실존주의 경향의 시를 포기했다. 또한 그는 백석·이용악·임화·현덕·이기영 등 리얼리즘 계열 작가의 작품을 많이 읽었고, 레닌·마르크스·전석담·조봉암 등 진보적·사회주의적 인사들에게 깊은 사상적인 영향을 받은 것으로 알려져 있다.9) 이런 사실로 미루어 볼 때, 신경림의 내면에서는 실존주의에 대한 긍정적인 태도와 부정적인 태도가 서로 길항했던 것이다.

이러한 갈등 속에서 리얼리즘 경향으로 나아가고자 했던 신경림의 선택은 소설『고독한 산』에 잘 나타나 있다. 이 논문에서는 '고독'에 접근하는 문학적 방식을 살펴봄으로써 실존주의에서 리얼리즘으로 전개되

국문학사』, 예하, 1993, 333~334쪽)되지 않는다고 지적하는 것이 그 실례가 된다. 실존주의 문학에 대한 이러한 지적은 루카치가 실존주의를 광위의 모더니즘으로 규정하고서 개인과 역사·사회 사이의 교섭을 부정하는 탈역사적인 관념으로 생각하는 것(G, Lukacs, 황석천 역,『현대리얼리즘론』, 열음사, 1985, 21~25쪽 참조; G, Lukacs, 홍승용 역,『문제는 리얼리즘이다』, 실천문학사, 152~191쪽, 1985 참조)과 같은 맥락을 이룬다.

9) 신경림·정희성·최원식, 구중서·백낙청·염무웅 편, 「삶의 길, 문학의 길(대담)」,『신경림 문학의 세계』, 1995, 21~28쪽 참조.

는 신경림 문학의 내적 논리를 자세히 규명하고자 한다. 1950년대에 주목되던 실존주의 소설인 장용학의 「요한시집」, 오상원의 「유예」와 「모반」, 선우휘의 「불꽃」이 인간의 근원적 고독을 보여주고 그를 극복하기 위한 단독자의 기투 행위를 통해서 현실초월의 상징적 결말을 제시하는 것과 달리, 신경림의 소설은 고독을 통해서 전후현실을 표상하고, 타자를 인정하고 함께 진보적인 실천을 시도하며, 그 실패를 통해서 비극적인 현실을 비판적인 시각으로 제시한다는 점에서 리얼리즘적인 경향을 보여준다.

II. '고독'이 표상하는 전후 현실

소설의 처음 부분(1~63회)에서는 주요 인물들이 한결같이 '고독'한데, 작가는 이들의 고독을 통해서 각 인물이 속한 계층의 전후현실을 구체적으로 형상화하고 있다. 신경림의 1950년대 실존주의 시에서는 사회적 · 역사적인 현실보다는 주요 인물이 경험하는 인간의 본질적 · 근원적인 고독에 초점이 맞춰져 있는 데에 반해서,[10] 그의 소설에서는 주요 인물들의 고독을 통해서 그들이 속한 계층적인 현실이 부각되고 있다. 이 점에서 신경림의 소설은 '고독'이라는 실존주의의 문제를 그 이전과는 달

---

10) 실존주의 문학에서 인간은 본질적 · 근원적인 불안 · 고독에 휩싸여 있다. 신경림의 시 「묘비」에서 "쓸쓸히 살다가 그는 죽었다."라는 구절이나 시 「심야」에서 "쓸쓸히 죽어간 사람들이여"와 "어느날엔가/나도 그들과 같은 것이 되어/그들처럼 어디론가 쓸쓸히 돌아가리라. 그날/내가 가서 조용히 울고 있을/어느 호수여"라는 구절에서 보이는 불안 · 고독은 현실 속에서 그 실체적인 원인을 알 수 없는 인간 실존의 본질적 · 근원적인 감정이다(J. P. Sartre, 박정태 역, 『실존주의는 휴머니즘이다』, 이학사, 2008, 21~88쪽 참조).

리 리얼리즘적인 시각으로 그려내고 있음을 알 수 있다.

소설의 처음 부분에서 이러한 고독을 잘 보여주는 자는 주인공인 종구, 그의 아버지인 달영, 그리고 그의 외사촌동생인 영재이다. 이들은 각각 1950년대에서 신세대, 구세대, 신식민지 여성 계층을 대표한다. 이들은 소설의 처음 부분을 끌고 가는 주요 인물로써 자기 계층 특유의 고독한 상황 속에 빠져 있다. 작가는 이들의 고독이 현실과는 무관한 인간의 본질적·근원적인 감정이 아니라, 1950년대의 생생한 사회 현실에서 발생하는 것임을 보여준다.

먼저, 종구의 고독을 살펴보기로 한다.

> 이 슬픔의 전부가 분순으로 인한 것임을 그는 의식하는 것이었다. 코웃음을 쳤다. 자신을 향한 경멸과 반발을 그는 이것 이외에 다른 것으로 표현하는 방법이 없었다. 외로움―. 뼈를 깎는 것 같은 고독이 온 몸에 젖어 들어 뻐근히 가슴이 아팠다.
>
> (중략)
>
> 그가 분순에게 애정을 느낀다면 그것은 한낱 열등의식의 표현에 불과한 것이다. 이제 겨우 열일곱이나 열여덟일 분순이.
>
> 암담하다.
>
> 어째서 이렇게 점점 더 내 정신의 상태는 타락해 가는 것일까? 생각해 본다. 오직 암담할 뿐이다. 그것은 그가 두 학기나 등록을 하지 못한 채 이렇게 시골에서 하는 일 없이 무위도식하는 데서 오는 감정의 상태인지도 몰랐다.
>
> 그리고 또 여태껏 외롭게만 젊음을 허송해 온 또 앞으로도 그러리라는 불안과 슬픔 때문이기도 할 것이다.
>
> '어떻게 살아갈 것인가'
>
> 오직 막막하고 암담했다. 버릴 수 없는 것…. 그것은 세상에 대한 야심(野心)이었다.(1)[11]

---

11) 신경림, 『고독한 산』, 1958. <대구일보> 9. 16. 1회. 이하 『고독한 산』의 인용은 '(괄

"자신을 향한 경멸과 반발" 때문에 어린 '분순'에게 "애정을 느"끼지만, 그 애정이란 "한낱 열등의식의 표현에 불과"하다는 종구의 심리는, "애정을 느"껴도 고독하다는 딜레마에 빠져 있다. "분순을 보고 있으면 그는 점점 더 견딜 수 없이 외로워지는 것이다"(1)라는 그의 생각은 이러한 딜레마를 단적으로 보여준다. 종구의 이 "뼈를 깎는 것 같은 고독"은 거짓 사랑을 만들 뿐 극복될 수 없는 것이다. 위의 인용에서 나타난 종구의 상황이 이런 것인데, 더욱 중요한 점은 그가 자기 고독의 원인을 인간 실존의 차원이 아니라, 현실적·객관적인 차원에서 이해하고 있다는 것이다. 그의 "정신의 상태"가 '타락'해 가는 것, 즉 고독은 "두 학기나 등록을 하지 못한 채 이렇게 시골에서 하는 일 없이 무위도식하는 데서 오는 감정의 상태"이자, "여태껏 외롭게만 젊음을 허송해 온 또 앞으로도 그러리라는 불안과 슬픔 때문"인 것이다. 구체적으로 말해서 그는 대학에 복학하지 못하는 가정 형편, 시골에서 자기가 할 일을 찾지 못하는 허송세월, 진실한 사랑을 하지 못하는 것, 그리고 미래에 대한 두려움과 같이 구체적인 현실적 원인이 복합되어서 고독을 느끼는 것이다.

중요한 것은 이러한 종구의 고독이 이상과 현실 사이의 커다란 괴리감을 느끼는 1950년대 신세대의 현실을 보여준다는 점이다. 위의 인용에서 종구가 처한 현실적인 삶의 문제는 "어떻게 살아갈 것인가"하는, 사회 초입에 서 있는 신세대 특유의 것이다. 1950년대의 시골에서 서울로 대학을 다녔다는 것은 이른바 엘리트임을 암시하고, 종구는 그에 맞는 "세상에 대한 야심"을 가지고 있다. 그렇지만 현실에서는 언제 대학에 복학할지도 모른 채 시골에서 무위도식하는 한심하고 초라한 자기모습을 만날 수밖에 없었던 것이다. 이러한 상황 속에서 종구는 친구의 알선으로 청

호)' 표시 안에 회를 적어놓음. 띄어쓰기와 맞춤법은 대화 부분을 제외하고는 현재의 표기방식을 따름.

주에 가서 작은 잡지사의 기자 노릇을 하기도 하고, 처음 만난 술집 여급인 영옥에게 사랑을 토로하거나(43) 버스에서 만나 하숙집을 소개시켜준 유마담에게 육체를 요구할 궁리를 하기도 하지만,(49) 그것은 결코 자신의 이상을 충족시켜주는 것이 아니다. 그가 꿈꾸는 것에 대해서 전란 이후의 황폐한 현실은 아무 것도 거의 해줄 것이 없었던 것이다.

그리고 종구의 아버지인 달영은 소설 속에서 무겁고 우울한 분위기에 빠져 있는 인물인데, 그의 우울과 고독을 통해서 구세대의 전후현실을 만나볼 수 있다.

> 그래도 그도 젊었을 때는 조도전대학에서 경제학을 배웠고 한 때 진보적인 사상을 가진 선생으로서 중학교에서 인기도 끌어보았다. 금광으로써 얻은 돈을 그대로 잘 모으기만 했다면 전 도내에선 몰라도 군내에서는 갑부 축에 들었으리라. 탓할 것은 그저 세월밖에 없다. 하긴 이런 허영된 돈 말고도 물려받은 재산이 대단하였다. 순전히 미곡의 추수량만도 사백석이 되었으니까. 이제는 전부가 이 여덟 마직이. 종구 하나 학교를 못 맞추어준다니 세상에 대해서조차 면목이 없다.(26)

위의 인용에서 보면 달영은 자신의 고독이 경제적인 몰락과 관련이 있음을 알고 있다. 그는 식민지와 해방공간과 전란을 겪으면서 몰락해 가는 구세대의 전형이다. 식민지시기에 대학을 나왔고 금광을 해서 큰돈을 만졌으며 상속 재산도 엄청났던 인물이 자신의 재산을 지키지 못하고 추락해 버리고 만 것, 그것은 몰락해 가는 구세대가 겪는 사회적 위상의 추락을 암시한다. 과거에 화려했던 그는 민주당 사무실에 들렀다가 선거에 입후보하라는 젊은이들의 농담 대상이 되기도 한다.(29) 또한 사회적 위상의 추락은 가정적 위상의 저하도 동반하는데, 그것은 심각한 부권의 상실을 뜻한다. 그는 이제 논 "여덟 마직이"로 먹고 살 걱정을 해야 하며, "종구 하나 학교를 못 맞추어준" 사실에 대해서 심히 고통스러워한다. 이런 고통은 그의 꿈에서 더욱 적나라하게 표현된다. 영재는 소복을 입은 채 울고 있고, 홍두깨를 둔 종구가 대들고, 월북한 아들 종근이 웃고 있는 상황에서 달영은 "네가 이럴 수가 있느냐"(27)하는 불만조차 말문이 막혀서 표현하지 못한다. 그의 고통스러운 상황은 바닥을 모른 채 추락하는 구세대의 현실을 표상한다.

종구의 외사촌동생 영재도 소설 속에서는 내성적·폐쇄적인 고독한 인물로 등장하는데, 그녀도 자기 계층의 현실을 보여준다. 그녀는 종구의 친구인 상운과 서로 사랑을 하는 사이이지만, 그가 키스하고자 할 때 기절을 해서 그를 당황시킨다. 깨어난 그녀는 "왜 나는 그에게 내 전부를 애기해 버리지 못하는 것일까?"라는 독백을 통해서 자기에게 비밀을 있음을 자각한다.

그녀에게 사랑이라는 언어는 "달콤한 감정의 교통이 아니라 살벌한 육체의 결합"이요 "공포와 중압감"(13)인데, 그 이유는 전쟁 중에 있었던 어느 미군장교의 강간 사건 때문이다. 영재는 전쟁 중 어머니가 죽자 지나가던 어느 미군 장교의 도움으로 시신을 수습하고 그들을 따라 가던 중, 미군 장교가 그녀를 강간한다. 그 과정에서 그녀는 그녀의 가슴에 와 닿은 "크고 털이 숭숭 나 있는 손",(22) "쓰러진 그녀의 몸 위에 무거운 체중", 그리고 "알몸이 되어버린 것"(23)을 고스란히 기억하고 있다. 이 기억은 에로스적인 사랑, 즉 육체와의 만남을 살벌하고 공포스러운 것으로 바꾸어 놓은 것이다. 이러한 강간의 고통으로 인해서 사랑을 하지 못하는 영재의 모습은, 신식민지 여성의 삶을 표상한다. 남성이 육체의 상처로 각인된 그녀의 고통은, 1950년대라는 황폐화된 신식민의 현실 상황을 엿보여주는 것이다.

III. 타자의 인정과 진보적인 실천

소설의 중간 부분(64~124회)에서 주목되는 것은 주요 인물이 타자를 만나서 그들과 소통 · 교감하고, 나아가서 그들과 함께 현실을 변화시키고자 하는 진보적인 실천을 한다는 점이다. 실존주의 문학에서는 '고독의 극복'이 단독자의 참여라는 기투 행위를 통해서 제시되는데, 이 때 문제는 객관적인 현실보다 단독자의 의지를 강조하여 현실을 주관화하는 위험이 있다는 것이다.[12] 그렇지만 신경림의 소설에서는 주요 인물이 자신의 '고독'을 극복하고자 하는 과정에서 타자를 인정하고 나아가 그들과 함께 진보적인 실천을 만들어간다. 이 점에서 신경림의 소설『고독한 산』은 1950년대의 문학공간에서 보기 드물게 현실참여적 · 실천적인 리얼리즘 경향을 띠고 있음을 살펴볼 수 있다.

이 때 신경림의 소설에서 보이는 주체와 타자 사이의 소통 · 교감은 마르크스Marx가 말한 '목숨을 건 도약'의 과정이 된다. 실존주의 소설에서 단독자의 행동 · 참여는 거의 모든 것이 그가 이해하고 인식하는 세계에서 자신의 내적 질서와 규율에 따라 진행되는 독아론적獨我論的인 것이지

---

12) 실존주의에서 '고독의 극복'은 주로 단독자의 참여로 논의된다. 참여란 인간이 자기 고유의 상황에 대면해서 자신의 전적인 책임을 의식하고 그 상황을 변경하거나 유지 · 고발하기 위해 행동을 할 것을 결심하는 태도이다(J. P. Sartre, 박정태 역,『실존주의는 휴머니즘이다』, 이학사, 2008, 21~88쪽 참조). 그러나 문제는 역사의 실체와 발전을 애써 외면하고 실존적 개인, 즉 단독자가 직면한 개별적인 각각의 상황에서 참여함으로써 그의 행동이 추상적 · 주관적인 저항의 양상으로 나타난다는 것이다 (한수영,『한국현대비평의 이념과 성격』, 국학자료원, 2000, 172쪽 참조) 1950년대 한국의 실존주의 소설에서도 상황이 비슷하다. 예를 들어 선우휘(1957)의「불꽃」에서 주인공 '현'이 비열한 공산주의자 '연호'를 죽이는 '행동'은 좌우 이데올로기 대립이라는 한국전쟁의 현실을 변화 · 극복하는 측면에 있어서는 거의 도움이 되지 않는 것이다. '현'의 참여는 추상적인 저항을 전면화함으로써 구체적인 역사와 사회를 지워버리고 현실을 주관화한다(『불꽃/포인트』, 동아출판사, 1995, 11~72쪽에 재수록).

만, 신경림의 소설에서 주인공인 종구가 다른 인물과 소통 · 교감하는 행위는 마치 시장에서 처음 물건을 사고파는 것처럼 종구와 다른 인물, 즉 타자(other)가 낯선 생각과 가치관을 서로 보여주고(소통하고), 교환을 하는 것이다(교감을 하는 것이다).13) 이처럼 타자를 인정하면서 진보적인 실천을 만들어가는 장면은 실존주의에서 리얼리즘으로 그 경향이 변모하고 있음을 잘 보여준다. 이것은 두 가지 사건에서 잘 확인된다. 먼저, 종구가 미경을 사랑하는 과정을 통해서는 신경림이 시「갈대」에서 보여준 실존주의적 경향과 결별하고 있음을 암시한다. 쓸쓸함(고독), 내면, 슬픔으로 요약되는 1950년대의 시가 단독자의 공간이었다면, 종구와 미경의 사랑을 서술한 소설은 그러한 공간을 해체하고서 타자를 인정하는 공간을 확보했음을 뜻한다.

종구는 잡지사를 그만둔 뒤 고독에서 벗어나 건강하게 살고자 마음을 먹는데, 이 때 가장 먼저 떠오른 생각이 "나는 미경을 사랑하고 있"(80)다는 것이다. 그는 하숙집에 가서 하숙집의 딸인 미경을 만나 얘기하던 중, 그가 고독을 싫어한다고 그녀에게 했던 말을 그녀가 기억하고 있다는 사

---

13) 신경림의 소설에서 '고독의 극복'은 '목숨을 건 도약'이다. 주인공 종구는 소설「불꽃」의 주인공 '현'처럼 작가가 부여한 절대적인 권위의 행동—비열한 공산주의자 연호를 죽이는 행동—을 통해 고독을 극복하지 않는다. 이러한 '현'의 행동은 그가 인식하는 내적 세계의 질서와 규율에 따라서 이루어지는 독아론적인 것이지만, 그것은 사회적 · 역사적인 현실을 주관화하는 문제점이 있다(선우휘,「불꽃」,『불꽃/포인트』, 동아출판사, 1995, 11~72쪽 참조). 그러나 신경림의 소설에서 주인공 '종구'는 작가의 절대적인 권위 없이 다른 인물과 소통하고 교감하는 행위를 통해서 고독을 극복하고자 한다. 이 때 '현'의 행동이 독아론적인 세계에서 이루어지는 것이라면, '종구'의 행위는 자기 자신과는 전혀 이질적인 다른 사람, 즉 서로 다른 내적 세계의 질서와 규율을 지닌 타자와 소통 · 교감하는 상호주관적 · 객관적인 세계에서 이루어지는 것이다. 따라서 종구의 행위는 소통 · 교감이 이루어지지 않을 수도 있다는 점에서 '목숨을 건 도약'이 되고, 타자와의 소통 · 교감 행위 결과 고독을 극복한다는 점에서 자신이 처한 (자신에게 이질적인 타자가 함께 살아가는) 사회적 · 역사적인 현실을 인정하고 변화시키는 것이다(병곡행인, 송태욱 역,『탐구1』, 새물결, 1998, 11쪽 참조).

실을 알고서 자신이 그녀에게 "중요한 의미"(81)가 되어있음을 눈치 채게 된다. 그 과정에서 종구는 미경도 자신을 사랑하고 있음을 깨닫지만, 미경의 감정을 자신의 감정과 쉽게 동일시하지 않는다.

> 종구는 아프도록 그녀의 얼굴에 제 얼굴을 비벼대며
> "미경인 날 사랑할 수 있겠어?"
> "전 오래 전부터 좋아는 했었어요. 그렇지만 다아 불가능한 걸요. 전 모든 것이 두려워요."
> "미경인 아무 잘못도 저지르지 않았어."
> "절 용서해주시지 않으시겠지요? 그렇지만 오늘밤을 여기서 자게 해주세요."
> "미경인 그렇게도 내 말을 못 믿나?"
> "그렇지만…."
> "내가 그럼 미경의 저지른 일을 다아 용서해 준다구 말을 한다면 미경인 나를 사랑할 수 있겠어?"
> "어떻게 제가 저지른 일을 용서하세요. 다 불가능해요."
> 그러다 그녀는 가만히 그의 어깨를 떠미는 것이다. 그러나 종구는 오히려 더 세게 그녀를 껴안으며
> "난 미경일 미치도록 사랑해. 미경이 원한다면 난 천 번이라두 미경일 용서하겠다는 말을 해. 미경이 날 사랑해 준다면 난 무슨 일이라두 할 수 있을 것 같아. 정말 무슨 일이라도 할 수 있어."
> 하는 것이다.
> 이윽고 미경이 울음을 그쳤다.(84~85)

위의 인용에서 종구와 미경은 서로의 타자성을 인정하면서 '목숨을 건 도약'을 하고 있다. 여기에서 사랑이란 독아론적이고 선험적인 교감 속에서가 아니라, 서로 다른 사랑의 감정을 표출해서 소통시키고 그것을 받아들이는 교감을 통해서 이루어지는 것이다. "미경인 날 사랑할 수 있겠어?"라는 종구의 질문 속에는 현실에서 잡지사를 퇴사하고 귀향하고

자 하고 내면에서는 고독에 빠져 고통스러워하는 자기 자신을 "사랑할 수 있겠"느냐 하는 것이고, "절 용서해주시지 않으시겠지요?"라는 미경의 우려 속에는 거짓말로 동생을 자살에 이르게 하고 성호에게 순결을 잃은 자신을 이해할 수 있느냐 하는 것이다. 서로 다른 현실을 살아가는 주체와 타자가 자신을 내던져놓음으로써 소통의 가능성을 묻고, 그 결과 종구는 "미경일 용서"하고 미경은 "울음을 그"침으로써 교감을 확인하는 것이 위 대화의 핵심이다. 사랑은 서로에 대해서 그 이전에는 없었던 가치를 매기는 것이고 그 결과 목숨을 건 도약을 하는 것이다.

　이처럼 타자를 인정하는 문학공간의 확보는, 이 소설이 시「갈대」의 세계에서 시「겨울밤」의 세계로 전환되는 매개 작품이 됨을 의미한다. 더욱이 이 소설은 객관적인 현실 속에서 진보적인 실천을 보여준다는 점에서 실존주의적인 시세계와 결별하고 있음을 보여준다. 종구는 "건강하게 살아보리라"(86)라는 각오를 하면서 광부가 되는데, 그 과정에서 다른 광부(타자)와 만나서 노동운동에 참여한다.

　　　"같이 일해 주시겠습니까?"
　　　종구는 한참을 머리를 기웃하고 생각해 본다. 협력해 주어도 좋으리라고 마음속에서 결정을 내린다. 그러나 그는 불꽃이 튀는 것 같은 그의 눈을 마주 받으며 짐짓
　　　"지금 어느 정도로 동지를 규합했습니까?"
　　　하고 그의 질문에 대한 직접적인 회답을 피하는 것이다.
　　　"지금 한 이십 명 가까이 모인 셈이지요. 이월 초순에는 무슨 일이 있어도 해 볼 작정입니다. 우리들에게 좀 더 낳은 분배가 돌아오도록 싸운다는 건 당연한 일이 아닙니까? 김형! 꼭 협력해주십시오."
　　　(중략)
　　　"김형이라면 모두들 믿고 존경하더군요. 김형 없이는 일이 안 될 것 같습니다. 꼭 좀… 협력해 주시겠습니까?"
　　　하고 종구를 응시하는 것이다. 종구는 대답 없이 한참을 있다가 이윽

고 단호한 표정을 지어 보이며

　"같이 일해 봅시다."

　했다.

　성현이 손을 내어 민다. 그들은 굳게 손을 잡았다.(119~120)

　위의 대화도 '목숨을 건 도약'이 엿보인다는 점에서 단독자의 기투 행위와는 다른 양상으로 전개된다. 종구가 광산에 뛰어든 것은 고독을 극복하고서 건강하게 살고자 하는 의도였지, 노동운동에 대해서 별 다른 관심이 있었던 것은 아니다. 그와 달리 성현은 빨갱이라고 소문이 날 정도로(110) 열악한 노동환경과 분배불평등 문제를 해결하고자 노동운동을 주도하던(118) 자였다. 서로 다른 세계를 살고 있었던 두 타자의 대화는, 소통의 가능성을 처음 타진해보는 것이다. "같이 일해 주시겠습니까?"라는 성현의 권유는 자본주의 사회 내의 경제적 분배 투쟁이, 그리고 "같이 일해 봅시다"는 종구의 응답은 무의미하게 살아온 자기 자신에게 "힘이 느껴지"고 "행복하다는 걸 느"(120)끼는 '고독의 극복'이 그 핵심이었던 것이다. 이처럼 낯선 타자들은 서로 다른 자신의 가치들을 소통시킴으로써 "같이 일해" 보는 교감에 도달한다.

　여기에서 주목해야 할 것은 종구가 노동운동에 참여하는 행위가 1950년대의 역사적 · 사회적인 현실을 변화시키는 발전적인 모색이라는 점이다. 식민지 기간에 형성되었던 한국 자본주의의 불평등 분배 모순은 해방공간과 전쟁이라는 혼란기를 겪으면서, 더욱이 남한 정부의 극우 이데올로기 앞에서 더욱 심화된다. "고용인과 피고용인의 싸움"(118)이 거의 금기시된 이러한 현실에서 불평등한 노사관계를 극복하고자 진행하는 노동운동은 현실비판적 · 진보적인 실천에 다름 아니다. 신경림의 소설은 그러한 실천을 세밀하게 서술한다. 종구가 성현을 만난 이후 동지들이 규합하여 노동운동의 대표를 선출하고(121) 조직화를 단행하며

(122) 투쟁목표를 정하는데다가(123) 자유에 대한 사회과학적인 이해 (124)를 토론한다. 이러한 일련의 서술은 비판적·진보적인 시각에서 당대 현실의 사실적 형상화라는 리얼리즘 경향에 밀접하게 닿아있다.

IV. 비극적인 현실의 반영과 그 시각

소설의 끝(125~148회) 부분에서는 주인공 종구가 자살에 이르는 과정을 통해서 1950년대라는 비극적인 사회 현실을 비판적인 시각에서 반영하고 있다. 소설『고독한 산』은 작가의 이상을 결말에서 상징적으로 제시하는 실존주의 소설과는 달리,[14] 종구가 극우 이데올로기로부터 소외받고 모든 희망을 잃어 자살하는 과정을 적나라하게 보여줌으로써 1950년대 사회 현실의 모순을 진지하게 그려내고 있다. 이 점이 바로 리얼리즘적인 경향을 잘 드러내고 있는 부분이자, 시집『농무』의 비극적인 세계와 맞닿아 있는 부분이다.

---

14) 1950년대의 실존주의 소설에서는 작가의 이상이 사회적·역사적인 현실에서 수용되지 않을 때, 작가의 이상을 상징으로 처리하여 '고독 → 상징적 극복'의 수직적 초월구조를 보여주는 경우가 많다. 장용학의 「요한시집」에서 '누혜'가 현실 속에서 자유가 불가능함에도 "자살은 하나의 시도요, 나의 마지막 기대이다"라고 말할 때의 '자살'(『원형의 전설 외』, 두산동아, 1995, 336쪽에 재인용), 오상원의 「유예」에서 주인공 '나'가 도망치다가 군국 포로가 끌려가는 것을 보고서 적에게 총을 쏴 붙잡혀 총살을 당하면서도 "눈은 의지적인 신념으로 차가이 빛나고 있었다"고 할 때의 '빛나'는 '눈'(이범선 외, 『오발탄. 모반. 타령』, 학원출판사, 1993, 195쪽에서 재인용), 그리고 선우휘의 「불꽃」에서 주인공 '현'이 공산주의자 연호에게 총을 맞아 죽어가면서도 "영겁의 정적은 깨뜨러지고 거기 새로운 생명이 날개를 치며 퍼덕이기 시작했다"(「불꽃」, 『불꽃/포인트』, 동아출판사, 1995, 72쪽에서 재인용)라고 할 때의 "새로운 생명"은, 현실 속에서 좌절된 작가의 이상을 상징적으로 보여준다. 이러한 상징적 극복을 통해서 실존주의 소설은 수직적 초월구조를 띤다.

미경을 사랑하고 탄광의 동지들과 함께 노동운동을 했던 종구는, 소설의 끝 부분에 오면 갑자기 몰락하기 시작한다. 작가는 종구가 노동운동에서 배제되고 사랑하는 미경이 죽음으로 인해 모든 희망이 상실되는 소외의 과정에 대해서 적절한 서사적인 논리를 부여하며 비판적인 시각을 견지한다. 우선, 1950년대라는 극우 이데올로기가 지배하는 현실 속에서 종구가 소외되는 과정을 분석하기로 한다. 종구는 노조 대회를 진행하기 위한 비밀회합을 가진 날 밤, 누군가의 고자질로 인해 비밀회합이 탄로나 충주경찰서에 연행되어 심문을 받게 된다. 그 과정에서 병역 '기피자'이자 '빨갱이'로 몰리지만,(127) 그의 친구이자 광산의 감독인 근수와 채광과장의 신원보증으로 풀려나게 된다.

> "아직은 잘 모릅니다만 황성현이 대남공작대란 정보가 들어 왔소. 물론 우린 당신들 노동운동엔 관계는 않소. 그러나 그것이 모종의 지령에 의한 파괴적인 행동일 때는 내버려 두지 않는 것이오. 당신 거기서 손을 떼시오! 가만히 보니 당신은 아무것도 모르고 이용당한 것 같으니 내보내는 것이오."
> "…………."
>
> (중략)
>
> "누구누구 나왔니?"
> "너 하나야."
> 종구는 힐난하는 어조로
> "어째서?"
> "그런 것에 신경 쓰지 말아. 지금이 어느 세월인데 노동운동을 하니?"
> "나아 참 혼자 나왔으니 미안해서 어떻게 그들을 대하지?"
> 종구는 괴로운 얼굴을 하였다.(128)

신경림은 극우 이데올로기가 지배·억압하는 현실을 비판적인 시각에서 서술하고 있다. 반공을 지배원리로 삼은 1950년대의 국가권력은,

'노동운동'과 "모종의 지령에 의한 파괴적인 행동", 즉 간첩활동을 구별하지 않는 방식으로 극우 이데올로기의 지배를 강화한다. 위의 인용에서 보듯이 국가권력은 노동운동을 주도하는 '황성현'을 '대남공작대'로 규정함으로써 노동운동 자체를 간첩활동과 동일시한다. 이런 상황에서 무의미하고 무질서하게 살아왔던 종구의 인생에서 새롭게 의미와 질서를 부여했던 노동운동은, 원천적으로 간첩활동이 되고 당대 현실에서 아주 곤란한 것이 되고 만다. 더욱이 "당신은 거기서 손을 떼시오! 당신은 아무 것도 모르고 이용당한 것 같으니 내보내는 것이오."라는 국가권력의 말 속에는 노동운동 행위의 순수성과 진실성을 무시한 채로 정당한 노동운동을 포기하라는 강권·협박이 숨어 있다.

이처럼 극우 이데올로기의 억압은 종구가 노동운동 활동에서 소외되는 직접적인 원인이면서, 동시에 파생적인 원인을 만드는 이유가 된다. 종구는 회사 측 사람인 근수와 채광과장의 도움으로 다른 동지들보다 먼저 경찰서에서 풀려나면서 "나아 참 혼자 나왔으니 미안해서 어떻게 그들을 대하지?"라는 미안을 마음을 품지만, 이 일을 계기로 종구가 고자질을 한 것으로 오인 받는다. 이후 종구는 우연히 술집에서 동지인 이정열을 만났는데, 이정열을 비롯한 다른 동지들은 내부고발한 자를 종구로 오해해서 폭행을 하고(141) 배신자라는 낙인을 찍어버린다. 이 일로 인해서 종구는 "죽어버려야 할 것 같은 고독"(143)을 느낀다. 동지들끼리 내분을 일으키는 과정의 서술은, 1950년대라는 극우 이데올로기가 어떻게 당대 사회를 지배·억압하고 인간을 소외·고립시키며 고독하게 만드는가 하는 사회적인 모순을 잘 드러낸다.

또한, 미경의 갑작스런 죽음으로 인해서 종구가 자살에 이르는 과정도 1950년대의 비극적인 현실을 적나라하게 드러내는 것이 된다.

매일처럼 종구는 아무 하는 일 없이 누워 있었다. 지금 그에게는 어느 것 하나 무의미하지 않는 것이 없는 것이었다. 있다면 그것은 오직 미경을 생각해보는 일뿐인 것이다. '그리운 미경!' 그는 이렇게 수없이 그녀 이름을 불러보는 것이었다.

고독. 뼈가 모두 쓰리고 아팠다. 가슴이 통하는 한 사람이 죽음으로써 그는 영원히 제 자신의 가슴 위에 장막을 내려버린 것이라고 그는 이런 생각을 하였다. 완전한 격리요 고립이었다. 그리고 그는 어렴풋이 제 자신의 정신의 무질서를 의식하는 것이다.

바꾸고 싶다. 닥치는 대로 모든 주위의 것들을 두들겨 바수고 싶다. 이것이 발광하는 시초가 아닌가 생각도 해본다. 그러나 그는 아무래도 좋은 것이다. 차라리 미치겠으면 미쳐버려라.(139)

미경의 죽음 때문에 종구가 괴로워하는 이유는, 무엇보다 그녀가 "가슴이 통하는 한 사람"이었기 때문이다. 종구가 미경이라는 타자와 소통·교감을 해서 형성했던 사랑의 공동체는, 그녀가 맹장수술의 후유증으로 어이없이 죽음으로써 해체된다. 이 공동체의 파탄 때문에 종구는 다시 고독해지고, "완전한 격리요 고립"을 느끼게 된다. 이 때 종구는 두 가지의 이유로 해서 자살에 이른다. 하나는 이러한 고통 앞에서 "아무 하는 일 없이 누워" "오직 미경을 생각해보는" 종구의 소극적·내성적인 성격 때문이다. 새로운 '고독 극복'의 계기를 찾지 못한 채 스스로가 "정신의 무질서" 속에서 벗어나지 못한다. 다른 하나는 좀 더 본질적인 이유로써, 아무런 대안도 희망도 없는 비극적인 사회 현실 때문이다. 종구가 살아가는 사회는 그의 절망과 고통에 대해서 아무런 위로를 해주거나 대안을 제시해주지 않는다. 고통스러운 인간이 스스로 그 고통을 잔인하게 체험할 수밖에 없게 만드는 사회인 것이다.

종구는 자신이 처한 불행한 현실 앞에서 "닥치는 대로 모든 주위의 것들을 두들겨 바수고 싶다"는 파괴 욕망을 드러내고 자살을 결심한다. 그는 술집에서 동지들에게 심하게 폭행당해 머리에 깊은 상처를 입고 정신이 혼미해지고, 그 상태에서 외사촌동생인 영재를 미경으로 착각하고 강제로 입술을 포개다가 곧 정신이 든다. 이 일로 인해서 종구는 자기 "정신의 무질서"를 견딜 수 없어 하고, "죽어 버리자"(144)라고 결론을 내린다. 이 때 작가는 종구의 자살을 통해서 그의 비참한 내면심리와 그 여파를 현실 속에 그대로 드러내는 비판적인 시각을 유지한다. 종구는 "고독을 제 내부의 무질서를 제 자신에 대한 분노를 달과 나무와 하늘을 향한 분노를 의식"(145)하면서 영재가 보는 앞에서 자살을 한다.

종구가 자살에 이르는 과정을 통해서 작가가 보여주고자 하는 것은, 종구가 처한 비극적인 현실이다. 이때의 비극적인 현실은 '고독'을 만들어내는 많은 실체적인 조건들을 잉태하고 있고, '고독의 극복'이 상당히 어려울 수밖에 없는 사회구조적인 모순과 운명적인 불행이 잠재되어 있음을 구체적으로 보여준다. 1950년대라는 사회적·역사적인 현실을 살아가는 주요 인물의 고독과 그 좌절을 있는 그대로 형상화하기, 이것은 당대의 현실을 비판적으로 바라보고자 한 작가의 의도가 반영된 것이다. 이 소설에서 가장 건강하고 성실한 인생관을 지녔던 상운마저 "요즘 내가 얼마나 고독한가 하는 걸 생각"(148)한다는 고백은, 고독이 인간의 본질적·근원적인 조건이 아니라, 전후의 혼란기라는 황폐한 현실에 매개된 것임을 암시한다. 이러한 비극적인 세계에 대한 비판적인 인식이 시집 『농무』의 세계에서도 엿보이는 것은, 그의 소설이 실존주의 시에서 리얼리즘 시 사이의 매개 역할을 하고 있음을 암시한다.

V. 결론

이 논문은 실존주의 시에서 리얼리즘 시로 변모하는 신경림의 문학세계에서 그 변모의 내적 논리를 검토하고자 그 매개가 되는 소설『고독한 산』을 분석했다. 신경림은 그의 소설에서 실존주의 문학의 핵심주제인 '고독'을 리얼리즘적인 방식으로 다루고자 했는데, 이 '고독'에 접근하는 문학적 방식을 살펴보면 시「갈대」에서 보이는 불안 · 고독의 감성에 벗어나서 역사와 사회 현실에 관심을 가지는 시「겨울밤」의 세계가 성립되는 매개 과정을 분석할 수 있었다. 그의 소설은 1950년대의 실존주의 문학의 분위기 속에서 리얼리즘을 수용하는 전환의 과정을 잘 보여줬다

첫째, 소설의 처음 부분에서 주요 인물들은 한결같이 '고독'한데, 작가는 이들의 고독을 통해서 각 인물이 속한 계층의 전후현실을 구체적으로 표상하였다. 이것은 신경림이 1950년대 실존주의적인 경향에서 벗어나서 사회적 · 역사적인 현실을 강조하는 리얼리즘적인 경향으로 전환하고 있음을 암시했다. 주요 인물인 종구, 달영, 영재의 고독은 자기 계층이 속한 전후현실을 보여줬다. 종구의 고독은 이상과 현실 사이의 커다란 괴리감을 느끼는 1950년대 신세대의 현실을, 달영의 고독은 식민지와 해방공간과 전란을 겪으면서 몰락해 가는 구세대의 사회적 · 가정적 위상을, 그리고 영재의 고독은 남성이 육체의 상처로 각인된 신식민지 여성의 삶을 단적으로 나타냈다.

둘째, 소설의 중간 부분에서 주목된 것은 주요 인물이 타자를 만나서 그들과 소통 · 교감하고, 나아가서 그들과 함께 현실을 변화시키고자 하는 진보적인 실천을 한다는 점이었다. 타자를 인정하면서 진보적인 실천을 만들어가는 장면은 실존주의에서 리얼리즘으로 그 경향이 변모하고 있음을 잘 보여줬다. 이것은 두 가지 사건에서 잘 확인됐다. 먼저, 종구가

미경을 사랑하는 과정을 통해서는 실존주의적인 단독자의 모습에서 벗어나 있음을 보여줬다. 그리고 종구가 노동운동에 참여하는 과정은 객관적인 현실 속에서 진보적인 실천을 서술한다는 점에서 실존주의적인 주관주의와는 다른 양상을 드러냈다.

셋째, 소설의 끝 부분에서는 주인공 종구가 자살에 이르는 과정을 통해서 1950년대라는 비극적인 사회 현실을 비판적인 시각에서 반영하고 있었다. 이것은 1950년대 사회 현실의 모순을 진지하게 그려내고 있다는 점에서 리얼리즘적인 경향을 잘 드러내고 있는 것이자, 시집 『농무』의 비극적인 세계와 맞닿아 있는 부분이었다. 작가는 노동운동이 탄압되는 장면을 보여줌으로써 극우 이데올로기가 지배·억압하는 사회 현실을, 그리고 종구가 자살하는 과정을 통해서 사회구조적인 모순과 운명적 불행이 잠재되어 있는 비극적인 현실을 비판적인 시각에서 서술했다.

이렇게 볼 때 신경림의 소설 『고독한 산』은 당대의 분위기에 동조한 실존주의 경향의 시로 등단해서 그러한 경향을 벗어나 새로운 리얼리즘적인 경향을 수용·모색하고자 한 변모 과정을 잘 보여주는 작품으로 평가된다. 그의 소설은 왜 그가 인간의 본질적·근원적인 탐구에서 역사·사회적인 탐구로 나아가는가 하는 내적 논리를 내밀한 풍경으로 보여준다. 실존주의 일변도의 분위기로 알려져 있던 시대에 그러한 분위기에 균열을 내고서 새로운 시각으로 '현실'을 보고자 했던 것이 바로 신경림의 소설 『고독한 산』의 중요한 의미인 것이다.

소설 『고독한 산』과 시집 『농무』의 서사구조 연구

I. 서론

시집 『농무』의 주요 시편은 그 동안 독특한 서사적인 구조를 지닌 것으로 여러 차례 언급이 되었지만, 그것이 어떠한 배경으로 형성되었는지에 대해서는 거의 논의 된 바 없었다. 문학의 형성 과정을 살펴보는 일은 대상 작품을 문학사적인 의미망 속에서 살펴보는 일이기도 하지만, 무엇보다도 텍스트 자체를 더 잘 이해하는 한 방법이 된다는 점에서 중요한 의미를 갖는다. 특히 순수서정·모더니즘 문학이 주류였던 1960년대의 문학공간에서 상당히 낯설어 보이는, 삶의 이야기가 들어있는 서사적인 시1)를 선보인 신경림의 경우, 그 낯설음의 정체를 파악하는 작업은 그의

---

1) 여기에서 말하는 '서사적인 시'란 서사(narrative)가 서정시에 수용된 작품을 의미한다. 서사지향적인 시 혹은 서술시(narrative poem)라는 명칭과 함께 쓰이거나 경우에 따라 세분되기도 하고, 때로는 개념의 경계가 논쟁되기도 한다. '서사적인 시'라는 명칭이 아직 학계에서 공인된 용어는 아니지만, 시집 『농무』와 소설 『고독한 산』 사이의 서사구조적인 상동관계를 주목하는 측면에서 논문 진행의 편의상 이 명칭을 쓰고자 한다. 자세한 개념 논쟁은 남송우의 글, 현대시학회 편, 「서사시·장시·서술시의 자리」,

시를 이해하는 데 필수적인 일이 아닐 수 없다.

　신경림 문학의 전개과정을 살펴보면, 1950년대의 순수서정시에서 1960년대의 서사적인 시로 변화하는 양상이 주목된다. 「갈대」로 대표되는 1950년대의 시세계가 슬픔과 고독의 감정을 중심으로 하는 감성적·서정적인 양상이었다면, 「겨울밤」으로 시작되는 1960~1970년대의 시세계는 다양한 인물이 살아가는 삶의 이야기가 주조를 이루는 서사적인 양상을 보여준다. 이러한 시적 변화는 과연 어떤 문학적인 배경 속에서 이루어진 것일까? 이것이 이 논문의 문제의식이다. 이 논문에서는 세간에 잘 알려지지 않은 신경림의 소설 『고독한 산』에서 서사적인 시의 형성 과정을 살펴보고자 한다. 신경림의 소설은 1958~1959년 사이 <대구일보>에 148회 연재된 장편인데, 그 소설에서 인물과 사건을 다루고 그것들을 담론화하는 방식이 1960년대 이후의 시를 제작하는 과정에서 변용·활용된 것으로 추측된다.

　이 때 소설과 시 사이의 관계를 밝히기 위해서는, 장르적인 차이를 존중하면서도 포괄하는 분석방법이 요청된다. 이 논문에서는 각 텍스트의 서사구조(Narrative structure)를 분석의 초점으로 삼고자 한다. 여기에서 말하는 서사구조는 서사물을 무엇(이야기 Story)과 어떻게(담론 Discourse)로 구조화한 시모아 채트먼S. Chatman의 논의에서 빌려온 개념이다. 서사가 있는 텍스트는 시와 소설, 혹은 문학과 영화 등의 장르적인 차이를 넘어서서 이야기와 담론으로 구조화할 수 있다는 그의 주장은, 본 연구의 방법론으로 삼을 수 있는 중요한 근거가 된다. 본 연구에서는 소설 『고독한 산』에서 이야기, 주로 인물과 사건의 요소와 담론의 요소를 살펴보면서 서사구조적인 특성을 규명한 뒤, 그러한 특성이 시집 『농무』에서 중요하게 변용·활용되고 있음을 살펴보는 방법으로 그 관계를 검토하고자 한다.2)

　『한국 서술시의 시학』, 태학사, 1998, 47~68쪽 참조.
2) 시모아 채트먼은 구조주의 이론을 수용해서 여러 장르의 서사물이 지닌 구조를 이야기

그 동안 신경림의 서사적인 시가 그 형성과정에서 어떠한 문학적인 배경을 지녔는가 하는 문제는 거의 논의된 바 없어왔다. 고형진이 "백석시가 마련한 시적 구도인 서사적 요소를 자신의 시적 구도 내에 창조적으로 원용하고 있"[3]음을 언급한 바 있었지만, 신경림 자신이 말하듯이 "그것(백석시의 영향—편집자 주)도 있고, 소설을 많이 읽은 것과도 무관하지 않을 거예요. 어릴 때는 소설도 써보기도"[4] 했다는 구절에서 보이는 소설의 중요성에 대해서는 정작 논의가 부재했다. 그러한 가장 중요한 이유는 소설 『고독한 산』을 습작 수준의 작품으로 여겨 논외로 친 듯하고,[5] 소설이 실린 지방지 <대구일보>가 소실된 것으로 잘못 알려진 바람에 그 실체에 대해서 접근하기 어려웠기 때문이다.[6]

이런 까닭에 시집 『농무』에 대해서는 서사적인 특성이 있음이 강조되

와 담론을 구분한 뒤, 이야기에서는 사건들과 존재하는 것들(인물), 그리고 담화에서는 서사적 전달의 구조(화법)를 주로 문제 삼는다. 이러한 구분에 따라서 신경림의 소설 『고독한 산』과 시집 『농무』를 살펴보면, 각 작품에서 인물, 사건, 화법이 드러난 방식을 검토할 수 있을 것으로 기대된다. 신경림이 소설과 시집에서 인물의 성격을 어떻게 드러내고(II장), 사건을 어떻게 전개시키며(III장), 화법을 어떻게 구현하는가(IV장) 하는 각 요소를 검토하면 둘 사이의 서사구조적인 상동관계를 밝힐 수 있을 것으로 기대된다. S. Chatman, 김경수 역, 『영화와 소설의 서사구조』, 민음사, 1999, 21~27쪽 참조.

3) 고형진, 「서사적 요소의 시적 수용」, 『한국어문교육』 3호, 1988, 59쪽.

4) 신경림 · 정희성 · 최원식, 구중서 · 백낙청 · 염무웅 편, 「삶의 길, 문학의 길(대담)」, 『신경림 문학의 세계』, 창작과비평사, 1995, 25쪽.

5) 신경림의 소설 『고독한 산』을 읽어본 친구들이 "'소설보다는 시가 낫겠다'는 충고"를 했다는 기록으로 보아서, 그의 친구들과 문단 동료들은 신경림이 소설을 썼다는 사실을 알았고 그것을 읽었을 것으로 판단되지만, 습작 수준의 작품으로 여긴 듯하다(신경림 · 정희성 · 최원식, 구중서 · 백낙청 · 염무웅 편, 「삶의 길, 문학의 길(대담)」, 『신경림 문학의 세계』, 창작과비평사, 1995, 25쪽).

6) 필자가 1950년대 후반의 <대구일보>를 찾고자 국회도서관과 언론재단 등을 방문한 결과 소지하고 있지 않았다. 대구일보사에 문의한 결과 그곳에도 없었다. 이후 대구지역 소재의 도서관과 대학을 다방면으로 탐색 · 탐문한 결과, 영남대학교 중앙도서관에 보관되어 있음을 확인했다.

었을 뿐이지, 소설과 시집 사이의 관계에 대해서는 언급되지 않았다. 많은 연구사에서 "리얼리스트의 단편소설과 같은 정확한 묘사와 압축된 사연들을 담고 있"[7]다거나, "서사적 충동을 내장하고 있"[8]다거나, 혹은 "사람들이 살아가는 구체적인 이야기와 표정들이 있"[9]음을 살펴본 바 있었다. 이러한 연구사는 신경림의 시에 숨겨져 있는 소설의 흔적과 분위기를 주목한 것이었다.[10]

신경림의 서사적인 시에 대해서 영화 서사물이나 전통적인 이야기 방식의 유사성으로 설명되기도 했다. 박혜숙은 시집『농무』의 주요 시편에 대해 "독자들이 쉽게 접근하고 공감할 수 있는 영화 서사물과 같은 장면과 서술성이 이 시의 특징"[11]이라고 했고, 한만수는 "늘 사람을 만나고 그들과 막걸리를 앞에 두고 앉아서 사는 이야기를 나누"는 이야기 방식에 주목해서 "입말(口語)의 습관, 구비문학적 전통과 매우 닮아 있"[12]다고 했다. 이러한 시도 역시 서사적인 구조의 특성을 다양한 측면에서 검

---

7) 백낙청, 신경림, 「발문」,『농무』, 창작과비평사, 1975, 112쪽.
8) 유종호, 구중서 · 백낙청 · 염무웅 편, 「서사 충동의 서정적 탐구」,『신경림 문학의 세계』, 창작과비평사, 1995, 57쪽.
9) 조태일, 구중서 · 백낙청 · 염무웅 편, 「열린 공간, 움직이는 서정, 친화력」,『신경림 문학의 세계』, 창작과비평사, 1995, 148쪽.
10) 이러한 논의는 진보적인 민족문학론의 변혁론과 결합되어서 "미래의 어떤 비존을 암시하는 측면"(백낙청, 「시인과 현실(좌담)」, <신동아> 1973년 7월호, 302쪽) 또는 "분명한 현실 극복 의지"(이시영, 「70년대의 시」, <동서문학> 1990년 겨울호, 180쪽)를 지닌 것으로 전개되기도 했다. 민중을 '소외에서 저항으로' 향하는 존재로 여기는 이러한 논의는 신경림 문학의 연구사에서 중심을 차지하지만, 자칫 변혁 이데올로기의 과도한 투영으로 읽힐 우려가 있다는 점에서 주의를 요한다.
11) 박혜숙, 「신경림 시의 구조와 담론 연구」,『문학예술』 13호, 1999, 154쪽.
12) 한만수, 「서정, 서사, 서경성의 만남」,『순천대학교논문집』 16집, 1997, 6~7쪽 참조. 이러한 신경림 시의 특성은 시집『새재』 이후 본격화되고 "민요적인 관점과 가락을 되살리려고 시도"(유종호, 「슬픔의 사회적 차원」,『동시대의 시와 진실』, 민음사, 1982, 132쪽)하는 것으로, 혹은 "전통 민요 · 굿의 패러디적 특성"(김홍진, 「신경림 시의 장르 패러디적 특성」,『한국어문학』 23집, 1998, 91쪽)을 보인 것으로 논의된다.

토해 본 의의가 있는 것이나, 소설의 실체를 논외로 쳤다는 점에서 아쉬운 것이었다.

이 점에서 신경림의 시집『농무』에 실린 서사적인 시의 정체를 보다 잘 규명하기 위해서는 소설『고독한 산』과의 서사구조적인 상동관계를 논의할 필요가 있다. 시집『농무』에 나타난 인물과 사건, 그리고 전달의 구조(화법)가 서사와 유사하다는 점에서 그가 쓴 소설의 영향력을 간과할 수 없는 것이다. 그의 소설은 시집과 상당히 가까운 거리에 있다. 이 논문에서는 그 거리를 서사구조적인 측면에서 검토하고자 한다.

II. '모호한' 존재성

소설『고독한 산』에 등장하는 주인공 종구는 어떤 지배적인 이념으로 설명하기 곤란하다는 점에서 '모호한' 존재성을 지닌다. 서사물을 쓴다는 서술행위에는 이미 작가의 일관된 전략, 의도, 욕망이 작동함을 의미한다. "서술성의 가치는 사건에 상상적인 "일관성, 전체성, 완전성, 종결성" 등을 부여함으로써 사건을 가치화(moralize)하려는 강력한 충동에 기인한다"13)는 루이스 밍크Louis O. Mink의 주장은 이러한 생각을 잘 보여준다. 이런 시각에서 보면 소설『고독한 산』은 작가가 인물을 창조하는 일관성이 부족한 작품이 된다. 그렇지만 물론 소설 속에 나타난 인물의 성격을 신경림 특유의 '모호성의 전략'14)으로 살펴보면 그 의미가 달라진다.

---

13) Louis O. Mink, 윤효녕 역, 윤효녕 외 편, 「모든 사람의 자신의 연보 기록자」, 『현대 서술이론의 흐름』, 솔, 1997, 216쪽.

14) 여기서 말하는 '모호성'이란 작가가 인물을 형상화할 때 그 성격의 형상화가 불분명한 수준 미달의 경우를 의미하는 것이 아니라, 성격은 분명하게 형상화되지만 그 성격이 하나의 지배적인 이념·시각으로 규정되기 어려울 만큼 다양성과 복잡성을 지

이 소설은 1958~1959년 사이에 발표되었고, 당대 실존주의에서 유행하던 '고독'을 제목으로 달았으며, 전체적인 서사 내용이 종구의 고독에 초점이 맞춰져 있다는 점에서 실존주의 경향의 작품으로 생각할 수 있다. 그러나 이 소설에서 종구라는 인물은 실존주의적인 인물의 일면—面을 지니면서도, 그러한 일면으로 재단할 수 없는 이면裏面을 보이는 경계선적인 존재이다. 그러한 존재의 모습을 가장 잘 볼 수 있는 것은 종구가 지닌 고독의 성격이다. "이렇게는 살아 갈 수가 없는 것이다. 무엇이든 하긴 해야 하는 것이다. 그러나 너무 무겁다. 그리고 외로운 것이다. 이 고독을 어떻게 해야 하는가?"(3)[15]라고 말하는 종구의 심리는 당대 실존주의에서 말하는 "무목적, 무근거, 부조리, 허무, 고독, 불안"[16]의 감정이면서도, 동시에 그것과는 좀 다른 성격을 함께 지닌다.

무엇보다 종구의 고독은 이성이 없는 데에서 오는 외로움으로 나타나 있다. 그의 고독은 "여태껏 외롭게만 젊음을 허송세월해온"(1) 것, 즉 이성의 부재에 따른 과잉감정의 상태로 표출된다. 이 소설에서 종구의 이성 대상이 많이 나오고, 그는 그녀들과 사랑을 하고 싶어 한다. 상점 점원인 분순, 청주행 버스에서 만난 유매담, 술집 여급인 영옥, 하숙집 딸인 미경은 모두 종구가 사랑하고 싶은 대상들이다.

너서 하나의 개념으로 표현하기가 모호하다는 것을 의미하는 잠정적인 용어이다. 신경림의 소설에서 주인공 종구의 성격이 이처럼 모호한데, 그 이유는 작가가 '고독'이라는 실존주의적인 문제의식을 실존주의적인 인식과는 다르게 풀어나갔기 때문이다. 이 점에서 이러한 성격의 '모호성'은 작가의 의도가 실린 전략 속에서 나온 것으로 판단된다.

15) 신경림, 『고독한 산』, <대구일보> 3회, 이하 『고독한 산』의 인용은 ( ) 표시 안에 회를 적어놓음.
16) 조연현, 「실존주의 해의」, 『문예』 1954. 3(최예열 편, 『1950년대 전후문학비평 자료 2』, 월인, 2005, 67쪽).

그가 분순에게 애정을 느낀다면 그것은 한낱 열등의식의 표현에 불과한 것이다(1)

　　(내일은 유매담을 만나서 육체를 요구해볼까?)(49)

　　종구는 사랑이라는 말을 생각해낸다. 작란을 하고 싶다. 이 단어를 가지고 유희를 하고 싶다. 어지러웠다. 피곤하다. 아무데나 쓸어져 잠들어버리고 싶다.『영옥아 난 널 사랑해』(44)

　　『내가 그럼 미경의 저지른 일을 다아 용서해 준다구 말을 한다면 미경인 나를 사랑할 수 있겠어?』
　　『어떻게 제가 저지른 일을 용서하세요. 다 불가능해요.』
　　그러다 그녀는 가만히 그의 어깨를 떠미는 것이다. 그러나 종구는 오히려 더 세게 그녀를 껴안으며
　　『난 미경일 미치도록 사랑해. 미경이 원한다면 난 천 번이라두 미경일 용서하겠다는 말을 해. 미경이 날 사랑해 준다면 난 무슨 일이라두 할 수 있을 것 같아. 정말 무슨 일이라도 할 수 있어.』
하는 것이다.
　　이윽고 미경이 울음을 그쳤다. 종구는 그녀의 손을 쭉 펴서 제 볼에 문대었다. 그녀는 눈을 감고 있는 것이다. 그는 비로소 행복이라는 것을 느꼈다. 나는 고독치 않다 하는 그에게는 이를테면 색다른 의식인 것이다.(84~85)

　　위의 인용에서 보듯이 사랑의 감정을 느끼는 종구의 태도는 ‘모호하기’ 그지없다. 그의 사랑은 상호모순적·이중적이다. 하나는 분순, 유매담, 영옥을 대상으로 하는 독아론적獨我論的인 감정이고, 다른 하나는 미경을 대상으로 하는 상호이해적인 감정이다. 전자의 사랑은 “분순에게 애정을 느낀다면 그것은 한낱 열등의식의 표현”이 되거나, “(내일은 유매담을 만나서 육체를 요구해볼까?)” 하는 육체적인 것이 되거나, 아니면 “종구는 사랑이라는 말을 생각해낸다. 작란을 하고 싶다. 이 단어를 가지

고 유희를 하고 싶다"는 구절에서 볼 수 있는 성희롱적인 것이다. 모두 이기적이고 자기만의 사랑이다. 후자의 사랑은 전자의 그것과 상반된 것으로써 "미경이 원한다면 난 천 번이라두 미경일 용서하겠다는 말을 해. 미경이 날 사랑해 준다면 난 무슨 일이라두 할 수 있을 것 같아."라는 상호교감적인 감정을 느끼고, 나아가서 정신적인 '행복'을 경험하는 진실한 사랑인 것이다.

이처럼 종구라는 인물은 뭐라고 하나의 이념으로 규정하기 어려운 '모호한' 존재이다. 그는 실존주의적인 고독과 이성적인 외로움을 동시에 느끼고, 이기적인 사랑과 그와 상반된 진실한 사랑을 함께 하는 자이다. 이러한 '모호성'이란 기실 실제의 현실에서 만나볼 수 있는 인물, 즉 복잡다단한 사고와 행위를 보여주는 모순투성이 인물 그 자체인 것이다. 신경림 소설 속의 인물은 실제의 현실에서 만나볼 수 있는 '있는 그대로'의 모습을 보여준다. 이 때 독특한 점은 '있는 그대로'의 모습을 보여주기 위해서라면 서술행위의 일관성을 어느 정도 포기해도 좋다는 작가의 태도이다.

이러한 '모호한' 존재성은 시집 『농무』에서도 거의 그대로 나타난다는 점에서 그 서사구조적인 상동관계가 살펴진다. 시집 속의 인물은 기존 연구사의 해석처럼 '소외에서 저항으로' 향하는 일면만을 지니지 않는다. 오히려 실제의 농촌이나 도시빈민가에서 경험되는 모순투성이의 존재라고 부르는 것이 더 정확하다. 신경림 시 속의 민중은 국가권력으로부터 소외받으면서도, 서로를 소외시키는 모순적인 존재이다. 가령 민중은 "나라의 은혜를 입지 못한" 소외된 '사내들'이지만 "서로를 속이고 목을 조르고 마침내는/칼을 들고 피를 흘리"(시 「산1번지」)며 서로를 소외시키는 자들이고, 소외된 촌민 '나'와 친구들은 "막소주 몇 잔에" "아내를 끌어내어 곱사춤을 추"(시 「실명」)게 하고 못살게 굴면서 아내를 소외시키고 억압한다.

소외가 국가권력의 일방적인 특성으로 규정되지 않고 민중들 사이의 상호복합적인 특성으로 형상화되는 것이 시집 『농무』에서 살펴지는 민중의 '모호성'인데, 이러한 특성은 이미 소설 『고독한 산』에서 익숙하게 경험된 것이다. 또한 시집 속에서 국가폭력에 맞선 민중의 저항성은 쉽게 개인적인 폭력성으로 전환되기도 한다. "빈 주먹과 뜨거운 숨결만 가지고 모였다/아우성과 노랫소리만 가지고 모였다"(시 「갈 길」)는 순수하게 저항적인 성격의 민중은, "친구들은 떼로 몰려와 내게 트집을 부렸다/거리로 끌어내어 술을 퍼먹이고/갈보집으로 앞장을 세우다가도/걸핏하면 개울가로 몰고 가 발길질을 했다"(시 「동면」)라는 구절이나 "객지로 돈벌이 갔던 마차집 손자가/알거지가 되어 돌아와 그를 위해/술판이 벌어지는 것이지만/그 술판은 이내 싸움판으로 변했다./부락 청년들과 한산 인부들은/서로 패를 갈라 주먹을 휘두르고/박치기를 하고 그릇을 내던졌다."(시 「그 겨울」)라는 구절에서 보면 개인 사이의 폭력으로 변하기도 한다.

소외받고 소외시키고, 그리고 국가폭력에 저항하고 서로 폭력을 사용하는 민중의 모습은, 분명 상반된 것이고 어떤 이론으로 설명하기 곤란한 것이다. 그렇지만 그러한 모습은 실제의 현실에서 경험되는 민중의 모습이 분명하다. 신경림의 시는 바로 이러한 지점을 잘 포착하고 있다. 그가 "마치 우리 형제의, 우리 친구들의, 우리 이웃들의 얘기 같아 더없이 절실하고 눈물겁다. 한 촌로가 있어서 그가 아무렇게나 지껄이는 말에도 울기도 하고 웃기도 하고 분노하기도 했던 경험을"[17] 보여주는 방영웅의 소설을 좋은 문학으로 평가하는 것도 유사한 이유일 것이다. 순정한 이론 · 이념 · 체계와 불순한 일상 사이에서 그는 쉽게 한쪽을 택하지 않고 경계선적인 인물을 형상화한다. 이른바 '모호성의 전략'인 것이

---

17) 신경림, 「문학과 민중」, 『문학과 민중』, 민음사, 1977, 70쪽.

다. 그 전략에 근거한 인물의 '모호한' 성격은 우리가 습작품으로 여기는 소설『고독한 산』에서 이미 보여진 것이다.

III. 문제적인 상황의 강조

일반적으로 전통적인 서사물은 문제가 해결되어가는 방향으로 전개되지만,[18] 신경림의 문학은 그렇지 않다. 작품이 끝나는 부분에서 문제가 종결되지 않고, 오히려 더욱 강렬하게 문제적인 상황이 강조된다. 그의 소설『고독한 산』에서는 "뼈를 깎는 것 같은 고독"(1)이라는 문제가 처음 부분에 나타나 있고, 플롯은 그것을 해결하는 방향으로 진행되는 듯하다. 주인공 종구가 사랑을 하고 노동운동을 하는 것은 모두 고독을 극복하기 위한 행위이지만, 끝 부분에 도달하면 사랑이 실패하고 노동운동이 좌절 되면서 문제는 더욱 꼬여버린다. 이러한 설정을 통해서 작가가 보여주고자 하는 것은, 바로 문제가 해결이 되지 않는 그 시대의 현실 상황이다.

이러한 신경림의 소설은 현실에서 허용되지 않는 작가의 욕망을 상징적으로 보여주는 당대의 실존주의 소설[19]과 비교해 보면 낯설고, 특히

---

18) 시모아 채트먼은 서사의 플롯을 두 가지 종류로 구분한다. 하나는 전통적인 해결의 서사(narrative of solution)이고, 다른 하나는 현대의 폭로의 플롯(plot of revelation)이다. 전자는 "어떤 방식으로 사물들이 작동되는, 일종의 추론적이거나 감정적인 목적론, 그리고 문제해결의 의미가 존재"하는 것이고, 후자는 "사건들이 (행복하게 또는 비극적으로) 해결된다는 것이 아니라, 오히려 문제의 상태가 드러난다는 것"이다. S. Chatman, 김경수 역,『영화와 소설의 서사구조』, 민음사, 1999, 55쪽.
19) 당대의 대표적인 실존주의 소설은 '해결의 서사' 유형이 많다. 가령 오상원의 소설「유예」에서 작가는 주인공 '나'가 도망치다가 군국 포로가 끌려가는 것을 보고서 적에게 총을 쏴 붙잡혀 총살을 당하는데도 "눈은 의지적인 신념으로 차가이 빛나고 있

그의 소설이 장편이라는 형식임을 감안하면 상당히 실험적인 방식이 아닐 수 없다. 그의 소설은 자칫 플롯이 치밀하지 못하다는 비판을 받을 수 있는 것이지만, 그 대신에 1950년대의 현실에서 고독이라는 문제적인 상황을 강렬하고 적나라하게 제시한다는 중요한 특성이 있다. 이것은 문학의 역할이 당대 사회의 모순(문제)을 해결하기 위한 것이 아니라, 문제를 제기하기 위한 것이라는 입장과 일치한다. 신경림은 그의 소설을 통해서 당대의 현실에서 고독이라는 상황이 얼마나 심각하고 고통스러운가 하는 문제를 제기하고자 한다.

> 한가지만은 명확한 사실이라고 그는 느낀다. 그것은 이 정신의 무질서가 고독의 그 원인이 된다는 것이다. 어쨌든 고독은 싫다. 고독하지 않기 위하여 그는 미경과 사랑을 하였고 술을 마셨고 또 모든 기성질서에 대하여 무수한 무의미한 짓들을 하였었고…. (무엇이든 하자 고독치 않기 위하여 무엇이든 하자!) 그러나 실은 그것 역시 무의미한 것이다. 고독하지 않으면 어쩌겠다는 건가? 어쨌든 고독은 싫지만.
> 모든 기성질서에 대하여 실은 저의 무질서가 질서라고 반기를 들어 보리라 생각한다. 그리하여 그는 제 자신의 정신의 무질서도 의식치 않을 수 있고 또 고독하지 않을 수도 있으리라. (반역해 보자!) 저를 이런 고립의 산정에 놓아준 운명에 대하여 미경을 빼앗아간 신에 대하여 기성도덕에 대하여…. (그리하여 고독을 잊고 제 자신의 무질서를 잊고) 그리고 미경을 잊자.(139)

었다"(오상원, 「유예」, 이범선 외, 『오발탄. 모반. 타령』, 학원출판사, 1993, 195쪽)라고 서술하고, 선우휘의 「불꽃」에서 작가는 주인공 '현'이 공산주의자 연호에게 총을 맞아 죽어 가는데도 "영겁의 정적은 깨뜨러지고 거기 새로운 생명이 날개를 치며 퍼덕이기 시작했다"(선우휘, 「불꽃」, 『불꽃/포인트』, 동아출판사, 1995, 72쪽)라고 쓴다. 이러한 작가의 서술은 자기 신념과 이념을 개진함으로써 소설의 문제가 해결되어 감을 보여준다. 이에 반해 신경림의 소설은 '폭로의 플롯' 유형이다. 그의 소설에서 고독한 종구의 자살은 고독에 대한 어떤 신념이나 이념을 보여준다기보다는 현실 상황에 이끌려 자살한다는 점에서 문제의 어떤 해결을 암시하거나 제시하지 않는다.

위의 인용에서 종구가 자각한 "정신의 무질서"는, 비전이나 희망이 보이지 않는 황폐한 전후사회에서 자신의 야망을 펼쳐낼 방법이 없기 때문에 경험되는 카오스적인 감정이다. 그러한 감정을 극복할 어떤 계기나 방법을 찾지 못할 때, 종구에게 남은 선택은 현실을 외면하는 것, 즉 극단적으로 주관화되는 것이다. 그는 자신의 심리적 "무질서가 질서라고" 우기는데, 이러한 주관적인 심리는 더 이상 현실의 질서 속에서 살아가기를 거부하는 것을 의미한다. 종구는 "저를 이런 고립의 산정에 놓아준 운명에 대하여 미경을 빼앗아간 신에 대하여 기성도덕에 대하여" 자살이라는 '반역'을 택하게 된다. 이 때 고독이 심화되는 소설의 결말은 치밀한 플롯의 결여라기보다는, 1950년대 전후사회의 그 고독이 얼마나 고통스럽고 지독한 것인가 하는 상황을 문제로 제기하는 작가의 의도가 적극 투영된 것으로 보는 편이 더 옳다.

소설『고독한 산』의 사건처리 방식은 이처럼 문제적인 상황을 강조하는 것이다. 이러한 방식은 결말 부분뿐만 아니라, 소설 전체에 걸쳐서 엿보인다. 그래서 이 소설의 서사는 고독한 종구의 상황이 중심적인 것이고, 사건의 전개는 종속적인 것이 된다. 소설의 시작부터 분순을 사랑하거나 잡지사에 취업이 되었다는 사건보다는 "뼈를 깎는 것 같은 고독"(1)을 느끼는 종구의 심리가 중점적으로 서술된다. 또한 그가 청주에서 잡지사 기자 생활을 하고 술집 여급 영옥을 만나는 사건은 비중이 크지 않지만, 그가 얼마나 고독한가 하는 심리의 상태는 여러 차례 서술의 초점이 되어 있다. 종구의 고독은 여러 차례 "어떻게 살아가야 하는가?"(37)하는 방황의 심리로, 또는 "어떻게 해야 한다는 것인가? 그는 그 방법을 모른다."(42)라는 답답함으로 표출된다. 그리고 그가 미경을 사랑하고 노동운동에 참여한 사건에 비해서 모든 것에 실패하고 고독을 느끼는 장면이 강조되는 것(142~145)도 마찬가지 이유에서이다.

이러한 문제제기 방식은 신경림이 소설 장르를 택했을 때에는 그리 주목되는 것이 아니었고 서사의 빈약함을 노출시키기까지 하는 것이었지만,[20] 시 장르에서 활용되었을 때에는 시대적인 분위기와 맞물려서 많은 관심의 대상이 된다. 시집『농무』속의 주요 시편에서 1960~1970년대 농촌 촌민과 도시 빈민의 문제적인 현실 상황을 강조하는 방식은, 그 동안 공업화의 과정에서 소외되었던 민중을 문학의 공간 속으로 끌어들이고자 한 진보적인 민족문학의 좋은 사례가 된다. 이러한 배경이 1950년 대의 순수서정시 스타일을 완전히 탈각한 신경림의 서사적인 시가 지지받게 되는 중요한 한 이유가 된다. 그는 소설 습작에서 시도한 문제제기 방식을 시에 성공적으로 활용 · 적용함으로써 고유한 스타일의 민중시를 제작할 수 있었던 것이다.

우리는 분이 얼룩진 얼굴로
학교 앞 소줏집에 몰려 술을 마신다
답답하고 고달프게 사는 것이 원통하다
꽹과리를 앞장세워 장거리로 나서면
따라붙어 악을 쓰는 건 쪼무래기들뿐
처녀애들은 기름집 담벽에 붙어 서서
철없이 킬킬대는구나
보름달은 밝아 어떤 녀석은
꺽정이처럼 울부짖고 또 어떤 녀석은

---

20) 신경림의 소설은 서서의 빈약함을 노출시킨다는 점에서 소설 장르적인 파탄에 이른다. 이 부분에서 그가『고독한 산』이후 소설을 쓰지 않고 서사적인 시를 택한 이유가 짐작된다. 서사가 빈약한 소설로는 더 이상의 문학적 추동력을 발휘하기 힘든 속사정은 시를 다시 선택하는 중요한 계기가 되었던 것이다. 역설적으로 말하면, 신경림은 소설적 서사가 파탄 난 지점에서 서사를 활용한 시의 가능성을 엿보았던 것이다. 소설에서 시로 변모하는 신경림 문학의 내적 논리에 대해서는 강정구의 논문「신경림 문학의 서사성 재고」(『한국시학연구』 23호, 2008)을 참조할 것.

서럼이처럼 해해대지만 이까짓
산구석에 처박혀 발버둥친들 무엇하랴
비료값도 안나오는 농사 따위야
아예 여편네에게나 맡겨 두고
쇠전을 거쳐 도수장 앞에 와 돌 때
우리는 점점 신명이 난다
한 다리를 들고 날나리를 불이거나
고갯짓을 하고 어깨를 흔들이거나

— 시 「농무」 부분

　위 시에서 서사적인 문제는 "답답하고 고달프게 사는 것이 원통하다"
이다. 농촌의 촌민으로서 살아가는 '우리'의 문제는 이 시가 종결될 때까
지도 그 해결이 이루어지거나 암시되지 않는다. '우리'의 행위는 소줏집
에서 술을 마시고 장거리로 나가서 꽹과리를 치고 쇠전을 거쳐 도수장을
돌면서 춤을 추는 것으로 끝난다. 이 때 이 시에서 강조·주목되는 부분
은 촌민의 답답함과 고달픔이 어떤 사회모순적인 원인 때문에 발생하고
그것을 극복하기 위해서는 어떤 이념을 바탕으로 행동해야 하는가 하는
정치·경제적인 차원의 해결이 아니라,[21] 바로 촌민이 경험하는 답답하
고 고달픈 현실이라는 문제적인 상황이다. 이 시는 농촌에서 농사를 지
어도 생계가 제대로 해결되지 않고 빚만 져서 아무런 희망도 없는 촌민

21) 1970~1980년대의 민중시는 정치·경제적인 차원의 해결을 적극적으로 개진한 경우
　가 많다. 가령 고은의 시 「화살」(『새벽길』, 창작과비평사, 1978)에서 "우리 모두 화살
　이 되어/온몸으로 가자./허공 뚫고/온몸으로 가자./가서는 돌아오지 말자."라는 구절
　과 김지하(1980)의 시 「타는 목마름으로」에서 "숨죽여 흐느끼며/네 이름을 남 몰래
　쓴다/타는 목마름으로/타는 목마름으로/민주주의여 만세"라는 구절에서 보이는 민주
　주의에 대한 실천적·정치적인 요구, 그리고 박노해의 시 「노동의 새벽」(『노동의 새
　벽』, 풀빛, 1984)에서 "우리들의 희망과 단결을 위해//새벽 쓰린 가슴 위로/차거운 소
　주잔을/돌리며 돌리며 붓는다/노동자의 햇새벽이/솟아오를 때까지"라는 구절에서 암
　시되는 노동자 연대투쟁을 통한 자본주의 경제체제의 극복이 그 예가 된다.

의 현실을 문제적인 상황으로 제시한다는 점에서 의미를 지닌다.

이러한 문제제기적인 방식은 시집『농무』에서 다양하게 활용된다. 시집 속의 시적 화자는 그 동안 문학적으로 잘 형상화되지 않았던 촌민과 도시 빈민의 고통과 분노를 문제로 제기하는 자이다. 시집에서는 구체적인 역사적ㆍ사회적인 사건으로 인한 극적인 감정이 드러나게 된다. 식민지와 전쟁과 독재로 이어진 한국 근대사로부터 발생한 촌민의 희생과 그 억울함이(시「잔칫날」, 「폐광」, 「친구」), 공업화로 인한 농촌 촌민의 소외와 답답함과 분노가(시「시골 큰집」, 「원격지」, 「오늘」), 그리고 농촌 피폐화와 이농이라는 자포자기적인 심정이(시「처서기」) 여러 차례 제시되어 있다.

이처럼 시집『농무』는 해결의 서사가 아닌 상황의 서사를 보여줌으로써 독특한 미학을 선보인다. 상황적인 서사 속의 민중은 현실저항적ㆍ극복적인 노력을 하는 자가 아니라, 오히려 현실에 맞설 수 없는 그 미약함과 무력함 때문에 더욱 처절한 비애감을 지닌 자로 주로 이미지화된다. 그의 행위는 현실을 개조하지 못하는 답답함과 분노로 가득 차 있고, 그것이 극한의 상황 속에서 돌올하게 전경화된다. 이러한 사건처리 방식이 시집『농무』를 민중시의 반열에 올려놓았는데, 이것은 이미 소설『고독한 산』에서 실험되었던 것이다. 이 점에서 소설과 시 사이의 서사구조적인 상동관계가 살펴진다.

IV. 다양한 욕망을 드러내는 화법

「갈대」로 대표되는 1950년대 순수서정시의 화법이 시적 화자의 단일한 욕망을 드러내는 방식이라면, 소설『고독한 산』의 화법은 소설 속의 화자뿐만 아니라 등장인물의 다양한 욕망을 제시하는 새로운 방식이다. 이러한 새로운 화법은 소설 장르가 시와 구분되는 특성 중의 하나이기도 하지만, 무엇보다도 타자를 인정하고 타자의 목소리를 듣고자 하는 문학적인 인식의 변화를 통해서 가능한 것이다. 신경림의 소설은 소설 속의 화자와 그를 대변하는 주인공 종구의 목소리뿐만 아니라, 다양한 등장인물의 목소리도 가감 없이 전달함으로써 다양한 욕망의 표출을 가능하게 한다.

이 때 소설 속의 화자가 다양한 등장인물의 목소리를 허용한다는 것은, 자신과는 이질적인 타자를 인정한다는 의미이다. 시는 시적 화자의 독백적 · 독아론적인 공간이다. 이 공간에서는 시적 화자와 근본적으로 다른 타자가 존재하지 않고, 타자로 생각되는 자 역시 또 다른 자아(타아 他我)에 불과하다.22) 그렇지만 소설에서는 소설 속의 화자(주체)가 지닌 이념 · 욕망과는 구분되는 언어를 발화하는 등장인물(타자)이 존재한다.23) 그 등장인물의 언어는 소설 속의 화자가 속한 사회와 다른 질서 · 규율을 지닌 사회의 언어라는 점에서, 소설적 공간은 주체와 타자 사이의 이질적인 언어가 서로 부딪히고 웅성거리면서 때로는 부조화와 이질성을, 그리고 때로는 소통과 조화를 이룬다. 신경림 소설 속의 화자는 서로 충돌되는 언어의 이념을 어느 한 쪽에 치우치지 않고 균형감 있게 드러내면서 다양한 욕망을 포착한다. 이러한 장면은 종구가 탄광에 취직해서 탄부들과 인사를 나누는 부분에 잘 나타나 있다.

---

22) 시 「갈대」에서 "―산다는 것은 속으로 이렇게/조용히 울고 있는 것이란 것을/그는 몰랐다"라는 구절은, 시적 화자의 독백적 · 독아론적인 공간에서 가능한 것이다. 이 시에서 '갈대'는 시적 화자의 또 다른 자아, 즉 타아일 뿐이다.
23) M. Bakhtin, 전승희 · 서경희 · 박유미 공역, 『장편소설과 민중언어』, 창작과비평사, 1988, 156~190쪽 참조.

다른 나이 들어 보이는 광부가 한 마디 한다.

『저어 칠호에두 말유. 대학교 다니는 사람이 하나 있어유. 사람이 워낙 났어유. 그 사람 말은 회사가 션찮어 사람 다아 죽인대든구먼유.』

『괜히 그 사람 잘못 접촉 마슈들. 그 사람 빨갱이라구 회사에서 잔뜩 들 주목하구 있는데….』

근수가 한 마디 하자 나이 들어 뵈는 광부는 잔뜩 이맛쌀을 찌푸리고

『제기랄 거 괜히 미우면 빨갱이라구 지랄들이니 이거 어디 사람이 살 수가 있나?』

했다.

『내가 그러는 게 아니유.』

『글쎄 당신이 그래두 회사사장이 그래두 말요.』

근수는 입을 다물어버린다. 광부들과 회사측 사람들 사이에 적잖은 감정의 금이 있는 것이라고 종구는 알아 채린다. 있을 수 있는 일이다. 고개를 끄덕인다.(110)

신경림의 순수서정시와 비교해 볼 때, 위의 인용에서는 타자의 목소리가 제시되어 있다는 점에서 주목된다. 광부와 근수는 칠호에서 노동하는 "대학교 다니는 사람"(황성현)을 두고서 서로 다른 평가를 내린다. 광부(노동) 쪽이 똑똑하다고 말하고, 근수(자본) 쪽은 빨갱이라고 주장한다. 이러한 상반된 평가는 상호 대립하는 노동과 자본 사이의 언어가 충돌하고 있음을 보여준다. 이 때 중요한 점은 소설 속 화자의 목소리이다. 이 소설의 작가인 신경림이 1950년대에 진보적인 사상에 심취했던 것에 반해서,[24] 소설 속의 화자는 상호대립적인 두 세계에 대해서 쉽게 어느 한 쪽의 편을 들거나 어느 한 쪽의 이념이 진실이라는 선先판단을 하지 않는

---

24) 신경림은 레닌·마르크스·전석담·조봉암 등 진보적·사회주의적 인사들에게 많은 사상적인 영향을 받은 것으로 추측된다(신경림·정희성·최원식, 구중서·백낙청·염무웅 편, 「삶의 길, 문학의 길(대담)」, 『신경림 문학의 세계』, 창작과비평사, 1995, 21~28쪽 참조).

다. 그는 이념의 성격을 선先규정하지 않고 바라본다는 점에서 개방적이고, 한 쪽으로 치우치지 않는다는 점에서 중립적이다. "광부들과 회사 측 사람들 사이에 적잖은 감정의 금이 있는 것이라고 종구는 알아 채린다. 있을 수 있는 일이다. 고개를 끄덕인다."라는 소설 속 화자의 목소리는 개방적·중립적인 것이다.

이러한 개방적·중립적인 목소리는 신경림 소설 속의 화자가 지닌 중요한 특성이다. 그는 시대적인 주류의 이념이나 분위기에 아랑곳 하지 않고서 대립하는 이념의 내적 논리와 다양성을 수용한다. 가령 보수적인 이념은 억압과 착취라는 부정적인 일면으로 표현되지 않는다. 종구가 파업을 위한 비밀회합사건으로 인해서 구금되는데, 그를 신원보증해서 구하는 자는 바로 회사 쪽의 근수와 채광과장이다. 마찬가지로 진보적인 이념도 늘 선하고 옳은 것으로 형상화되지 않는다. 비밀회합참여자인 이정열은 동료인 종구를 밀고자로 오해하고 명확한 증거도 없이 심증만으로 종구를 폭행하는 우를 범한다. 진보적인 노동운동가의 행태가 비판적으로 서술된 것이다. 이념을 한쪽에서 바라보지 않고 이처럼 다양한 면모를 제시하는 이유는, 신경림 특유의 세계수용성과 균형감각 때문인 것으로 추측된다. 세계의 다양성을 보겠다는 그의 노력은 철학(이념)과 구분되는 문학(구체)의 힘을 보여준다.

이처럼 신경림 소설 속의 화자는 자신과는 다른 이념의 발화를 인정하고 그 자체의 맥락을 이해하고자 하는 균형감 있는 화법을 보여준다. 이러한 다양한 욕망을 제시하는 화법은 시집 『농무』에서도 그대로 나타난다는 점에서 서사구조적인 상동관계가 살펴진다. 신경림은 이념의 틀 속에서는 볼 수 없는 다양한 욕망이 제시되는 화법으로 말한다. 그러한 화법을 통해 억압 대 저항이라는 이분법적인 이념을 넘어서서 그 두 이념이 일상 속에서 혼성되고 다양하게 변주되는 목소리를 들려준다.

우리는 협동조합 방앗간 뒷방에 모여
묵내기 화투를 치고
내일은 장날, 장꾼들은 와자지껄
주막집 뜰에서 눈을 턴다.
들과 산은 온통 새하얗구나. 눈은
펑펑 쏟아지는데
쌀값 비료값 얘기가 나오고
선생이 된 면장 딸 얘기가 나오고,
서울로 식모살이 간 분이는
아기를 뱄더라. 어떡할거나.
술에라도 취해 볼거나. 술집 색시
싸구려 분 냄새라도 맡아 볼거나.
우리의 슬픔을 아는 것은 우리뿐.
올해는 닭이라도 쳐 볼거나.

-「겨울밤」 부분

위의 시에서 '우리'는 하나의 이념이나 욕망으로 묶여진 집단이 아니다. '우리'는 다양한 욕망을 지닌 개별존재들로서 근대화에 대한 비판자이자 지지자라는 상반된 이념을 지니고 있다. '우리' 중의 일부는 '쌀값'을 낮추고 '비료값'을 올리는 방식으로 농촌을 소외시키고 삶의 의지를 상실케 하는 권력의 근대화 정책을 비판한다. "쌀값 비료값 얘기"를 하면서 불만을 토로하기도 하고, 비참한 자신의 상황을 회피하고자 "술에라도 취해 볼거나"하는 푸념을 하기도 한다. 반면 '우리' 중의 다른 일부는 농촌 근대화 사업의 일환인 양계ㆍ양돈사업에 참여하고 싶어 한다. "올해는 닭이라도 쳐 볼거나"라고 말하는 자는 농촌 근대화에 참여하고 싶은 경제적인 욕망을 드러내는 자이다. 이처럼 시적 화자 '우리'는 근대화에 대한 비판자나 참여자(지지자)의 욕망을 다양하게 제시한다.[25)]

---

25) 시 「겨울밤」의 화자 '우리'가 다양한 욕망을 말하는 복수화자라는 사실은, '우리'를 말

이러한 상반되고 모순적인 욕망은 '서울'에 대한 시적 화자의 발화에서도 확인된다. 1960~1970년대의 서울은 근대화·도시화의 공간으로써 다양한 목소리로 제시된다. 먼저 '서울'은 촌민에게 있어서 "이 못난 고장을 떠나"(시「3월 1일 전후」)서 가고 싶어 하고, 시골보다 "좋"아하는 공간으로(시「골목」) 말해진다. 그렇지만 그 곳 역시 "어둠이 내리기 전에" '통곡이'(시「산1번지」) 오는 절망의 공간으로 언급된다. 이처럼 서울이라는 공간을 말하는 두 욕망의 목소리는, 어느 한 쪽이 옳은 것으로 제시되지 않고 나름대로 내적 논리를 지닌 것으로 표현된다.

　시집『농무』의 화자는 민중이 지닌 다양한 욕망의 목소리를 들려준다. 신경림의 문학적 전개과정에서 볼 때, 이러한 화법은 1950년대의 순수서정시에서는 볼 수 없었던 것이었고 소설『고독한 산』에서 처음 시도된 것이었다. 1960년대 이후의 신경림 시는 다양한 욕망을 드러내는 화법을 활용했는데, 그것은 소설『고독한 산』에서 받은 중요한 영향중의 하나이다. 그는 소설의 화법을 자신의 시에 적용시켜서 순수서정시가 지닌 독단적·주관적인 화법에서 벗어나서 다양한 목소리가 서로 충돌 혹은 혼성되는 화법을 만들 수 있었던 것이다. 이러한 화법은 어느 한 쪽의 이념으로 쉽게 기울지 않고 서로 대립하는 이념들 사이를 가로지르고 넘어서서 변화무쌍한 일상의 세세한 목소리를 수용·전달할 수 있는 중요한 이유가 된다.

하면서 하나의 작품으로 통제하는 시인이 있다는 사실과 충돌하지 않는다. 시인은 작품을 통제하되, '우리'가 지닌 다양한 목소리를 수용하는 자이다.

V. 결론

이 논문에서는 세간에 잘 알려지지 않은 신경림 소설『고독한 산』의 소개에 힘입어서 소설과 시집『농무』사이의 서사구조적인 상동관계를 분석했다. 「갈대」로 대표되는 1950년대의 시세계가 감성적·서정적인 양상이었던 반면, 「겨울밤」으로 시작되는 1960년대 이후의 시세계는 다양한 인물이 살아가는 삶의 이야기가 주조를 이룬 서사적인 양상을 띠었다. 이러한 시적 변화는 1958~1959년 사이에 발표된 소설『고독한 산』의 서사구조를 활용·변용했기 때문이었다.

먼저, 인물에 관한 것이었다. 소설『고독한 산』에 등장하는 주인공 종구는 어떤 지배적인 이념으로 설명하기 곤란하다는 점에서 '모호한' 존재성을 지녔다. 이 소설에서 종구라는 인물의 고독은 실존주의적인 것이면서도 동시에 이성이 없는 데에서 오는 외로움으로 나타났고, 고독을 극복하기 위한 사랑의 감정 역시 분순, 유매담, 영옥을 대상으로 하는 독아론적인 것과 그와 달리 미경을 대상으로 하는 상호이해적인 것으로 드러났다. 이러한 '모호한' 존재성은 시집『농무』에서도 거의 그대로 나타난다는 점에서 서사구조적인 상동관계가 살펴졌다. 시집 속의 인물은 '소외에서 저항으로' 향하는 일면만을 지니지 않았고, 오히려 실제의 농촌이나 도시빈민가에서 경험되는 모순투성이의 존재로 형상화되었다. 신경림 시 속의 민중은 국가권력으로부터 소외받으면서도 그들끼리 서로를 소외시키고, 국가폭력에 저항하면서도 서로에게 폭력을 사용하는 '모호한' 존재였다. 신경림은 순정한 이론·이념·체계와 불순한 일상 사이의 경계에 서 있었다.

둘째, 사건에 관한 것이었다. 신경림의 문학은 작품이 끝나는 부분에서 문제가 종결되지 않고 오히려 더욱 강렬하게 문제적인 상황이 강조된다는 점에서 전통적인 해결의 서사와 달랐다. 그의 소설은 고독이라는 문제적인 상황을 해결해 가는 것이 아니라, 그것이 1950년대 전후사회에서 해결되지 않음을, 다시 말해서 얼마나 고통스럽고 지독한 것인가 하는 것을 보여줬다. 문제적인 상황을 강조하는 사건처리 방식은 장편소설에서는 서사의 빈약함을 노출시키는 것이었지만, 시 장르에서는 시대적인 분위기와 맞물려서 관심의 대상이 되었다. 시 「농무」에서 "답답하고 고달프게 사는 것이 원통하다"는 문제는 농촌에서 농사를 지어도 생계가 제대로 해결되지 않고 빚만 져서 아무런 희망도 없는 촌민의 상황을 강조한다는 점에서 시대의 현실을 적나라하게 제시한 것이 되었다.

셋째, 화법에 관한 것이었다. 「갈대」로 대표되는 1950년대 순수서정시의 화법과는 달리, 소설 『고독한 산』의 화법은 소설 속의 화자뿐만 아니라 등장인물의 다양한 욕망을 제시하는 새로운 방식이었다. 신경림의 소설은 소설 속의 화자와 그를 대변하는 주인공 종구의 목소리뿐만 아니라, 등장인물의 목소리도 가감 없이 전달함으로써 다양한 욕망의 표출을 가능하게 했다. 작가가 1950년대에 진보적인 사상에 심취했던 것에 반해서, 소설 속의 화자는 상호대립적인 두 세계와 이념에 대해서 쉽게 어느 한 쪽의 편을 들거나 어느 한 쪽의 이념이 진실이라는 선先판단을 하지 않는 개방적·중립적인 태도를 지녔다. 이러한 다양한 욕망을 제시하는 화법은 시집 『농무』에서도 그대로 나타난다는 점에서 서사구조적인 상동관계가 확인됐다. 시 「겨울밤」을 비롯한 주요 시편에서는 억압 대 저항이라는 이분법적인 이념을 넘어서서 그 두 이념이 일상 속에서 혼성되고 다양하게 변주되는 목소리를 들려줬다.

이렇게 볼 때 신경림의 서사적인 시가 형성된 과정에서는 우리 문학사의 영향도 있지만, 무엇보다 소설 『고독한 산』에 나타난 서사구조의 활용이 가장 중요하다고 판단된다. 신경림은 소설의 서사적 구조를 변용하여 시를 씀으로써 고유한 시적 서사를 만들 수 있었던 것이다. 이러한 시적 서사의 특성이『농무』이후의 문학세계에서 지속적으로 보인다는 점에서 소설과 시 사이의 서사구조적인 상동관계를 규명하는 이 연구의 의의가 있는 것이다. 그의 문학세계에서 인물, 사건, 그리고 화법을 처리하는 방식은 소설에서 처음 경험되었던 것이고, 이후 신경림 문학 전반의 중요한 특성을 이루는 것이다.

신경림 문학의 서사성 재고(再考)

I. 서론

신경림의 시는 민중의 삶이 이야기로 드러나 있다는 점에서 여러 서사적인 특성 즉 서사성(narrativity)을 지닌 것으로 논의되어 왔는데, 최근 그의 소설 『고독한 산』이 소개되면서[1] 그의 문학적 서사성에 대한 새로운 접근이 가능해졌다. 그는 1956년에 시 「갈대」로 대표되는 순수서정시로 등단해서 2~3년 동안 문단 활동을 한 뒤로 낙향했다가 1965년에 시 「겨울밤」으로 시작되는 서사적인 시를 들고 다시 나왔는데, 이 두 시

---

[1] 본 연구자는 신경림의 소설이 <대구매일>이라는 지방지에 실렸다는 연구사를 바탕으로 해서(신경림 · 정희성 · 최원식, 「삶의 길, 문학의 길(대담)」, 구중서 · 백낙청 · 염무웅 편, 『신경림 문학의 세계』, 창작과비평사, 1995, 25쪽) 소설을 다방면으로 탐색한 결과, <대구일보>를 <대구매일>로 오인했다는 사실과 소실된 것으로 잘못 알려진 그 신문이 영남대학교 도서관에 있다는 사실을 확인했다. 이어서 1950년대 후반의 <대구일보>를 검토하던 중, 소설 속에 나타난 몇몇 소재가 신경림의 1950년대 삶과 유사한 신현규의 장편소설 『고독한 산』을 찾았고, 여러 탐문과 신경림과의 전화 통화 끝에 '신현규'가 그의 필명임을 밝혀냈다. 신경림의 소설 『고독한 산』은 <대구일보>(1958. 9. 16~1959. 2. 14)에 게재되었다.

기 사이의 문학적인 경향과 그 간극은 실로 컸고 그 변화의 논리는 쉽게 설명되기 어려운 것이었다. 이런 상황에서 1958~1959년에 지방지 <대구일보>에 발표된 그의 소설은, 순수서정시가 서사화 되는 과정을 설명하는 중요한 매개가 된다는 점에서 관심의 대상이 된다.

기존의 논의가 서사적인 요소의 시적 수용이라는 단선적인 측면을 중심으로 이루어졌다면, 그가 쓴 소설을 검토할 수 있게 된 이제는 시에서 소설로 그리고 다시 시로 넘나드는 쌍방향적인 측면을 살펴볼 수 있게 되었다. 이 논문의 문제의식은 바로 이 지점에 있다. 이 논문은 그 동안 간과되었던 소설 『고독한 산』을 검토함으로써 이 소설부터 시작된 신경림 문학세계의 서사화 과정과 그 내적 논리를 살펴보고자 하는 목적을 지닌다. 시인의 소설 쓰기는 서정과 서사 장르의 특성이 서로 혼합되어 진행되었다는 점에서 특이하고, 그 이후의 시 쓰기 과정에서 서사 장르적인 특성을 수용하는 중요한 계기가 되었다는 점에서 주목에 값한다.

이러한 신경림 문학의 서사성을 규명하기 위한 한 방법으로써 장르 genre의 특성을 검토할 필요가 있다. 그의 문학을 순정하고 단일한 장르가 아니라 서정적인(lyrisch), 서사적인(episch), 또는 극적인(dramatisch) 것이 서로 뒤섞인 혼합 장르적인 것으로 이해할 때, 순수서정시에서 소설을 거쳐 서사적인 시와 서사시로 변모해 가는 내적 논리를 잘 살펴볼 수 있을 것으로 기대된다. 그의 문학은 시에 서사적인 것이, 그리고 소설에 서정적인 것이 스며듦으로써 독특한 장르적인 긴장과 갈등을 보여주기 때문이다. 이 때 "모든 참된 문학작품은 정도의 차이와 방법의 차이는 있을지언정 모든 문예장르의 관념에 관여"한다는 슈타이거와 장르적인 차이를 규명한 조동일의 장르론은, 신경림의 문학세계에 나타난 혼합 장르적인 특성을 분석하고 설명할 수 있는 유용한 근거가 된다.[2]

---

2) 장르의 혼합성을 논의할 때에는 문학작품을 개방적인 구조로 보고서 정도의 차이가 있

그 동안 신경림 시의 서사성에 대해서 여러 논의가 제기되었고 주목할 만한 성과도 있었지만, 아쉬운 것은 소설에 대한 언급이 없이 진행되어서 서사화 과정의 내적 논리를 제대로 설명하지 못한 채 서사적 요소의 시적 수용이라는 단선적인 방향으로 전개되었다는 점이다. 신경림이 소설을 썼고 발표했다는 사실은 동시대의 많은 문단 동료들이 알았을 것으로 추정되지만,3) 소설과 시 사이의 관계를 구체적으로 살펴보지는 않은

을지언정 어느 정도 혼합되어 있다는 슈타이거의 견해를(E. Steiger, 이유영·오현일 공역, 『시학의 근본개념』, 삼중당, 1978, 14쪽 참조), 그리고 서정, 서사, 극(희곡) 장르 간의 차이를 구분지어 그 핵심을 살펴볼 때에는 조동일의 사유를 참조했다. 특히 조동일은 문학 속에서 의식과 행동의 존재를 인물로 설정하고, 그 인물을 세계와 자아로 그리고 자아를 작품 속의 자아(작품내적 자아)와 작품 바깥의 자아인 화자(작품외적 자아)로 구분해 놓고서, 세계와 자아의 관계가 대결하는 것이냐 한쪽으로 귀착되는 것이냐 하는 양상을 살펴봤다. 그 결과 서정은 작품내적 자아가 세계를 일방적으로 대상화하는 것, 서사는 작품외적 자아의 개입으로 세계와 작품내적 자아가 대결하는 것, 극은 작품외적 자아의 개입 없이 세계와 작품내적 자아가 대결하는 것으로 규정됐다(조동일, 『한국소설의 이론』, 지식산업사, 1977, 66~136쪽 참조).
2008년 10월 18일에 개최된 한국시학회 제22차 전국학술대회에서 본 논문의 토론을 맡은 이성민 선생이 제기한 서술시·서사적인 시·서사지향적인 시·서사시·장시 등의 개념 논쟁에서 이 논문의 입론을 제기하기 위해서는 장르 개념규정이 선행될 필요가 있다. 이 논문에서 말하는 장르라는 용어는 장르류(서정(적인), 서사(적인), 극(적인)처럼 문학의 영구보편적인 특성을 표현하는 '이론적 장르')와 장르종(순수서정시·서정시·시와 소설·서사시처럼 구체적인 문학작품을 이르는 '역사적 장르')을 아우르는 개념이다(P. Hernadi, 김준오 역, 『장르론』, 문장, 1983 참조; 김준오, 『한국현대장르비평론』, 문학과지성사, 1990 참조). 이런 분류기준에 따라서 이 논문에서 쓰는 몇몇 용어의 장르성을 규정하면, 「겨울밤」으로 대표되는 시는 서사적인 대립구조 속에서 서정적인 감성을 구체화했다는 점에서 서사적인 장르류의 특성을 담고 있는 서정시 즉 '서사적인 시'로, 그리고 「새재」·「남한강」·「쇠무지벌」은 화자(작품외적 자아)와 인물(작품내적 자아)이 모두 제시된 긴 이야기라는 점에서 서사 장르류에 속하는 '서사시'로 이해된다(자세한 논쟁의 상황과 문제점은 남송우, 현대시학회 편, 「서사시·장시·서술시의 자리」, 『한국 서술시의 시학』, 태학사, 1998을 참조할 것). 물론 이러한 규정은 이 논문을 진행시키기 위한 잠정적인 것이다.
3) 신경림의 소설 『고독한 산』을 읽어본 친구들이 "'소설보다는 시가 낫겠다'는 충고"를

듯하다. 그의 시는 처음 논의되는 자리에서부터 "리얼리스트의 단편소설과 같은 정확한 묘사와 압축된 사연들을 담고 있"[4]다고 할 만큼 소설에 준하는 여러 서사적인 특성이 있는 것으로 평가되었지만, 이후의 연구사에서도 소설과의 구체적인 관계가 논의되지 않았다. 기존 논의의 방향은 편의상 이야기(story)와 담론(discourse)으로 나눠 살펴볼 수 있다.

신경림 시의 이야기는 주로 진보적 민족문학론의 영향으로 인한 변혁적인 흐름을 지닌 것으로 논의되었다. 백낙청이 신경림의 시에서 "미래의 어떤 비존을 암시하는 측면"[5]이 있음을 주장한 이래, 이러한 변혁적인 시각이 기초가 되어서 시 속의 민중이 "분명한 현실 극복 의지"[6]를 지니거나 "계급주체가 되는 전형의 삶"[7]을 보여준 것으로, 또는 시집 『남한강』에서 "진정한 농민공동체 실현을 위해 벌인 눈물어린 투쟁과 좌절의 자취"[8]를 형상화한 것으로 설명되었다. 이러한 진보적 민족문학론의 독법은 신경림의 시를 읽는 주요 방법이 되었지만, 자칫 변혁 이데올로기를 과도하게 내세워 문학 속의 이야기를 일—방향적으로 읽게 하는 문제점이 발생될 수 있다.

시 속의 이야기 논의가 변혁 이데올로기론으로 확산된 반면, 담론에 대한 논의는 몇몇 서사적인 특성을 규명하고자 한 방향으로 전개되었다.

했다는 기록이 있는 것으로 보아서, 그의 친구들과 문단 동료들은 소설을 썼다는 사실을 알았고 그것을 읽었을 것으로 판단된다(신경림 · 정희성 · 최원식, 구중서 · 백낙청 · 염무웅 편, 「삶의 길, 문학의 길(대담)」, 『신경림 문학의 세계』, 창작과비평사, 1995, 25쪽).

4) 백낙청, 신경림, 「발문」, 『농무』, 창작과비평사, 1975, 112쪽.
5) 백낙청, 「시인과 현실(좌담)」, <신동아> 1973년 7월호, 302쪽.
6) 이시영, 「70년대의 시」, <동서문학> 1990년 겨울호, 180쪽.
7) 민병욱, 「신경림의 「남한강」 혹은 삶과 세계의 서사적 탐색」, 『시와시학』 1993년 봄호, 129쪽.
8) 윤영천, 구중서 · 백낙청 · 염무웅 편, 「농민공동체 실현의 꿈과 좌절」, 『신경림 문학의 세계』, 창작과비평사, 1995, 173쪽.

그 중에서 신경림의 시가 서사적 혹은 극적인 특성이 있음을 지적한 논의가 주목된다. 염무웅은 서사시 「새재」가 "각개 장면은 서정시에 접근하고 작품 전체는 연극적 구조에 접근"할 때의 난점을 "크게 형식을 부"9) 수는 방식으로 극복해 갔다고 했고, 박혜숙은 신경림의 몇몇 시편이 "영화 서사물과 같은 장면"이나 "플롯이라고 일컬어도 손색이 없는 구조를 담"10)고 있다고 했으며, 김홍진은 신경림의 시에는 "민요·굿이라는 전통 구비 문학 양식을 생산적이고 창조적으로 수용·계승하는 장르 패러디적 성격이 두드러진다"11)고 보았다. 이 외에도 1930년대 백석 시의 영향이나 입말의 습관, 혹은 서사적 충동에서 신경림 시의 서사성을 해명하고자 한 시도도 있었다.12) 그렇지만 이러한 연구들 역시 소설을 논외로 했기 때문에 시적 서사화 과정을 온전하게 조망하기 어려운 점이 있었다.

본 연구자도 박사학위논문에서 신경림 시의 서사화 과정을 서사구조적인 측면에서 분석한 바 있었지만,13) 소설 논의 없이 진행되었기 때문에 주로 서사적인 특성이 시에 나타난 양상을 주목할 수밖에 없었다. 그러나 이제 소설 『고독한 산』의 소개로 인해서 서사성에 대한 새로운 각도의 논의가 가능해졌다. 본 연구는 신경림이 그의 문학세계에서 보여준 장르 선택과 변화, 구체적으로 말해서는 순수서정시 → 소설 → 서사적인 시 → 서사시로 전개되는 문학적인 흐름을 대상으로 해서 서사화 되

9) 염무웅, 「서사시의 가능성과 문제점」, 『한국문학의 현단계1』, 창작과비평사, 1982, 45쪽; 46쪽.
10) 박혜숙, 「신경림 시의 구조와 담론 연구」, 『문학예술』13호, 154; 162쪽.
11) 김홍진, 「신경림 시의 장르 패러디적 특성」, 『한국어문학』23집, 92쪽.
12) 고형진, 「서사적 요소의 시적 수용」, 『한국어문교육』3호, 59쪽 참조; 한만수, 「서정, 서사, 서경성의 만남」, 『순천대학교논문집』16집, 7쪽 참조; 유종호, 구중서·백낙청·염무웅 편, 「서사 충동의 서정적 탐구」, 『신경림 문학의 세계』, 창작과비평사, 1995, 57쪽 참조.
13) 강정구, 『신경림 시의 서사성 연구』, 경희대박사학위논문, 2003 참조.

는 과정의 내적 논리를 살펴보고자 한다. 특히 그 동안 논의된 적이 없던 소설『고독한 산』의 위치를 신경림의 문학세계에 재再배치함으로써 소설 장르의 특성을 수용하는 과정을 주목하고자 한다.

II. 서정적인 감성의 구체화

신경림이 소설『고독한 산』을 쓴 것은 1957년이었고, 발표한 것은 1958~1959년이었다. 이 시기는 그가 1956~1957년 사이에「갈대」를 비롯한 대여섯 편의 순수서정시를 문단에 알린 직후이다. 이러한 시기를 따지는 것은 그가 소설을 쓴 뒤로는 더 이상 순수서정시를 쓰지 않았다는 사실, 다시 말해서 그의 소설은 순수서정시에 대한 불만과 그 대안이었음을 말하기 위해서이다. "시인이란 사람들은 괜히 엉뚱한 말장난이나 하고 있었어요. (중략) 이런 판국에 이렇게 시를 써서 무엇을 하나를 고민하다가 결국 시를 쓰지 않겠다는 각오를 했"[14]다는 신경림의 고백은, 그가 당대의 문학적 조류에 대해서 상당히 비판적이었고, 또 그것이 자신이 써오던 시를 절필할 정도로 문제적이었음을 보여준다.

이 때 논의의 핵심은 그가 비판했던 당대의 문학적 조류와 자신의 시는 어떤 관계를 형성했고, 시적 불만과 그 대안으로서의 소설이란 그에게 어떤 의미를 지녔는가 하는 점이다. 이러한 의문을 해결하기 위해서는 신경림이 1956~1957년에 썼던 시편을 검토하는 데에서부터 논의를 시작할 필요가 있다. 1950년대는 전쟁으로 인한 허무주의가 팽배했고, 그것이 서구의 실존주의적인 인식틀에서 이해되던 시대였다. 문학에서는 하이데거와 키에르케고르의 사상에 깊이 영향을 받아서 "무목적, 무

---

14) 신경림 · 이희중, 「우리시의 정체성을 생각한다」,『현대시』1991. 2, 43쪽.

근거, 부조리, 허무, 고독, 불안"15)의 분위기가 대두되었으며, 당대의 확고한 문학적인 조류로써 자리 잡았다. 1950년대를 대표하는 신경림의 시 「갈대」도 이러한 자장 안에서 읽힌다.

언제부턴가 갈대는 속으로
조용히 울고 있었다.
그런 어느 밤이었을 것이다. 갈대는
그의 온몸이 흔들리고 있는 것을 알았다.

바람도 달빛도 아닌 것.
갈대는 저를 흔드는 것이 제 조용한 울음인 것을
까맣게 몰랐다.
─산다는 것은 속으로 이렇게
조용히 울고 있는 것이란 것을
그는 몰랐다.

─시 「갈대」 전문(全文)

"시인이란 사람들은 괜히 엉뚱한 말장난이나 하고 있었"다는 신경림의 고백에서 '말장난'이란 실존주의적인 문학 조류를 겨냥한 것이다. 1950년대의 실존주의는 "역사의 실체를 외면하고 애써 실존적 개인이 직면한 개별적인 각각의 '상황'으로 '현실의 구체성'을 돌려버"16)리는 것, 간단히 요약하면 현실을 추상화시키는 것이 문제점으로 지적된다. 신경림이 비판하고자 한 말장난이란 구체적인 사회 현실을 추상화시켜서 현실의 모순을 은폐시키는 것을 뜻했다. 이 때 문제는 위의 인용에서 보듯이 신경림 자신도 그러한 경향의 시를 썼다는 사실이다. '갈대'의 "온몸이

---

15) 조연현, 「실존주의 해의(解義)」, 『문예』 1954. 3, 최예열 편, 『1950년대 전후문학비평 자료2』, 월인, 2005, 67쪽에서 재인용.
16) 한수영, 『한국현대비평의 이념과 성격』, 국학자료원, 2000, 172쪽.

흔들리"는데, 그 흔들림이 "제 조용한 울음" 때문임을 알았고, 그 결과 "산다는 것은" "조용히 울고 있는 것"이라는 생각에 도달하는 것이 위 시의 중심 내용이다. 구체적인 사회 현실과 무관하게 자기 슬픔과 고독에 휩싸인 이 '갈대'는, 당대 실존주의에서 말하는 단독자의 모습을 나타낸 것에 불과하다. 신경림의 표현을 빌면 "사는 것과는 아무런 관계도 없는 것"[17]을 썼고, 남(실존주의자)의 '말장난'에 동조했던 것이다.

이러한 상황 속에서 신경림은 순수서정시를 포기하고 소설을 택한다. 이 점에서 그의 소설 『고독한 산』은 시에 대한 불만과 그 대안의 성격이 강하다. 그의 소설은 당대 순수서정적 · 실존주의적인 문학 조류에서 벗어나서 현실주의(realism) 경향을 탐구하는 과정의 매개 작품이다. 소설의 제목에서 보듯이 순수서정시의 문제의식인 '고독'을 테마로 하고 있지만, 그 '고독'은 추상적인 성격이 아니라 실제의 현실 속에서 주요 인물이 경험하는 구체적인 성격을 지닌다. 신경림은 '고독'이라는 문제를 놓고서, 순수서정시에서 보여준 실존주의적인 감성을 소설 속에서 현실주의적인 감성으로 구체화한 것이다. 이것을 잘 보여주는 인물이 작가 신경림의 분신인 주인공 '종구'이다.

> 이렇게는 살아 갈 수가 없는 것이다. 무엇이든 하긴 해야 하는 것이다. 그러나 너무 무겁다. 그리고 외로운 것이다. 이 고독을 어떻게 해야 하는 것인가? 또한 어떻게 먹고 살아야 하는 것인가? 병역은 어떻게 해야 하는가? (아직은 학적이 있는지 나오지 않았지만.) 이 열등의식은 어떻게 극복해야 하는가? 학교도 다니고 싶다. 시도 더 계속해 쓰고 싶다. 그러나 그는 외로웠다. 죽음이란 것을 가끔 생각해 보았다.(3)[18]

---

17) 신경림 · 정희성 · 최원식, 구중서 · 백낙청 · 염무웅 편, 「삶의 길, 문학의 길(대담)」, 『신경림 문학의 세계』, 창작과비평사, 1995, 18쪽.
18) 신경림, 『고독한 산』 3회, <대구일보> 1958. 9. 18. 『고독한 산』의 인용은 ( ) 표시 안에 회를 적어놓음.

시「갈대」의 표현대로 하면 종구는 '갈대'이지만, 시와 다른 점은 "산다는 것은" "조용히 울고 있는 것"이라는 생각을 자신이 처한 사회 현실의 맥락에서 구체적으로 보여준다는 것이다. 그것은 "무엇이든 하긴 해야 하는 것"이지만 어떻게 할 수 없는 절망감이자 고통과 슬픔이다. "시도 더 계속해 쓰고 싶"은 데다가 "어떻게 먹고 살아야 하"고 "병역은 어떻게 해야 하"며 "열등의식은 어떻게 극복해야 하는가"라는 고민을 하는 이 20대의 청년은, 자기가 처한 사회 현실 속에서 삶의 문제를 해결하지 못해 "조용히 울고 있"는 것이지, 현실을 추상화시켜 단독자적인 고통을 표출시키는 것이 아니다. 신경림의 소설은 시에서 보여준 추상적인 '갈대'를 종구라는 인물을 통해 구체적인 시공간 속에서 형상화하고 있는 것이다.

소설『고독한 산』에 등장하는 인물은 종구 이외에도 대다수 인물이 자신이 처한 사회 속에서 구체적인 고독을 보여준다. 전쟁 중 미군에게 강간당한 외상으로 인해서 이성애를 거부하는 영재, 젊은 시절 많은 재산을 날리고 회오에 빠져 사는 달영, 자기 출생의 오해로 고통스러워 하는 용수 등은, 시와는 달리 자기가 처한 구체적인 현실 속에서 "사는 것"을 말하고 있다. 1950년대의 피폐한 전후 현실에서 자신의 꿈을 성취하지 못하고 고통과 절망감에 빠져 살아가는 인간의 고독을 구체적으로 형상화하는 것은, 이 소설이 1950년대의 순수서정시와 구별되는 지점이다.

이 때 문제가 되는 것은 고독의 감성을 너무 전경화하다 보니 서사적인 장르가 지녀야 할 대립구조가 약화되어 있다는 점이다. 이 소설은 인물의 감성이 지나치게 강조되어서 "자아와 세계의 대결"[19]이라는 서사장르적인 특성이 가려져 있다. 소설의 이야기를 따라가 보면 주인공 '종구'는 세계와 대결하기보다는 스스로 고통스러워한다. 종구는 "지방문화

---

19) 조동일,『한국소설의 이론』, 지식산업사, 1977, 102쪽.

발전의 일익을 담당한다"면서 잡지사 직원의 대우를 부당하게 한 사장의 위선(37)과 맞서지 않고 그로 인한 자신의 불만·고통을 드러내는 데에 초점을 맞추고(80), 합법적인 노동운동을 방해·회유하는 권력의 기만을 보여주고 그 기만에 희생되는 자신을 서술하면서도 적극적으로 부딪히지 않으며(128), 자신을 밀고자로 여기는 동지들의 오해를 형상화할 뿐이지 해명하지 않는다(141). 신경림은 문제적인 상황을 해결하는 방향이 아니라, 노출시켜 강조하는 방향으로 서술한다.

이러다 보니 이 소설은 마치 구체적인 현실 속에서 고독의 감성을 드러내는 것이 중심이 되어 버린다. 쉽게 말해서 서사적인 장르는 파탄에 이르고 그 대신 순수서정시에서 보여줬던 고독의 감성이 전면에 부각된다. 신경림의 소설 『고독한 산』은 순수서정시의 현실추상성에 대한 불만의 대안으로 기획된 것이었지만, 구체적인 현실 속에서 주요 인물이 처한 고독의 감성을 중심에 놓다 보니, 자아와 세계 사이의 대립구조가 너무 흐릿해진 것이다. 이 점에서 이 소설은 습작 수준으로 평가되는 것이지만, 신경림의 문학 세계 속에 서사가 들어오게 된 최초의 작품이라는 점에서 의미심장하다. 그는 서사적인 장르를 파탄시킨 대가로 서정적인 감성을 구체화할 수 있었는데, 이러한 경험은 서사적인 시를 쓸 때 좋은 밑거름이 된다.

III. 대립구조의 강화

소설 『고독한 산』 이후, 신경림이 다시 서정시를 택했다는 사실은 주목에 값한다. 시에서 소설로 방향 전환했던 자가 다시 시를 선택한 것은, 자기 소설에 대한 한계를 인식한 것과 관계된 듯하다. 그의 소설은 순수서정시에서 보여줄 수 없었던 서정적인 감성을 현실 속에서 구체화하는 데에는 성공했지만, 대립구조가 너무 느슨해져 서사적인 장르의 파탄을 맞이한 것이었기 때문이다. 이런 소설로는 더 이상 문학적인 추동력을 발휘하기 어려웠던 속사정, 그것이 시를 재再선택할 수밖에 없었던 이유가 아닐까 추측된다. 이 때 중요한 것은 소설 이후의 시는 장르적인 구분을 떠나서 자기 소설의 한계를 극복하고자 한 시도였다는 점이다. 그의 시는 소설에서 미완된 서사 장르적인 긴장을 회복하면서 서정적인 감성을 구체화하고자 노력했던 것이다.

이러한 노력은 서정시에서 대립구조를 강화하는 방향으로 나타난다. 원래 서정적인 것은 "세계의 사정은 고려하지 않고 자기의 태도를 선언할 자유",[20] 즉, 주관성을 핵심적인 특성으로 하는 장르이다. 서정시 속에 서사적인 장르의 특성인 대립구조가 삽입되기 위해서는 장르 혼합의 방법이 필요하다. 그 방법이란 "자아가 의식과 행위의 주체로서 세계를 대상화할 뿐만 아니라 세계 역시 의식과 행위의 주체로서 자아를 대상화하는 상호대상화의 관계"[21] 혹은 서사적인 대립구조 속에서 자아의 주관성을 표나게 드러내는 것을 의미한다. 이러한 장르 혼합의 방법은 서정시인이 시도하기 곤란한 것이겠지만, 신경림의 경우에는 자기 소설에서 서정적인 감성을 서사적인 대립구조 속에 삽입한 경험이 있었기에 감행할 수 있었던 것이다.

신경림의 시에서는 자아가 세계와의 대립구조 속에서 서정적인 감성을 드러낸다. 이 때 대립구조는 1960~1970년대의 공업화(세계)와 촌민(자아) 사이의 갈등으로 제시된다.[22] 시집 『농무』의 공간적 배경이 주로

---

20) 조동일,『한국소설의 이론』, 지식산업사, 1977, 93쪽.

21) 조동일,『한국소설의 이론』, 지식산업사, 1977, 95쪽.

22) 여기에서 말하는 공업화와 촌민 사이의 갈등은 권력(세계)의 억압 대 민중(자아)의 저항이라는 변혁 이데올로기적인 것이 아니라, 세계와 자아 사이의 대립이라는 서사장

농촌이기 때문이다. 1960년대의 공업화 권력이 도시의 저임금 노동력 확보를 위해 작물가를 낮추고 비료가를 높인 정책을 쓴 결과, 농촌은 피폐화되고 공동화되고 만다. 신경림은 "이렇게 하다가는 앞으로 시골 사람들은 전부 죽게 될 것이다. 보나마나 우리 땅을 빼앗기고 고향에서 밀려나게 될 것이라는"[23) 토로를 한 적이 있었는데, 이러한 토로는 시에서 공업화와 촌민 사이의 대립구조를 추측하게 한다. 시집 『농무』는 이러한 대립구조 속에서 촌민이 느끼는 주관적·서정적인 감성의 언어를 들려준다. 그것은 크게 두 층위로 나뉜다.

먼저, 대립구조가 표층화되어 있는 경우이다. 신경림의 시에서는 자아가 세계를 대상화할 뿐만 아니라 세계 역시 자아를 대상화한다는 점에서 서사 장르적인 특성인 상호대상화의 관계가 잘 드러나 있다. 이러한 대립구조가 강화된 시편에서 서정적 자아의 감성은 현실 비판적이거나 냉소적인 경향으로 제시된다.

> 나라 은혜는 뼈에 스며
> 징소리 꽹과리 소리
> 면장은 곱사춤을 추고
> 지도원은 벅구를 치고
> 양곡 증산 13·4프로에
> 칠십 리 밖엔 고속도로
> 누더기를 걸친 동리 애들은
> 오징어를 훔치다가
> 술동이를 엎다

르적인 특성을 의미한다. 서사는 상호 대상화라는 대립구조를 장르적인 핵심으로 한다. 변혁 이데올로기에 대한 문제점은 이 논문의 문제제기를 참고할 것.

23) 신경림·김사인, 「신경림의 시세계와 한국시의 미래」, 『오늘의 책』 1986년 봄호, 20쪽.

용바위집 영감의 죽음 따위야
스피커에서 나오는
방송극만도 못한 일

– 시 「오늘」 부분

　위의 시에서 가장 눈에 띄는 것은, '면장'·'지도원'으로 상징되는 공업
화 권력과 "동리 애들"·"용바위집 영감"으로 대표되는 촌민 사이의 대
립구조이다. 공업화 권력(세계)은 "양곡 증산 13·4프로에/칠십 리 밖엔
고소도로"라는 농업정책과 국토개발의 성과를 통해서 촌민을 정책적인
수혜자로 대상화하고, 촌민에 속하는 시적 화자(자아) 역시 "누더기를 걸
친 동리 애들"과 "용바위집 영감"의 불쌍한 삶을 말하면서 공업화 권력
을 정책 실패자로 대상화한다. 이러한 대립구조 속에서 시적 화자는 "나
라 은혜는 뼈에 스"민다는 비꼼과 냉소, 공업화 권력이 "용바위집 영감의
죽음 따위야" 아무런 문제로 삼지 않는다는 모순과 아이러니, 그 죽음이
"방송극만도 못한 일"이 된다는 풍자와 조소가 뒤섞인 감성을 보여준다.
　이처럼 신경림의 시는 선명한 대립구조를 제시함으로써 서사 장르적
인 특성을 회복할 수 있었고, 동시에 서정적인 감성을 삽입시킬 수 있었
다. 이 때문에 그의 시에는 서정적인 것과 서사적인 것이 팽팽한 긴장감
을 이룬다. 그는 이러한 장르적인 긴장감을 통해서 서사적인 시를 생산
할 수 있었다. 시집 『농무』의 대표적인 시편은 거의 이러한 긴장감의 소
산이다. "우리는 가난하나 외롭지 않고, 우리는/무력하나 약하지 않다"
(시 「시골 큰집」)는 비장감, "이제 우리에겐 맺힌 분노가 있을/뿐이다"
(시 「원격지」)의 분노, "비료값도 안나오는 농사 따위야"(시 「농무」)라는
탄식, "모두 함께 죽어 버리자"(시 「산1번지」)는 격분 등은, 모두 세계와
자아 사이의 대립구조 속에 삽입된 서정적인 감성이다.
　그리고 대립구조가 심층화되어 있는 경우이다. 이 경우 자아와 세계의

II. 서사성의 수용과 시의 변화 양상　221

대립은 주로 개인적인 문제로 제시되지만, 많은 경우에 그 문제는 공업화 권력과 촌민 사이의 대립에서 발생하는 것이다. 표면적인 갈등의 이면에는 심층적인 갈등이 숨어있는 것이다. 이 때 서정적인 감성은 공업화 권력과의 갈등이 간접화·은폐화되어 있기 때문에 자기 원망적이고, 때로는 부조리한 상황을 개선할 수 없기에 현실 추수적이기도 하다.

> 마작판에서 주머니를 털린 새벽.
> 거리로 나서면 얼굴을 훑는 매운 바람.
> 노랭이네 집앨 둘러
> 새벽 댓바람부터 술이 취한다.
>
> (중략)
>
> 비틀대며 냉방으로 돌아가면
> 가난과 두려움으로 새파래진 얼굴을 들고
> 아내는 3월 1일이 오기 전에
> 이 못난 고장을 떠나자고 졸라댄다.
>
> — 시 「3월 1일 전후」 부분

시적 화자가 "술이 취"하고 '아내가' "이 못난 고장을 떠나자"는 위의 시는 표면적으로 시적 화자와 아내 사이의 갈등이 보이지만, 심층적으로는 공업화 권력과 촌민 사이의 대립구조가 형성돼 있다. 시적 화자가 "마작판에서 주머니를 털"리고 '아내'가 "이 못난 고장을 떠나자고 졸라"대는 이유는 개인적인 이상행동 및 심리라기보다는, 공업화 권력이 실행한 정책의 부작용, 즉 정책에 협조해도 제대로 살기 힘들고 그로 인해 '마작'과 '술'에 빠지고 농촌을 '떠나'고 싶은 불만 때문인 것으로 봐야 한다. 이런 시각에서 보면 시적 화자는 공업화 권력(세계)을 정책적 실패자로 대상화하고 있는 것이다. 또한 이러한 시각은 공업화 권력이 촌민을 정책의 수혜자로 대상화하고 있음을 전제한다. 이 시에서 시적 화자와 '아내'의 무기력과 실망, 혹은 자기 원망의 감성은 세계와의 심층적인 대립구조 속에서 이해되는 것이다.

이처럼 신경림의 시는 공업화 권력이 실행한 정책의 부작용을 촌민의 실제 삶에서 형상화하고, 그 속에서 고통의 감성을 보여준다. 그 감성은 촌민 사이의 폭력으로 나타나기도 하고, 공업화 정책을 추수하는 행동으로 제시되기도 한다. 가령 "친구들은 떼로 몰려와 내게 트집을 부렸"고 "발길질을 했다"(시 「동면」)는 구절에서 '친구들'의 폭력성은 먹고살기 힘들어 실의에 빠진 촌민의 역설적인 감성으로, 그리고 "나는 장정들을 뿌리치고 어느/먼 도회지로 떠날 것을 꿈꾸었다"(시 「실명」)는 구절의 이농·상경 욕망은 부조리한 상황을 개선할 수 없기에 보여주는 현실 추수적인 감성으로 이해된다.

IV. 현장성의 강조

시집 『농무』가 1975년에 정식 출판된 이래, 신경림의 관심은 서사시로 쏠린다. 일찍이 서정에서 서사로 장르 변환을 시도했던 자가 그것을 반복한다는 것은, 서정시가 감당하기 곤란한 문제에 봉착했음을 암시한다. 그 문제란 서정적인 감성을 현실 속에서 구체화하고자 순수서정시에서 소설을 택했던 이유와 밀접하게 관계한다. 신경림은 소설의 서사 장르적인 파탄을 극복하고자 다시 서사적인 시를 택했으나, 서사적인 시로는 현실 속에서 일어나는 생생한 감성의 변화를 생생하게 추적하기 어려움을 경험한 듯하다. 이러한 장르적인 한계를 넘어서기 위한 새로운 시도가 「새재」(1978), 「남한강」(1981), 「쇠무지벌」(1985)로 이어지는 연작 서사시이다.

그의 서사시는 마치 서정시 형태로 긴 이야기를 하는 것처럼 세계와의 대립구조를 총체적으로 보여주면서 자아의 감성을 삽입시키는 형태를 유지한다. 서정시의 장편화라고 부를 수 있는 이 형식은 소설 장르에서 보여줬던 서사의 욕망을 다시 한 번 표출하는 것이다. 세계를 총체적으로 다루는 장편소설 창작의 경험은, 서사적인 시에서 다룰 수 없는 규모와 수준의 이야기를 풀어나가고자 서사시를 선택하는 데에 있어서 직접적인 도움을 준다. 단적으로 말해서 신경림의 서사시는 서정시로 소설을 쓰는 형식인 것이다.

이 때 그의 서사시에서는 필연적으로 현장성이 강조된다. 본래 서사시와 같은 서사 장르의 "이야기는 작품외적 자아가 작품내적 자아와 세계의 대결을 대상화하는 행위로서 존재하며, 이 대상화를 가능하게 하는 거리를 확보하기 위해서" "과거형이 사용된다."[24] 반면 서정시에는 "세계의 시간은 작용하지 않"고 오직 "작품내적 자아의 시간"[25]이 존재한다. 신경림의 서사시는 서정시를 장편화한 관계로 작품내적 자아와 세계가 서로 대상화하면서도 작품내적 자아의 시간을 보여주는 이른바 극적인 시간, 다시 말해서 "사건의 순서가 바로 굿(극−필자 주)의 순서이며, 자아와 세계의 대결은 그것이 이루어지고 있는 현장에서 제시되고 현재형"[26]으로 진행된다.

연작서사시집 『남한강』은 이런 방식을 활용해서 현장에서 경험되는 감성을 현재형으로 생생하게 보여준다. 첫 번째 서사시가 「새재」이다. 이 서사시는 작품내적 자아인 '돌배'가 세계를 인식하고 그것과 대립하

24) 조동일, 『한국소설의 이론』, 지식산업사, 1977, 97쪽.
25) 조동일, 『한국소설의 이론』, 지식산업사, 1977, 93쪽.
26) 조동일, 『한국소설의 이론』, 지식산업사, 1977, 98쪽.

는 현장을 제시하고, 그 현장에서 경험되는 생생한 감성을 서술한다.

　　몰려드는 젊은이들 빗발치는 돌팔매,
　　몽둥이 괭이자루 곡괭이 쇠망치.
　　아우성은 아우성을 부르고
　　피는 피를 부른다.

　　배를 곯는 설움
　　짓밟히는 아픔
　　나라 빼앗긴 울분

　　이 모든 것이 한덩어리가 되어
　　치고 밟고 찌르고 던진다.
　　저것이 내가 미워하는 모든 것이다
　　나를 밟고 학대하는 모든 것이다.

　　　　　　　　　　　　　　　　　　　　　　－ 서사시 「새재」 부분

　위의 인용에서 왜놈 기사가 한 아낙네를 희롱해 촉발된 싸움은 '돌배'
가 느끼는 감성을 생생하게 펼쳐낸다. 세계와의 대립구조가 생성되는 현
장에서 자아의 감성을 드러낸다는 것은, 그 감성이 발생하고 변화하는 움
직임을 그대로 붙잡는 극적 효과를 만들어낸다. 짧은 이야기보다는 긴 이
야기에서 좀 더 변화무쌍하고 세밀한 감성을 살려낼 수 있는 것이다. "배
를 곯은 설움/짓밟히는 아픔/나라 빼앗긴 울분"은, 그 동안 '돌배'(자아)가
부자·왜놈(세계)에게 쫓기며 신분을 숨기고 살다가 왜놈에 대한 민족
적 수치감과 자기열등감을 한꺼번에 드러내는 복잡다단한 것이다. 또한
이러한 피학적·수동적인 감성이 "이 모든 것이 한덩어리가 되어/치고
밟고 찌르고 던"지는 행위를 통해서 가학적·능동적인 감성으로 변화하
는 현상은 서정시로는 감당하기 어려운 것인데 생생하게 포착하고 있다.

이처럼 현장성을 강조하는 신경림의 서사시는, 감성의 복잡미묘한 생성과 변화를 효과적으로 서술한다. 「새재」에서는 식민주의자(세계)와의 대립구조를 인식하면서 발전·변화되는 '돌배'의 감성이 전복적이면서도 세밀하게 형상화된다. '돌배'는 '나라'에 대한 순종에서 "나라란 우리에게서 빼앗기만 하는 곳/땅에서 쫓아내고 집을 빼앗는 곳"으로 그 인식을 바꾸고, 관습적인 지주의 토지독점을 수긍했던 생각에서 "이 기름진 땅/강가의 모든 들판은/우리 것이다"라고 각성하며, 양반의 권위를 인정했던 모습에서 "너희들은 오르지 너희들의 편이다"라고 비판하는데, 신경림은 그 전복의 과정에서 세밀한 감성의 변화를 잘 보여준다. 서사시에서는 서정시에서 엄두를 낼 수 없었던 감성의 변화와 세부를 포착하고 있는 것이다.

작품내적 자아가 혼자서 말할 때의 문제점은 세계의 의식·행위나 전체적인 상황까지도 작품내적 자아가 홀로 감당해야 한다는 점이다. 서사시라는 장르가 주로 3인칭 시점으로 논의되는 까닭은, 자아와 세계의 의식·행위는 자아와 세계의 대화를 통해서, 그리고 전체적인 상황과 요약은 작품외적 자아인 화자가 맡기 때문이다. 「새재」에서는 그런 역할을 하는 숨겨진 화자가 있지만, 1인칭 시점의 특성 상 작품내적 자아의 말과 혼동되기 쉽다. 위에서 "몰려드는 젊은이들 빗발치는 돌팔매,/몽둥이 괭이자루 곡괭이 쇠망치."라는 상황 제시나 "아우성은 아우성을 부르고/피는 피를 부른다."라는 요약적 설명은 숨겨진 화자가 하는 것이지만, 마치 1인칭인 '나'가 하는 것처럼 착각되기도 한다. 물론 신경림은 이러한 혼동에서 생기는 작품의 난점보다는,[27] 1인칭 시점을 통한 인식·행위·감성의 생생한 변화 포착이라는 이점을 더욱 중시한 듯하다.

---

27) 염무웅은 이러한 난점 때문에 "시점의 일관성에 차질이 생"기고, 시제의 혼동이 발생함을 지적한 바 있다. 염무웅, 「서사시의 가능성과 문제점」, 『한국문학의 현단계1』, 창작과비평사, 1982, 41쪽; 42쪽.

1인칭 시점의 선택은 서정시를 장편화 할 때 시도해 볼만한 것일 수 있지만, 서사시에서 무리한 것임은 틀림없다. 신경림이 서사시 「남한강」과 「쇠무지벌」에서 1인칭 시점을 버리고 3인칭 시점을 선택한 이유가 여기에 있다. 현장성을 강조하고자 하는 시인은, 1인칭 시점의 한계를 자각하고 3인칭 시점을 그 대안으로 제시한다. 3인칭 시점에서는 화자의 몫인 서술과, 자아와 세계의 몫인 대화가 자연스럽게 구분된다. 또한 서사시가 집단민요 방식으로 극화될 때 요구되는 합창의 몫도 쉽게 삽입된다. 여기에서는 서로 대립하는 세계와 자아의 행위 · 감성을, 그리고 화자의 서술이나 합창단의 합창까지 입체적으로 표현해낼 수 있다는 점에서 당대 현실의 총체성을 현장감 있게 반영할 수 있다.

> 안방 건너방 작은 사랑 큰 사랑
> 세미선 팔덕선 잔바람 속에서
> 나오느니 한숨뿐.
> 망했구나 망했어 새부자가 망했구나
> 망했구나 망했어 새부자가 망했구나.
>
> 아서라 말아라 그런 말을 말아라
> 사람 잘난 게 잘못이냐
> 시키니까 했지
> 어리석고 미련한 백성
> 남의 탓만 하누나
>
> (중략)
>
> 주는 거야 먹고 취하면야 춤추지
> 그러나 우리한테도 깊은 속은 있다네.
> 빼앗긴 만큼은 빼앗고

짓밟힌 만큼은 짓밟고.

– 서사시 「쇠무지벌」 부분

위의 인용에서는 해방 이후 친일주의자(세계)의 몰락과 민중(자아)의 욕망을, 그리고 화자와 합창의 개입까지를 다채롭게 보여준다. 화자는 "안방 건너방 작은 사랑 큰 사랑/세미선 팔덕선 잔바람 속에서/나오느니 한숨뿐."인 상황을 요약해 주고, 합창단은 "망했구나 망했어 새부자가 망했구나/망했구나 망했어 새부자가 망했구나."라는 합창을 넣어준다. 이런 제시를 통해서 당대 현실의 분위기를 짐작하게 해준다. 이어서 새부자는 "사람 잘난 게 잘못이냐/시키니까 했"다는 친일의 논리를 단적으로 말하고, 민중은 "주는 거야 먹고 취하면야 춤추지/그러나 우리한테도 깊은 속은 있다"는 비장한 마음을 토로한다. 세계와 자아가 서로 대립하는 대화와 전체적인 상황까지도 모두 표현될 수 있는 극적 장치를 만들어 놓음으로써, 「쇠무지벌」은 일반적인 서사시에서는 보기 힘든, 당대 현실을 살아가는 여러 구성원들의 감성을 총체적·입체적으로 형상화한다.

신경림은 이러한 극적 장치를 통해 서사시에서 자아의 감성을 강조한다. 이 때문에 그의 서사시에는 식민 대 저항으로 이분화된 논리로는 만나볼 수 없는 당대 사회의 생생하고 현장감 넘치는 인물들의 감성·심리·욕망이 잘 형상화되어 있다. 「남한강」에서 "자아, 어떻소/일본은 과연 신기한 나라구료"라는 일본에 대한 동경 심리, '돌배'를 추억하면서도 '돌배'와 같은 사나이에게 빠져서 "옥양목치마 벗"는 '연이'의 욕망, 단지 자신의 누이를 첩으로 됐다는 이유로 "나가야마를 찌른" "대장간집 작은 아들"의 이상심리는, 이분법적인 논리로는 설명하기 힘들지만 실제의 인물이 생생하게 경험할 법한 것이다.

V. 결론

　이 논문은 그 동안 제대로 알려지지 않은 소설『고독한 산』의 소개에 힘입어 신경림 문학의 서사성을 재고하고자 했고, 그의 소설을 검토함으로써 소설부터 시작된 문학세계의 서사화 과정과 그 내적 논리를 탐구하고자 하는 문제의식을 지녔다. 이 때 장르의 혼합성을 살펴본 슈타이거와 장르의 차이를 규명한 조동일의 논의에 근거해서, 문학적인 변모과정에 나타난 혼합 장르적인 특성을 주목했다. 그 결과 순수서정시 → 소설 → 서사적인 시 → 서사시로 전개되는 문학의 장르 선택과 변화 과정에서 서정적인 감성을 핵심으로 놓고서 서사적인 대립구조와 극적인 현장성을 적절하게 활용하여 서서화를 진행했음을 검토할 수 있었다.

　먼저, 소설『고독한 산』은 서정적인 감성을 구체화한 서사 장르의 형태임을 확인했다. 이 소설은「갈대」로 대표되는 자신의 순수서정시·실존주의시에 대한 불만과 그 대안의 성격을 지녔다.「갈대」의 세계는 실존주의적인 단독자가 지닌 고독의 감성을 형상화했는데, 그것은 현실추상적인 것이었다. 신경림은 자신의 소설 속에서 현실추상적인 고독의 감성을 각 인물이 처한 사회 현실의 맥락에서 구체화했다. 주인공 종구를 비롯해서 다양한 인물이 자기 계층의 현실 속에서 고독의 감성을 보여줬다. 이 때 문제가 되었던 것은 고독의 감성을 너무 전경화하다 보니 서사적인 장르가 지녀야 할 대립구조가 약화되어 있다는 점이었다. 그의 소설은 서사 장르적인 파탄에 이른 습작 수준으로 평가되는 것이었지만, 자신의 문학세계에서 서사가 들어오게 된 최초의 작품이었다.

　그리고 1965~1970년대의 시편을 모은 시집『농무』는 서사적인 대립구조 속에서 서정적인 감성을 구체화한 혼합 장르적인 특성을 보여줬다. 그가 다시 시를 선택한 것은, 자기 소설에 대한 한계를 인식하고 그 한계를 서정 장르에서 극복하고자 한 노력과 관계됐다. 그의 시는 소설에서 미완된 서사적인 대립구조를 강화하면서 그 속에서 서정적인 자아의 주관성을 표 나게 드러내는 방식을 활용했다. 1960년대 농촌 사회를 배경으로 한 까닭에 주로 공업화(세계)와 촌민(자아) 사이의 대립구조를 형성했다. 그 대립구조는 표층적 혹은 심층적으로 나타나면서 현실 비판적이거나 냉소적, 또는 자기 원망적이거나 현실 추수적인 감성으로 구체화됐다. 소설의 영향으로 인해서 서사적인 대립구조와 서정적인 감성 사이의 팽팽한 긴장감을 이뤘다.

마지막으로, 서사시집 『남한강』은 세계와의 대립구조를 총체적으로 보여주면서 자아의 감성을 삽입시키는 혼합 장르적인 특성을 지녔다. 서사적인 시로는 현실 속에서 일어나는 생생한 감성의 변화를 현장감 있게 추적하기 어렵다는 고충은, 서사시를 선택하게 만든 한 동인이었다. 신경림의 서사시는 서정시의 장편화로 부를 수 있는 형식을 고수했기 때문에 작품내적 자아가 직접 말을 하고 자아와 세계의 대결은 그것이 말해지는 현장에서 제시되는 극적인 형태로 서술되었고, 이런 까닭에 현장성이 강조되었다. 서사시 「새재」에서는 주인공 돌배가 1인칭 '나'로 설정되면서 '나'가 세계를 인식하고 그것과 대립되는 현장에서 경험되는 생생한 감성을 표현할 수 있었다. 이 때 서사 장르적인 문제점이 발생했는데, 그 문제점을 해소하고자 이후의 서사시 「남한강」과 「쇠무지벌」에서는 3인칭을 택했고, 세계와 자아의 대화뿐만 아니라 화자의 서술과 합창단의 합창까지도 입체적으로 수용할 수 있었다.

신경림 문학의 서사성은 소설이라는 서사 장르에서부터 발생했고, 소설의 장르적인 문제점과 그 특성을 보완·강화하면서 심화되었다는 점에서 다시 주목되어야 한다. 그의 문학은 서정적인 감성의 시로 출발했지만, 그것이 지닌 현실추상적인 한계를 극복하고자 서사화하는 방향으로 전개되었다. 이 과정에서 서정적 감성을 구체화하고자 소설을 선택했고, 서사 장르적인 파탄을 넘어서고자 서사적인 대립구조를 강화하고 그 속에 서정적인 감성을 삽입시킨 서사적인 시를 모색했으며, 시대적인 현실 속에서 생생한 감성의 변화를 추적하고자 현장성이 두드러진 서사시를 추구했다. 신경림은 그의 문학세계에서 여러 장르를 거치고 혼합시키면서 서정적인 감성을 서사화했던 것이다. 이 논문에서 분량 상 논의하지 못한 서사시 이후의 혼합장르성 논의는 부득불 다음 기회로 미루기로 한다.

Ⅲ. 문학지리학적인 읽기: 타자와 대면하는 현장

문학지리학으로 읽어본 신경림 문학 속의 농촌*

−1950~1970년대 작품을 중심으로

I. 서론

이 논문은 당대의 지배적인 이념에 휩쓸리지 않은 채로 인간 삶의 다양한 모습을 서술한 1950~1970년대 신경림 문학의 특성이 농촌이라는 공간과 어떠한 관계가 있는가 하는 점을 문제로 제기한다. 1950~1970년대의 신경림 문학에서는 시와 소설을 막론하고 농촌이 주요 배경으로 등장하면서 그 속을 살아가는 인간의 삶을 다채롭게 보여준다. 이러한 형상화는 농촌에 대해서 당대의 자본 · 권력이 농업근대화의 대상으로 규정짓거나, 비판적인 지식인이 자본 · 권력에 맞서 피억압이 진행되는 공간 혹은 내부식민지로 이념화하는 것과는 일정한 거리가 있다. 특히 신경림의 문학은 당대의 비판적인 지식인과 달리 젊은 시절에 농촌이라는 공간을 실제로 체험했다는 점에서 주목을 요한다.[1] 그의 문학 속에서

---

* 이 논문은 2012년 7월에 고려대학교 안암캠퍼스 운초우선교육관에서 한국문학과 지역성이라는 주제로 열린 한국문학이론과비평학회의 전국학술대회에서 발표한 논문을 수정 · 보완한 것이다. 이 발표에서 토론을 맡아준 서강대학교의 엄성원 선생의 지적

농촌은 당대의 지배적인 이념으로 포착되지 않는 인간의 생생한 삶이 드러나는 공간이 되기 때문이다.

이 글에서는 이처럼 당대의 지배적인 이념과는 다른 시각으로 문학적인 형상화가 가능한 까닭이 무엇보다도 신경림이 인간 삶의 현상을 농촌이라는 구체적인 공간과 관련지어 이해했기 때문이라는 점을 규명하고자 한다. 여기에서 농촌이란 농업이 주가 되는 사회적 · 경제적인 생활공간이자 전통적인 문화 공간인 촌락을 의미하는 것으로써,[2] 신경림의 개인사로 볼 때에 그가 태어나 자라고 대학 중퇴 후 귀향해 7~8년을 살면서 주요 작품의 배경이 되는 곳을 의미한다.[3] 이러한 농촌이야말로 당대의 지배적인 이념이 개입 · 투영되면서, 동시에 인간에게 수용 · 변용되거나 거부 · 반발되는 현상이 잘 드러난다는 점에서 다양한 삶의 모습이 형상화되는 문학 속의 공간이 된다. 신경림은 그의 주요 작품에서 이러한 다양한 삶의 모습이 구현되는 공간으로서 농촌을 세세하게 포착하고 있는 것이다.

과 격려는 이 논문을 수정 · 보완하는 데에 있어서 큰 도움이 되었고 이 점에 대해서 감사드린다는 뜻을 지면을 통해서 밝힌다. 논문의 제목은 원래 '인문지리학으로 읽어본 신경림 문학 속의 농촌'이었으나, 수정 · 보완의 과정에서 논문의 본의를 잘 드러낼 수 있도록 '문학지리학으로 읽어본 신경림 문학 속의 농촌'으로 바뀌었다.

1) 1960~1970년대의 한국문학사에서는 당대의 자본 · 권력이 주도한 근대화 · 산업화 · 도시화로 인해 소외된 자를 위한 민중문학론 · 민족문학론이 제기되었는데, 고은과 김지하의 경우에서 살펴지듯이 주로 지식인이 바라보는 민중문학이 중심을 이루었다. 이러한 상황에서 신경림은 대학 경험이 있는 지식인이면서도 성인이 되어서 농촌에서 기거하며 소외된 농촌을 실제적으로 경험 · 체험하고 그것을 형상화함으로써 당대의 지배적인 이념에 휩쓸리지 않은 독특한 농촌 공간을 보여준다.

2) 전종환, 전종환 외,「촌락 지역의 해석」,『인문지리학의 시선』, 논형, 2005, 203쪽.

3) 신경림은 충북 충주군(지금의 중원군) 노은면 연하리 상입장 470번지에서 태어나 노은초 · 충주중 · 충주고를 졸업한 뒤 1955년 서울 동국대학교 영문학과에 입학해 농촌을 떠났다가, 1958년 진보당 사건으로 인한 검거의 두려움으로 낙향했다. 그 뒤 1965년경 김관식의 도움으로 재(再)상경할 때까지 농촌에서 살았다. 이렇게 볼 때 1955년의 등단, 그리고 장편소설『고독한 산』(1958)과 시집『농무』(1975)와『새재』(1979)의 시편에서 주요 배경은 자기 고향을 연상시키는 농촌인 것이다.

이러한 농촌을 포착하려는 신경림의 노력은, 인간주의 지리학 중에서 문학지리학(literary geography)을 참조·활용하면 잘 드러난다. 이 때 인간주의 지리학은 "인간의 가치, 자유 등의 문제를 지리학의 궁극적 지향점"[4]으로 삼는 연구 경향을, 그리고 그 경향 중의 하나인 문학지리학이란 "경관에 대한 해설로서의 문학 작품이나, 또는 지리학적 현상으로서의 문학작품을 연구하는 것"[5]을 의미한다. 이러한 문학지리학은 본래 문

---

4) 서태열·권정화, 한국지역지리학회 편, 「지리학의 발달과 연구 방법」, 『인문지리학개론』, 한울아카데미, 2008, 66쪽.

5) 이은숙, 「문학지리학 서설—지리학과 문학의 만남—」, 『문화역사지리』 4호, 한국문화역사지리학회, 1992. 8. 31, 149쪽. 문학지리학은 1898년에 Archbold Geikie가 문학과 지리학의 밀접한 관계를 논의한 이래, 1970년대의 C. L. Salter, D. W. Meining, Yi—Fu Tuan에 의해서 본격적으로 발전했다. C. L. Salter는 문학적 경관의 개념을 고안하여 경관을 통해서 지리학적 현상을 이해하는 방법을 모색했고, Yi—Fu Tuan은 지리학이 문학적인 질을 가지는 방법, 지리학자가 그의 연구주제에 대해 인간주의적으로 접근하려고 할 때 작가가 정서적으로 부여한 장소의 의미를 이용하는 방법, 지리학자의 연구를 위한 객관적인 정보를 제공할 수 있는 문학작품의 발굴 방법 등 문학과 지리학의 두 영역이 관련을 맺는 이론적인 기초를 제공했다. 이 문학지리학에는 장소에 정서적 차원을 부여하여 지표 연구를 더욱 구체화하고자 하는 목적으로 문학작품을 객관적 용도—특정한 공간에 대한 사실적 자료를 수집—혹은 주관적 용도—환경과 경관에 대한 감정·관점·태도·가치에 관한 지식의 획득—로 활용하는 연구방법 등이 있다(C. L. Salter(ed), *The Cultural Landscape*, Belmont, Cal.;Duxbury Press, 1971; Yi—Fu Tuan, "Literature and Geography: Implications for Geographical Research", in *Humanistic Geography:Prospects and Problems*, eds., David Ley and Marwyn S. Samuels, Chicago: Maaroufa Press, 1978, p.194).

문학지리학은 지표 연구를 위한 목적을 지니는 것이고 문학 연구와는 분명한 차이를 지니는 것이지만(김진영·신정엽, 「문학 지리학 연구의 정체성과 공간 논의에 대한 재고찰」, 『지리교육논집』 54집, 2010. 12, 1~15쪽), 지표 연구의 과정에서 정치적·경제적·사회적인 문화와 결합된 환경·경관이 인간 삶의 감정·관점·태도·가치에 관한 지식의 획득에 실질적으로 많은 영향을 준다는 점에서 문학 분야에서 활용가능하리라 본다. 이러한 활용가능성은 현재 진행 중이다. 조동일은 문학지리학이 문학사학과 대조적인 개념으로서 공간 이동에 따라 자기 고장에 머물면서 이룩한 지방문학이라는 정의 차원, 그리고 다른 지방으로 이동해 얻은 여행문학이라는 동의 차원으로 구분

학작품 속의 공간과 그 심상을 지리학적인 현상으로 규명하는 학문 분야이지만, 농촌이라는 공간에서 인간 삶의 다양한 모습을 탐구하는 신경림의 문학적인 특성을 검토하는 데에 있어서 연구방법론으로 변용 · 적용할 수 있을 것으로 기대된다.

그 동안 신경림 문학 속의 농촌은 주로 1970년대부터 농업근대화의 대상으로 바라본 자본 · 권력에 맞선 피억압의 공간 혹은 내부식민지로 이해되어 왔다가, 2000년대 들어서는 농촌 특유의 공간성을 지닌 것으로 논의되어 왔다. 먼저, 농촌이 내부식민지라는 피억압의 공간으로 언급된 것은 억압/피억압이라는 진보적 민족문학론의 이분법적인 인식에 근거된 것이었다. 신경림 문학 속의 농촌에 대해서 백낙청이 그 동안 억압을 받았고 그것을 극복해야 하는 "어떤 구체적인 역사적인 의미를 가진 숨은 사연"6)이 있는 공간으로 논의한 이래로, 주로 진보적 민족문학론자에 의해서 한국 역사 · 사회에서 소외받아 피폐화된 절망의 장소 혹은 피억압의 상태를 극복하기 위한 실천의 장으로 담론화되어 왔다.7)

된다고 논의한 바 있고, 장석주는 "특정 지역에서 꽃핀 문학적 자산을 자연지리에 대한 관심과 연결해 그 지리의 위치, 지형, 인식, 풍속, 인물, 기후, 생태, 역사, 지역의 방언분화, 공동체의 체험 등을 전체로 아우르며 그것이 문학 상상력에 어떤 자양분을 공급하고, 미학적 숨결을 불어넣었는가를 따지고 캐는 것"으로 문학지리학의 개념을 규정한 바 있다(조동일,「문학지리학을 위한 출발선상의 토론」,『한국문학연구』27집, 동국대학교 한국문학연구소, 2004, 159~160쪽; 장석주,『장소의 탄생』, 작가정신, 2006, 28~29쪽). 본 논문에서는 이러한 연구성과에 힘입어 정치적 · 경제적 · 사회적인 문화와 결합된 농촌이 인간 삶의 감정 · 관점 · 태도 · 가치에 관한 지식의 획득에 많은 영향을 준다는 점을 1950~1970년대 신경림의 문학에서 주목하고자 한다.
6) 백낙청 외,「시인과 현실(좌담)」, <신동아> 1973년 7월호, 302쪽.
7) 신경림 문학의 속의 농촌에 대해서 구중서는 "한국 역사 속의 농촌, 사회 현실 속의 농촌"임을, 이광호는 "소외된 농촌"임을, 염무웅은 "60년대 후반 이후 강압적으로 추진된 산업화정책으로 인해" 피폐화된 공간임을, 그리고 조태일은 "절망의 현장"이자 "그 절망을 극복하려는 하나의 움직임"을 보여주는 곳임을 살펴봤다(구중서,「역사 속의 우리말 가락-신경림론」,『현대문학』1980. 2, 373쪽;이광호,「「농무」의 세 가지 목

2000년대에 와서는 진보적 민족문학론의 이분법적인 인식을 해체·재구성하는 학계의 분위기 속에서 농촌 특유의 공간성이 여러 차례 언급되었다. 강정구는 억압/피억압의 이분법적인 인식에 근거한 내부식민지론을 해체·재구성하면서, 시집 『농무』 속의 농촌을 "전前근대에 대한 무의식적인 공포와 불안이 숨어있는" 심리적인 공간으로 논의했다.[8] 이어서 농촌에 대하여 "카니발적 공간",[9] "열린 소통의 공간"[10]이라는 긍정적인 의미로, 반대로 "장소 상실"[11]이라는 부정적인 의미로 그 공간성

소리」, 『문학과 비평』 1988년 여름호, 246쪽; 염무웅, 구중서·백낙청·염무웅 편, 「민중의 삶, 민족의 노래」, 『신경림 문학의 세계』, 창작과비평사, 1995, 81쪽; 조태일, 구중서·백낙청·염무웅 편, 「열린 공간, 움직이는 서정, 친화력」, 『신경림 문학의 세계』, 창작과비평사, 1995, 139쪽).

신경림도 그의 평론 「농촌현실과 농민문학」에서 "오늘의 농촌은 도시에 대한 내국식민지의 위치"에 있다고 하면서 진보적 민족문학론의 이분법적인 인식을 보여준 바 있다. 그렇지만 이러한 그의 인식은 엄밀히 말한다면 실제의 농촌 생활을 통해서 그들의 실상을 나름대로 이해한 생생한 체험에 근거하여 "농촌현실에 대한 파악에 있어 적극성"을 주목하는 것이어서 진보적 민족문학론의 이분법적·추상적인 인식과는 다소 구별되는 측면이 있다. 이러한 점 때문에 신경림은 그의 평론에서 주요 한국문학작품 속의 농촌 서술이 자신의 체험을 통해 구성된 농촌상에 부합하느냐 그렇지 않느냐 하는 직감적·심정적인 방식으로 논의를 이끌어 나아간다. 이에 따라서 한국문학작품에서 농촌과 농민을 다루었어도 자신이 체험한 실제 농촌의 궁핍과 거리가 있는 경우에는 "리얼리티가 없고 설득력이 약하다"거나 "관심 대상에서 배제"되었다거나 "작품의 소재를 농촌에서 구했을 뿐"이라는 것으로 비판되나, 자신의 농촌 체험과 거의 일치하는 경우에는 "농민의 전형을 창조해 내는" 것으로 긍정된다(신경림, 『창작과비평』 1972년 여름호, 『문학과 민중』, 민음사, 1977, 77~113쪽). 자세한 것은 강정구·김종회의 논문 「민중 개념의 다양성과 그 변천 과정—신경림의 민족문학론을 대상으로」(『현대문학의 연구』 43집, 한국문학연구학회, 2011, 293~323쪽)를 참조할 것.

8) 강정구, 「申庚林의 시집 『農舞』에 나타난 脫植民主義 연구」, 『어문연구』, 한국어문교육연구회, 2004, 305~324쪽.

9) 박몽구, 「신경림 시와 민중제의의 공간」, 『한중인문학연구』 14집, 한중인문학회, 2005, 171~191쪽

10) 유병관, 「신경림 시집 『농무』의 공간 연구」, 『반교어문연구』 31집, 반교어문학회, 2011.8, 217~241쪽

11) 송지선, 「신경림의 『농무』에 나타난 장소 연구」, 『국어문학』 51집, 국어문학회, 2011,

이 주로 살펴졌다.[12] 이러한 논의는 농촌 특유의 공간성을 검토한다는 점에서 중요한 의미가 있는 것이었지만, 신경림이 그의 문학에서 보여준 농촌의 세세하고 다양한 맥락을 종합적·심층적으로 제대로 다루지 못했다는 점에서 아쉬움이 남았다.

이런 상황에 비추어 볼 때에 문학지리학의 기존 연구 성과를 활용하여 1950~1970년대 신경림 문학 속의 농촌을 세밀하고 종합적으로 읽어보고자 하는 본 논문의 필요성이 요청된다. 특히 본 논문에서는 농촌의 실상을 대변자·체험자의 입장에서 신랄하게 보여준 신경림 문학에 대한 논의에서 농촌이라는 공간의 문제를 좀 더 주목하고자 한다. 이 글에서는 신경림이 1950~1970년대에 발표한 장편소설 『고독한 산』(1958)과 시집 『농무』(1975)와 『새재』(1979)를 대상으로 하여서, 인간 삶의 다양한 형상화라는 그의 문학적인 특성은 당대의 지배적인 이념이 개입·투영되는 동시에 인간에게 수용·변용·거부·반발되는 농촌의 현상을 살펴봄으로써 가능함을 검토하고자 한다. 구체적으로 말하면 1950년대의 한국전쟁과 그 직후에 진보적·단선론적인 역사주의적 공간이 해체되는 역사적 차별화의 공간이 됨을 살펴본 뒤(2장), 1960~1970년대의 농업근대화 시기에는 자본·권력의 전략적인 표상을 수동적으로 경험하

111~141쪽.

12) 이 외에도 신경림 문학 속의 농촌을 다룬 주요 연구사에는 농촌의 서경과 풍물, 그리고 공간에 대한 구조주의적·기호학적인 고찰 등이 있었다. 신경림 문학에 나타난 농촌의 풍물과 서경에 대해서 유종호와 한만수의 논의가, 그리고 공간에 대한 구조적·기호학적인 고찰에 대해서는 박혜숙과 김석환의 논의가 있었다(유종호, 「서경 혹은 풍물 서정」, 『작가세계』 1998년 가을호, 86~97쪽; 한만수, 「서정, 서사, 서경성의 만남―신경림론」, 『순천대학교논문집』, 1997. 12, 79~96쪽; 박혜숙, 「신경림 시의 구조와 담론 연구」, 『문학한글』 13집, 한글학회, 1999. 12, 147~170쪽; 김석환, 「신경림의 시집 『농무』의 기호학적 연구―공간기호체계와 그 해체 양상을 중심으로」, 『한국문예비평연구』 6집, 한국현대문예비평학회, 2000, 5~25쪽).

면서 자발적으로 비판 · 저항하는 양면적인 체험공간(Espace vecu)이 됨을 (3장), 그리고 이 시기의 이농 현상을 주목하여 무無장소성(placelessness)에 대한 성찰을 하는 공간이 됨을 분석하고자 한다(4장).[13]

II. 1950년대의 문학: 공간의 역사적 차별화

1950년대 한국전쟁과 그 직후의 시기를 형상화한 신경림의 문학은 인간 삶의 다양한 모습을 잘 보여주는데, 이러한 문학적인 특성은 반공주의를 중심으로 전개되는 진보적 · 단선론적인 역사주의의 관점과는 상

---

13) 포스트모던 인문지리학에서는 기존의 진보적 · 단선론적인 역사주의 사고를 해체하면서 불연속성과 단절성을 갖는 공간의 역사적 차별화를 주장하고, 앙리 르페브르(Henri Lefebvre)는 권력과 폭력의 상징 등을 수동적으로 경험하는 동시에 규범적 실천을 벗어나 공간의 표상들에 자발적으로 저항하는 체험공간-공간의 표상들을 상상력으로 변화시키는 예술가 · 시인의 체험공간-을 논의하며, 에드워드 랄프(Edward Relph)는 장소가 인간이 세계에 존재하는 데 근본적인 속성이라는 전제 하에 자기 실존을 회피하고 대중적 태도와 행동을 취하는 비(非)진정한 장소성 혹은 무(無)장소성에 대한 비판을 한 바 있다(D, Gregory, 「*Areal Differentiation and Post−modern Human Geography*」 in Horizons in Human Geography(ed by Gregory), 1987, pp.67~96; 전종환, 「역사지리학 연구의 고전적 전통과 새로운 노정−문화적 전환에서 사회적 전환으로」, 『지방사와 지방문화』, 학연문화사, 215~252쪽; Henri Lefebvre, 양영란 역, 『공간의 생산』, 상지사, 2011; Edward Relph, 김덕현 · 김현주 · 심승희 역, 『장소와 장소상실』, 논형, 2005).
농촌을 주제어로 다루는 이 글은 공간과 장소에 대한 논의로 세분화된다. 지리학에서 공간과 장소에 대한 의미 규정은 때에 따라 겹치기도 하지만, 공간이란 "각 개인에게 의미 있는 요소가 아닌 모든 사람에게 제공되는 평균적인 의미를 찾고자 할 때" 사용되는 보편적 · 객관적인 의미를 지니고, 장소란 "구체적인 위치를 기반으로 하면서도 인간의 삶"과 유관하게 존재하는 특수적 · 상대적인 의미를 대략 지닌다(박승규, 전종환 외, 「개념에 담겨 있는 지리학의 사고방식」, 『인문지리학의 시선』, 논형, 2005, 37~50쪽).

당히 구별된다는 점에서 관심의 대상이 된다. 한국전쟁과 그 직후의 시기에는 한국 사회의 전반에서 반공주의를 핵심으로 하는 우익 이념이 작동되어 삶의 전반을 지배하고 있었지만,[14) 신경림이 그의 문학에서 주목한 농촌의 촌락은 그러한 우익 이념이 단선론적으로 작동되지 않은, 역사적 차별화가 있는 불연속적·단절적인 공간으로 서술되기 때문이다.

공간의 역사적 차별화가 잘 드러나는 것은 1950년대에 씌어진 시편에서이다. 이러한 시편에는 시집 『농무』에서 시 「갈대」, 「묘비」, 「심야」, 「유아」, 「사화산·그 산정에서」 등이 있다. 이 시편에서는 한국전쟁 직후에 반공주의가 전면에 등장하여 남북한의 냉전체제가 심화되는 획일적이고 경직된 분위기와는 상당히 다른 슬픔과 고독의 감성이 잘 드러나 있다. 당대 사회의 전반적인 분위기와 이질적인 이러한 감성은 어떻게 만들어지는 것일까? 해답의 실마리는 신경림이 살던 촌락의 산이라는 공간이 시에 자주 나타난다는 것에서부터 생각해 볼 필요가 있다.[15)

　　A) 쓸쓸히 죽어간 사람들이여.
　　　산정에 불던 바람이여.
　　　달빛이여.
　　　지금은 모두 저 종 뒤에서
　　　종을 따라 울고 있는 것들이여.

　　　이름도 모습도 없는 것이 되어
　　　내 가슴 속에 쌓여 오고 있는 것들이여.[16)

---

14) 김종덕, 「한국의 1950년대 정치경제와 농업부문배제」, 『농업사회학』, 경남대학교 출판부, 2000; 박종철, 「남북한의 산업화 전략」, 『한국정치학회보』 29권 3호, 한국정치학회, 223~247쪽.

15) 산이라는 공간은 「사화산·그 산정에서」에서 제목에, 그리고 「묘비」와 「심야」에서는 시 구절에 등장한다.

16) 신경림, 「심야」, 『문학예술』, 1956, 『농무』, 창작과비평사, 1975, 74쪽에 재수록.

B) 쓸쓸히 살다가 그는 죽었다.

　　앞으로 시내가 흐르고 뒤에 산 있는

　　조용한 언덕에 그는 묻혔다.

　　(중략)

　　무엇인가 들릴 듯도 하고 보일 듯도 한 것에

　　조용히 귀를 대이고 있었다.[17]

C) 그러나 친지는 우리를 집안으로 들이는 대신 국망산으로 끌고 올라 갔다. 가면서 우리는 우리가 의용군 강제모병을 피해 가는 길이라는 것을 비로소 알았다.

　　(중략)

　　세상이 뒤숭숭하게 돌아가던 무렵 마을 젊은이들이 두셋 행방을 감추고 나면 으레 어른들은 쉬쉬하면서 월악산을 들먹이고는 했다. 또 한 번은 일찍 가출했다가 자랑스럽게 군복을 입고 돌아온 술배달집 아들이 장터 아이들을 모아놓고 월악산에서 공비를 잡던 일을 떠벌이는 것을 들은 터라 나는 어른들의 말이 무엇을 뜻하는지를 알 수 있었다. 나는 월악산이라는 산이 두렵기도 했지만 한편 그립기도 했다. (중략) 다음날 그 (공비로 공개처형 당한 그―편자 주)가 월악산에서 잡혀온, 그것도 나이 어린 소년이라는 소리를 듣고부터, 나는 월악산에 가서 헤매거나 쫓겨 다니는 꿈을 꾸다가 가위눌려 깨는 날이 많았다.[18]

　　위 인용문 A)~B)에서 드러나는 슬픔과 고독의 감성은 산이라는 공간과 밀접하게 관계된다. 산은 A)에서 "쓸쓸히 죽어간 사람들"이 은유화된 '바람'이 불어오는 근원지이자 "이름도 모습도 없는 것이 되어/내 가슴 속에 쌓여 오고 있는 것들"과 연관되고, B)에서는 "그가 묻"힌 언덕의 뒤 편이며 "무엇인가 들릴 듯도 하고 보일 듯도 한 것"과 관련된다. 산은 익

---

17) 신경림, 「묘비」, 『문학예술』, 1956, 『농무』, 창작과비평사, 1975, 73쪽에 재수록.
18) 신경림, 「나의 산 이야기」, 『바람의 풍경』, 문이당, 2000, 170~173쪽.

명의 존재가 죽어가는, 그래서 시적 화자인 나의 마음에 깊고 아련한 상처를 내는, 슬픔과 고독의 감성을 자아내는 공간인 것이다.

이러한 산은 1950년대의 권력이 반공주의를 내세워 단선론적인 역사주의적 관점을 구현하던 것과 달리 불연속적·단절적인 공간으로 나타나는데, 그 이유 중의 하나는 신경림의 개인사에서 찾아진다. 신경림의 개인사에서 산에 대한 기억은 인용문 C)에 잘 드러나 있다. 전쟁 중의 산은 좌익 이념을 지닌 세력이 강해져 "의용군 강제모병을 피해 가는" 두렵고 무서운 피난처가 되거나, 좌익 이념의 대표성을 띠지 못하는 "나이 어린 소년"이 숨어 있다 붙잡혀 죽어 10대의 신경림이 "헤매거나 쫓겨다니는 꿈을 꾸"는 배경이 되는 트라우마가 있는 곳이다. 우익 이념이 온전하게 구현되지 않고, 오히려 슬픔과 고독의 감성으로 어긋나는 불연속적·단절적인 공간이 되는 것이다. 이처럼 개인사를 참조할 때에 문학 속의 산은 우익이라는 지배적인 이념으로 통제·구현되지 않는 역사적 차별화의 공간으로 기억·시화詩化되는 것이다.

공간의 역사적 차별화는 1958년에 발표된 장편소설 『고독한 산』에서도 잘 드러나 있다. 이 소설은 '신현규'라는 필명으로 <대구일보>에 1958. 9. 1~1959. 2. 14 사이 게재되었던 것이다. 주인공 종구가 고향인 충주의 한 촌락에서 시를 절필한 채로 살아간다는 것이 1950년대 신경림의 개인사와 유사한 측면이 있다.[19] 이 소설에서도 슬픔과 고독의 감성이 잘 드러나는데, 이러한 감성은 촌락이라는 공간과 밀접하게 관계된

---

19) 신경림·정희성·최원식·구중서·백낙청·염무웅 편, 「삶의 길, 문학의 길(대담)」, 『신경림 문학의 세계』, 1995, 21~28쪽; 신경림·이희중, 「우리시의 정체성을 생각한다」, 『현대시』 1991. 2, 43쪽; 신경림, 「세월이 참 많이도 가고」, 『어머니와 할머니의 실루엣』, 창작과비평사, 1998, 31쪽; 신경림, 「까페에 앉아 K331을 듣다」, 『뿔』, 창작과비평사, 2002, 58쪽; 신경림, 「아버지의 그늘」, 『어머니와 할머니의 실루엣』, 1998, 29쪽.

다. 소설 속의 촌락은 한국전쟁 직후 반공주의가 전면에 부각되어 통제되던 사회적인 분위기와는 사뭇 다른 공간으로 표현된다.

> D) 어째서 이렇게 점점 더 내 정신의 상태는 타락해 가는 것일까? 생각해 본다. 오직 암담할 뿐이다. 그것은 그가 두 학기나 등록을 하지 못한 채 이렇게 시골에서 하는 일 없이 무위도식하는 데서 오는 감정의 상태인 지도 몰랐다.[20]

> E) 금광으로써 얻은 돈을 그대로 잘 모으기만 했다면 전 도내에선 몰라도 군내에서는 갑부 축에 들었으리라. 탓할 것은 그저 세월밖에 없다.[21]

신경림 소설 속의 촌락은 우익 이념이 통제·지배하는 진보적·단선론적인 역사주의의 관점을 횡단하여서 그러한 관점으로 설명되지 않는 불연속적·단절적인 공간이 된다. 한국전쟁 직후의 사회에서 반공주의를 내세우고 대미의존을 통해 반反식민·근대화의 기획을 지속해 나아가고자 하는 권력의 의도는, 소설 속의 촌락에서는 구현되지 않는다. 오히려 소설 속의 촌락은 인용문 D)의 종구처럼 "점점 더 내 정신의 상태는 타락해"가고 "하는 일 없이 무위도식하는", 그리고 E)의 종구 아버지처럼 "금광으로써 얻은 돈"을 잃어버리고 세월을 '탓'하는 공간으로 서술된다. 촌락은 우익 이념이 불연속화·단절화 되고, 그 대신 주요 인물의 슬픔·고통·후회와 고독의 감성이 드러나는 역사적 차별화의 공간으로 표현되는 것이다. 이처럼 신경림 문학 속의 농촌은 반공주의를 내세운 권력이 의도하는 단선론적인 역사주의적 공간이 해체되어 역사적 차별화의 공간으로 표상되는 것이다.[22]

---

20) 신경림, 『고독한 산』, <대구일보> 1958. 9. 16. 1회.
21) 신경림, 『고독한 산』, <대구일보> 1958. 9. 16. 26회.
22) 이러한 소결에 대해서는, 반공주의 속에서 소외된 농촌의 실상을 신경림의 시가 파헤

III. 1960~1970년대의 문학

1) 양면적인 체험공간

신경림의 문학에서 형상화된 농촌은 1960~1970년대의 자본·권력이 그들의 담론에서 전략적으로 표상하던 농촌과는 사뭇 다르다. 그들의 담론 속에서 농촌이란 효율적인 정책과 성장 지향적인 농민에 의해 새마을 운동이 실현되는 농업근대화의 공간으로 표상된다.[23] 그렇지만 시집 『농무』 속의 농촌은 그들의 담론과 차이가 나는 공간, 좀 더 구체적으로 말하면 자본·권력의 정책적인 표상─새마을운동, 농업협동조합, 농업근대화 등등─을 수동적으로 경험하면서 동시에 문학의 창조적인 상상력을 통해 그 표상의 성격을 변화시켜 자발적으로 비판·저항하는 양면적인 체험공간으로 표현된다. 신경림의 문학은 이러한 공간의 생산으로 인하여 농촌을 살아가는 인간의 다양한 모습을 재현하는 것이 가능해진다.

먼저, 자본·권력의 정책적인 표상이 수동적으로 경험되면서 그 표상이 비판적으로 상상되는 체험공간이 형상화된 경우를 살펴보기로 한다. 박정희 권력은 1960년대 초반부터 농업협동조합을 발족하여 단위조합

치는 것을 굳이 문학지리학이라는 개념을 수반하여 결론을 내릴 필요가 있는가 하는 비판이 제기될 가능성이 있고, 일리가 있는 비판이 될 수 있다. 그렇지만 본 소결은 신경림이 반공주의가 지배하는 단선론적인 역사주의적 공간인 농촌에서 실제의 체험을 통해서 농촌의 그러한 성격을 해체하고 역사적 차별화하는 양상을 '뚜렷하게' 드러내기 위해서 문학지리학, 그 중 포스트모던 인문지리학의 논리를 논문의 접근틀로 활용하고 있다는 점에서 나름의 일리가 있다고 본다.

23) 박섭·이행, 「근현대 한국의 국가와 농민:새마을 운동의 정치사회적 조건」, 『한국정치학회보』 31권 3호, 1997, 47~67쪽; 문화공보부, 『새마을운동─그 이론과 전개』, 대한공론사, 1972.

을 중심으로 농업근대화를 전개한 바 있었는데,[24] 이 때 농촌은 농업근대화의 공간으로 표상된다. 구체적으로 말해서 농촌은 권력의 효율적인 정책에 힘입어 성장 지향적인 농민이 적극적으로 참여하여 근대화를 이루는 공간으로 담론화된 것이다. 신경림의 문학에서는 조합, 양계·양돈, 도로개선·확충사업과 같은 정책적인 표상을 서술하지만, 그 표상의 성격을 비판적으로 변화시킨다.

> F) 조합 빚이 되어 없어진 돼지 울 앞에는
> 국화꽃이 피어 상그럽다 그것은
> 큰형이 심은 꽃. 새 아줌마는
> 그것을 뽑아내고 그 자리에 화사한
> 코스모스라도 심고 싶다지만
> 남의 땅이 돼 버린 논뚝을 바라보며
> 짓무른 눈으로 한숨을 내쉬는 그
> 인자하던 할머니도 싫고
> 이제 나는 시골 큰집이 싫어졌다.[25]

> G) 누가 무슨 소리를 해도 믿을 수가 없었다.
> 궂은 날만 빼고 아내는 매일
> 서울로 새로 트이는 길을 닦으러 나가고
> 멀건 풀죽으로 요기를 한 나는
> 버스 정거장 앞 만화 가게에서 해를 보냈다.
> 친구들은 떼로 몰려와 내게 트집을 부렸다
> 거리로 끌어 내어 술을 퍼먹이고

---

24) 박정희 권력은 1961년 7월 29일에 '신농업협동조합법'을 공포하여 농업협동조합을 발족하였다. 농업협동조합에서는 구매, 판매, 이용가공, 신용, 공제, 지도, 조사, 및 국제협력 등의 주요사업을 펼치면서 이후 새마을운동과 결합하여 농업근대화를 전개한 바 있었다(문화공보부, 『새마을운동-그 이론과 전개』, 대한공론사, 1972, 165~166쪽).
25) 신경림, 「시골 큰집」, 『신아일보』, 1966, 『농무』, 창작과비평사, 1975, 8~9쪽에 재수록.

갈보집으로 앞장을 세우다가도
걸핏하면 개울가로 몰고가 발길질을 했다[26]

　두 인용문 F)~G)에서 보이는 농촌은 자본 · 권력의 정책적인 표상이
수동적으로 경험되는 동시에 그 표상이 변화돼 비판적으로 형상화되는
양면적인 체험공간으로 드러난다. F)에서 "조합 빚이 되어 없어진 돼지"
의 존재와 "남의 땅이 돼 버린 논뚝을 바라보"는 할머니의 모습은, 시골
큰집의 가족들이 조합(농업협동조합)에서 주도하는 양계 · 양돈 사업을
받아들여 진행하면서, 동시에 그러한 사업이 농민의 삶을 발전시키고 풍
요롭게 하지 못함을 비판적으로 보여준다. 이 부분에서 농업협동조합의
표상은 자본 · 권력 주도의 긍정적인 이미지에서 비판적 · 부정적인 이
미지로 변화된다. 자본 · 권력이 주도하는 농업근대화는 농민에게 빈곤
과 실의를 주고 시적 화자까지도 "시골 큰집이 싫어"지게 만드는 것이다.
　인용문 G)에서 표현된 농촌도 마찬가지이다. 1970년대의 자본 · 권력
은 경부고속도로 등의 도로개선 · 확충사업을 통해서 공업화 · 근대화를
위한 기반시설을 마련하는데, 그 과정에서 많은 인부가 필요하여 지역의
경제가 활성화된 바 있었다.[27] "서울로 새로 트이는 길을 닦으러 나가"
는 아내는 도로개선 · 확충사업이라는 자본 · 권력의 정책적인 표상을
수동적으로 경험하지만, 그 표상은 크게 긍정적으로 서술되지 않는다.
아내와 달리, 시적 화자인 나는 "누가 무슨 소리를 해도 믿을 수가 없었"
고 "버스 정거장 앞 만화가게에서 해를 보"내는 불신과 게으름을 보여주
기 때문이다. "부지런하고 협동하면 살 수 있다"[28]는 새마을운동 · 농업

---

26) 신경림, 「동면」, 『세대』, 1972, 『농무』, 창작과비평사, 1975, 53쪽에 재수록.
27) 경부고속도로는 1968년에 착공하여 1970년에 완공되었으며, 연간 900만 명의 인원
　　이 투입되었고 동원된 장비가 165만 대였으며, 총 공사비는 429억이었다.
28) 문화공보부, 『새마을운동—그 이론과 전개』, 1972, 대한공론사, 200쪽.

근대화의 긍정적인 이미지는 사라지고, 농촌은 불신 · 게으름 · 폭력 등의 부정적인 이미지가 드러나는 체험공간이 된다.

그리고 신경림이 그의 시집『농무』에서 보여주는 1960~1970년대의 농촌은 비판적인 태도를 넘어서서 자발적인 저항의 모습을 지닌 것으로 서술되는 체험공간으로 상상되기도 한다. 이때의 저항이란 피억압적인 내부식민지의 극복 혹은 계급 해방이라는 비판적인 지식인의 발상보다는, "자본주의 지배전략에 동의하면서도 이를 거슬러 횡단하며 전복의 전략을 가시화"29) · 형상화하는 시인의 상상에 가깝다. 쉽게 말해서 자본 · 권력의 농업근대화를 따르면서 그것을 전복시키는, 차이를 지닌 상상적인 체험으로 드러나는 것이다. 그의 시집에서는 시「전야」와「갈길」이 그러한 이미지를 보여준다. 이 중「전야」를 보기로 한다.

> H) 그들의 함성을 듣는다
> 울부짖음을 듣는다
> 피맺힌 손톱으로
> 벽을 긁는 소리를 듣는다
> 누가 가난하고
> 억울한 자의 편인가
> 그것을 말해 주는 사람은
> 아무도 없다 달려 가는 그
> 발자국 소리를 듣는다
> 쓰러지고 엎어지는 소리를
> 듣는다 그 죽음을 덮는
> 무력한 사내들의 한숨
> 그 위에 쏟아지는 성난

---

29) 장세룡,「앙리 르페브르와 공간의 생산 – 역사이론적 '전유'의 모색」,『역사와 경계』58집, 부산경남사학회, 2006, 307쪽.

채찍소리를 듣는다
노랫소리를 듣는다[30]

　위의 인용문 H)에서 촌민으로 추정되는 '그들'의 저항은 자본·권력의
지배전략을 거부·부정하여 계급 해방적인 모색을 감행하는 것이라기
보다는, 그 지배전략을 동의하면서 전복시키는 양면적인 성격을 지닌 것
으로 보는 편이 타당하다. '그들'의 울부짖음은 "누가 가난하고/억울한
자의 편인가/그것을 말해 주는 사람은/아무도 없다"는 자본·권력에 대
한 실망과 분노에서 기인된 것인데, 이러한 실망과 분노는 그들의 지배
전략을 동의하되 그 전략이 촌민에게 실질적인 도움이 되지 못하고 오히
려 "앞으로 시골 사람들은 전부 죽게 될 것이다. 보나마나 우리 땅을 빼
앗기고 고향에서 밀려나게 될 것이라는"[31] 우려와 위기의식을 낳으면서
발생되는 것이기 때문이다. 신경림은 농업근대화로 대표되는 농촌의 성
격을 그의 창조적 상상력으로 변화시켜서 자발적인 저항의 공간으로 만
드는 것이다. 이처럼 신경림 문학 속의 농촌은 자본·권력의 정책적인
표상이 수동적으로 경험되는 동시에 그 표상의 성격이 비판적·저항적
으로 변화·상상되는 체험공간인 것이다.

　2) 무(無)장소성과 그 성찰

　신경림은 그의 시집 『농무』와 『새재』에서 농촌을 중심으로 하여서
1960~1970년대의 압축적인 근대화의 결과로 도농 간의 격차가 발생하
는 지역 불균형의 구체적인 심리 양상을 다양하게 드러낸다. 1960~
1970년대의 자본·권력은 근대화·공업화라는 국가 재건의 목표를 위

---

30) 신경림, 「전야」, 『창작과배평』, 1971, 『농무』, 창작과비평사, 1975, 29쪽에 재수록.
31) 신경림·김사인, 「신경림의 시세계와 한국시의 미래(대담)」, 『오늘의 책』 1986년 봄
　　호, 20쪽.

해 농촌을 도시의 배후지로 기능하게 하여 급격한 인구 유출과 이동 현상이 발생하게 된다.[32] 자본·권력이 국가 전체의 총량적인 성장에 집중·매진하여 근대화를 진행한 데에 반해서, 신경림은 그 근대화의 과정에서 농촌이라는 장소의 진정성이 붕괴되고 그것을 성찰하는 모습을 잘 보여준다.

인구 유출과 이동 현상으로 인한 농촌의 변화는 무엇보다 장소에 대한 진정하지 못한 태도, 즉 무장소성에 대한 촌민의 경험에 있다. 진정한 장소감이란 "내부에 있다는 느낌이며, 개인으로서 그리고 공동체의 일원으로서 나의 장소에 속해 있다는 느낌"[33]을 뜻한다. 1960~1970년대의 농촌에서는 자본·권력의 영향력으로 인해 진정한 장소감이 상실된다. 농촌은 통치의 효율성을 강조하는 권력에 의해 문화적으로 획일화·평균화되고, 인간을 경제적으로 통제·조작하는 자본에 의해 이윤과 욕구를 추구하는 단순한 존재(uncomplicated being)의 공간으로 된다.[34] 쉽게 말

---

32) 1960~1970년대의 박정희 권력은 지역·소득 균형보다는 국가 전체의 총량적 성장에 매진하였고, 각종 경제 개발 정책들이 갖는 지역적 효과는 불문에 부쳤다. 그 결과 자본 축적의 집중 경향성과 경제 성장은 주로 수도권과 영남권에 집중되었고, 호남권·충청권·강원권 등은 상대적 피해지로서 낙후 지역이 되었다. 지역내총생산과 인구비중은 수도권에 심하게 집중되었고, 나머지 권역에서는 감소하였다(서민철, 전종환 외, 「지역 불균등과 공간적 정의」, 『인문지리학의 시선』, 논형, 2005, 484~489쪽).

33) Edward Relph, 김덕현·김현주·심승희 역, 『장소와 장소상실』, 논형, 2005, 150쪽. 랄프에 의하면, 무장소성(placelessness)이란 장소에 대한 진정하지 못한 태도로써 "장소의 심오하고도 상징적인 의미들을 인식하지 못하고, 장소의 정체성에 대한 이해도 없"는 상태를 의미한다. 즉 개인이 깊은 생각이나 관심도 없이 절대적 권력인 '그들'에 의해 부지불식간에 지배당하는, 무의식적이고 주관적인 상태인 것이다. 이 장에서는 이러한 랄프의 논의를 참조하여 신경림 시에서 권력에 의해 문화적으로 획일화·평균화되고 경제적으로 단순화되는 인간의 공간이 가지는 특성을 무장소성 혹은 비진정한 장소성으로 규정하고자 한다(Edward Relph, 김덕현·김현주·심승희 역, 『장소와 장소상실』, 논형, 2005, 182~240쪽).

34) A. de Tocqueville, *Democracy in America Volume II*, New York: Vintage Books, pp.312~313; J. Ellul, *The Technological Society*, New York: Random House, 1967, p.219.

해서 농촌의 촌민은 지역적·문화적인 특수성을 도외시한 채로 경제적인 욕망과 이윤 추구의 대명사인 서울을 지향하는 인간이 된다는 것이다.

> I) 해만 설핏하면 아랫말 장정들이
>   소줏병을 들고 나를 찾아 왔다.
>   (중략)
>   그러다 마침내 우리는 조금씩
>   미치기 시작했다. 소리 내어 울고
>   킬킬대고 고래고래 소리를 지르다가는
>   아내를 끌어내어 곱사춤을 추켰다.
>   참다 못해 아내가 아랫말로 도망을 치면
>   금새 내 목소리는 풀이 죽었다.
>   윤삼월인데도 늘 날이 궂어서
>   아내 찾는 내 목소리는 땅에 깔리고
>   나는 장정들을 뿌리치고 어느
>   먼 도회지로 떠날 것을 꿈꾸었다.[35]

시적 화자인 나는 농촌에 대한 무장소성을 경험하는 자이다. 나는 무료한 일상을 보내며 "아랫말 장정들"과 술을 마셔 행패를 부리고, 도망간 아내를 찾아다니면서 "장정들을 뿌리치고 어느/먼 도회지로 떠날 것을 꿈꾸"는 자로서, 농촌 사회 특유의 공동체와 그에 속한 소속감이라고는 거의 느낄 수 없는 존재인 것이다. 다시 말해서 농촌이 지닌 본래의 경제적·사회적·문화적인 장소성이라고는 찾아볼 수 없는, 이미 자본·권력이 조장한 지역 불균형 현상에 의해 무장소성을 경험하는 획일화·평균화·단순화된 존재인 것이다. 이처럼 신경림의 시집 『농무』에서는 이농을 꿈꾸는 촌민이 반복적으로 제시되면서,[36] 농촌은 경제적인 욕망을

---

35) 신경림, 「실명」, <신동아> 1972, 『농무』, 창작과비평사, 1975, 54쪽에 재수록.
36) 신경림의 시집 『농무』에서는 "아내는 3월 1일이 오기 전에/이 못난 고장을 떠나자고

꿈꾸는 촌민이 떠나고 싶은 공간이 된다.

자본·권력이 조장한 이러한 농촌의 무장소성은, 신경림의 문학에서 인식·성찰의 대상이 된다는 점에서 문제적이다. 이농 등의 이유로 농촌을 떠난다는 것은 그 속의 여러 공동체와 개인이 맺은 관계가 붕괴된다는, 나아가서 공동체의 구성원으로서 지녀야 할 질서·책임·의무에 대한 의식이 사라진다는 뜻이다. 뿌리 뽑힌 존재는 도시 노동자·빈민으로, 그리고 다시 유민流民으로 살아가는 비非실존으로 여겨지기 쉽다.[37] 그러나 신경림은 이러한 뿌리 뽑힌 존재에 대한 성찰을 통해서 새로운 의미를 부여한다.

> J) 절뚝이며 지나온 해로길 육로길
>   또 한 해 초라니 따라 흘러온 날더러
>   덜덜대는 달구지로 살아온 날더러
>
>   시비 거는 장꾼들 발길에 채어
>   한세상 각설이로 굴러다니다
>   한세상 광대로 허허대다가
>   눈떠 보니 서까래에 새벽별 희고[38]

졸라 댄다"(신경림, 「3월 1일 전후」, 『창조』, 1972, 『농무』, 창작과비평사, 1975, 52면에 재수록.), "가난하고 어두운 밤은/아직도 멀어//서울을 애기하고"(신경림, 「벽지」, 『창작과비평』, 1971, 『농무』, 창작과비평사, 1975, 58쪽에 재수록.), 혹은 "우리의 피가 얼룩진/서울로 가는 길을/굽어 보며"(신경림, 「서울로 가는 길」, 『창작과비평』, 1971, 『농무』, 창작과비평사, 1975, 38쪽에 재수록) 등의 구절에서 이농을 꿈꾸는 촌민의 이야기가 반복적으로 서술된다.

37) 신경림은 "모두 함께/죽어 버리자고 복어알을 구해 온" 한 도시빈민의 모습에서 단적으로 이러한 비실존의 모습을 보여주기도 한다(신경림, 「산1번지」, 『창작과비평』, 1970, 『농무』, 창작과비평사, 1975, 32쪽에 재수록).

38) 신경림, 「각설이」, 『세계의 문학』, 1976, 『새재』, 창작과비평사, 1979, 14~15쪽에 재수록.

K) 산다는 것이 갈수록 부끄럽구나
　분홍 커튼을 친 술집 문을 열고
　높은 구두를 신은 아가씨가
　나그네를 구경하고 섰는 촌 정거장

　추레한 몸을 끌고 차에서 내려서면
　쓰러진 친구들의 이름처럼 갈라진
　내 손등에도 몇 줄기의 피가 패인다

　어차피 우리는 형제라고
　아가씨야 너는 그렇게 말하는구나
　가난과 설움을 함께 타고난
　아무것도 잃을 것이 없는 형제라고[39]

　인용문 J)~K)에서는 자기의 고향에서 일탈해 뿌리 뽑힌 존재가 자신의 비실존성을 인식 · 자각거나, 실존의 의미를 성찰하고 있음이 확인된다. J)에서 시적 화자는 "한세상 각설이로 굴러다니다/한세상 광대로 허허대다가"라는 구절에서 엿보이듯이, 자기 고향에 안착하여 사는 자가 아니라 "해로길 육로길" 따라 "덜덜대는 달구지"처럼 떠돌아다니는 뿌리 뽑힌 자이지만, 자신이 뿌리 뽑힌 자 혹은 무장소적인 비실존적 존재임을 인식 · 자각하고 있다.

　이 때 이러한 인식 · 자각 · 성찰은 자신의 비실존성을 깨닫고 있다는 점에서 실존성의 회복가능성이 있는 것이다. 인용문 K)에서는 뿌리 뽑힌 존재임을 인식 · 자각 · 성찰하는 데에서 좀 더 나아가 실존성을 지님을 보여준다. 시적 화자는 군자에 잠깐 들른 외부적인 관찰자이면서, 동시에 "내부인보다 장소에 대한 더 많은 것"[40](의미)을 보는 실존적인 존재

---

39) 신경림, 「군자에서」, 『현대문학』, 1975, 『새재』, 창작과비평사, 1979, 28~29쪽에 재수록.
40) Edward Relph, 김덕현 · 김현주 · 심승희 역, 『장소와 장소상실』, 논형, 2005, 140쪽.

이기 때문이다. 나그네인 시적 화자는 "높은 구두를 신은" 술집 아가씨와 서로 관찰하면서, "산다는 것이 갈수록 부끄럽"고 "가난과 설움을 함께 타고"났다는 점에서 "어차피 우리는" "아무것도 잃을 것이 없는 형제"가 됨을 깨닫는다. 이러한 무장소성의 역설은 신경림이 당대 자본 · 권력의 지배적인 이념을 그대로 수용 · 반복하여 진정하지 못한 장소성을 인정하는 것이 아니라, 그러한 이념으로 설명되지 않는 유민의 동질감 · 동료감 · 공동체의식을 포착하여 실존에 대한 의미 부여를 하기 때문에 성립된다. 이처럼 신경림 문학 속의 농촌은 비실존적인 무장소성이자 실존성을 함께 보여주는 것이다.

IV. 결론

　이 논문의 문제의식은 문학지리학을 참조 · 활용하여 1950~1970년대 신경림 문학 속의 농촌을 살펴보고자 하는 것이었다. 신경림의 문학은 당대의 지배적인 이념에 휩쓸리지 않은 인간 삶의 다양한 모습을 형상화했는데, 이러한 문학적인 특성이 농촌이라는 공간과 밀접한 관계가 있기 때문이었다. 기존의 연구사에서는 농촌이 2000년 이전에는 주로 피억압의 공간 혹은 내부식민지로 논의되었다가, 그 이후에는 특유의 공간성이 언급되는 방향으로 전개되었다. 본 논문에서는 신경림의 장편소설 『고독한 산』과 시집 『농무』와 『새재』를 대상으로 하여서 문학지리학의 기존 연구 성과를 활용하여 문학 속의 농촌을 세밀하고 종합적으로 읽고자 했다.

　첫째, 1950년대 신경림 문학 속의 농촌은 반공주의를 중심으로 전개된 진보적 · 단선론적인 역사주의의 관점과는 상당히 구별되는 불연속적·단절적인 성격을 지닌 역사적 차별화의 공간이었다. 시「심야」와 「묘비」와 같은 1950년대의 시편에서는 촌락의 산이 자주 시어로 등장 했는데, 이러한 시어는 당대의 지배적인 이념과 달리 슬픔과 고독의 감 성을 드러낸 것이었다. 산은 신경림의 개인사에 비추어 볼 때에 우익 이 념이 온전하게 구현되지 않고, 슬픔과 고독의 감성으로 어긋나는 불연속 적·단절적인 공간이었던 것이다. 1950년대에 발표된 소설『고독한 산』 에서도 공간의 역사적 차별화가 잘 드러났다. 소설 속의 촌락은 반공주 의가 전면에 부각된 전후 사회의 분위기와 사뭇 다른 공간이었다. 소설 의 주인공인 종구와 그의 아버지 달영이 경험하는 촌락은 우익 이념이 통제·지배하는 진보적·단선론적인 역사주의적 공간이 불연속·단절 되는 역사적 차별화의 공간이었던 것이었다.

둘째, 시집『농무』에서 보이는 1960~1970년대 신경림 문학 속의 농 촌은 자본·권력의 정책적인 표상을 수동적으로 경험하면서 동시에 그 표상의 성격을 변화시켜 자발적으로 비판·저항하는 양면적인 체험공 간이었다. 먼저, 농촌은 자본·권력의 정책적인 표상이 수동적으로 경험 되면서 그 표상이 비판적으로 상상된 체험공간으로 형상화되었다. "조합 빚이 되어 없어진 돼지"(시「시골 큰집」)와 "서울로 새로 트이는 길을 닦 으러 나가"(시「동면」)는 구절에서는 각각 양계·양돈과 도로개선·확 충사업이라는 자본·권력의 정책적인 표상이 경험되면서도 그 표상의 성격이 비판적·부정적으로 변화되는 양상이 드러났다. 그리고 시집에 서는 비판적인 태도를 넘어서서 자발적인 저항의 모습을 형상화한 체험 공간도 제시되었다. 시「전야」에서 '그들'의 저항은 자본·권력의 지배 전략을 동의하면서 전복시키는 양면적인 성격을 지닌 것이었다.

셋째, 1960~1970년대 압축적인 근대화의 결과로 인한 지역 불균형과 이농·유민 현상에 대한 촌민의 심리 양상은 시집『농무』와『새재』에

잘 드러나 있었다. 시집 속의 농촌은 근대화의 과정에서 장소의 진정성
이 붕괴되거나 그것이 인식 · 자각 · 성찰되는 공간이었다. 농촌은 무엇
보다 장소에 대한 진정하지 못한 태도, 즉 무장소성이 경험되는 공간이
었다. 시「실명」의 시적 화자는 자본 · 권력이 조장한 지역 불균형 현상
에 의해 무장소성을 경험한 획일적 · 평균적이고 단순한 존재였다. 이러
한 농촌의 무장소성은 신경림의 문학에서 성찰의 대상이 된다는 점에서
문제적이었다. 시「각설이」의 시적 화자는 자신이 뿌리 뽑힌 자 혹은 무
장소적인 비실존적 존재임을 인식 · 자각했고, 시「군자에서」의 시적 화
자는 뿌리 뽑힌 존재임을 인식 · 자각하는 데에서 좀 더 나아가 실존성을
지님을 보여줬다.

　신경림 문학 속의 농촌은 역사적 차별화, 양면적인 체험, 그리고 실존
성을 보여주는 공간으로 형상화된다는 점에서 당대의 지배적인 이념에
휩쓸리지 않는 독특한 공간성을 드러낸다. 이러한 농촌 인식은 당대를
살아가는 인간의 다양한 삶을 생생하게 다루는 문학적인 특성을 이루는
데에 있어서 중요한 역할을 하는 것이다. 농촌에 대한 생생한 경험과 기
억이 신경림의 문학을 다채롭게 만드는 것이다. 이러한 논의는 앞으로
1980년대 이후 신경림 문학 속의 공간 문제로 확대될 필요가 있음을 부
기한다.

문학지리학으로 읽어본
1980년대 신경림 시의 장소

Ⅰ. 서론

이 글에서는 당대의 주요 이념에 좌우되지 않은 채로 인간의 다양한
모습을 서술한 1980년대 신경림의 시적인 특성이 장소와 어떠한 관계가
있는가 하는 점을 문제로 제기한다.[1] 이 때 1980년대 신경림 시 속의 장
소란 시집 『달넘세』(1985), 『가난한 사랑노래』(1988), 『길』(1990)에서

---

[1] 이 논문은 한국문학이론과비평학회에서 발표한 발표문 「인문지리학으로 읽어본 신경
림 문학 속의 농촌－1950~1970년대 작품을 중심으로」의 후속연구가 된다. 이 발표문
에서는 당대의 지배적인 이념에 휩쓸리지 않은 채로 인간 삶의 다양한 모습을 서술한
1950~1970년대 신경림 문학의 특성이 농촌이라는 공간과 밀접한 관계를 지닌다는 점
에 대해서, 문학지리학의 기존 연구 성과를 활용하여 살펴보고자 했다. 이러한 연구는
1980년대 신경림의 시를 검토하는 데에 있어서도 유효한 도움을 준다. 신경림의 문학
적인 특성이 공간·장소와 관계되는 양상은 1980년대의 시에서 한층 더 구체적이고
심층적으로 드러난다. 1970년대의 시가 주로 시인이 거주하는 고향인 '농촌'을 배경으
로 했다면, 1980년대의 시는 산책·여행·객려 등의 이동을 통해 여러 장소를 경험하
고 그 장소와 밀접한 인물을 시화하고 있기 때문이다.

1980년대라는 시대를 경험하는 시 속의 인물이 살아가는 구체적인 위치를 의미한다.[2] 시인은 산책·여행·객려 등의 이동을 통해 만난 인물의 복잡다단한 모습을 형상화하는데, 이 과정에서 장소는 휴전선 부근, 전국의 강과 산, 고향, 도시빈민가, 농어촌의 여러 촌락 등으로 제시되고 그곳을 살아가는 인물의 세세한 삶을 여러 측면에서 특징짓는다는 점에서 중요한 연구의 가치가 있다.

본 논문에서는 1980년대 신경림의 시에서 장소가 당대의 주요 이념으로 포착되지 않는 인물의 다채로운 삶에 커다란 영향을 주는 구체적인 위치가 됨을 검토하고자 한다. 좀 더 분명히 말해서 시 속의 장소란 당대의 주요 이념이 투영되는 권력의 장이면서, 동시에 그러한 이념에 대한 수용·변용과 거부·부정·반발이 일어나면서 인물의 모습이 복잡하게 나타나는 삶의 장이 되는 것이다. 이러한 장소는 당대의 자본·권력이 근대화·산업화·도시화의 근거지로 삼거나 진보적인 민족문학론자[3]

---

2) 지리학에서 공간과 장소에 대한 의미 규정은 때에 따라 겹치기도 하지만, 공간이란 "각 개인에게 의미 있는 요소가 아닌 모든 사람에게 제공되는 평균적인 의미를 찾고자 할 때" 사용되는 보편적·객관적인 의미를 지니고, 장소란 "구체적인 위치를 기반으로 하면서도 인간의 삶"과 유관한 특수적·상대적인 의미를 지닌다(박승규, 「개념에 담겨 있는 지리학의 사고방식」, 전종환 외, 『인문지리학의 시선』, 논형, 2005, 37~50쪽.). 1980년대의 신경림 시에서는 주로 특정한 지명을 밝히고 그곳에서 살아가는 인간의 삶을 서술하기 때문에 공간보다는 장소라는 표상을 논문의 키워드로 내세우고자 한다. 이 논문에서는 1980년대라는 시간을 경험하는 시 속의 인물이 살아가는 장소를 다루고자 하기 때문에, 한일합방·삼일운동·해방이라는 한국근현대사의 주요 사건을 배경으로 인물의 일상을 다룬 서사시집 『남한강』(1987)은 제외하기로 하고, 또 1980년대를 살아가는 인간을 다루고 1980년대에 발표해 1990년에 편집·출판된 시집 『길』은 연구대상에 포함시키기로 한다. 또한, 이 글에서 인물이란 개념은 조동일의 사유를 참조했다. 조동일은 문학 속에서 의식과 행동의 존재를 인물로 설정한 바 있다(조동일, 『한국문학통사』, 지식산업사, 2005, 3~89쪽 참조).
3) 신경림의 민족문학론은 진보적 민족문학론에 속하면서도 실제 민중의 다채로운 면모를 드러내며, 나아가 진보적 민족문학론이 전개되는 내부의 복잡다단한 과정에서 민중 개념의 다양한 의미를 보여준 바 있다. 강정구·김종회의 논문 「민중 개념의 다양

가 피억압이 진행되는 공간으로 이념화하는 것과는 달리, 신경림의 시에서는 1980년대의 현실에서 실제로 경험되거나 경험될 법한 인간의 생생한 모습이 있는 배경이 된다.

문학지리학의 최근 성과는 이러한 장소성을 주목하는 신경림의 문학적인 노력을 이해하는 데에 도움을 준다. 문학지리학에서는 문학작품에 나타난 환경과 경관에 대한 감정 · 관점 · 태도 · 가치에 관한 지식을 지표 연구에 활용하는 경향을 보여주는데, 이러한 경향은 역으로 시 속의 인물이 장소에 영향을 받아 나름의 삶을 만들어가는 다양한 양상을 살펴보고자 할 때에 중요한 참조사항이 된다.4) 특히 신경림 시의 경우처럼 특정한 장소를 살아가는 인간의 면면을 이해하고자 할 때에는 그 장소에 대한 인간의 역사 · 사회 · 문화적인 감정 · 태도 · 가치와 성격 규정은 핵심적인 것이 아닐 수 없다.

성과 그 변천 과정」을 참조할 것(『현대문학의 연구』 43집, 한국문학연구학회, 2011, 293~323쪽). 아울러 신경림의 시는 그의 민족문학론과는 또 다른 맥락을 지니는 측면이 많다.
4) 문학지리학은 1898년에 게이키(Archbold Geikie)가 문학과 지리학의 밀접한 관계를 논의한 이래, 1970년대의 샐터(C. L. Salter), 메이닝(D. W. Meining), 이-안 투안(Yi-Fu Tuan)에 의해서 본격적으로 발전했다. 샐터는 문학적 경관의 개념을 고안하여 경관을 통해서 지리학적 현상을 이해하는 방법을 모색했고, 이-안 투안은 지리학이 문학적인 질을 가지는 방법, 지리학자가 그의 연구주제에 대해 인간주의적으로 접근하려고 할 때 작가가 정서적으로 부여한 장소의 의미를 이용하는 방법, 지리학자의 연구를 위한 객관적인 정보를 제공할 수 있는 문학작품의 발굴 방법 등 문학과 지리학의 두 영역이 관련을 맺는 이론적인 기초를 제공했다. 문학지리학에는 장소에 정서적 차원을 부여하여 지표 연구를 더욱 구체화하고자 하는 목적으로 문학작품을 객관적 용도—특정한 공간에 대한 사실적 자료를 수집하는 용도—혹은 주관적 용도—환경과 경관에 대한 감정 · 관점 · 태도 · 가치에 관한 지식을 획득하는 용도—로 활용하는 연구방법 등이 있다. 최근에는 주관적인 용도를 활용하는 연구방법이 강세를 이룬다(C. L. Salter(ed), *The Cultural Landscape*, Belmont, Cal.;Duxbury Press, 1971; Yi-Fu Tuan, "Literature and Geography:Implications for Geographical Research,", in *Humanistic Geography:Prospects and Problems*, eds., David Ley and Marwyn S. Samuels, Chicago:Maaroufa Press, 1978, p.194.).

지금까지 1980년대 신경림 시 속의 장소에 대한 기존의 연구는 주로 피억압 상태에서 극복 · 해방을 주장한 진보적인 민족문학론의 영향 아래에 놓여 있었다. 좀 더 구체적으로 말해서 1970년대의 농촌이라는 피억압의 공간이 확대된 것이라는 관점으로 진행되었다가, 1990년 전후 동구권 사회주의 붕괴 이후 점차 탈이념의 분위기로 변화되는 추세였다. 먼저, 1980년대 시 속의 장소는 1970년대의 농촌이라는 피억압 공간이 확대되었다는 진보적인 민족문학론의 관점이 주를 이루었다. 시집『달넘세』에 대해서 김명수는 "우리 사회의 기층민이 자신들의 삶의 근거지에 정착하지 못"함을 지적했고,5) 시집『가난한 사랑노래』에 대해서 이경수와 김주연은 도시 빈민가에 대한 애정이 있음을 언급했으며,6) 시집『길』에 대해서 이시영은 "전국토가 전선인 셈"7)이라고 논평했다. 진보적인 민족문학론자는 1980년대 시 속의 장소는 피억압이 일어나거나 그 극복의 공간인 것으로 이해된 것이었다.8)

　　1990년대 이후의 연구에서는 동구권 사회주의 붕괴 이후 탈이념의 분위기가 수용되었다. 시집『길』에 대해서 이은봉이 "'낮고, 작고, 보잘것

---

5) 김명수,「극복되어야 할 현실과 만나야 할 미래」, 구중서 · 백낙청 · 염무웅,『신경림 문학의 세계』, 창작과비평사, 1995, 201쪽.

6) 시집『가난한 사랑노래』에 대해서 이경수는 "고향에서 내몰리고, 서울에서도 떠밀"리는 도시 빈민의 '산동네'를, 그리고 김주연은 "농촌에서의 삶의 기반을 잃고 유리하는 빈민"의 "땅을 향한 어루만짐"을 다루었다고 논의했다(이경수,「우리 시대의 사랑 노래」,『문학과사회』1988년 여름호, 1241쪽;김주연,「서정성, 그러나 객관적인」, 구중서 · 백낙청 · 염무웅,『신경림 문학의 세계』, 창작과비평사, 1995, 218~219쪽.).

7) 이시영 외,「새로운 년대의 문학을 위하여」,『창작과비평』1990년 가을호, 53쪽.

8) 이 외에도 1980년대 신경림 시 속의 장소 논의에서는 주로 진보적인 민족문학론의 관점이 확대 · 재생산되었다. 신현춘이 "농촌의 삶을 넘어서서 그들의 확장된 상태인" "가난한 도시의 사람들"을 다루었다거나, 이건청이 "고향을 떠나 도시 속에 편입되고자 하는 난민촌 사람들"을 그렸다는 것이 그 실례가 되었다(신현춘,「신경림론」,『초등국어교육』4호, 서울교육대학 국어교육과, 1994, 12쪽;이건청,「민중의식의 실천과 시적 형상화」,『현대시학』2002. 5, 168쪽).

없는 것'들의 세계"를 다루고 있음을, 혹은 황현산이 "한 사회가 버려둔 땅을" "여전히 사람이 살 수 있는 곳"으로 파악하는 긍정적 · 관조적인 "내적 시선"이 있음을 살펴봤다.9) 이러한 탈脫이념적인 연구의 분위기는 2000년대에 와서 좀 더 확산되었다. 1980년대의 시에 대해서 강정구는 수몰(예정)지역에 대한 촌민들의 모순적 · 상반적인 태도를 보았고, 류순태는 "도시 변두리에서의 삶이 지닌 생명력"을 검토했다.10) 이러한 검토는 장소 논의에 대한 이념적인 경직성을 탈피하여 새로운 의미를 부여하는 것이었으나, 심층적이고 종합적인 맥락을 제대로 짚어내지 못했다는 감이 있어서 아쉬웠다.

이러한 연구사를 살펴볼 때에 1980년대 신경림 시 속의 장소에 대한 심층적 · 종합적인 연구가 요구됨이 확인된다. 본 논문에서는 문학지리학의 최근 연구 성과를 참조하여 세 가지의 측면에서 신경림 시의 특성이 장소와 밀접한 관계가 있음을 분석하고자 한다. 첫째, 분단에 관련된 장소—휴전선, 북한강 등—가 자본 · 권력이 규정한 좌우 이념의 차이가 연기되는 지대가 됨을 살펴보고자 한다.(2장) 둘째, 근대화의 배경 혹은 피억압이 진행되는 것으로 여겨지는 장소가 재해석됨을, 좀 더 자세히 말하면 근대화 · 산업화 · 도시화로 인해 붕괴되어가는 고향이 실존적인 차원에서는 무의식적 · 의식적인 진정한 장소감을 지님을,(3장) 그리고 농어촌의 촌락이 피억압적인 공간이라는 고유한 정체성을 지니는 것이 아니라 문화적인 측면에서는 이질적인 정체성을 지님을 분석하고자 한다.(4장)11)

9) 이은봉, 「'낮고, 작고, 보잘것없는 것'들의 세계」, 『오늘의 시』 1990. 상반기, 250쪽; 황현산, 「자부심을 지닌 삶과 소박한 시」, 구중서 · 백낙청 · 염무웅, 『신경림 문학의 세계』, 창작과비평사, 1995, 235쪽.
10) 강정구, 「진보적 민족문학론의 민중시관 재고」, 『국제어문』 40집, 국제어문학회, 2007, 265~289쪽; 류순태, 「신경림 시의 공동체적 삶 추구에서 드러난 도시적 삶의 역할」, 『우리말글』 51집, 우리말글학회, 2011, 221~247쪽.
11) 캐시(E. S. Casey)와 도엘(M. Doel)은 데리다(J. Derrida)의 사유를 수용 · 참조하여 자

II. 좌우 이념의 차이가 연기되는 지대

1980년대 신경림의 시에는 휴전선과 북한강 등 분단에 관련된 장소가 많이 나타나 있다. 남북한의 분단에서 기인한 이러한 장소는 좌우 이념·정치체제의 힘이 공간에 투사된 것이어서, 인간의 "감정을 통제할 수 있는 여론지배"가 가능하여 자기폐쇄적인 동일성이 유지되는 지대로 흔히 인식된다.12) 그렇지만 신경림의 시에서 이러한 장소는 좌우 이념의 자기폐쇄적인 동일성이 자체적으로 유지·보존되지 않음을, 나아가서 그 이념의 차이가 명확하게 구분되지 않음을 보여준다.

이러한 장소를 분명하게 보여주는 것은 휴전선을 소재로 한 시편에서

기폐쇄적 동일성을 갖는 장소를 부정하면서 그와 같은 장소들 '사이의 (내적 본질과 동일성의) 차이'가 연기되고 흐려짐을, 에드워드 랄프(Edward Relph)는 장소 정체성의 전체적 복합성−신중하게 그 장소의 모습을 주목하여 행동하는 행동적 내부성, 점차 외관에서 감성적·감정이입적으로 그 관심이 옮겨가는 감정이입적 내부성, 그리고 이 장소가 바로 내가 속한 곳이라는 사실을 인지하는 실존적 내부성 등이 함께 하는 복합성−을 직접적이고 순수하게 경험하는 것이 장소에 대한 진정한 태도임을, 그리고 메시(D. Massey)는 자체의 고유한 경계·영역·정체성을 갖고 근원적이고 동질적인 모습으로 존재하는 우리가 흔히 생각하는 장소가 처음부터 허구이고, 다중적이고 불균등한 관계망(network)을 통해 외부 세계와 연결되어 있으며 끊임없이 변화하고 이질적인 정체성을 가짐을 논의한 바 있다(E. S. Casey, *The Fate of Place: A Philosophical History*, Berkeley: University of Califomia Press, 1997, p.286; M. Doel, Poststructuralist Geographies: The Diabolical Art of Spatial Science, London: Rowman & Littlefield Publishers, 1999, p.46; Edward Relph, 김덕현·김현주·심승희 역,『장소와 장소상실』, 논형, 2005, 143~174쪽; D. Massey, "Power−geometry and a progressive sense of place," in *Mapping the Futures: Local Cultures. Global Change*, eds, J. Bird, B. Culties, T. Putnam, G. Robertson, and L. Tickner, London: Routedge, 1993, pp.59~69).

12) E. H. Carr, Forms of Power, *Foundations of National Power*, H. and M. Sprout, ed, New York, 1952, pp.43~50.

이다. 휴전선은 문화적 · 경제적 · 민족적인 성격이 완전히 무시된 채로 미소美蘇 강대국의 힘에 의해서 전적으로 분할된 경계선으로써, 분할 이후 남북한의 권력이 체제 유지를 위한 좌우 이념의 투사로 인해 재再경계화된 지대를 의미한다.13) 이러한 휴전선은 신경림의 주요 시편에서 소재로 등장하는데, 이때에는 한국전쟁이라는 역사적인 사건이 발생하고 그 과정에서 좌우 이념이 투사되는 지대라는 자기폐쇄적인 동일성의 의미가 흐려지고 파괴하게 된다.

　　이 다리 반쪽은 네가 놓고
　　나머지 반쪽은 내가 만들고
　　짐승들 짝지어 진종일 넘고

　　강물 위에서는 네 목욕하고
　　그 아래서는 내 고기 잡고
　　물길 따라 네 뜨거운 숨결 흐르고

　　(중략)

　　백두산에서 한라산까지
　　너와 내가 닦고 낸 긴 길
　　형제들 손잡고 줄지어 서고
　　철조망도 못 막아
　　지뢰밭도 못 막아

---

13) 휴전선은 발생학적으로 보면 강대국의 전횡적 부가경계, 형태적으로 보면 산 · 하천 · 평지 등을 무차별적으로 통과하는 혼합적 경계, 그리고 기능적으로 보면 중립 · 완충 · 무인 경계대(境界帶), 좌우 이념이 대립하는 이념적인 경계, 양측의 물리적인 힘이 균형을 이루는 등압적인 경계가 된다(임덕순, 「한국 휴전선에 대한 정치지리학적 연구」, 『지리학』 7권 1호, 대한지리학회, 1972, 1~11쪽).

휴전선 그 반은 네가 허물고
나머지 반은 내가 허물고[14]

    휴전선 근방인 철원군에 있는 승일교는 한국전쟁 직전에 북한 권력
이 절반가량을 놓고, 그 직후 남한 권력이 절반가량을 마저 이어놓은 다
리이다.[15] 이 다리는 본래 남북한의 권력이 자기 필요에 의해서 건설하
여 좌우 이념이 투사되는 자기폐쇄적인 동일성이 드러나는 지대地帶인
데, 위의 인용문에서는 그 자기폐쇄적인 동일성이 파괴되어 있음이 확
인된다. "이 다리 반쪽은 네가 놓고/나머지 반쪽은 내가 만"든 것은 역사
적인 사실이지만, 이 때의 '네'와 '나'는 남북한의 권력이 아니라 실제로
다리를 놓은 사업에 참여했다가 죽어 혼령이 된 철원과 김화 지역 주민
으로 추측되기 때문이다. 다시 말해서 '네'는 좌의 이념으로, '나'는 우의
이념으로 차이가 유지되는 자기폐쇄적인 동일성을 지니지 못하는 존재
인 것이다.

    이러한 사정 때문에 승일교는 좌우 이념의 대립이 흐릿해지고 차이가
연기되는 지대가 된다. "강물 위에서는 네 목욕하고/그 아래서는 내 고기
잡"는 화합이, 좌우 이념의 "철조망도 못 막아/지뢰밭도 또 못 막"는 만남
이, 나아가서 "휴전선 그 반은 네가 허물고/나머지 반은 내가 허"무는 좌

---

14) 신경림, 「승일교 타령−휴전선을 떠도는 혼령의 노래2」, 『달넘세』, 창작과비평사,
    1985, 18~19쪽.
15) 승일교는 절반이 소련식 공법으로, 그리고 나머지 절반이 미국식 공법으로 만들어졌
    다. 1948년 북한 권력이 군사도로로 활용하기 위하여 소련식 공법으로 시공하였다.
    철원과 김화지역 주민이 교대로 노력공작대라는 이름으로 강제로 동원되어 북쪽의
    장흥리 방향에서 시작한 공사는 2개의 교각이 만들어질 즈음 한국전쟁이 발발하여
    중단되었다. 이후 국군이 임시로 목조로 가교를 설치하였다가, 1958년 12월 남한 권
    력이 나머지 절반을 미국식 공법으로 철근콘크리트 구조로 건설하였다. 승일교라는
    교량 명칭은 6ㆍ25전쟁 때 한탄강을 건너 북진하던 중 전사한 것으로 알려진 박승일
    (朴昇日) 대령의 이름을 딴 것이다(http://100.naver.com/100.nhn?docid=756944).

우 이념의 붕괴가 일어나는 것으로 상상되는 탈脫경계화의 지대가 되는 것이다. 신경림은 위의 시 「승일교 타령—휴전선을 떠도는 혼령의 노래 2」을 비롯하여 시집 『달넘세』의 제1부에 실린 휴전선을 떠도는 혼령을 다룬 시편에서 이념적인 경계를 뒤흔들어 좌우 이념의 차이를 연기시키고 무화시킨다.16)

좌우 이념의 차이가 연기되는 지대를 형상화한 이러한 신경림의 시는 장소에 대한 탐구를 통해서 이념적인 구분과 권력의 자기 폐쇄적 동일성이 무화될 수 있는 상상적인 지점을 제공한다는 점에서 중요한 의미가 있다. 이러한 그의 노력은 시 「새벽—휴전선을 떠도는 혼령의 대화」(이하 시집 『달넘세』)에서 "이른 새벽 휴전선 부근"에서 혼령이 "우린 서로 미워한 일 없"다거나, 시 「열림굿 노래—휴전선을 떠도는 혼령의 노래1」에서 "우리를 갈라놓고 등져 세우고" "서로 찌르고 쏜 형제들 다시/아픈 상처 어루만지며 통곡"하거나, 시 「곯았네—휴전선을 떠도는 혼령의 노래3」에서 "지금은 찾아갈 때/네 형제 찾아갈 때"라거나, 시 「어머니 나는 고향땅에 돌아가지 못합니다—휴전선을 떠도는 혼령의 말」에서 "우릴 업수이 본 자들을 우릴 속인 자들을/두려워 떨게 할 그 춤을 보아야" 한다거나, 혹은 시 「허재비 굿을 위하여—두 원혼의 주고받는 소리」에서 "우리는 원수가 아니라오, 미워하지도 않았다오"라는 구절에서도 반복된다.17)

16) 시 「새벽—휴전선을 떠도는 혼령의 대화」(이하 시집 『달넘세』)에서 "이른 새벽 휴전선 부근"에서 혼령이 "우린 서로 미워한 일 없"다거나, 시 「열림굿 노래—휴전선을 떠도는 혼령의 노래1」에서 "우리를 갈라놓고 등져 세우고" "서로 찌르고 쏜 형제들 다시/아픈 상처 어루만지며 통곡"하거나, 시 「곯았네—휴전선을 떠도는 혼령의 노래3」에서 "지금은 찾아갈 때/네 형제 찾아갈 때"라거나, 시 「어머니 나는 고향땅에 돌아가지 못합니다—휴전선을 떠도는 혼령의 말」에서 "우릴 업수이 본 자들을 우릴 속인 자들을/두려워 떨게 할 그 춤을 보아야" 한다거나, 혹은 시 「허재비 굿을 위하여—두 원혼의 주고받는 소리」에서 "우리는 원수가 아니라오, 미워하지도 않았다오"라는 구절에서 휴전선은 모두 좌우 이념의 경계가 흐릿해지고 그 차이가 연기되는 지대가 된다.
17) 이런 의미에서 1980년대 통일과 연대를 노래한 민중시는 민족은 하나라는 다소 막연

신경림 시 속의 장소가 좌우 이념의 차이를 연기시킨다는 점은, 북한 강을 소재로 한 시편에서도 잘 확인된다. 북한강은 북한의 금강산 부근 에서 발원하여 휴전선을 거쳐 남한으로 흘러들어오는 강으로써, 역사적 으로 보면 교통의 교점 지역이고 군사적으로 보면 비무장지대를 관통하는 매우 중요한 요충 지역이며 생태환경적으로 보면 탁월한 생물 다양성을 보존한 지대이다.[18] 신경림은 이러한 북한강과 만나는 남한강을 소재로 하여 좌우 이념이 그 내적 본질을 분명하게 유지하지 못함을 보여준다.

> "얼싸안아보자꾸나 어루만져보자꾸나
> 너는 북에서 나는 남에서
> 온갖 서러운 일 기막힌 짓 못된 꼴
> 다 겪으면서 예까지 흘러오지 않았느냐
> 내 살에 네 피를 섞고
> 네 뼈에 내 입김 불어넣으면
> 그 온갖 것 모두 빛이 되리니
> 춤추자꾸나 아침햇살에 몸 빛내면서"[19]

위의 인용문에서 엿보이는 북한강과 남한강은 남북한의 권력이 국경 으로 구분해 놓아 이념이 전적으로 투사되는 구역이 아니라, 그 권력의 좌우 이념이 내적 본질을 분명히 지니지 못하는 지대가 된다는 점이 특 징적이다. 시 속의 인물인 '북한강'과 '남한강'이 주고받는 말을 살펴보

한 동일성의 관점보다는 남북한 권력이 고수 · 유지 · 강화하고자 하는 좌우 이념의 대립적 차이를 흐릿하게 하고 지연 · 연기시킨다는 시각의 해석적인 접근이 가능하 리라 본다. 후속 논의가 요구되는 부분이다.
18) 김영봉 · 김홍배, 「북한강유역의 남북한 공동 이용을 위한 협력사업 추진방안」, 『통 일정책연구』 16권 1호, 통일연구원, 2007, 235~257쪽.
19) 신경림, 「두물머리―두물머리에서 만난 북한강과 남한강이 주고 받은 노래」, 『가난 한 사랑노래』, 실천문학사, 1988, 54~55쪽.

면, "너는 북에서 나는 남에서/온갖 서러운 일 기막힌 짓 못된 꼴/다 겪으면서 예까지 흘러"왔다는 위로와 "내 살에 네 피를 섞고/네 뼈에 내 입김 불어넣으면/그 온갖 것 모두 빛이" 된다는 화해·화합을 보여준다. 이러한 위로와 화해·화합은 남북한 권력이 체제 유지를 위해 구분해 내고자 하는 좌우 이념의 장소적인 차이가 내적 본질을 지니지 못함을 암시한다. 차이가 난다고 여겨지는 이념이 북한강·남한강의 물처럼 서로 만나 화합된다면, 그것은 차이가 아닌 것이 된다.[20] 휴전선과 함께 북한강이라는 분단 관련 지대에 대한 신경림의 이러한 태도는, 좌우 이념의 차이가 그 내적 본질과 자기폐쇄적 동일성을 지니지 못하여 연기·무화됨을 분명히 제시한다.

III. 고향이라는 진정한 장소감

1980년대 신경림의 시에서는 떠돌아다니던 인물이 특정한 장소에 회귀하거나 정주하는 모습을 형상화하는 양상이 자주 나타난다. 이러한 양상은 지금까지 1970년대 시의 주요 배경이 되는 농촌이라는 피억압 공간이 전全지역으로 확대된 것이라는 진보적인 민족문학론의 관점에서 주로 논의되어 왔지만,[21] 좀 더 자세히 살펴보면 주로 고향이라는 장소와

---

20) 시집 『가난한 사랑노래』의 제2부 북한강행에서는 이처럼 북한강이 이념의 차이가 연기되는 지대가 됨이 자주 확인된다. 시 「북한강행1−민통선을 드나드는 만신의 얘기」에서 북쪽에서 내려온 물이 "탁한 남쪽 물들과 어울려 너나들이하면서/물속에 흩어진 뼈와 해골들 사이에서/은빛 춤들을" 춘다거나, 시 「북한강행3−민통선 안의 원혼의 얘기」에서 "밤마다 팔다리 없는 몸통 훔 털고 일어나/천리 만리 원수 찾아 날아가리"라고 하거나, 또는 시 「강물을 보며」에서 "모두 끌어안고 바다로 가는/깊고 넓은 크고 긴 강물"이 있다는 구절은 그 사례가 된다.
21) 신경림의 1980년대 시에 대한 기존 연구사에서 인물이 거주하는 고향 혹은 도시빈민

연관되어 있음이 드러난다. 신경림의 시에서 고향은 1970년대의 경우 주로 정주의 공간으로 서술되었다면, 1980년대에서는 회귀의 공간으로 드러나면서 새로운 의미를 부여받는다. 고향은 가족·이웃 공동체를 유지하면서 삶의 뿌리가 착근된 생활공간으로,[22] 그리고 문학지리학적으로 살펴보면 장소 정체성의 전체적 복합성을 직접적이고 순수하게 경험하는 진정한 장소감을 무의식적으로 드러내는 공간[23]으로 이해된다.

가라는 장소는 주로 피억압 공간으로 논의되어 왔다는 점은 본 논의의 차별성을 위해서 비판되어야 한다. 제1장의 연구사 검토 부분에서 제시한 바와 같이 1980년대의 시에서 인물의 고향은 1970년대의 농촌이라는 피억압 공간이 전 지역으로 확대된 것으로 언급되어 왔다. 그리고 타향은 민중의 건강성과 낙관성이 존재하는 공간으로 주로 언급되었다. 이경수는 시집 『가난한 사랑노래』에 대해서 시인이 "근원적 낙관"을 잃지 않음을, 윤영천은 시 「편지」의 생선장수 아주머니에 대해서 "민중적 삶의 건강한 자기운동 논리"를 지님을, 그리고 정남영은 시 「동해바다」에 대해서 시인이 "건강함을 자꾸 발전"시켜야 함을 주장했다(이경수, 「우리 시대의 사랑 노래」, 『문학과사회』 1988년 여름호, 1242쪽; 윤영천, 「예술가의 사회적 책무」, 『한국현대시연구』, 민음사, 1989, 『서정적 진실과 시의 힘』, 창작과비평사, 2002, 179쪽에서 재인용; 정남영, 「새로운 년대의 문학을 위하여」, 『창작과비평』 1990년 가을호, 50쪽). 이 때의 건강성과 낙관성이란 인물의 거주지인 피억압 공간을 극복해야 하는 것으로 파악한 진보적 민족문학론자의 논리가 적용된 것이다. 이러한 논리는 신경림이 주목한 고향과 타향에 대한 세밀한 논의를 가로막는다는 점에서 비판될 필요가 있다. 여기에서는 시 속의 인물이 고향이라는 장소에 회귀하거나 정주하는 모습을 좀 더 세밀하게 검토하고자 한다.

22) 좀 더 자세히 말하면, 고향이란 자연 풍경과의 만남의 장소, 가계의 혈연 관계 속에서의 결속이 있는 장소, 언어·관습·전통 등을 공유하고 있는 이웃들과의 공동체의 장소, 자연·가족·이웃들과의 관계에서 삶의 뿌리가 착근되는 생활 공간이 된다(전광식, 『고향』, 문학과지성사, 1999, 30~31쪽).

23) 신경림의 시에서 고향은 '무의식적인 장소감'과 '무의식적으로 만들어진 장소감'으로 표출된다. 무의식적인 장소감이란 생래적인 집·고향·지역처럼 무의식적인 경험에서 얻어지는 신비하고 신성한 힘으로 가득한 느낌(感), 내부에 있다는 느낌과 나의 장소에 속해 있다는 느낌을 뜻한다. 그리고 무의식적으로 만들어진 장소감이란 생래적인 집·고향·지역이 아닌 장소에서 경험되는 그에 준하는 느낌. 장소가 맥락에 맞고 그 장소를 창조한 사람들의 의도와 일치하며 특정한 장소의 상황에 독특한 장소 형성

고향이 무의식적인 장소감으로 드러나는 경우를 살펴보기로 한다. 신경림의 시에서 고향을 소재로 다룬 시편은 시집『달넘세』에 실린 시「강물2」,「강길1」,「강길2」,「고향길」,「귀향일기초」,「감나무」, 그리고「아아, 내 고장」등이 있다. 이 때 고향이란 인물이 직접 태어나 가족·이웃 공동체를 이루어 나가면서 언어·관습·전통 등을 공유하는 장소가 된다. 신경림은 이러한 고향을 등져 떠나거나 혹은 다시 회귀하는 인물을 자주 다룬다.

모두가 물에 잠겼다.
타관 객지땅 지게품으로 떠돌다
돌아와 보니
대롱대는구나 새빨간 감만이 매달려.

찬 하늘에선 까마귀만 울고
기쁨도 다툼도 눈물도 물에 잠겨
아아, 사는 일 그 모두가
물에 잠겨서.[24]

내 이웃 중에는
전쟁에 나가 팔 하나를 잃고 온 젊은이가 있다.
낙반사고로 반신불수가 된 광부가 있다.
땅 임자에게 여편네를 빼앗기고 대들보에 목을 맨 소작인이 있다.
집 나간 아내를 찾아 평생을 떠도는 엿장수가 있다.

이래서 내 친구 중에는
아예 세상을 안 믿는 이가 있다.

자 집단이 전면적으로 몰두해 생기는 뚜렷하고 심오한 장소감을 의미한다(Edward Relph, 김덕현·김현주·심승희 역,『장소와 장소상실』, 논형, 2005, 148~156쪽).
24) 신경림,「감나무」,『달넘세』, 창작과비평사, 1985, 91쪽.

낮과 밤 없이 강과 산을 헤매이며 이를 가는 이가 있다.
다시는 오지 않으리라 멀리 떠나버리는 이가 있다.
아아, 그래도 이곳이 내 고장이라고
땅을 부둥켜안고 우는 이가 있다.[25]

위의 두 인용에서 주목해야 하는 것은 근대화 · 산업화 · 도시화로 인해 붕괴되어가는 고향이 오히려 무의식적인 장소감을 지닌다는 점이다. 앞의 시에서는 고향이 수몰지역이 되어 붕괴되어 가는 현실을 잘 보여준다. 고향이란 "모두가 물에 잠"긴 곳, 그리고 "돌아와 보니/대롱대는구나 새빨간 감만이 매달"린 곳이 된다. 이런 상황에서 시적 화자는 부재하는 고향에서 그 의미를 되새기게 된다. "기쁨도 다툼도 눈물도 물에 잠겨/아아, 사는 일 그 모두가/물에 잠"긴다는 표현의 전제는, 고향이 한 개인에게 있어서 중요한 장소의 의미를 지님을 암시한다.

이러한 고향의 의미는 아래의 시에서 좀 더 분명하게 제시된다. "아아, 그래도 이곳이 내 고장이라고/땅을 부둥켜안고 우는 이"에게 있어서 고향은, '부둥켜안'는 행동적인 내부성, '우는' 감정이입적인 내부성, 그리고 "이곳이 내 고장이"라는 자각적이고 실존적인 내부성이 전체적 복합성으로 경험되는 진정한 장소가 됨을 "직접적이며 순수하게 경험"[26]한다. 다시 말해서 그는 "안 믿"을 수밖에 없는 세상을 떠돌다가 어느 날 고향에 돌아온 순간, "내부에 있다는 느낌", "개인으로서 그리고 공동체의 일원으로서 나의 장소에 속해 있다는"[27] 진정한 장소감을 무의식적으로 느끼게 되는 것이다. 고향은 근대화 · 산업화 · 도시화로 인해 공동체가 붕괴되어가

25) 신경림, 「아아, 내 고장」, 『달넘세』, 창작과비평사, 1985, 100~101쪽.
26) Edward Relph, 김덕현 · 김현주 · 심승희 역, 『장소와 장소상실』, 논형, 2005, 148쪽
27) Edward Relph, 김덕현 · 김현주 · 심승희 역, 『장소와 장소상실』, 논형, 2005, 143~ 174쪽.

거나 아예 사라졌더라도, 진정한 장소감을 지닌 공간으로 표현되는 것이다.

이러한 고향은 무의식적으로 만들어지는 장소감으로 표현되기도 한다. 바로 앞에서 언급한 출생지·성장지와 일치하는 원原고향은 아니지만, 타향이더라도 고향의 이미지와 분위기를 지니고 인간이 그곳에 정주하고 동화되어 고향화된 이상理想 고향의 경우에는 의식적인 차원에서 진정한 장소감이 만들어진다.28) 신경림의 시에서는 원고향을 떠나 떠돌아다니다가 도시빈민가에 정착하여 살아가는 인간의 얘기가 서술된 경우가 많다. 시집『가난한 사랑노래』에서 보면 시「밤비」,「바람부는 날」,「명매기 집」,「진도아리랑」,「횃불」,「상암동의 쇠가락」,「산동네 덕담」,「별의 노래」등이 있다. 이 중에서 시「상암동의 쇠가락」을 살펴보기로 한다.

> 다시 타이탄 트럭에 짐짝으로 쟁여
> 돌아오는 상암동 산동네는
> 고향만큼이나 정겨운 곳
> 낯익은 악다구니에 귀에 밴 싸움질들
>
> 좌도 상쇠 우도 끝쇠
> 느린 길굿가락으로 이내 손이 맞아
> 호서 버꾸잡이까지 어우러져
> 덩더꿍이 가락에 한바탕 자지러진다29)

자본·권력의 피억압 공간으로 여겨지던 도시 빈민가는, 생래적인 고향에 준하는 장소로 뒤바뀐다. 상암동 산동네는 타향에서 떠돌던 인간이

---

28) 전광식,『고향』, 문학과지성사, 1999, 191~200쪽. 이상 고향화 혹은 타향의 고향화에는 자기 정체성 확보, 전통성, 고향다운 환경 조성, 공동체를 이루고 있는 구성원들 간의 상호 유대성 등의 요소가 전제된다.
29) 신경림,「상암동의 쇠가락」,『가난한 사랑노래』, 실천문학사, 1988, 26~27쪽.

정착하여 '악다구니'와 '싸움질'로 편안할 날이 없는 곳이지만, 그러한 현실은 '낯익'고 "귀에 밴" 고향과 흡사한 분위기를 지녀서 도시빈민가가 이상 고향으로 재再발견된다. 더욱이 "이내 손이 맞아/호서 버꾸잡이까지 어우러져/덩더꿍이 가락에 한바탕 자지러"지는 모습을 통해서 각 인물은 하나의 공동체에 소속되면서 자기 정체성이 유지되고, 구성원들 간의 상호 유대성이 강화되어 고향에서 사는 느낌을 받고 있음이 서술되어 있다. 이러한 상동암 산동네에서는 여러 인물들이 독특한 장소 형성자 집단이 되어서 무의식적으로 만들어진 장소감을 경험하게 되는 것이다.[30] 1980년대 신경림 시 속의 고향은 이처럼 무의식적인 차원에서 진정한 장소감을 지닌다는 점을 잘 드러낸다.

IV. 농어촌 촌락의 이질적인 정체성

신경림은 그의 1980년대 시에서 농어촌 촌락의 다양한 인물을 다루는 경향을 보여준다. 이 때 농어촌 촌락이 진보적인 민족문학론자의 주장처럼 피억압이 진행되는 공간 개념으로 그 정체성이 고정되어 버리면, 시 속의 인물은 억압받는 소외자疏外者로 판단되기 쉽다. 그렇지만 그의 시편을 면면히 살펴보면 농어촌 촌락은 당대의 주요 이념에 의해 포섭된 일면적·단수적인 장소 정체성을 지닌 것이 아니라, 사회구성원에 의해 공유되는 가치·신념·태도를 의미하는 문화적인 측면에서는 이질적인 정체성이 있음이 드러난다.

---

30) 시집『가난한 사랑노래』에서 "산동네에서 내려다보면/장바닥을 큰 강물이"(시「산동네에서 내려다보면」) 된거나 "우리끼리 퍼지르고 앉으면 삶은 편하고/더더는 훈훈하기도"(시「진도 아리랑」) 하다는 구절도 타향을 고향으로 인식한 시인의 의식적인 태도에서 기인하는 것이다.

농어촌 촌락의 이질적인 정체성은 경제적인 측면과 문화적인 측면을 비교해 보면 잘 확인된다. 1980년대의 농어촌 촌락은 1960~1980년대 경제성장에서 소외된 낙후 지역이 되는 경우가 많기 때문에,[31] 진보적인 민족문학론에서는 일—방향적인 수탈이 진행되는 피억압적인 공간 정체성으로 논의하는 경향이 있다. 그러나 신경림 시 속의 농어촌 촌락은 그러한 정체성으로 고정되지 않는다.

> 이제 마을에는 뜯기고 헐린
> 어수선하고 스산한 집자리뿐
> 무성한 갈대들이
> 등 넘어온 바람을 타고
> 서럽게 운다
> 우리 고장 모두 이 꼴이라고
> 세상 두루 다닌 바람이
> 아무리 달래도 막무가내로[32]

> 죽자 사자던 뜨내기 해우채 되챙겨
> 줄행랑놓았을 때는 하늘이 온통 노랬지만
> 전쟁통에는 너른 치마폭에 싸잡아
> 살린 남정네만도 여럿, 지내놓고 나니
> 세상은 서럽기만 한 것도 아니더란다
> 어차피 한세상 눈물은 동무해 사는 것

---

31) 1960~1970년대의 박정희 권력은 지역·소득 균형보다는 국가 전체의 총량적 성장에 매진하였고, 각종 경제 개발 정책들이 갖는 지역적 효과는 불문에 부쳤다. 그 결과 자본 축적의 집중 경향성과 경제 성장은 주로 수도권과 영남권에 집중되었고, 호남권·충청권·강원권 등은 상대적 피해지로서 낙후 지역이 되었다. 지역내총생산과 인구비중은 수도권에 심하게 집중되었고, 나머지 권역에서는 감소하였다(서민철, 「지역 불균등과 공간적 정의」, 전종환 외, 『인문지리학의 시선』, 논형, 2005, 484~489쪽).
32) 신경림, 「내원동—주왕산에서」, 『길』, 창작과비평사, 1990, 55쪽.

마음은 약하고 몸은 헤졌지만
때로는 한숨보다 더 단 노래도 없더란다
이제 대신 술청을 드나드는 며느리한테
그녀는 아무 할말이 없다
돈 못 번다고 게으름핀다고 아들 닦달하고
외상값 안 갚는다고 손님한테 포악 떨어도
손녀가 캐온 철이른 씀바귀 다듬으며
그녀는 한숨처럼 눈물처럼 중얼거린다
세상은 그렇게 얕은 것도 아니라고
세상은 또 그렇게 깊은 것도 아니라고[33]

　농어촌 촌락이 당대의 주요 이념에 의해 고정된 장소 정체성을 지니지 않음을 위의 두 인용문은 보여준다. 두 인용문에서 농어촌 촌락은 모두 낙후 지역이지만, 어떤 측면이 강조되느냐에 따라 모순적 · 이질적인 장소 정체성을 드러낸다. 앞의 인용문은 주왕산 부근의 산마을을 배경으로 한다. 이 마을은 "삼백여 호의 큰 마을이었지만, 주왕산이 국립공원으로 지정되어 주왕산이 그 고장에 사는 사람들을 위한 산에서 구경 오고 놀러 오는 사람들을 위한 산으로 바뀌면서"[34] 폐촌이 되었다. 여기에서 농어촌 촌락은 일방향적인 인력 · 자본의 소외 · 수탈이 진행되는 피억압의 공간으로 이해된다. "우리 고장 모두 이꼴"이라는 구절은 이러한 피억압의 상황을 단적으로 표현하고 있다.
　앞의 인용문에서 내원동이 일방적인 수탈이 진행되는 피억압의 공간이라면, 뒤의 인용문에서 경상남도 함양군의 작은 촌락인 안의는 문화적인 측면에서 서술되는 인정의 장소이다. 시 속의 인물인 김막내 할머니는 자기 체험을 통해 서로 소통이 되고 인정이 형성되는 안의라는 '세상'

---

33) 신경림, 「김막내 할머니—안의에서」, 『길』, 창작과비평사, 1990, 90~91쪽.
34) 신경림, 『길』, 창작과비평사, 1990, 55쪽.

을 관조 · 발견한다. 그녀는 "죽자 사자던 뜨내기", 전쟁 중의 '남정네', 외상값 안 갚는 '손님' 등을 직접 체험하면서, "세상은 서럽기만 한 것도 아니"고 "어차피 한세상 눈물은 동무해 사는 것"이며 "때로는 한숨보다 더 단 노래도 없"음을 깨닫는다. 안의는 비록 내원동처럼 경제개발에서 소외된 낙후 지역이지만, 그 곳에 사는 김막내 할머니의 자기 체험을 통해서 인간적으로 살만한 공간으로 새롭게 드러나는 것이다. 이처럼 내원동과 안의는 바라보는 측면에 따라 그 정체성이 변화되는 이질적 · 모순적인 장소로 형상화된다.[35]

이러한 이질적인 정체성은 다른 시편에서도 확연히 드러난다. 진보적 민족문학론에서는 농어촌 촌락이 일방적인 수탈 · 억압이 진행된 피억업 공간으로 이해되고, 그 속을 살아가는 인물 역시 억압받는 소외자로 인식되기 쉽다. 그렇지만 신경림의 1980년대 시에서는 자본 · 권력의 일─방향적인 힘에 대응하는 과정에서 나름대로 삶의 시련과 곡절을 경험한 성숙한 인물이 사는 공간으로 장소 정체성이 변화됨이 살펴진다.

> 도둑떼들 모여와 함부로 산을 짓밟으면
> 분노로 몸을 치떨 줄도 알고
> 때아닌 횡액 닥쳐
> 산 한모퉁이 무너져나가면
> 꺼이꺼이 땅에 엎으러져 울 줄도 안다
> 세상이 시끄러우면 근심어린 눈으로
> 사람들 사는 꼴 굽어보기도 하고
> 동네 경사에는 덩달아 신이 나서

---

35) 신경림의 시편에서는 이처럼 경제적 · 문화적인 측면에서 상호모순적인 장소성이 자주 표현된다. 시 「아우라지 뱃사공」, 「남한강의 어부」(이상 시집 『달넘세』), 「빈집」, 「새벽길」, 「내원동」(이상 시집 『길』)에서는 경제적으로 소외된 피억압 공간이라는 점이, 반대로 시 「안의장날」(시집 『길』)에서는 그래도 살만한 인정의 장소라는 점이 나타나 있다.

덩실덩실 춤을 출 줄도 안다
아무리 낮은 산도 산은 산이어서
있을 것은 있고 갖출 것은 갖추었다
알 것은 알고 볼 것은 다 본다36)

위의 인용문에서 '산'은 제목의 부제로 보아 충청남도 예산군의 어느 촌락에 있는 것으로 추측되는데, 그 촌락에 사는 인간의 감정과 가치·신념·태도를 비유적으로 보여준다. 위의 인용문에서 눈 여겨 볼 것은 '산'으로 비유되는 촌락이 자본·권력의 일방향적인 피해·수탈의 공간이 아니라, 외부 세계에 의한 삶의 시련과 고통에 적절하게 대응하는 성숙한 공동체의 문화를 지니고 있다는 점이다. '산'은 "도둑떼들 모여와 함부로" '짓밟으면' 분노하며, "산 한모퉁이 무너져나가면" 울고, "세상이 시끄러우면 근심"한다. 그리고 "동네 경사에는 덩달아 신이" 난다. "아무리 낮은 산도 산은 산이어서/있을 것은 있고 갖출 것은 갖추었다/알 것은 알고 볼 것은 다" 보는 것이다. 다시 말해서 농어촌 촌락은 외부 세계의 힘에 대해서 나름의 인식과 가치·신념·태도를 통해서 성숙한 문화 공동체의 모습을 보여주는 것이다.37) 이처럼 1980년대 신경림의 시에서 농어촌 촌락은 어느 한 고정된 장소 정체성으로 규정지을 수 없는, 다시 말해서 바라보는 측면에 따라 변화되는 이질적인 장소 정체성을 지닌 것으로 이해된다.

---

36) 신경림, 「우음-예산에서」, 『길』, 창작과비평사, 1990, 68~69쪽.
37) 시집 『길』에서 서술된 농어촌은 일방향적인 피해·수탈의 모습과 성숙한 문화를 동시에 보여준다. 시인은 시 「끊어진 철길-철원에서」, 「돼지꿈-평택의 농사꾼 한쇼선 씨의 꿈얘기」, 「장화와 구두」, 「꿈의 나라 코리아-황지에서」 등에서는 외부세계의 힘에 대해서 일방향적인 피해·수탈의 태도를, 반대로 시 「철길-울산에서」, 「나무 2-늙은 광부 김충선형에게」, 「간고등어-봉화의 전우익 선생에게」 등에서는 성숙한 삶의 태도를 서술한다.

V. 결론

이 논문에서는 신경림의 시집 『달넘세』, 『가난한 사랑노래』, 『길』을 대상으로 하여 당대의 주요 이념으로 포착되지 않는 인물의 다양한 모습이 서술된 1980년대 시의 특성이 장소와 밀접한 관계가 있음을 검토했다. 시 속의 장소는 그 곳을 살아가는 인물의 삶을 여러 측면에서 특징짓는다는 점에서 검토의 가치가 있었다. 문학지리학은 문학작품에 나타난 장소에 대한 인간의 역사 · 사회 · 문화적인 감정 · 태도 · 가치에 대한 지식을 생산하는 분야인데, 이 글에서는 이러한 문학지리학의 도움을 받아서 신경림 시 속의 장소를 세 측면으로 분석했다.

첫째, 분단과 관련된 시 속의 장소−휴전선, 북한강 등−는 좌우 이념의 자기폐쇄적인 동일성이 자체적으로 유지 · 보존되지 않는, 오히려 좌우 이념의 차이가 연기되는 지대로 이해되었다. 이러한 지대는 휴전선을 소재로 한 시에서 잘 드러났다. 시 「승일교」에서 승일교는 남북한 권력의 자기폐쇄적인 동일성이 파괴되고 좌우 이념의 대립이 흐릿해지며 그 차이가 연기 · 무화되는 장소였다. 북한강을 소재로 한 시에서도 좌우 이념의 차이가 연기되는 장소가 잘 확인되었다. 시 「두물머리−두물머리에서 만난 북한강과 남한강이 주고 받은 노래」에서 북한강과 남한강은 남북한 권력의 좌우 이념이 내적 본질을 분명히 지니지 못함을 보여주는 지대로 서술되었다.

둘째, 신경림의 시에서 떠돌아다니던 인물이 특정한 장소에 회귀하는 모습은 고향이라는 장소와 긴밀히 연관되었다. 고향이란 삶의 뿌리이자 장소 정체성의 전체적 복합성이 경험되는 진정한 장소감을 지닌 공간이었다. 고향은 무의식적인 장소감으로 드러나는 경우가 있었다. 시 「아아, 내 고장」에서 고향을 등졌다가 되돌아오는 인물은 그 고향에서 행동적·감정이입적·실존적인 내부성을 무의식적으로 경험하였다. 그리고 고향은 무의식적으로 만들어진 장소감으로 표출되기도 했다. 시「상암동의 쇠가락」에서는 원 고향을 떠나 떠돌다가 도시빈민가에 정착한 인물이 제시되는데, 이 때 여러 인물들은 상암동 산동네에서 무의식적으로 만들어진 장소감을 체험하였다.

셋째, 농어촌 촌락은 피억압이 이루어지는 일면적인 장소 정체성을 지닌 것이 아니라 시각에 따라 변화되는 이질적인 장소 정체성을 드러냈다. 이러한 이질적인 장소 정체성은 경제적인 측면과 문화적인 측면을 비교할 때에 잘 엿보였다. 시「내원동—주왕산에서」의 내원동과 시「김막내 할머니—안의에서」의 안의는 모두 경제적으로 볼 때에 낙후 지역이지만, 내원동은 일방적인 수탈이 진행되는 피억압 공간으로, 반대로 안의는 개인적인 체험을 통해 서로 소통이 되고 인정이 형성되는 장소로 표현됐다. 농어촌 촌락의 이질적인 정체성은 시「우음—예산에서」에서도 잘 드러났다. 이 시에서 예산은 일방향적인 피해·수탈의 공간이 아니라, 나름대로 성숙한 문화를 지닌 장소로 이해되었다.

당대의 주요 이념으로 포착되지 않는 다양한 인물의 모습을 형상화한 1980년대 신경림 시의 특성은, 이처럼 장소와 밀접한 관계가 있다. 시 속의 장소는 좌우 이념의 차이가 연기되는 지대로, 그리고 근대화의 배경이나 피억압 공간이 아니라 고향이라는 진정한 장소감과 이질적인 정체성을 지닌 것으로 서술된 것이다. 이러한 장소 연구는 신경림의 시를 좀 더 세밀하게 읽게 만든다는 점에서 의미와 가치가 있는 것이다. 앞으로 문학지리학을 활용한 문학 연구를 좀 더 활성화할 필요가 있음을 부기한다.

신경림의 기행문학과 시의 서사화 전략

I. 서론

이 논문은 당대의 주요 이념에 편향되지 않는 다양한 인물을 형상화한 신경림의 시가 어떻게 서사화 되는가 하는 점을 문제로 제기한다. 신경림 시 속의 인물은 당대의 자본 · 권력이 산업화 · 근대화의 주체로, 혹은 비판적 지식인이 피억압에서 그 극복 · 변혁을 향하는 주체로 규정 · 담론화한 것과는 달리, 실제의 생활에서 만나고 경험할 법한 일상인이라는 점에서 지배 · 피지배의 담론과 다소 어긋나 있다.[1] 이러한 인물은 신경림이 현실 속의 인간을 문학 속으로 끌고 와 서사화하는 과정을 거쳐 형상

---

1) 신경림의 시는 당대의 지배 · 피지배 담론과 어긋나 있다. 당대의 지배 · 피지배 담론에서 민중은 "직접적 생산자적인 범주이고, 역사적으로 자기 회복에 의해 다시 역사의 주인으로 되어 가고 있는 사회적 존재라는"(박현채, 「민중과 문학」, 김병걸 · 채광석 편, 『민족, 민중 그리고 문학』, 지양사, 1985, 74~75쪽) 박현채의 논의에서 확인되듯이 피억압에서 그 극복 · 변혁을 향하는 주체로 규정된다. 이에 반해서 신경림의 시에서는 이러한 민중 대신 일상 속에서 만날 법한 일상인으로 표현된다.

화된 이미지라는 점에서 특유의 서사화 전략이 있을 것으로 예상된다.2)

이러한 신경림 시의 서사화 전략이 잘 드러나는 것은 그의 기행문학에 서이다. 이 글에서 기행문학이란 최강현에 따르면 "여행이라는 인간 이동의 한 행위를 통해서만 창작될 수 있는"3) 작품을 의미하는 것으로써, 여행 과정—출발·노정·목적지·귀로—의 기록이라는 사실성과 작가의 감상·허구성·상상력이 적절하게 조화를 이루는 장르이다. 퍼시 아담스Percy G. Adams는 여행에 대한 내용을 담은 편지, 여정 중에 적는 일기나 일지, 날짜와 장소를 언급하고 여행 과정 중 인상 깊은 곳을 집중적으로 기술하면서 여행의 본질·장점 등 개인적인 감상을 덧붙이는 간단한 서사, 여행의 감상을 적은 시·희곡·자서전과 같은 변칙적 형태 등의 4가지로 기행문학의 유형을 나눈 바 있다.4)

---

2) 이 논문에서 서사(narrative)란 일정한 성격을 지닌 인물과 일정한 질서를 지닌 사건을 갖춘 있을 수 있는 이야기를 의미한다는 조동일의 견해를 수용하고자 한다. 이러한 서사 개념은 신경림의 시와 수필의 서사적인 요소를 분석할 때에 공통적으로 활용할 수 있을 것으로 판단된다. 그리고 서사화란 현실 속의 소재—인물, 사건, 배경 등—가 서사가 되는 일련의 과정을, 또한 인물이란 문학 속에서 의식과 행동의 존재를 의미한다(조동일, 『서사민요연구』, 계명대출판부, 1983, 43쪽;조동일, 『한국소설의 이론』, 지식산업사, 1977, 66~136쪽 참조). 서사화 전략이란 현실 속의 소재가 서사가 되는 일련의 과정에는 서술자 특유의 일관된 방법·의도·가치가 하나의 전략으로 작용하고 있음을 의미하는 표현이다.

3) 최강현, 『한국기행문학연구』, 일지사, 1982, 159쪽.

4) Percy G. Adams, *Travel Literature and the Evolution of the Novel*, The Univesity press of Kentucky, 1983, p.43; 이동원, 「기행문학연구—1910~20년대를 중심으로」, 연세대대학원 석사학위논문, 2002, 7~9쪽. 기행문학이라는 개념은 여행이라는 행위를 전제로 한다는 점에서 여행문학으로 표현되기도 한다. 조동일은 공간 이동의 정도에 따라 정적인 성격의 지방문학과 동적인 성격의 여행문학으로 구분한 바 있다(조동일, 「문학지리학을 위한 출발선상의 토론」, 『한국문학연구』 27집, 동국대학교한국문학연구소, 2004, 157~182쪽). 그렇지만 이 글에서는 신경림이 자신의 문학에 기행이라는 표현을 쓰고, 실제로 민요의 채집 및 문화의 조사라는 목적을 지녀서, 자기가 사는 곳을 떠나 유람을 목적으로 객지를 두루 돌아다닌다는 뜻을 내포한 여행이라는 어휘보다 더 적합하다는 점에서 기행문학이라는 용어를 키워드로 사용하기로 한다. 기행문학이라

신경림은 1970년대 이후에 여러 이유를 구실로 한 기행을 기록하여 수필과 시의 장르로 발표한 바 있다. 신경림의 문학 중에서 기행문학에 속하려면, 여행이라는 이동 행위가 있어야 하고, 여행 과정 중의 노정이나 목적지가 제시되어야 하며, 작가의 감상 · 허구성 · 상상력이 드러나 있어야 한다. 신경림의 기행문학 중 수필집(혹은 기행문)인『민요기행1』(1985), 『민요기행2』(1989), 『강 따라 아리랑 찾아』(1992)는 퍼시 아담스가 분류한 3번째 유형, 그리고 시집『새재』(1979), 『달넘세』(1985), 『가난한 사랑노래』(1988), 『길』(1990), 『어머니와 할머니의 실루엣』(1998), 『뿔』(2002), 『낙타』(2008)의 일부 시편은 4번째 유형이 된다. 이 때 (기행)수필의 경우에 사실성이 강조된 가운데 개인적인 감상이 덧붙여지는 경우이고, (기행)시의 경우에는 문학의 특성 중 허구성 · 상상력이 강조된 가운데 사실성이 전제된 경우이다.

이 중에서 비교적 사실성(factuality)을 중시여기는 수필과 허구성(fiction)을 본질로 하는 시에는 그 장르적인 차이에도 불구하고 인물과 사건과 배경이 유사한 소재로 나타난 사례가 대략 25군데 정도로 조사된다.5) 이러한 사례는 주로 수필집『민요기행1』(1985)과『민요기행2』(1989), 그리고 시집『달넘세』(1985), 『가난한 사랑노래』(1988), 『길』(1990) 등에서 잘 보인다. 이 때 주로 민요 취재를 위한 수필의 집필이 비교적 선행된 뒤에 시가 발표되었다는 시간적인 전후 사정을 고려하면서 두 장르 간 유사 인물의 성격과 서사의 변형(narrative transformation) 부분을 비교해 보면 사실적인 소재가 허구적으로 변화되는 신경림 시의 서사화 전략이 드러나고, 그 과정에서 신경림의 기행문학이 지닌 의미와 특성이 확인된다.

는 어휘가 학계에서 좀 더 일반적으로 사용된다는 점도 고려했다.
5) 논문 뒷부분의 <참고자료>를 살펴볼 것.
  구체적으로 살펴보면 다음과 같다.

이러한 시의 서사화 전략을 살펴보는 일은, 현실 속의 인간이 허구화되는 과정이 검토된다는 점에서 중요하다. 특히 시적 서사로 허구화되는 과정은, 당대의 주요 이념으로 설명되지 않는 고유한 인간 존재들의 다층적·다면적인 삶이 체험·기록되는 것이라는 점에서 한국 민중시·리얼리즘시·저항시의 의미 지평이 확대될 가능성이 있다. 신경림의 기행문학에서는 당대의 주요 이념이 개입·반영되는 동시에 반발·부정되는 인물의 형상화 과정을 통해서 현실 속의 다채로운 인간과 그 삶을 그럴 듯하게 보여주는 것이다.

　지금까지 신경림 문학에 대한 연구사는 동구권 사회주의가 붕괴되는 1990년 전후를 기점으로 하여, 진보적 민족문학론의 관점에서 시인이 피억압적·극복적인 민중의 이야기를 서술한다는 논의에서 차츰 그러한 관점을 벗어나는 방향의 고찰로 진행되어 왔다. 우선 진보적 민족문학론자인 백낙청이 시집『농무』에 대해서 "억눌려 사는 그들의 고난과 분노와 맹세"6)를 다룬다거나 "미래의 어떤 비존을 암시"함을 언급한 뒤로, 신경림의 문학은 피억압에서 그 극복의 이야기를 지닌 것으로 이해되었다. 이후 윤영천, 이시영, 임헌영 등은 이러한 진보적 민족문학론의 관점을 확대·재생산하면서 피억압·극복론으로 신경림의 문학을 살펴봤다.7) 이러한 관점은 신경림 문학 속의 인물을 당대의 자본·권력에 맞선

6) 백낙청, 「발문」, 신경림,『농무』, 창작과비평사, 1975, 111쪽.
7) 이러한 진보적 민족문학론의 관점은 당대의 자본·권력과 맞서서 시대적인 역할과 임무를 충실하게 보여줬지만, 작품해석의 측면에서 다소 무리가 따르는 경우가 더러 있었다. 임헌영은 서사시「새재」에서 뱃사공인 '돌배'와 그의 친구 3인이 정참판네의 재산을 노략하는 것을 '농민반란'으로 규정했고, 윤영천은 시장의 생선장수 아주머니를 "역사 변혁의 주체로서의 민중"으로 파악했으며, 이시영은 시「겨울밤」에서 "올해에는 돼지라도 먹여볼거나"라는 민중의 소박한 소망에서 "소박하나 분명한 현실 극복 의지를 읽"었다(임헌영, 「신경림의 시세계―「남한강」을 중심으로」, 신경림,『남한강』, 창비사, 1987, 209쪽; 윤영천, 「예술가의 사회적 책무」,『한국현대시연구』, 민음사, 1989,『서정적 진실과 시의 힘』, 창작과비평사, 2002, 179쪽에 재수록; 이시영, 「70년

대항·저항의 존재로 본 것으로써 나름의 시대적인 의미와 가치를 보여준 것이었으나, 문학 속의 인물과 사건을 단수적·일면적인 측면에서 바라봤다는 문제점이 있었다.

1990년대에 들어서서 진보적 민족문학론의 관점이 주를 이룬 가운데에서[8] 차츰 그러한 관점을 벗어나고자 하는 움직임이 포착되었다. 시에 대해서 염무웅이 "민중의 삶이 그에게는 바로 자신의 절실한 체험적 현실"이라고 하거나, 황현산이 긍정적·관조적인 "내적 시선"이 있다고 하거나, 한만수가 "입말의 습관, 구비문학의 전통"을 지닌다고 하거나, 혹은 『민요기행1, 2』에 대해서 이은봉이 "사람과, 사람이 만드는 삶을 찾아 떠나는 기행"이라고 한 언급은, 신경림 문학 속의 인물이 체험적·내면적·경험적으로 형상화되었음을 드러내는 주요 사례가 되었다.[9] 2000년대 들어서는 강정구가 일상의 존재, 탈식민주의적인 존재임을 강조한 바 있었다.[10] 이러한 고찰은 신경림 문학 속의 인물이 다채롭게 해석될 수 있음을 보여준 것이었지만, 현실 속의 인간이 서사화되는 과정에 대한 검토가 제대로 이루어지지 못했다는 아쉬움이 있었다.

이 점에서 이 글에서는 신경림의 기행문학 중 수필과 시의 유사 소재

대의 시」, <동서문학> 1990년 겨울호, 180쪽).

8) 진보적 민족문학론자인 이시영은 시집 『길』에 대해서 "전국토가 전선인 셈"이라고 말했고, 조태일은 시집 『농무』에 대해서 주요 시적 소재인 '술'을 "현실을 변화시켜보려는 역설적인 몸부림"으로 규정한 바 있었다(이시영 외, 「새로운 년대의 문학을 위하여」, 『창작과비평』 1990년 가을호, 53쪽; 조태일, 「열린 공간, 움직이는 서정, 친화력」, 1995, 구중서 외, 『신경림 문학의 세계』, 창작과비평사, 147쪽; 137쪽).

9) 염무웅, 「민중의 삶, 민족의 노래」, 구중서 외, 『신경림 문학의 세계』, 창작과비평사, 1995, 71~72쪽; 85쪽; 황현산, 「자부심을 지닌 삶과 소박한 시」, 구중서·백낙청·염무웅, 『신경림 문학의 세계』, 창작과비평사, 1995, 235쪽; 한만수, 「서정, 서사, 서경성의 만남」, 『순천대학교논문집』 제16집, 1997, 7쪽.

10) 강정구, 「신경림 시의 서사성 연구」, 경희대 대학원 박사학위논문, 2003, 67쪽; 강정구, 「신경림 시에 나타난 민중의 재해석」, 『어문연구』 127집, 한국어문교육연구회, 2005. 9, 304~305쪽.

를 비교하여 인물의 성격과 서사의 변형이 드러나는 부분을 살펴봄으로써 시의 서사화 전략을 세 가지의 측면에서 검토하고자 한다. 먼저 수필과 시 사이의 유사 소재에서 인물의 성격이 피억압적 민중이라는 전형과 다르게 개성적임을 검토한 뒤에,(2장) 서사가 변형된 부분을 통해서 사건의 구성이 피억압에서 그 극복이라는 인과성을 지니지 않고 오히려 우연성을 보여주고(3장1절) 작품 속에서 구현된 리얼리티가 리얼리즘에서 논의하는 것과 달리 시인 특유의 가치화 충동에서 비롯됨을(3장2절) 분석하고자 한다.11)

II. 개성이 강한 인물의 제시

신경림의 기행문학에서 인물은 시의 서사화 전략이 가장 잘 드러나는 소재이다. 인물은 현실 속의 인간을 문학 속으로 끌고 와 서사화되는 과정을 거쳐 만들어진 일종의 이미지로써 서사화 과정에서 그 성격이 부여된다. 이 때 당대의 주요 이념이 투영된 인물―피억압적·변혁적 민중―이 특정한 집단이나 계층을 대표하는 전형적인 경우라면, 신경림이 시에

---

11) 송현호는 서사 속의 인물이 그 성격에 따라 어떤 집단이나 계층을 대표하는 전형적 인물(typical character)과 나름대로의 개성과 특이성을 지니는 개성적 인물(particular character)로 구분되는데 이 둘은 서로 상보적인 관계에 있고, 시모어 채트먼(S Chatman)은 현대의 서사에는 "원인에서 결과로 서로 연결되어 있으며, 결과가 다시 다른 결과의 원인이 되는" 인과성을 지니는 전통적인 서사의 플롯과 달리 "그 존재나 발생, 성격 등등을 확실하지 않은 어떤 것에 의존하는" 우연성이 있다고 하며, 해이든 화이트(Hyden White)는 리얼리티를 설명하는 데 그 어느 설명이든지 서술이 있으면 거기에는 분명히 사건을 가치화(moralize)하려는 충동이 있음을 논한 바 있다(송현호, 『한국현대소설론』, 민지사, 2000, 66~68쪽; S. Chatman, 김경수 역, 『영화와 소설의 서사구조』, 민음사, 1999, 52~56쪽; Louis O. Mink, 윤효녕 역, 「모든 사람의 자신의 연보 기록자」, 윤효녕 외 편, 『현대 서술이론의 흐름』, 솔, 1997, 216쪽).

서 구현한 인물은 그러한 전형과 상당히 어긋나 있어서 관심을 끈다.

신경림 시 속의 인물이 개성이 강하다는 점은, 진보적 민족문학론에서 논의된 민중의 구성과 비교하면 선명하게 드러난다. 진보적 민족문학론에서는 "노동자계급을 기본으로 하여 근로자 범주의 농민 · 소상공업자 · 도시빈민 · 일부지식인으로"[12] 민중의 구성을 논의한 바 있다. 이러한 민중은 소수의 자본 · 권력과 대립되어 근대 자본주의 사회의 모순을 해결하는 중심 세력으로 노동자계급이 설정되고 나머지의 근로자 범주가 주변 세력으로 모아져 구성된 것이다. 그렇지만 신경림 시 속의 인물은 이러한 민중과는 차이가 있다. 이러한 차이는 수필과 시에서 유사한 인물 15명을 표로 나타내 보면 잘 확인된다.

계층	수필과 시에서 유사한 인물(구체적인 직업)
노동자계급	광부들(광부)
농민	없음
소상공인	김도연(떠돌이 책장수), 강태화(뱃사공), 박막내(술장수), 신정섭(소장수), 주인 아낙네(술장수), 주인(여인숙 주인)
도시빈민	없음
일부 지식인	김장순(대서사)
작가 · 예술가	권정생(동화작가), 김병하(소리꾼), 박흥남(소리꾼), 이청운(화백)
종교인	김대례(무당)
촌민	늙은 아낙네(주부), 젊은 아낙네(주부)

<표-수필과 시에서 유사한 인물>

---

12) 박현채, 김병걸 · 채광석 편, 「민중과 문학」, 『민족, 민중 그리고 문학』, 지양사, 1985, 73~74쪽.

민요 취재가 중심이 되는 기행의 특성 상 농어촌을 여행하는 신경림이 만나는 인간의 범주는 제한될 수밖에 없다. 위의 표에서 근대 자본주의 사회의 모순을 해결하는 중심 세력인 노동자계급이 한 명밖에 없다는 사실은 이 점을 증명해 준다. 그 한 명도 도시 노동자계급이 아니라 탄광의 광부들인 것이다. 또한 노동자계급의 주변 세력인 근로자 범주 역시 농민·도시빈민은 없고 소상공인 6명과 일부지식인이 1명이 있을 뿐이다. 오히려 동화작가와 소리꾼·화백과 같은 예술가와 종교인, 그리고 시골의 촌민이 총 7명으로서 수필과 시에서 유사한 인물의 절반가량을 차지한다. 정리해서 말하면 신경림의 시 속에 나타난 인물은 그가 여행 중에 직접 만난 현실 속의 인간이 이미지화된 것으로써, 그 계층의 구성 면에서 볼 때에 진보적 민족문학론에서 전형화 한 민중과 유의미한 차이가 있다.

더욱이 신경림이 시에서 이미지화한 인물은 수필 속의 인물을 거의 그대로 가져온 경우가 많기 때문에 그 성격이 상당히 개성적이다. 진보적 민족문학론에서 민중은 "직접적 생산자적인 범주이고, 역사적으로 자기회복에 의해 다시 역사의 주인으로 되어 가고 있는 사회적 존재"[13]로 규정된다. 민중은 자본·권력과 경제적인 관계에서는 불평등하지만 주체적으로 자기해방을 지향하여 역사의 주인으로 되어가는 존재인 것이다. 진보적 민족문학론 속의 민중은 사회적 현실의 총체적 상황 속에 있는 주요 모순·갈등을 경유하여 발전 속에 있는 경향을 드러내는 마르크시즘의 이념이 변용·투영된 것이다.[14] 그렇지만 실제 현실에서 이런 이념이 변용·투영된 전형적인 인물을 만나기란 쉽지 않다. 15군데의 사례 중에서 하나를 보기로 한다.

---

13) 박현채, 위의 평론, 73~74쪽.
14) Stephan Kohl, 여균동 역, 『리얼리즘의 역사와 이론』, 한밭출판사, 1984, 307쪽.

A) 술청에는 수없이 많은 광부들이 드나든다. 몇 잔씩 마시고는 "아주머니, 나 가요" 하면 그만이다. 현금이 없으니까 모두 외상이다. 월말계산인데 반이 걷히면 괜찮은 편이다. 광부들은 철새기질이 심해서 걸핏하면 옮겨간다는 것이다. 그래가지고 어떻게 장사를 하느냐니까, 그렇다고 안할 수도 없고 하자니 늘 이 꼴이라는 대답이었다. 광부들은 거의 장화를 신고 있었는데 갱 속이 질척거리기 때문이란다. 그래서 광부들 사이에는 자신들을 장화, 사무직원을 구두라고 부르며, 구두는 장화의 사정을 모른다는 말로 편을 가르기도 한다.15)

B) 장화끼리 막장에 들어가고
　　38도의 한증막 속에서 땀을 흘리고
　　탄가루를 마시고
　　탄가루 안주해서 소주를 마시고
　　장화끼리 모여
　　손뼉을 치고 노래를 부르면서
　　험악한 낮을 보내고
　　지루한 밤을 이기고
　　구두는 몰라 장화의 아픔을
　　장화의 서러움을 그 뜨거움을
　　장화끼리 모여
　　동터오는 새벽길에 나서고
　　장화끼리 장화들끼리16)

인용문 A)와 B)는 장화로 은유화된 광부들의 이야기이다. 여기에서 눈여겨 봐야 할 것은 광부들이 노동자계급이 분명하지만, 진보적 민족문학론에서 논의되는 주체적인 자기 해방자가 아니라, 오히려 권력에 맞서 저항하며 역사의 주인이 되지 못한다는 점에서 비非주체적인 문화공동

---

15) 신경림, 『민요기행2』, 한길사, 1989, 224쪽.
16) 신경림, 「장화와 구두」, 『길』, 창작과비평사, 1990, 27쪽.

체로 서술된다는 것이다. A)에서는 서술자가 술집 주인 아낙네의 광부들 얘기를 기록하고 있고, B)에서는 그런 기록을 활용하여 광부들의 얘기를 시화하고 있다. 이 때 A)와 B)의 광부들은 모두 노동자계급 특유의 자기 회복성·자기 해방성을 지니지 못하는 비주체적인 존재로 서술된다. "광부들 사이에는 자신들을 장화, 사무직원을 구두"로 부른다는 수필의 한 구절은 말할 것도 없고, "구두는 몰라 장화의 아픔을/장화의 서러움을 그 뜨거움"이라는 시의 구절 역시 자신이 속해 있는 사회의 계급적 모순을 해결하는 방향의 감정은 아닌 것이다.

이 지점에서 인용문 B)의 광부들은 역사의 주인으로 되어가는 존재로 서술되지 않고, 오히려 자기 집단의 문화를 공유하는 집단으로 서술된다. 인용문 A)에서 광부들은 술값을 잘 내지 않은 주인 아낙네를 곤란하게 하고 자주 옮겨 다니며 사무직원들이 자신의 사정을 모른다는 것으로 나름대로 편을 가른다. B)에서는 이러한 이미지를 거의 그대로 가져오기 때문에 "장화끼리 모"인다는 구절이 민중 연대로, 그리고 "동터오는 새벽길에 나"선다는 표현이 역사주인화로 해석되지 않고, 집단적인 문화를 보여주는 정도로 이해되는 것이다.[17] 신경림의 시에서는 인물이 진보적 민족문학론에서 논의된 전형적인 성격과는 구별되는 것이다.

---

17) "장화끼리 모여/동터오는 새벽길에 나"선다는 구절에 대해서 민중의 현실을 사실적으로 제시하고 나아가 변혁을 위한 연대가능성을 보여준다는 진보적 민족문학론의 관점에 근거한 반론이 가능하다고 본다. 그렇지만 이러한 반론은 시 「장화와 구두」에서 '연대'와 '변혁'에 대한 모색이 구체적으로 형상화되지 않았다는 점, 그리고 넓게 보아 신경림의 시세계를 참조해 보아도 그러한 모색이 중심에 놓여 있지 않았다는 점을 고려할 때에 조금 무리가 따른다고 본다. 이 점에서 필자는 수필을 함께 보았을 때 시 속의 광부들은 피억압·극복론과 다른 자신들의 생각을 개성적으로 드러내는 것으로 판단했다.

Ⅲ. 시적 서사의 변형과 서사화 전략

1) 사건 구성의 우연성

신경림의 기행문학에서 수필과 시 장르의 사이에서 서사의 변형이 발생한 부분을 살펴보면 시의 서사화 전략이 드러난다. 수필에서 사실성이 중시되고 시에서 허구성이 강조되는 까닭에, 인물 · 사건 등의 소재가 허구적으로 변화되는 부분에서 인물이 서사화 되는 과정과 그 전략이 검토되기 때문이다. 그 전략은 사건이 구성 혹은 배치될 때의 우연성, 그리고 리얼리티가 만들어질 때의 가치화 충동에서 살펴진다.

사건 구성의 우연성부터 살펴보기로 한다. 수필이 주로 민요 채집을 위해 취재를 다니면서 현실 속의 인간이 사는 모습을 담아 낸 사실적인 것이라면, 시는 그러한 인간의 모습을 다시 시인 나름대로 가공하여 이미지화한 허구적인 것이다.[18] 이 점에서 수필에서 기록된 인물과 그의 사건이 시에서 가공되는 양상은 서사의 변형이 일어난 부분에서 잘 확인된다. 신경림 시의 사건이 피억압을 원인으로 하여 그 비판 · 극복을 결과로 보여주는 필연적 · 선형적 · 진보주의적인 서사를 만들어내는 경우는 행사시를 제외한 소수에 불과하고,[19] 오히려 피억압으로 보기 어려울

---

18) 이 때 시 장르를 허구적인 것으로 단언하는 것처럼 여겨질 우려가 있다. 시 장르는 고백을 특징으로 한다고 할 때 더욱 이러한 우려가 제기될 법하다. 그렇지만 본 논문에서 허구적이라는 표현은 자기체험적인 수필과는 다르게 그 체험을 가공 · 이미지화하는 시의 특성을 강조하는 것으로 이해하고자 한다.
19) 신경림의 시집 『달넘세』의 제4부, 그리고 시집 『가난한 사랑노래』의 제3부 '추운 날'의 경우에는 여러 집회 · 행사에 참여해 발표하거나 기고한 행사시로 여겨진다. 이러한 시편은 주로 "이제 참 속에서 거짓을 가려낼 때" 혹은 "온 나라에 북소리 나팔소리 드높을 때"(「친구여 지워진 네 이름 옆에」, 『달넘세』, 창작과비평사, 1985, 113쪽)라는 구절처럼 피억압에서 그 극복을 지향하는 서사가 분명히 보인다. 그렇지만 이 글에서 다루는 기행시의 경우에는 "우리의 소원은 밝은 세상/속임수 안 통하는 신나는

정도의 사건이 우연적인 것들에 의존되어 서술되는 경우가 많다.

신경림 시의 사건은, 수필과 비교해 보면 현실 속의 인간이 처한 미시적 · 모순적인 상황에 상당히 영향을 받아서 구성된다. 신경림이 민요 취재를 위해 직접 만난 인간은, 당대의 진보적 민족문학론에서 이념화된 민중의 이미지와 쉽게 겹쳐지지 않는 모순적이고 불가해한 측면이 있다. 이 때 수필에서 드러난 이러한 측면이 쉽게 사장 · 간과되지 않고 시의 사건 구성에 영향을 미치게 되면서, 피억압 · 극복론으로 설명되지 않는 미시적 · 모순적인 사건으로 형상화된다. 농촌 피폐의 책임이 농민 자신에게도 있다는 줄포의 대서사 김장순의 모순적인 얘기가 시에 영향을 주는 사례를 살펴보기로 한다.

> C) "촌사람은 사람도 아니어잉, 서울사람도 촌사람 사람으로 안 여기고, 또, 촌사람도 촌사람 사람으로 안 여깅께."
> 그(김장순−편자 주)의 첫마디였다. 그래서 지금 시골에서는 너도나도 서울행 버스를 놓칠까 안달이 나 있다는 것이다. 그러나 농촌 피폐의 책임을 전적으로 밖으로만 돌려서는 안된다고 그는 못박아 말했다. 농민 스스로 농촌을 버려진 곳으로, 농민을 못사는 계층으로 묶어놓고 있는 측면이 있다는 것이다.[20]

> D) 오늘도 고향을 떠나는 집이 다섯
> 서류를 만들면서
> 늙은 대서사는 서글프다

세상"이라는 구절이 있는 시 「우리의 소원−양양의 노동자수련대회장에서」(『길』, 창작과비평사, 1990, 15쪽)를 제외하고는 피억압에서 그 극복 · 비판을 지향하는 서사는 거의 보이지 않는다. 따라서 신경림이 서술하는 현실적으로 부조리한 상황, 빈궁한 모습, 그리고 하위계층의 밑바닥의 삶 등을 피억압 · 극복론에 기대어 규정하기에는 다소 무리가 따른다.

20) 신경림, 『민요기행1』, 한길사, 1985, 100쪽.

거리엔 찬바람만이 불고 이젠
고기 비린내도 없다

떠나고 버려지고 잃어지고……
그 희뿌연 폐항 위로
가마귀가 난다[21]

인용문 C)와 D)는 김장순이 말하는 촌민의 얘기를 소재로 한 것이다. C)
에는 진보적 민족문학론으로 설명되기 어려운 현실 속 인간의 미시적 ·
모순적인 상황이 기록되어 있고, D)에는 이러한 내용이 바탕이 되어 시
화되어 있다. C)에서는 촌민의 현실적인 고난이 자본 · 권력의 억압으로
명시적으로 주장되지 않으며, "지금 시골에서는 너도나도 서울행 버스
를 놓칠까 안달"이라는 점과 "농민 스스로 농촌을 버려진 곳으로, 농민을
못사는 계층"으로 규정한다는 점을 지적 · 비판하고 있다. 수필의 서술
자가 이념적으로 잘 포착되기 힘든, 모순적 · 미시적인 상황을 보고 들
은 것이다.

신경림의 시가 인물이 처한 미시적 · 모순적인 상황에 상당히 영향을
받는다는 점은, 인용문 D)에서 잘 드러나 있다. "오늘도 고향을 떠나는
집이 다섯"이라는 사건은 자본 · 권력의 도시화 · 근대화 · 산업화로 인
한 농어촌의 피억압적인 상태로 쉽게 규정되지 않고, 다만 "늙은 대서사
는 서글프다"라는 막연한 감정과 "떠나고 버려지고 잃어지고……"라는
황량한 풍경이 제시되어 있을 뿐이다. 이처럼 사건이 구성되는 까닭은,
서술자 자신이 "오늘도 고향을 떠나는 집이 다섯"이라는 사건을 자본 ·
권력이 원인이 되는 것으로 규정내리지 못하고 촌민도 잘못이 있다는 미
시적이고 모순적인 현실의 상황을 고려하여 형상화하기 때문이다. 이것

---

21) 신경림, 「폐항―줄포에서」, 『달넘세』, 창작과비평사, 1985, 67쪽.

이 신경림의 시가 선동적·급진적인 경향의 당대 민중시와 구별되는 중요한 한 이유가 된다.

신경림 시의 사건 구성이 우연적이라는 점은, 시적 화자가 자기 삶을 체념하는 인물과 동일시하는 것에서도 확인된다. 신경림의 기행은 주로 민요 채집 및 기록을 목적으로 하기에 시골인 경우가 많고, 그 시골은 "이미 사리진 것으로 우리가 치고 있는 우리의 전통적인 삶의 모습"[22]이 남아 있는 공간이다. 이러한 공간에 사는 촌부란 많은 경우에 근대화·도시화의 흐름 속에서 소외받는 동시에 그 소외된 삶을 체념하고 살기 마련이다. 신경림은 그러한 인물의 심정과 동일시하면서 삶의 모습을 그대로 보여주게 된다. 시적 화자는 아우라지 나루터의 뱃사공 강태화가 서울사람이 싫은 채로 살아가거나, 황지의 술장사가 술에 취해 하루를 보내거나(시 「꿈의 나라 코리아―황지에서」), 혹은 수몰 지역의 촌민들이 모든 것이 물에 잠겨서(시 「감나무」, 「귀향일기초」) 고통스럽다는 감정에 동일시한다. 이 중 아우라지 나루터의 뱃사공인 강태화의 경우를 보기로 한다.

> E) (뱃사공 강태화씨는―편자 주) 지금은 오로지 배에만 매달려 사는데 강 이쪽 사람들에게는 뱃삯을 100원씩 받지만, 강 건너 사람들에게는 가을에 한 집에서 쌀 한 말씩을 받는 것으로 뱃삯을 대신한다. (중략) 그것으로 아이들 셋을 데리고 아우라지 집에 딸린 방에서 살고 있다는 것이다.
>
> "마누라는 도망을 쳤어요. 요새 여자가 누가 배곯으면서 살겠수. 도회지루 가면 하다 못해 식모살이라도 해서 돈벌 수 있는 세상인데."
>
> 그가 강을 건네주기 위해 잠시 자리를 뜬 사이 주인 김산옥씨가 해 준 귀띔이다.[23]

---

22) 신경림, 『민요기행1』, 한길사, 1985, 3쪽.
23) 신경림, 『민요기행1』, 한길사, 1985, 173쪽.

F) 산과 물이 지겨워 아우라지 뱃사공의 아내는
　 세 아들딸을 두고 대처로 떠났다.
　 아우라지 뱃사공은 산과 물이 싫다.
　 산과 물을 좋아하는 대처 사람이 싫다.
　 종일 배를 건너 손에 쥐는
　 천원 안팎의 돈 그것이 싫다.
　 세상이란 잘난 사람들끼리 그저
　 잘난 놀음으로 돌아치는 곳,
　 그를 가엾다고 말하는 세상 사람들이 그는 싫다.[24]

　 인용문 E)에서 F)로 서사가 변형된 부분에서 눈에 띄이는 것은 뱃사공의 고통스러운 감정에 대한 시적 화자의 동일시이다. E)에서는 김산옥이 뱃사공에 대해서 해 준 얘기를 기록한 것이지만, F)에서는 그 얘기가 뱃사공 자신이 말하는 듯한 (시적 화자의) 것으로 변화되어 있다. E)에서는 뱃사공이 "아이들 셋을 데리고 아우라지 집에 딸린 방에서 살고 있"고, "마누라는 도망을 쳤"다는 경제적인 궁핍과 가정 파탄을 기록한다.

　 이러한 기록은 F)에서 시적 화자가 뱃사공의 현실 상황을 공감하고 소외를 연민하는 동일시의 태도로 재구성된다. "세상이란 잘난 사람들끼리 그저/잘난 놀음으로 돌아치는 곳,/그를 가엾다고 말하는 세상 사람들이 그는 싫다"라는 구절을 보면, 시적 화자는 뱃사공의 상황을 전지적인 시점으로 서술하면서 그의 감정·생각과 동일시하고 있는 것이다. 신경림은 이처럼 자기 삶을 체념하는 인물과 동일시하여 그 상황을 부각시키는 시를 보여줌으로써, 민중(인물)을 선도·계몽하는 민중시와 일정한 거리를 두게 된다. 신경림의 시에서는 현실 소외라는 사건이 선형적·진보주의적인 서사가 만들어내는 역사 필연적인 극복의 드라마가 아니라, 우연

---

24) 신경림, 「아우라지 뱃사공—정선에서」, 『달넘세』, 창작과비평사, 1985, 66쪽.

적인 것들－인물의 미시적 · 모순적인 상황의 영향, 그리고 자기 삶을 체념하는 인물에 대한 동일시－에 의해서 구성 · 배치되는 것이다.

2) 리얼리티 속의 가치화 충동

신경림의 기행문학에서 주목되는 것 중의 하나는 수필과 시의 리얼리티reality이다. 리얼리티는 기행의 현장감을 있는 그대로 드러내는 행위 속에서 나타나는데, 문제는 그 드러냄의 행위 속에 서술자의 의도 · 가치가 스며들어 있다는 것이다. 민요의 취재라는 사실성에 근거하는 수필과 달리, 시는 그러한 사실성에 근거를 둔 허구성이 강조된다는 점에서 리얼리티를 보여주는 시인의 의도 · 가치가 상대적으로 잘 나타나는 장르가 된다. 이 때 수필과 시를 비교해 보면, 신경림 시의 리얼리티는 사건에 일관성 · 완결성을 부여하는 나름의 가치화 충동과 관계있음이 살펴진다.

먼저, 신경림 시의 가치화 충동은 인물의 삶에 대한 신뢰를 보여주는 노력에서 잘 드러난다. 신경림이 그의 기행 속에서 만난 인간은 잠깐 동안에 자기 삶의 얘기를 부분적으로 들려주게 된다. 이러한 얘기는 엄밀히 말해서 사회적으로 중요한 담론이 되는 것이 아니고, 단지 일상 속에서 흘려듣는 많은 얘기 중의 하나가 된다. 그렇지만 신경림은 그러한 얘기를 나름대로 가공하여 거기에 "상상적인 "일관성, 전체성, 완전성, 종결성" 등을 부여"[25]하여 서술의 대상이 되는 인물의 인생을 전적으로 신뢰하는 시를 만들어낸다. 이러한 방식은 부여의 소리꾼 박홍남(시「산유화가－부여의 노래꾼 박홍남씨에게」)과 정선의 소리꾼 김병하(시「정선아리랑－정선의 노래꾼 김병하씨에서」) 얘기에서 잘 드러난다. 박홍남의 경우를 보기로 한다.

---

25) Louis O. Mink, 윤효녕 역, 윤효녕 외 편, 「모든 사람의 자신의 연보 기록자」,『현대 서술이론의 흐름』, 솔, 1997, 216쪽.

G) 이렇게 고생을 하며 떠돌다가 마침내 더 버틸 수 없어 뿔뿔이 헤어진 곳이 바로 부여다. 갈 데도 없고 오라는 데도 없이 된 그는 이집저집 떠돌아 다니며 막일을 하고 발치잠을 잤다. 그때만 해도 농사일에는 으레 들노래가 따랐을 때다. 그가 처음 이 지방의 들노래인 「산유화가」를 세도면에서 들은 것도 이 때였다. 노래에 특별할 재능이 있는 그는 이내 이 노래를 배웠고, 노래에 결들여, 장구·꽹과리·북·징, 무엇 하나 못하는 것이 없는 그는 인기있는 못방구가 되어, 모내기 때나 김매기 때가 되면 이집저집으로 불려다녔다. (중략)

"노래 가락에 밴 백제 유민의 한 같은 게 어찌 그리 내 마음하구 똑같던지! 결국 이 노래에 미쳐 이 고장 사람이 된 거지유."[26]

H) 내 홀로 주저앉은 곳 하필
　백제의 옛서울 부여로다
　문전걸식 등걸잠으로 한 해 보내고
　비럭일로 그냥고지로 또 한 해 보내는 사이
　귓전에 들리는 소리 산유화야 산유화야
　내 찾던 소리 떠돌며 찾던 소리
　내 예서 듣는구나 산유화야 산유화야
　논에 엎드려 밭고랑에 주저앉아
　산유화야 산유화야 백제의 넋 산유화야
　날품팔이로 그 소리 들으며 부르며
　이날까지 날 떠돌게 한 것
　이제사 알겠구나 그것이 무언가를[27]

인용문 G)와 H)에서 가장 큰 차이점을 보이는 것은 H)에는 서술의 일관성·완결성이 좀 더 강화되어 있다는 것인데, 거기에는 인물에 대한

---

26) 신경림, 『민요기행2』, 한길사, 1989, 32쪽.
27) 신경림, 「산유화가—부여의 노래꾼 박홍남씨에게」, 『길』, 창작과비평사, 1990, 88~89쪽.

커다란 신뢰가 있다는 점이 눈에 띈다. G)는 박홍남이 신경림에게 들려준 자기 인생 얘기를 정리한 것으로써 사실성이 돋보인다. 부여에 우연히 오게 된 것, 막일을 한 것, 이 지방의 들노래인「산유화가」를 듣고서 배우고 공감한 것, 그리고 과거「산유화가」에 미쳐 부여 사람이 되었다는 것 등등이 담담하게 기술되어 있다. 듣는 사람의 관점에 따라 박홍남이라는 소리꾼은 그리 성공하지 못한 인생 혹은 복잡하게 산 가운데에서 겨우 노래 하나를 얻은 인생으로 이해되기도 한다.

H)에서는 이러한 내용들이 한 인물이 일생 동안 탐구한 노래라는 주제로 통합되어 있다는 점이 G)와 다르다. 이 때 이러한 서술이 가능한 이유는 무엇보다 인물에 대한 깊은 신뢰 때문이다. 문전걸식을 하고 비럭일로 세월을 보낸 것이 "내 찾던 소리 떠돌며 찾던 소리"가 산유화가이고 "이날까지 날 떠돌게 한 것/이제사 알겠구나"라는 깨달음의 진술은 인물 삶의 일관성·완결성·전체성을 부여하는데, 이러한 인물의 깨달음은 시적 화자가 그의 인생을 이해·긍정·신뢰하기 때문에 가능한 것이다. H)의 시적 화자는 박홍남이라는 인물을 신뢰하여 그가 살아온 세월의 파편성을 일관적·완결적·통합적으로 서술한 것이다.

나아가서, 신경림 시의 가치화 충동은 범상한 인물에 대해 관조하고 이해하려는 태도에서 잘 나타난다. 이러한 관조와 이해의 태도는 수필과 시를 비교해 보면 잘 드러난다. 수필에서 민요 취재의 과정에서 만난 인물이 사실적으로 제시되어 있는 반면, 시에서는 그러한 인물이 상상적·허구적인 일관성·전체성·완전성이 유지되어 있는 존재로 탈바꿈되어 나타나 있는 경우가 있기 때문이다. 실제의 현실에서 보잘 것 없거나 평범한 인간으로 보이는 풍기의 떠돌이 책장수 김도연(시「달빛—풍기에서」), 안의의 술장사 박막내(시「김막내 할머니—안의에서」), 그리고 광안리의 화백 이청운(시「광안리—이청운 화백에게」) 등은, 신경림의 시에서 나름대로 삶의 가치와 의미를 지닌 존재로 이해된다. 이 중에서 김도연의 경우로 보기로 한다.

> I) 김도연(43)씨는 이제 8년째 떠돌이 책장수를 하고 있다고 한다. 역시 제법 팔리는 곳은 경북 가운데서도 북부지방뿐이라는 것이다. 겨우 입에 풀칠할 정도의 수입밖에 되지 않지만, 좀체 책장수의 맛을 버리지 못해 이 짓을 계속하고 있다고 그는 대답했다. 이것도 일종의 역마살인 것 같다. 그는 다시 식칼을 두드리며 신나게 노랫가락을 읊어대기 시작했다. 한참 듣고 있다가 그 노래가 무슨 노래냐고 물었더니, 이 책 속에다 있다면서 『한양오백년가』를 가리킨다.[28]

> J) 박씨전 한 대목 신바람나게 읊다보면
> 하루 장은 늘 짧기만 하다
> 해 기울면 십년 단골 찾아들어가
> 국밥 한 그릇 말고
> 윗목 한귀퉁이 새우잠으로 누우니
> 그게 바로 그의 집이다
> 누가 그의 삶을 고닳다 하느냐
> 밤중에 한번 눈떠 보아라
> 사늘한 달빛에 어른대는
> 산읍 외진 거리에 서보아라
> 사람이 사는 일 다 그와 같거니
> 웃고 우는 일 다 그와 같거니[29]

인용문 I)와 J)는 풍기의 떠돌이 책장수 김도연에 대한 얘기이다. 이 때 사실이 중심인 I)와 허구가 중심인 J)는 그 성격이 확연히 다르다. I)에서는 신경림이 김도연을 만나서 "겨우 입에 풀칠할 정도의 수입밖에 되지 않"음에도 "좀체 책장수의 맛을 버리지 못"한다는 것과 "식칼을 두드리

---

28) 신경림, 『민요기행1』, 한길사, 1985, 59쪽.
29) 신경림, 「달빛―풍기에서」, 『길』, 창작과비평사, 1990, 92~93쪽.

며 신나게" 노래를 부른다는 사실이 요약적으로 제시된다. I)는 비교적 사실에 입각한 기록물의 성격을 지닌다. 그러나 J)의 '그'(김도연)에 대한 서술은 조금 다르다. 무엇보다 한 인물에 대한 서술자의 이해를 바탕으로 그 인물의 삶이 일관되고 완결되기 때문이다. 김도연은 아무 장바닥에서나 만날 수 있는 흔한 인간이 아니라, "박씨전 한 대목 신바람나게 읊다보면/하루 장은 늘 짧"고 "해 기울면 십년 단골 찾아들어가/국밥 한 그릇 말고/윗목 한귀퉁이 새우잠으로 누"워 자는 힘겨운 삶을 살아도, "누가 그의 삶을 고닲다 하느냐" 혹은 "사람이 사는 일 다 그와 같거니/웃고 우는 일 다 그와 같거니"라는 구절에서 보이듯이 장돌뱅이로서 나름대로 삶의 가치와 의미를 지닌 인물로 일관되게 서술되는 것이다.

이러한 서술자의 이해는 한 인물이 드러내는 리얼리티의 성격을 진보적 민족문학론의 그것과 다르게 보여준다. 진보적 민족문학론에서 리얼리티는 "현실에 대한 정당한 인식과 정당한 실천적 관심을 구현"[30]하는 리얼리즘의 논의에 갇혀 있어서, 특정한 시기에 사회가 직면한 모순과 그 해소라는 피억압·극복론으로 설명되기 쉽다. 반면에 신경림이 보여주는 리얼리티는 한 인간의 인생 그 자체를 일관·완결·완성된 것으로 이해하려는 가치화 충동에서 비롯된다. 김도연의 고달픔은 해소되어야 할 사회적 모순 속에 있는 것이 아니라, 인생의 한 단면이 있는 그대로 관조·이해되는 것이다.[31] 이처럼 신경림 시의 리얼리티는 인물에 대한 깊은 신뢰와 서술자의 이해를 드러내는 가치화 충동에서 비롯되는 것이다.

---

30) 백낙청, 「민족문학론과 리얼리즘론」, 『민족사의 전개와 그 문화』, 창작과비평사, 1990,『통일시대 한국문학의 보람』, 창작과비평사, 2006, 359쪽에서 재인용.
31) 진보적 민족문학론에서는 신경림의 이러한 관조적인 태도가 동구권 사회주의 붕괴라는 시대적인 상황의 변화에 따른 "냉정한 자기 비판"과 "절실한 반성"(이은봉, 「낮고, 작고, 보잘것없는 것'들의 세계」, 『오늘의 시』 1990. 상반기, 250~251쪽) 혹은 "'세상 속으로 내던져진 시적 자아의 내면 탐구'"(이병훈, 「슬픈 내면의 탐구」, 신경림, 『쓰러진 자의 꿈』, 창작과비평사, 1993, 96쪽) 등으로 논의한 바 있다.

IV. 결론

이 논문의 문제제기는 신경림의 시가 어떻게 서사화 되는가 하는 서사화 전략에 대한 것이었다. 신경림의 시에는 당대의 주요 이념에 편향되지 않는 다양한 인물을 형상화한 특성이 있었는데, 이 글에서는 이러한 특성이 만들어지는 서사화 전략을 살펴보고자 했다. 이러한 고찰을 위해서 신경림의 기행수필과 기행시 사이의 유사 소재―인물·사건―를 탐색하여 그 차이를 비교했다. 기행수필이라는 사실성이 부각되는 장르에서 기행시라는 허구성이 강조되는 장르를 비교·대조하면서 인물의 성격과 서사의 변형 부분에 나타난 서사화 전략을 검토했다.

첫째, 신경림의 기행문학에서 다양한 인물의 형상화라는 시의 서사화 전략이 잘 드러난 소재는 인물이었다. 신경림 시 속의 인물은 개성이 강하다는 점에서 진보적 민족문학론의 피억압적·비판적·극복적 민중 전형과 구별되었다. 우선 <표―수필과 시에서 유사한 인물>을 살펴보면, 시 속의 인물은 민요 취재의 특성 상 여행 속에서 만나 볼 수 있는 일상인이었지, 근대 자본주의 사회의 모순을 해결하는 노동자계급과 그 주변 세력이 아니었다. 더욱이 시에서 이미지화된 인물은 수필 속의 인물을 거의 그대로 활용한 경우가 많았는데, 이때의 인물은 역사주인·자기해방자와 달리 자신이 속한 문화를 지닌 개성적인 존재로 형상화되었다.

둘째, 신경림의 기행문학에서 수필과 시 장르의 사이에서 서사의 변형이 발생한 부분을 살펴보면 시의 서사화 전략이 잘 검토되었다. 먼저, 시의 서사화 전략은 사건이 구성·배치될 때의 우연성에서 엿보였다. 신경림 시의 사건은 피억압에서 그 비판·극복을 향하는 필연적·선형적·진보주의적인 서사보다는 우연적인 것들에 의존되는 서사였다. 시 속의 사건은 수필과 비교해 보면 현실 속의 인간이 처한 미시적·모순적인 상황에 상당히 영향을 받아서 구성된 사례가 있었다. 수필에서 줄포의 대서사 김장순이 얘기한 촌민 자신의 책임은, 시「폐항−줄포에서」의 시적 성격이 규정되는 데에 일정한 영향을 끼친 것으로 판단되었다. 사건 구성의 우연성은 시적 화자가 자기 삶을 체념하는 인물과 동일시하는 것에서도 확인되었다. 수필에서 보이는 아우라지 나루터의 뱃사공 강태화의 힘겨운 삶은, 시「아우라지 뱃사공−정선에서」에서 그의 고통스러운 감정과 동일시되어 그 감정이 부각되는 방식으로 서사화 되었다.

그리고 시의 서사화 전략은 사건에 일관성·완결성을 부여하는 가치화 충동에서도 찾아졌다. 수필과 달리 시에서는 허구성이 강조된다는 점에서 리얼리티를 보여주는 시인의 의도·가치가 잘 드러났던 것이다. 신경림 시의 리얼리티는 무엇보다 인물에 대한 깊은 신뢰에서 비롯되었다. 기행 중 만난 인간에 대해서 시적 화자는 전적으로 신뢰하여 서사의 일관성·전체성을 만들어냈다. 수필에서 부여의 소리꾼 박홍남에 대한 얘기는 단편적·편린적이었지만, 시「산유화가−부여의 노래꾼 박홍남씨에게」에서는 커다란 신뢰를 바탕으로 하여 한 인물이 일생 동안 탐구한 노래라는 주제를 부각시켰다. 나아가서 시의 리얼리티는 인물에 대한 시적 화자의 관조적인 태도에서 드러났다. 수필에서 보잘것없는 인물인 떠돌이 책장수 김도연은, 시「달빛−풍기에서」에서 나름 삶의 가치와 의미를 지닌 인물로 관조적으로 변형·서술되었다.

신경림의 기행문학을 비교해 보면 시 속의 인물이 개성이 강한 성격을 지니고, 사건 구성이 우연적이며, 사건에 일관성·완결성을 부여하는 나름의 가치화 충동이 있음이 분석된다. 이러한 서사화 전략을 통해서 신경림의 시에서는 당대의 주요 이념에 편향되지 않는 다양한 인물이 형상화될 수 있었던 것이다. 이러한 분석은 피억압·극복론을 넘어서서 민중시·리얼리즘 시의 다양한 해석 가능성을 제공해 주는 하나의 실례가 될 것으로 기대된다.

V. 참고자료

① 인물 · 사건 · 배경이 유사한 경우

김도연 1:59[32], 『길』: 「달빛 - 풍기에서」

권정생 1:65, 『길』: 「종소리 - 안동의 동화작가 권정생씨에게」

김장순 1:99, 『달넘세』: 「폐항 - 줄포에서」, 『길』: 「줄포 - 농사꾼 대서쟁이 김장순씨에게」

김병하 1:160, 『길』: 「정선아리랑 - 정선의노래꾼 김병하씨에게」

강태화 1:173, 『달넘세』: 「아우라지 뱃사공 - 정선에서」

김대례 1:205, 『달넘세』: 「진도의 무당 - 진도에서」

박홍남 2:31, 『길』: 「산유화가 - 부여의 노래꾼 박홍남씨에게」

늙은 아낙네 2:47, 『가난한 사랑노래』: 「강읍행 - 입포에서」

박막내 2:89, 『길』: 「김막내 할머니 - 안의에서」, 이청운 2:191, 『길』: 「광안리 - 이청운 화백에게」

신정섭 2:219, 『길』: 「소장수 신정섭씨」

주인 아낙네 2: 222, 『길』: 「꿈의 나라 코리아 - 황지에서」

광부들 2:224, 『길』: 「장화와 구두」

여인숙 주인 2:229, 『길』: 「새벽길 - 영춘에서」, 젊은 아낙네 2:231, 『길』: 「게으른 아낙 - 김삿갓 무덤에서」 등 15군데

② 사건 · 배경이 유사한 경우

보상금 얘기 1:22, 『달넘세』: 「강물2」, 「강길2」

---

32) '김도연 1:59, 『길』: 「달빛 - 풍기에서」'란 김도연이라는 인물이 수필집 『민요기행1, 2』 중 1권의 59쪽에, 그리 고 시집 『길』의 시 「달빛」에 실려 있음을 의미한다. 이하 동일한 방식으로 표기했다.

방파제 얘기 1:109, 『길』:「겨울바다1 – 격포에서」

궁장토 얘기 1:144, 「쇠무지벌」

산골물 얘기 1:227, 『길』:「복사꽃 – 말골에서」

수몰 얘기 1:233, 『달넘세』:「감나무」, 『달넘세』:「귀향일기초」

승일교 얘기 1:282, 『달넘세』:「승일교 타령 – 휴전선을 떠도는 혼령의 노래2」

고향 행 얘기 1:283, 『가난한 사랑노래』:「북한강행2 – 민통선 아낙」

수련회 얘기 2:154, 『길』:「우리의 소원 – 양양의 노동자수련대회장에서」

철조망 얘기 2:155, 『길』:「철조망 너머의 해돋이 – 속초에서」

의병장 얘기 2:167, 『길』:「빈집 – 가은에서」 등 10군데

③ 공간적 배경이 유사한 경우

지리산, 주천, 청풍, 황강장터, 북한강, 가홍, 통일전망대, 철원, 지리산 달궁, 울산, 치악산 신림, 신안 지도, 밀양, 무주 나제통문, 소백산, 주왕산, 봉화 등등 다수.

① 과 ② 의 경우를 합하면 25군데임.

신경림의 시에 나타난 현장의 의미

Ⅰ. 서론

　이 논문의 문제제기는 신경림의 시에 나타난 현장(the scene)이 어떠한 의미를 지니는가 하는 것이다. 신경림은 1956년 등단 직후 2년 정도 잠시 시를 쓴 뒤, 다시 1965년 일간지 <한국일보>에 시「겨울밤」을 발표하기 시작하여 오늘날까지 시집 10권을 상재한 한국의 대표적인 시인 중 하나이다.1) 1965년 이후부터 발표된 그의 시에서 주목할 만한 특징 중의 하나는 그가 당대의 어떤 이념으로 설명하는 것보다 더 생생하게 사람들의 모습을 형상화한 경우가 많다는 것인데, 이러한 형상화는 사람들이 실제로 살아가는 삶의 장소 즉 현장을 포착하는 시인의 시선에서 주로 기인한다.

---

1) 신경림은 그 동안 서정시집『농무』(창작과비평사, 1975)를 비롯하여『새재』(창작과비평사, 1979),『달넘세』(창작과비평사, 1985),『가난한 사랑노래』(실천문학사, 1988),『길』(창작과비평사, 1990),『쓰러진 자의 꿈』(창작과비평사, 1993),『어머니와 할머니의 실루엣』(창작과비평사, 1998),『뿔』(창작과비평사, 2002),『낙타』(창작과비평사, 2008)과 서사시집『남한강』(창비사, 1987)을 출간했다. 이 논문에서는 실제 삶의 현장을 다룬 서정시집을 대상으로 하여 시 속에 나타난 현장의 의미를 검토하고자 한다.

신경림의 시에서 장소는 시「갈대」처럼 시적 자아(주체)가 혼자 말하는 독백의 공간으로 제시되는 경우가 있는 반면,「겨울밤」같이 시적 자아의 밖에 존재하는 타자(他者, other)와 만나는 사건의 현장으로 드러나는 경우도 있다.[2] 이 때 현장은 시적 자아가 이미 아는 것으로 여기는 또

---

2) 장소, 공간, 현장이라는 표현은 명확한 개념을 가진 용어로 정립될 필요가 있다. 이 용어들 중 장소와 공간은 문학지리학·인문지리학에서 사용된다. 장소는 "구체적인 위치를 기반으로 하면서도 인간의 삶"과 유관하게 존재하는 상대적이고 특수한 의미를 나타내고, 공간이란 "각 개인에게 의미 있는 요소가 아닌 모든 사람에게 제공되는 평균적인 의미를 찾고자 할 때" 사용되는 객관적이고 보편적인 의미를 지닌다(박승규,「개념에 담겨 있는 지리학의 사고방식」, 전종환 외,『인문지리학의 시선』, 논형, 2005, 37~50쪽). 장소는 좀 더 인간의 삶과 유관할 때에, 그리고 공간은 객관성을 강조할 때에 사용되는 것이다. 이와 달리 현장이라는 표현은 사전적으로는 어떤 일이나 사건이 일어나고 있거나 일어난 행위적·실제적인 상황을 뜻하는 용어로써, 신경림의 시에서 생생한 사건이 일어나는 장소를 의미하고자 채택한 것이다. 이 논문에서는 신경림의 시에서 인간의 삶과 유관한 장소에 주체와 타자가 만나 어떤 행위나 사건이 일어날 때에 현장이라는 용어를 사용하기로 한다. 이러한 시 속의 현장은 시적 자아와 타자가 만나 어떤 사건이 일어나는 집과 촌락, 고향을 비롯한 여러 지역, 제3세계 등을 포함한다. 또한 시적 자아(주체)의 밖에 존재하는 타자와 소통된다는 표현은, 외부존재가 주체의 능동적·자율적인 이성작용에 의해 의식의 지향적 대상인 타아(他我, alter ego)로 현상(現象)되는 것이 아니라, 외부존재 그 스스로가 주체의 감성에 작용·호소·계시하면서 타자로 현현(顯現)되는 것이라는 에마뉘엘 레비나스(Emmanuel Levinas)적인 의미이다. 레비나스에 따르면, 주체는 이러한 타자의 현현을 통해서 타아화하려는 욕망에서 벗어나서 타자와 전적으로 다름을 인정하고 사회적·윤리적인 관계맺음이 가능하다고 한다(Emmanuel Levinas, *Totality and Infinity*, trans. Alphonso Lingis, A., Netherlands : Kluwer Academic Publishers, 1991, p. 55;pp. 70~72; p. 215;김연숙,『타자윤리학』, 인간사랑, 2001; 강영안,『타인의 얼굴－레비나스의 철학』, 문학과지성사, 2005 참조). 이 때 레비나스의 논의에 대한 비판들－주체는 자신과 전적으로 다른 절대적 타자를 언어화하거나 관계할 수 없다는 데리다와 리쾨르의 비판들－도 일리가 없지 않지만(R. Kearney, 이지영 역,『이방인, 신, 괴물』, 개마고원, 2004, 143쪽), 레비나스의 논의는 신경림 시 속의 타자가 진보적 민족문학진영의 이념적인 민중론으로 전유되는 것과 달리 (타자의) 타자성을 잘 드러낸다는 본 논문의 논지를 분석할 때에 도움을 준다는 점에서 부분적으로 참조·수용·활용될 것으로 기대된다.
이 때, 신경림 시 속의 타자가 타자성을 잘 드러낸다는 본 논문의 논지에 대해서 자칫

다른 자아인 타아(他我, alter ego)가 아니라, 그 자신을 초월해 존재하는 타자를 드러나게 하는 실제적·인식론적인 지평이 된다는 점에서 중요한 의미와 가치가 있다. 현장은 1960년대 이후의 진보적 민족문학진영에서 "직접적 생산자적인 범주이고, 역사적으로 자기 회복에 의해 다시 역사의 주인으로 되어 가고 있는 사회적 존재"3)로 논의된 이념적인 민중론을 보충하면서 해체하는, 나아가 그 민중론과 비교하기 어려울 정도로 생생한 타자의 모습을 드러내기 때문이다.

현장에 대한 본 논문의 관심은 1960년대 이후의 진보적 민족문학진영에서 주로 이념적으로 논의했던 시 속의 민중을 시적 자아(비판적 지식인)와 구별되는 타자로 새롭게 개시하는 데에 기여한다.4) 여기에서 타자는 시적 자아의 밖에 있는 외부존재로서 서로의 소통을 통해 사회적·윤리적인 관계를 맺어가는 자이다. 시 속의 현장은 여행·산보·객려 등을

시적 동일성 이론에 레비나스식의 '타자성'을 이미 포함하는 논리가 있다는 점을 들어 시적 동일성 이론에 대한 의도적인 한계를 설정한다는 비판이 가능하리라고 본다. 의미가 있는 비판이다. 그러나 엄밀히 말해서 본 논문에서 말하는 (서정)시의 개념은 서정이 작품내적 자아가 세계를 일방적으로 대상화하는 것이라는 조동일의 장르론에 근거한 것이고, 시 장르가 독백적이고 권위적이라는 바흐친의 견해를 참조한 것이다. 물론 시에도 서사적이고 대화적인 요소가 있다는 주장도 없지 않으나, 이러한 주장은 넓게 보아 본 논문의 의도와 충돌되지 않는다. 본 논문에서는 시 장르에 대한 조동일의 근본 개념에 근거한 뒤에 서사적이고 대화적인 양상을 주목하고 있기 때문이다(조동일, 『한국소설의 이론』, 지식산업사, 1977, 66~136쪽 참조; 여홍상 편, 『바흐친과 문학이론』, 문학과지성사, 1997; 김준오, 『시론』, 삼지원, 2002 참조.).
3) 박현채, 「민중과 문학」, 김병걸·채광석 편, 『민족, 민중 그리고 문학』, 지양사, 1985. 73~74쪽.
4) 신경림 시 속의 타자는 이념적인 민중론에 근거하여 해석되는 경우가 많았다. 진보적 민족문학진영에서는 민중이 현실극복·변혁의 주체가 '되어야 함'을 욕망했는데, 이 욕망은 거꾸로 시 속의 타자가 '이미' 그런 주체라는 이데올로기적인 환상을 만들어 낸 측면이 있었다. 이런 측면에 대해서는 강정구의 논문 「진보적 민족문학론의 민중시관 재고—신경림의 시를 중심으로」(『국제어문』, 국제어문학회, 2007, 265~289쪽.)를 참조할 것.

통해서 만난 이러한 타자—집의 가족 · 친척, 고향이나 자기 마을의 이웃, 민요기행 같은 여행과 산보 · 객려 중에 만난 다른 지역의 사람, 그리고 국경을 넘어 마주친 외국 사람—의 (시적 자아가 예측하지 못하고 알 수 없으며 이념화 · 자기동일화하기 어려운) 타자성을 보여주는 것이다.

지금까지 신경림 시 속의 현장 · 장소 · 공간에 대한 연구사는 주로 진보적 민족문학진영의 피억압과 그 극복의 공간 논의가 주류를 이룬 가운데, 2000년대 들어서면서 점차 그러한 공간 논의를 벗어나서 새로운 특성을 주목하는 것으로 확대되는 추세였다. 먼저, 진보적 민족문학진영에서 언급한 피억압 · 극복의 공간 논의와 그 영향을 검토해 보기로 한다. 시집 『농무』의 주요 배경인 농촌에 대해서 백낙청이 "아무리 암담한 삶이라도" "발전하는 역사의 한 현장"[5]임을 논의한 이래, 진보적 민족문학진영에서는 피억압 상태에서 그 상태를 극복하는 공간으로 언급했고,[6] 진보적 민족문학진영의 외부에서도 그러한 영향 아래에서 주로 담론화해 왔다.[7] 이러한 공간 논의는 몇몇 경우를 제외하고는[8] 신경림 시 속의

---

5) 백낙청, 「발문」, 신경림, 『농무』, 창작과비평사, 1975, 111쪽.
6) 진보적 민족문학진영에서는 신경림 시 속의 현장 · 장소 · 공간에 대해서 주로 피억압과 그 극복의 공간으로 논의해 왔다. 시집 『농무』에 대해서 구중서가 "한국 역사 속의 농촌, 사회 현실 속의 농촌"임을, 염무웅이 "60년대 후반 이후 강압적으로 추진된 산업화정책으로 인해" 피폐화된 공간임을, 시집 『달넘세』에 대해서 김명수가 "우리 사회의 기층민이 자신들의 삶의 근거지에 정착하지 못"함을, 그리고 시집 『길』에 대해서 이시영이 "전국토가 전선"임을 언급했다(구중서, 「역사 속의 우리말 가락—신경림론」, 『현대문학』 1980. 2, 373쪽; 염무웅, 「민중의 삶, 민족의 노래」, 구중서 · 백낙청 · 염무웅 편, 『신경림 문학의 세계』, 창작과비평사, 1995, 81쪽; 김명수, 「극복되어야 할 현실과 만나야 할 미래」, 구중서 · 백낙청 · 염무웅, 『신경림 문학의 세계』, 창작과비평사, 1995, 201쪽; 이시영 외, 「새로운 년대의 문학을 위하여」, 『창작과비평』 1990. 가을호, 53쪽).
7) 진보적 민족문학진영의 공간 논의는 그 외부에서도 거의 그대로 반복되었다. 『농무』에 대해서 이광호가 "소외된 농촌"임을, 시집 『가난한 사랑노래』에 대해서 이경수가 "고향에서 내몰리고, 서울에서도 떠밀"리는 도시 빈민의 '산동네'임을, 김주연이 "농촌

타자를 바라보는 방식이 피억압과 극복의 인식 속에서 선先규정된다는 문제점이 있었다.

2000년대 들어서는 진보적 민족문학진영의 이러한 논의를 벗어나고자 한 학계의 분위기 속에서 현장·장소·공간에 대한 새로운 특성이 살펴지기 시작했다. 시집『농무』속의 농촌은 "카니발적 공간",9) "열린 소통의 공간",10) 혹은 "장소 상실"11)로, 시 속의 도시는 "도시 변두리에서

에서의 삶의 기반을 잃고 유리하는 빈민"의 '땅'임을, 또는 신현춘이 "농촌의 삶을 넘어서서 그들의 확장된 상태인" "가난한 도시"임을 언급했다(이광호, 「「농무」의 세 가지 목소리」,『문학과 비평』 1988. 여름호, 246쪽; 이경수, 「우리 시대의 사랑 노래」,『문학과사회』 1988. 여름호, 1241쪽; 김주연, 「서정성, 그러나 객관적인」, 구중서·백낙청·염무웅,『신경림 문학의 세계』, 창작과비평사, 1995, 218~219쪽; 신현춘, 「신경림론」,『초등국어교육』 4호, 서울교육대학 국어교육과, 1994, 12쪽).

8) 이러한 논의 이외에 신경림 시의 특성을 비교적 잘 드러내는 경우도 있었다.『농무』에 대해서 조태일이 "한 개인의 의식세계 또는 내면세계보다는 사람들이 살아가는 현장성이 우월"함을, 한만수가 "민중의 말버릇과 생각버릇(중구난방성)에 붓만 빌려주는 식으로 조용히 쫓아가다가, 기회를 보아 그들의 생각에 이의를 제기하거나 모자람이 있음을 일깨워주는 또 하나의 특성이 있음"을, 시집『길』에 대해서 이은봉이 "'낮고, 작고, 보잘것없는 것'들의 세계"를 다루고 있음을, 황현산이 "한 사회가 버려둔 땅을" "여전히 사람이 살 수 있는 곳"으로 파악하는 긍정적·관조적인 "내적 시선"이 있음을, 또는 신경림의 시 전반에 대해서 유종호가 "많지 않은 구체와 세목으로 현장을 생생하게 재현하는 서경(敍景) 내지는 사생 능력"이 있음을 주장한 바 있었다(조태일, 구중서·백낙청·염무웅 편, 「열린 공간, 움직이는 서정, 친화력」,『신경림 문학의 세계』, 창작과비평사, 1995, 147쪽; 한만수, 「서정, 서사, 서경성의 만남―신경림론」,『순천대학교논문집』, 1997. 12, 79~96쪽; 이은봉, 「낮고, 작고, 보잘것없는 것'들의 세계」,『오늘의 시』 1990. 상반기, 250쪽; 황현산, 구중서·백낙청·염무웅, 「자부심을 지닌 삶과 소박한 시」,『신경림 문학의 세계』, 창작과비평사, 1995, 235쪽; 유종호, 구중서·백낙청·염무웅 편, 「서사 충동의 서정적 탐구」,『신경림 문학의 세계』, 창작과비평사, 1995, 60쪽).

9) 박몽구, 「신경림 시와 민중제의의 공간」,『한중인문학연구』 14집, 한중인문학회, 2005, 171~191쪽.

10) 유병관, 「신경림 시집『농무』의 공간 연구」,『반교어문연구』 31집, 반교어문학회, 2011. 8, 217~241쪽.

11) 송지선, 「신경림의『농무』에 나타난 장소 연구」,『국어문학』 51집, 국어문학회, 2011,

의 삶이 지닌 생명력"[12])이 살아있는 공간으로, 그리고 당대의 지배적인 이념에 휩쓸리지 않는 다양한 공간성을 지니는 것으로[13]) 분석되었다. 이러한 공간에 대한 연구사는 이전 시대의 이념적인 경직성에서 벗어나 새로운 의미를 주목한 것이었다. 이 논문에서는 이러한 연구사를 필요시 적절하게 비판적으로 참조·발전시키면서 시적 자아와 타자가 소통되는 현장의 의미를 분석하고자 한다.

이 논문에서는 신경림 시 속의 현장이 타자를 드러나게 하는 실제적·인식론적인 지평이 됨을 분석하기 위해서, 주체가 자신의 이념과 절대적으로 다른 타자와 윤리적인 관계를 맺는 양상을 논의한 에마뉘엘 레비나스Emmanuel Levinas의 타자철학을 참고하여 작품의 변화 양상을 삼분해 논의하기로 한다. 먼저 시집 『농무』(1975)를 대상으로 하여 집과 촌락에서 발생하는 사건의 현장에서 외부존재가 타자로 현현(l'epiphanie)되는 양상을,(2장) 시집 『새재』(1979)부터 『쓰러진 자의 꿈』(1993)까지를 대상으로 하여 고향과 여러 지역을 다니는 기행 등의 현장에서 타자의 근본적인 낯섦과 무한성이 드러나고 응답되는 대화(dialogue)의 양상을,(3장) 그리고 시집 『어머니와 할머니의 실루엣』(1998) 이후를 대상으로 하여 외국 여행의 현장에서 사회적 약자나 제3세계인 등과 같은 제3자(타자)의 이해 불가능한 고통이 드러나는 양상을 살펴보고자 한다.(4장)[14]

111~141쪽.

12) 류순태, 「신경림 시의 공동체적 삶 추구에서 드러난 도시적 삶의 역할」, 『우리말글』 51집, 우리말글학회, 2011, 221~247쪽.

13) 강정구·김종회, 「문학지리학으로 읽어본 신경림 문학 속의 농촌」, 『한국문학연구와 비평』, 한국문학연구와비평학회, 2012, 9쪽.

14) 에마뉘엘 레비나스에 따르면 타자의 현현이란 타자가 주체의 동일자인 타아로 현상 되는 것이 아니라 그 스스로 주체에게 직접적·외재적으로 나타나 "절대적 저항"(차 이)을 보임을, 주객의 '대화'란 주체가 자기중심적인 논리에 근거하여 타자를 규정하 는 레토릭(retorique)이 아니라, 타자의 근본적인 낯섦과 무한성을 드러내는 말하기 (dire)와 그 말하기에 대한 주체의 윤리적인 응답을, 또한 제3자—이방인, 소수자, 사

II. 타자가 현현하는 지점

시집 『농무』에서는 시적 자아의 집과 촌락에서 일어나는 여러 사건의 현장이 잘 드러나 있다. 주요 시편에서는 시적 자아가 외부존재를 일방적으로 동일화하는 서정 장르와 달리 외부존재와 대결·갈등·대립하는 서사 장르적인 특성을 자주 보여주기 때문이다.[15] 이 때 시 속의 현장은 시적 자아가 자신의 이념·논리·사유에 근거하여 외부존재를 타아로 이미지화하는 것이 아니라 외부존재 스스로가 시적 자아의 자기동일화 의지에 "절대적 저항"을 하는 차이의 존재인 타자로 현현되는 지점이 된다는 점에서 주목에 값한다. 시 속의 타자는 시적 자아의 이념·논리·사유로 쉽게 전유되지 않는 타자성을 지니는 것이다.

시적 자아의 집과 촌락에서 발생되는 사건의 현장을 중심으로 하여 자신의 이념·논리·사유로 쉽게 전유되지 않는 타자가 현현하는 양상을 검토해 보기로 한다. 본래 집이란 인간이 세계와 분리되어 있는 사적인 공간이고, 촌락이란 집단적인 삶을 유지시켜주는 전통적인 문화공간이다.[16] 인식론적으로 볼 때, 인간은 집에서 동일자로서의 자아성을, 그리

회적 약자, 제3세계인 등 보호받지 못하고 배제 되며 관심 바깥에 존재하지만 무한의 현전으로 봉사 받아야 하는 타자-의 고통이란 "자신의 존재로부터의 분리 불가능성"으로 인해 시적 주체가 수용할 수 없는 것이자 이해 불가능한 것이어서 역설적으로 타자성을 드러내는 것이 된다(Emmanuel Levinas, *Totality and Infinity*, trans. Alphonso Lingis, A., Netherlands : Kluwer Academic Publishers, 1991, p.55; pp. 70~72; p. 215; Emmanuel Levinas, "La souffrance inutile," in *Entre nous*, Paris: Bernard Grasset, 1991, pp.109~110; 김연숙, 『타자윤리학』, 인간사랑, 2001;강영안, 『타인의 얼굴-레비나스의 철학』, 문학과지성사, 2005, 188~193). 본 논문은 이러한 에마뉘엘 레비나스의 논의를 참조하여 논문의 방법과 체계를 구성하고자 한다.
15) 신경림 시가 지닌 서사 장르적인 특성에 대해서는 강정구의 박사학위논문 「신경림 시의 서사성 연구」(경희대학교 박사학위논문, 2003)를 참조할 것.
16) 전종환, 「촌락 지역의 해석」, 전종환 외, 『인문지리학의 시선』, 논형, 2005, 203쪽.

고 공동사회(촌락)에서 집단성을 형성해 나아가는 것이다. 신경림은 시집 『농무』에서 자신이 살아온 익숙한 집과 촌락을 시의 배경으로 설정해 놓았지만, 이러한 집과 촌락은 이러한 익숙한 이미지와는 상당히 다른 사건의 현장이 됨을 보여준다.[17] 시「제삿날 밤」,「잔칫날」,「폐광」,「경칩」,「그 겨울」,「3월 1일 전후」,「동면」,「실명」 등에서는 집에서 일어나는, 그리고 시「시골 큰집」,「동면」,「장마 뒤」 등에서는 촌락에서 발생하는 사건의 현장에서 타자가 현현하는 양상이 잘 드러나 있다. 이 중에서 「폐광」과 「잔칫날」, 그리고 「동면」을 중심으로 논의를 전개하기로 한다.

> A) 그날 끌려간 삼촌은 돌아오지 않았다.
> 소리개차가 감석을 날라 붓던 버력 더미 위에
> 민들레가 피어도 그냥 춥던 사월
> 지까다비를 신은 삼촌의 친구들은
> 우리 집 봉당에 모여 소주를 켰다.
> 나는 그들이 주먹을 떠는 이유를 몰랐다.
> >   (중략)
> 전쟁이 끝났는데도 마을 젊은이들은
> 하나하나 사라져선 돌아오지 않았다.[18]
> B) 잊었느냐고, 당숙은 주정을 한다.
> 네 아버지가 죽던 날을 잊었느냐고.
> 저 얼빠진 소리에 귀 기울여 뭣하랴.[19]

---

17) 신경림은 충북 충주군(지금의 중원군) 노은면 연하리 상입장 470번지에서 태어나 노은초 · 충주중 · 충주고를 졸업한 뒤 1955년 서울 동국대학교 영문학과에 입학해 농촌을 떠났다가, 1958년 진보당 사건으로 인한 검거의 두려움으로 낙향했다. 그 뒤 1965년 경 김관식의 도움으로 재(再)상경할 때까지 농촌에서 살았다. 『농무』(1975)는 주로 낙향부터 시작된 농촌의 경험이 주를 이룬다.
18) 신경림, 시「폐광」,『농무』, 창작과비평사, 1975, 46쪽.
19) 신경림, 시「잔칫날」,『농무』, 창작과비평사, 1975, 21쪽.

C) 누가 무슨 소리를 해도 믿을 수가 없었다.
궂은 날만 빼고 아내는 매일
서울로 새로 트이는 길을 닦으러 나가고
멀건 풀죽으로 요기를 한 나는
버스 정거장 앞 만화 가게에서 해를 보냈다.
친구들은 떼로 몰려와 내게 트집을 부렸다
거리로 끌어 내어 술을 퍼먹이고
갈보집으로 앞장을 세우다가도
걸핏하면 개울가로 몰고가 발길질을 했다[20]

　　인용문 A−C)에서 집과 촌락은 시적 자아가 자신의 이념 · 논리 · 사유로 전유하기 어려운 타자가 나타나는 사건의 현장이 된다. A−B)에서 집은 시적 자아가 동일자로서의 자아성을 형성하는 공간이 아니라, 자기 안으로 동일화시킬 수 없는 타자가 출현하는 지점이 된다. A)는 시적 자아인 '나'의 집에 "삼촌의 친구들"이 모여 소주를 마시는 사건이 제시된 장면이다. 시적 자아는 "삼촌의 친구들"이 "주먹을 떠는 이유를 몰랐다"라고 한다. 또한 B)에서도 시적 자아는 "네 아버지가 죽던 날을 잊었느냐"는 당숙의 말을 이해하지 못한 채로 "저 얼빠진 소리"로 치부한다. 여기에서 "삼촌의 친구들"(외부존재)과 당숙은 무슨 생각을 하고 왜 그렇게 말과 행동을 하는지에 대해서 알지 못한다는 점에서 시적 자아와 구별되는 타자임을 의미한다.

　　C)에서도 시 속의 인물은 A−B)와 유사한 타자가 된다. C)는 시적 자아인 '나'가 촌락의 어느 "만화 가게에서 해를 보"내고 있는데, 외부존재인 '친구들'이 "떼로 몰려와 내게 트집을 부"린 사건이 중심이다. 이 때 '친구들'은 "거리로 끌어 내어 술을 퍼먹이고/갈보집으로 앞장을 세우다가도/

---

20) 신경림, 시 「동면」, 『농무』, 창작과비평사, 1975, 53쪽.

걸핏하면 개울가로 몰고가 발길질을" 하는, 친구도 적도 아닌 그 정체가 불분명한 존재로 표현된다. 이러한 존재는 시적 자아가 뭐라고 규정내릴 수 없는 차이를 지닌 타자로 이해된다. 뿐만 아니라 시「시골 큰집」에서 '나'가 '모'르는 이유로 "이 세상이 모두/싫어졌다"는 '사촌형'[21]이나, 시「장마 뒤」에서 "어느날 돌연히 읍내로 떠나 버려" "영 돌아오지 않"는 "집나간 삼촌" 역시 시적 자아가 이해 · 인식할 수 없는 타자이다. 이처럼 시집『농무』속의 외부존재는 시적 자아가 일방적으로 동일화 · 대상화 하지 못하고 시적 자아와 구별되는 타자성을 드러내는 경우가 많다.

　시 속의 현장이 타자가 출현하는 지점이 된다는 것은, 시적 자아가 타자를 자기 의식 속에서 이성적 작용으로 구성하는 것이 아니라 타자 스스로가 시적 자아에게 감성적으로 다가오고 있음을 의미한다. 신경림은 비록 대학시절에 중퇴를 한 뒤 고향으로 돌아와 생활했음에도 비판적 지식인의 모습을 다분히 보여준 바 있다.[22] 이런 점에서 비추어 볼 때, 시인의 분신인 시적 자아는 외부존재를 사회과학적인 시각 속에서 이성적으로 인식 · 규정할 법하지만, 외부존재와 감성적으로 만나는 모습을 보여준다.

　　D) 서울을 얘기하고 그
　　더러운 허영과 부정
　　결식 아동 삼십 프로

---

21) 신경림, 시「시골 큰집」,『농무』, 창작과비평사, 1975, 8쪽.
22) 신경림은 대학재학 중 레닌 · 마르크스 · 전석담 · 조봉암 등 진보적 · 사회주의적 인
　　사들에게 많은 사상적인 영향을 받았다. 그리고 낙향 뒤에도 사회과학책을 읽었고,
　　4 · 19 때 "우리도 뭔가 해봐야겠다고 생각"했으며, "막걸리 먹고 무슨 소리를" 하여
　　경찰서에 갇힌 경험이 있다. 또한 영어학원에서「공산당 선언」을 활용해 가르친 바
　　있었다. 정희성 · 최원식 · 신경림,「신경림 시인과의 대화: 삶의 길, 문학의 길」, 구중
　　서 · 백낙청 · 염무웅 편,『신경림 문학의 세계』, 창작과비평사, 1995, 26~28쪽.

연필도 공책도 없는 이
소외된 교실

잊어버리자 우리의
통곡
귀로에 깔리던
벽지의 절망
그날 밤에는 첫눈이 내렸다.23)

인용문 D)에서는 시적 자아가 벽지僻地의 어느 교정에서 가난한 아동
에 대해서 생각하며 통곡을 하는 현장을 배경으로 한다. 시집 속의 시적
자아는 "결식 아동"을 지식인의 자기중심적인 논리에 근거해 인식하여
비판적 · 참여적 · 변혁적인 이념의 서사로 구성하지 않는다.24) 오히려
타자는 의식지향적 대상이 아니라 시적 자아에게 스스로 다가오는 존재
로 표현된다. "결식 아동 삼십 프로/연필도 공책도 없는 이/소외된" '아동'
은, 비판적 지식인의 의식 속에 구성되어 있는 민중−현재 피억압 상태이
지만 역사의 주인으로 극복되는 과정에 있는 민중−이 아니라, 무엇보다
먼저 가련한 느낌이 앞서고 동정되면서 시적 자아에게 타자로서 다가오
는 것 혹은 스스로를 내보이는 것이 된다. 이 부분에서 시적 자아의 '통
곡'은 슬픔과 분노의 감정을 공유하여 변혁의 방향으로 나아가는 이념적
인 기획의 전前단계라기보다는, 타자의 호소를 받아들이고 수용하는 감
정 작용이 되는 것이다.25) 이처럼 집과 촌락에서 일어나는 사건의 현장

---

23) 신경림, 시 「벽지」, 『농무』, 창작과비평사, 1975, 58~59쪽.
24) 시집 『농무』에서 타자는 지식인의 자기중심적인 논리에 근거해 인식하여 비판적 ·
　　참여적 · 변혁적인 이념의 서사로 구성되지 않고 시적 자아에게 스스로 다가오는 존
　　재로 주로 표출된다. 물론 시 「갈길」과 「전야」의 경우처럼 지식인의 비판적 · 참여
　　적 · 변혁적인 이념의 서사가 단적으로 드러난 경우도 일부 있음을 부기한다.
25) 신경림의 시집 『농무』에서 자주 나타나는 이러한 감정은 그가 타자에게 감성적으로

은 시적 자아의 이념 · 논리 · 사유로 전유되지 않는 타자가 출현하는 지점인 것이다.

Ⅲ. 대화의 장

신경림은 1970년대 후반부터 민요 · 민속의 수집 등을 이유로 하여[26] 고향을 비롯한 여러 지역을 다니며 다양한 사람들이 살아가는 삶의 현장을 시화한다. 이 때 그의 시에 나타난 현장은 시적 자아가 타자를 대면하여 말하고 응답하는 대화의 장이 된다는 점에서 주의를 요한다. 이러한 대화는 시적 자아가 이미 안다고 생각하는 자기 속의 타아를 대상으로 하는 레토릭이 아니라, 자신과 타자가 근본적으로 다르다는 경험을 보여주기 때문이다. 신경림의 시에서는 이러한 대화의 장을 통해서 당대의 진보적 민족문학진영에서 논의된 민중의 이미지를 보충하면서 해체한다.

가장 중요한 대화의 양상은 시적 자아와 타자가 대면하여 주고받는 말하기(dire)이다. 여기에서 말하기란 시적 자아의 사유를 초월해서 타자의 근본적인 낯섦과 무한성이 확인되는 과정이라는 점에서, 진보적 민족문

접근하고 있음을 암시한다. 그간 이러한 태도는 "되풀이의 맥빠진 버릇"(유종호, 「슬픔의 사회적 차원」, 『동시대의 시와 진실』, 민음사, 1982, 117~143쪽)으로 비판되거나 "자연발생적인 열정이 좀 약"(백낙청 외, 「내가 생각하는 민족문학(좌담)」, 『창작과비평』 1978. 가을호, 32쪽)하다고 지적받는 근거가 되었다. 이 글에서는 이러한 비판 · 지적과 달리, 이러한 감정이 타자의 호소를 받아들이는 작용임을 주목한다.

26) 신경림은 1970년대 후반부터 충주와 경북 지역의 민요 수집을 통해서 생계비를 벌었고, 1980년대 월간 『마당』지와 『월간경향』지에 연재를 목적으로 민요 · 민속 기행을 취재한 바 있다(이희중, 「시, 사람과 세상을 기록한 기록」, 『작가세계』 1998. 가을호, 33~34쪽; 신경림, 『민요기행1, 2』, 한길사, 1985~1989).

학진영의 이념적 · 논리적 주제로 흡수되는 말해진 것(dit)과 다르다.[27] 신경림은 분단극복 · 민주화에 대한 "통일에 대한 뜨거운 정열"이 부족하다는 진보적 민족문학진영의 비판에 대해서 수용과 반발을 오간 바 있었는데,[28] 비교적 성공한 시편에서는 타자와 대면하는 말하기의 방식이 두드러진 경우가 많다. 시집『새재』부터『쓰러진 자의 꿈』까지에서 타자가 시적 자아에게 말하는 양상은 직접 · 간접화법의 형식으로 혹은 시적 자아가 나름대로 정리해서 전하는 자유간접화법의 형식으로 상당히 많이 드러난다. 시「강촌」, 「군자에서」(이상『새재』), 시「강물2」, 「강길1」, 「강길2」, 「아우라지 뱃사공」, 「폐항」, 「귀향일기초」, 「감나무」, 「아아, 내 고장」, 「내 땅」(이상『달넘세』), 시「중복」, 「섬진강의 뱃사공」(이상『가난한 사랑노래』), 시「끊어진 철길」, 「돼지꿈」, 「꿈의 나라 코리

---

27) 신경림의 시에서 주체의 사유로 흡수되지 않는 타자의 근본적인 낯섦과 무한성을 보여주는 언어적인 양상을 설명할 때에 레비나스의 말하기론은 도움을 준다. 레비나스에 따르면, '말하기'란 구어로 발음하거나 문자화되는 일반적인 언어관계를 넘어서는 초가치적 · 비언어적인 것이고, '말해진 것'이란 발음되거나 문자화되어 이미 주제화된 것 또는 주체의 의식 속에 대상화된 것이다. 레비나스의 말하기는 본래 초가치적 · 비언어적인 양태로서 타자성을 드러내는 방식이지만, 신경림의 시에서 타자의 말하기가 시적 자아의 이념 · 논리 · 사유에 흡수되지 않는 근본적인 낯섦과 무한성을 보여줄 때에도 그 의도의 측면에서 적용 · 활용이 가능하다고 본다. 본 논문에서 신경림의 시에서 말하기란 주로 타자가 시적 자아와 대면하여 시적 자아의 이념 · 논리 · 사상으로 환원되지 않는 말을 하는 것을 뜻하기로 한다. 김연숙, 『타자윤리학』, 인간사랑, 2001, 130~152쪽; 윤대선, 『레비나스의 타자철학』, 문예출판사, 2009, 179~187쪽.

28) 백낙청은『창작과비평』(1978년)지의 한 좌담회에서 신경림의 시가 "통일에 대한 뜨거운 정열" 혹은 "자연발생적인 열정이 좀 약"하다고 지적한 바 있었는데, 신경림은 이러한 지적에 대해서 "노동시를 써야 한다 하니까 저도 노동시를 써봤고, 통일시를 써야 한다 해서 통일시도" 써봤지만 "나 자신을 위해서도 도움이 안 된다"는 말을 할 만큼 수용과 반발 사이를 오갔다(고은 외, 「내가 생각하는 민족문학(좌담)」『창작과비평』1978. 가을호, 32쪽; 정희성 · 최원식 · 신경림, 구중서 · 백낙청 · 염무웅 편, 「신경림 시인과의 대화: 삶의 길, 문학의 길」, 『신경림 문학의 세계』, 창작과비평사, 1995, 35쪽.).

아」, 「빈집」, 「새벽길」, 「칠장사」, 「가난한 북한 어린이」, 「산그림자」,
「줄포」, 「김막내 할머니」, 「소장수 신정섭씨」(이상 시집『길』), 시「풍
요조1」(이상 시집『쓰러진 자의 꿈』) 등이 그러한 예가 된다. 이 중에서
「강길1」과 「중복」을 주목하기로 한다.

E) 그 황아장수는 나의 소학교 동창이다.

이 년 후면 이 산길 강길 고갯길이
물에 잠긴다 한다.
풀도 나무도 돌도 고달픈 황아장수 발자국도
물에 잠긴다 한다.
취해 부르던 구성진 유행가 가락도
남이 알세라 주막집 여편네와의 해우채 시비도
걷잡을 수 없던 제 여편네의 바람기도 물에 잠긴다.
모두모두가 까맣게 잊혀질 것이다.29)

F) 고향까지 고속도로가 뚫린다는 새 소문에
새삼 신바람들이 나는 중복

내후년엔 봉고차 빌려 타고 가자꾸나
고향 학교 운동장에서 한바탕 치자꾸나
그래서 술추렴이 길어지고
다시 먼지잼이 지나갈 때쯤이면
안개비 속에서인 듯 도새 속에서인 듯
통통통 화통방아 소리도 들리고
어허라 달구야 멀리서 달구질 소리도 들린다30)

29) 신경림, 시「강길1」,『달넘세』, 창작과비평사, 1985, 59쪽.
30) 신경림, 시「중복」,『가난한 사랑노래』, 실천문학사, 1988, 37쪽.

인용문 E−F)에서는 시적 자아가 자신의 이념·논리·사유로 타자를 흡수하지 않고 서로 다른 상황과 처지를 인정하면서 말하기를 하고 있다는 점이 관심의 대상이 된다. 이러한 말하기는 주체가 자신이 아는 형태로 타자를 이미 주체화시켜놓은 것과 다르다. E)에서 시적 자아인 '나'는 '황아장수'와 말하고 있는데, 이 때 '나'는 황아장수를 자기가 아는 이념·논리·사유를 활용하여서 피억압적·현실극복적 민중으로 규정하지 않는다. 오히려 황아장수는 "취해 부르던 구성진 유행가 가락도/남이 알세라 주막집 여편네와의 해우채 시비도/걷잡을 수 없던 제 여편네의 바람기도 물에 잠긴다"는 내용의 말을 함으로써 시적 자아와 다른 처지에 처해 있고, 그런 처지의 슬픔을 보여주고 있다. 시적 자아에게 있어서 황아장수는 자신이 안다고 생각할 수 없는 다른 삶을 가진 타자로 다가오는 것이다.

F)에서도 이발사는 시적 자아와 다른 모습의 타자로 드러난다. 시에서는 이발사의 말을 그대로 듣기만 하고 그것을 전달하는 구조를 취하고 있다. 시 속의 이발사는 "고향까지 고속도로가 뚫린다는 새 소문"을 듣고서 "내후년엔 봉고차 빌려 타고 가자꾸나/고향 학교 운동장에서 한바탕 치자꾸나"라고 소망을 드러내면서 "통통통 화통방아 소리도 들리고/어허라 달구야 멀리서 달구질 소리도 들린다"라고 말하고 있다. 이러한 말하기는 시적 자아의 이념·논리·사유와 무관한 이발사라는 타자가 자신만의 삶을 말하고 있는 것으로 보인다. 진보적 민족문학진영의 이념적인 민중론으로 흡수되지 않는 타자의 낯섦과 무한성이 그대로 드러나고 있는 것이다.[31]

---

31) 신경림의 시에서 이처럼 진보적 민족문학진영의 이념적인 민중론으로 흡수되지 않는 타자의 낯섦과 무한성이 드러나는 예는 많다. 가령 "이 집이 물에 잠겨도/잃을 것도 버릴 것도 없다 한다/보상금 받아 도회지로 나가 방을 얻고/논밭일 발뺀대서 오히려 꿈이 크다"(신경림, 시 「강물2」, 『달넘세』, 창작과비평사, 1985, 55쪽)라는 구절에서는 수몰민을 단순한 피해자가 아니라 나름 욕망의 존재로 묘사했고, "내 고향은 전라

대화의 또 다른 양상은 응답이다. 신경림의 시에서 시적 자아는 타자의 말하기에 대한 응답의 의무가 있다. 대화란 주체와 타자가 서로 대면하여 성립하는 것으로써 한쪽이 말을 하면 다른 쪽은 경청하고 응대해야 할 의무가 주어지는 것이다. 이러한 응답은 시적 자아가 자신의 이념·논리·사유에 대한 확신을 가지는 주체 중심적인 것이 아니라, 절대적으로 다른 타자의 사연에 노출되고 그를 위로하고 이해하는 객체 중심적인 것이 된다. 이러한 응답은 주로 시「안의장날」을 비롯하여「달빛」,「고목」(이상『길』) 등에 나타나 있다.

> G) 이제 내외가 부질없는 안팎사돈
> 험하게 살다 죽은 사위
> 아들의 얘기 애써 피하면서
> 같이 늙은 딸
> 며느리 안부만이 급하다
> 손주 외손주 여럿인 것이 그래도 대견해
> 눈물 사이사이 웃음도 피지만
> 누가 말할 수 있으랴 이토록
> 오래 살아 있는 것이 영화라고
> 아니면 더 없는 욕이라고[32]
> H) 누가 그의 삶을 고닯다 하느냐

도도 경상도도 아니어/내 고향은 섬진강이랑께"(신경림,「섬진강의 뱃사공」,『가난한 사랑노래』, 실천문학사, 1988, 60쪽)에서는 뱃사공을 근대화로 인해 상처받는 전근대적인 민중이 아니라 자부심을 지닌 인생으로 서술했다. 또한 "사람은 착한 게 제일이랑께/그저 착하게 사는 게 제일이랑께"(신경림,「줄포」,『길』, 창작과비평사, 1990, 86쪽)라는 구절에서는 대서쟁이 김장순씨를 피폐한 어촌의 소시민이 아니라 긍정적으로 사는 인간으로 표현했으며, "세상은 그렇게 얕은 것도 아니라고/세상은 또 그렇게 깊은 것도 아니라고"(신경림,「김막내 할머니」,『길』, 창작과비평사, 1990, 91쪽)라는 구절에서는 김막내 할머니를 무지한 민중이 아니라 관조적인 삶의 태도를 지닌 존재로 그려냈다.
32) 신경림,「안의장날」,『길』, 창작과비평사, 1990, 59쪽.

밤중에 한번 눈떠 보아라
싸늘한 달빛에 어른대는
산읍 외진 거리에 서보아라
사람이 사는 일 다 그와 같거니
웃고 우는 일 다 그와 같거니[33]

　　타자의 말하기에 대한 시적 자아의 응답이 잘 드러난 것이 위의 인용
문 G)~H)이다. 시적 자아는 타자가 말하는 것을 옆에서 경청하고 있다
가 그를 위로하고 있다. G)에서 시적 자아는 안팎사돈끼리 "험하게 살다
죽은 사위/아들의 얘기 애써 피하면서/같이 늙은 딸/며느리 안부"를 묻는
상황을 안타까워하고, "누가 말할 수 있으랴 이토록/오래 살아 있는 것이
영화라고/아니면 더 없는 욕이라고"하면서 그들의 삶이 실패하거나 잘못
되지 않았음을 응답하고 있다. 그리고 H)에서 시적 자아는 떠돌이 책장
사의 삶을 얘기 듣고서 "사람이 사는 일 다 그와 같거니/웃고 우는 일 다
그와 같거니"라고 하면서 그의 삶이 나름 희로애락이 있고 긍정의 가치
가 있음을 응답하고 있다. 이러한 시적 자아의 태도는 타자의 말하기에
대해서 자신의 이념 · 논리 · 사유로 해석하여 자기중심적인 논리 · 체계
속에서 평가 · 논평하는 것이 아니라, 타자의 처지에 노출되어 자신과 타
자가 절대적으로 다름을 인정하며 말하는 것이다. 신경림의 시에서 현장
은 이러한 응답과 말하기라는 대화가 일어나는 장소인 것이다.

IV. 고통 받는 제3자의 나라

　　1993년 이후, 신경림은 외국 여행을 할 기회를 자주 얻게 되어 시의 공

---

33) 신경림, 시 「달빛」, 『길』, 창작과비평사, 1990, 92~93쪽.

간적 배경을 넓히게 된다. 그는 북한과 중국을 비롯하여 베트남 · 인도 · 네팔과 같은 아시아, 나아가서 터키 · 프랑스 · 남미 · 미국 등 세계의 전역을 다니면서 자신과 정치적 · 경제적 · 문화적으로 직접적인 관계를 맺지 않은 제3자가 고통스럽게 사는 삶의 현장을 보게 된다. 신경림 시속의 현장은 이러한 제3자인 타자의 고통을 이해 · 포섭 · 전유하는 것이 아니라 그의 고통을 이해 불가능한 것으로 보여줌으로써 역설적이게도 시적 자아에게 환원되지 않는 타자성을 드러내는 장소가 된다. 시적 자아는 보호받지 못하고 배타시되며 관심이 배제된 타자의 상황에 아무 목적 · 이익 없이 대면하게 되는 것이다.

신경림의 시에서 이러한 제3자가 출현하는 장소는 주로 아시아와 같은 제3세계가 된다. 시 속의 자아는 시인 자신과 거의 관계가 닿지 않는 제3자와 만나서 그가 살아가는 어렵고 힘겨운 모습을 목격하게 된다. 이러한 모습은 시적 자아에게 비대칭의 윤리적인 관계를 형성하는 계기가 된다. 제3자는 정치적으로 불행하고 경제적으로 가난하며 문화적으로 수준이 낮은 위치로, 그리고 시적 자아는 그보다 비교적 나은 위치에서 만나게 되기 때문이다. 시집 『어머니와 할머니의 실루엣』의 제5부 시편, 시집 『뿔』의 제5부 시편, 그리고 시집 『낙타』의 제4~5부 시편에서는 외국을 배경으로 하여 제3자의 고통에 대해 서술되어 있다. 이 중에서 시 「너무 먼 길」과 「소녀행2」를 검토하기로 한다.

> I) 그가 독립군 병사들한테 고구려의 기개를 배울 때
> 나는 앵무새처럼 '국민의 서사'를 뇌었다
> 그는 조선 항미전쟁에 전사로 참전을 했고
> 나는 하우스보이가 되어
> 그에게 총질을 하는 미군 장교의 양말을 빨았다
> 그가 문화대혁명의 소용돌이 속에서

잡귀신 양도깨비로 몰려 몰매 맞고 잡혀가 갇혔을 때
나는 숨어서 마오의 글들을 읽으며 가슴을 죄었다

이제 나는 그와 함께
요동벌 가없는 벌판에 뜬 달을 보고 서 있다
주먹질 발길질과 물과 불을 헤치고
서로 다른 너무 먼 길을 돌아[34]

J) 그녀의 아버지는 시클로에 외국사람을 싣고
신나게 거리를 내달리고 있을 거야.
오빠는 돈 많은 먼 나라에서
굴욕적인 헐값에 노동을 팔고.
할아버지는 디엔비엔푸 전선에서
팔 하나를 잃은 사람, 할머니는
미라이 마을에서 더 값진 것 빼앗긴 사람,
이웃과 함께 구지 땅굴을 파고
외국군대를 몰아냈지만.
그녀의 어머니는 수예품을 들고
관광객을 잡고 적선을 구걸하고 있을 거야.[35]

인용문 I-J)에서 '그'·'그녀'·"그녀의 아버지"·'오빠'·"그녀의 어머니"·그녀의 조부모와 같은 제3자가 살아가는 삶의 현장에서 보이는 고통은, 시적 자아가 근본적으로 이해할 수 있는 것이 아니라 그 이해가 불가능하고 자기의식 속으로 환원되지 않는 것이다. 시적 자아는 이러한 고통을 보여줌으로써 제3자인 타자가 스스로 절대적인 차이를 지니고 다가오고 있음을 드러내고 있는 것이다.

이 점에서 시 속의 현장은, 제3자가 스스로를 개시하는 인식론적인 장

---

34) 신경림, 「너무 먼 길」, 『어머니와 할머니의 실루엣』, 창작과비평사, 1998, 79쪽.
35) 신경림, 「소녀행2」, 『뿔』, 창작과비평사, 2002, 71쪽.

소가 된다. I)에서 '그'는 "독립군 병사들한테 고구려의 기개를 배"웠고, "조선 항미전쟁에 전사로 참전을 했"으며, "잡귀신 양도깨비로 몰려 몰매 맞고 잡혀가 갇"힘으로써 시적 자아와 "서로 다른 너무 먼 길"을 걸어왔음을 보여준다. J)에서 "외국사람을 싣고/신나게 거리를 내달리고 있"는 "그녀의 아버지", "돈 많은 먼 나라에서/굴욕적인 헐값에 노동을" 파는 '오빠', "디엔비엔푸 전선에서/팔 하나를 잃"거나 "더 값진 것 빼앗긴" 그녀의 조부모, "수예품을 들고/관광객을 잡고 적선을 구걸하"는 "그녀의 어머니" 역시 시적 자아와 너무나 다르게 정치적 · 경제적 · 문화적인 결핍을 지니고서 고통스러운 삶을 살고 있는 것이다. 이러한 타자의 고통은 시적 자아가 쉽게 이해할 수 없는 것이며, 어떤 방법으로도 시적 자아에게 환원되지 않는 절대적 타자성을 보여주는 것이다.[36]

이러한 시적 자아는 제3자의 고통을 바라봄으로써 자기 자신을 그를 위해 내어놓는 자기 비움의 태도를 보여준다. 이러한 자기 비움을 행하는 시적 자아는, 타자와 동일화하는 과정을 통해서 자신을 제3세계 민중의 일원으로 표상하는 태도와 다른 태도를 지닌다.[37] 제3세계 민중이라

---

36) 시집『어머니와 할머니의 실루엣』의 제5부 시편, 시집『뿔』의 제5부 시편, 그리고 시집『낙타』의 제4-5부 시편에서는 이러한 절대적인 타자성을 다수 보여준다. "강철 같은 사회주의자의 힘은 오로지/혁명으로 얻은 저희 이익을 지키는 데 쓰이고 있다며/혁명에 다리와 평생을 바친 늙은 전사는 쓰게 웃는다"(신경림, 시「늙은 투사의 노래」,『어머니와 할머니의 실루엣』, 창작과비평사, 1998, 82쪽.)는 구절 속의 "늙은 전사", "외국 사람들을 아양으로 배웅하는 샤우져"(신경림, 시「가라오께집」,『어머니와 할머니의 실루엣』, 창작과비평사, 1998, 85쪽.)라는 구절 속의 '샤우져'는 한국 사회에서 열망하던 사회주의가 아니라 고통스러운 사회주의를 살아온 절대적인 타자로 이해된다. 또한 "저 고풍스러운 거리가 자리잡은 곳, 거기서/한 달에 백명씩이나 죽임을 당한다니/도시 믿기지 않는다"(신경림, 시「차이니즈 레스토랑」,『낙타』, 창비, 2008, 100쪽.)라는 구절에 나오는 메데진 역시 팔레스타인에서 살지 못한 시적 자아가 쉽게 이해할 수 없는 절대적 차이가 존재하는 공간이다.

37) 백낙청은 "민중의 입장에 근거한 제3세계론은 본질적으로 세계를 하나로 보는 이론이면서도 후진국 및 피압박민족의 해방운동과 민족주의적 자기주장에 일단 절대적

는 다 같은 피해자로 규정짓고 해방 · 변혁 · 혁명을 주장하는 것은 자기 주체성을 유지 · 고수하는 것이다. 시적 자아는 제3자와 만나는 현장에서 자아의 주체성 · 중심성을 부정하여 자기 비움의 태도를 보여준다.

> K) 30리라가 나왔기에 100리라짜리 지폐를 내주니 받아 주머니에 넣는다. 그것이 도로 나오며 거스름돈이 없으니 달러로 계산하라고 요구한다. 다른 사람이 어리둥절해서 달러 몇장을 빼든 손에서 100달러짜리 지폐가 그의 손으로 옮겨간다. 거스름돈을 줘야 하지 않느냐니까 내가 언제 돈을 받았느냐며 펴 보이는 그의 손은 비어 있다. 얼이 빠져 우리는 각각 주머니를 털어 30리라를 지불하고 차에서 내린다. 피자집에 들어와 소금만으로 구운 짠 피자를 찍어먹으면서야 우리는 깨닫는다. 100리라짜리는 그의 주머니 속에서 1리라짜리로 바뀌고, 100달러짜리는 그의 손안에서 감쪽같이 사라졌다는 것을. 또 돌아오는 길에 확인한다. 그 길이 7리라밖에 들지 않는 짧은 길이었다는 것을.
> 이튿날 아침 그랜드 바자르 앞에 가보니 그의 차가 서서 손님을 기다리고 있다. 나를 알아보았는지 빙그레 웃는다. "하느님은 위대하시다." 막 기도소리가 들리고 있는 참이다. 내가 먼저 말했는지도 모르겠다.
> "인샬라."[38]

인용문 K)에서 시적 자아는 제3자가 사기를 치는 모습을 바라보면서 자신의 주체성 · 중심성을 비우고 있음이 확인된다. 택시 운전사인 '그'는 7리라 정도의 요금을 30리라로 속이고, 100달러 지폐를 받지 않았다는 거짓 시늉을 보이며, 다음 날에는 "하느님은 위대하시다."라는 기만적인 기도를 하고 있다. 이러한 '그'에 대해서 시적 자아는 사기꾼이나 도둑

인 가치를 부여"(백낙청, 「제삼세계와 민중문학」, 『창작과비평』, 1979. 가을호, 『인간해방의 논리를 찾아서』, 시인사, 1979, 181쪽에서 재인용)함을 논의한 바 있다. 이러한 논의와 달리 신경림이 바라보는 제3세계의 타자는 백낙청의 이념적인 민중론처럼 민중 전유의 논리로 설명되기 어렵다.
38) 신경림, 시 「인샬라」, 『낙타』, 창비, 2008, 70~71쪽.

놈으로 규정하거나, 제3세계의 피해자 민중으로 바라보거나 하지 않는
다. 오히려 그가 저지른 악행에 대해서 '신의 뜻대로' 혹은 '인생은 다 그
런 거야'라는 의미의 "인샬라."를 되뇐다. 이러한 탄성은 시적 자아가 자
신을 비워내어 자기 자신을 타자의 고통과 죄를 위해 내어놓은 차원으로
이해된다. '그'의 죄가 아니라, 이러한 죄를 만들게 한 세계체제와 그런
체제에 편승해 살고 있는 시적 자아의 죄인 것이다. 이러한 시적 자아는
아무런 반대 급부—목적·이익—를 기대하지 않는 자기 비움의 윤리적
태도를 지닌 자이다. 이처럼 신경림 시 속의 현장은 이해 불가능한 제3자
의 고통이 드러나고 시적 자아의 자기 비움이 제시되는 실제적·인식론
적인 지평이 되는 것이다.

V. 결론

이 논문의 문제의식은 신경림의 시에 나타난 현장이 시적 자아가 이미
안다고 생각하는 타아가 아니라 절대적인 차이를 지닌 타자를 드러나게
하는 실제적·인식론적인 지평이 된다는 것이었다. 시 속의 현장에서 타
자는 진보적 민족문학진영의 이념적인 민중론을 보충하면서 해체하는
생생한 모습으로 개시된 것이었다. 이 글에서는 신경림의 시에 나타난
현장을 중심으로 하여 시적 자아가 예측하지 못하고 알 수 없으며 이념
화·자기동일화하기 어려운 타자의 타자성에 대해서 에마뉘엘 레비나
스Emmanuel Levinas의 타자철학을 참고하여 살펴봤다.

첫째, 시집 『농무』를 대상으로 하여 집과 촌락에서 발생하는 사건의
현장에서 외부존재가 타자로 현현되는 양상을 검토했다. 시 속의 현장은
외부존재 스스로가 시적 자아의 자기동일화 의지에 "절대적 저항"을 하

는 차이의 존재인 타자로 현현되는 지점이 되었다. 시 「폐광」과 「잔칫날」과 「동면」에 나타난 집과 촌락은 시적 자아의 이념 · 논리 · 사유로 전유하기 어려운 타자—"삼촌의 친구들" · '당숙' · '친구들'—가 나타나는 사건의 현장이 되었다. 이러한 낯선 자의 출현은 타자 스스로가 시적 자아에게 감성적으로 다가오고 있음을 의미했다. 시 「벽지」에서 "결식아동"은 가련한 느낌이 앞서고 동정되면서 시적 자아에게 타자로서 다가오는 것 혹은 스스로를 내보이는 것으로 이해되었다.

둘째, 시집 『새재』부터 『쓰러진 자의 꿈』까지를 대상으로 하여 고향과 여러 지역을 다니는 기행의 현장에서 타자의 근본적인 낯섦과 무한성이 드러나고 응답되는 대화의 양상을 분석했다. 대화란 레토릭과 달리자신과 타자가 근본적으로 다르다는 경험을 보여주는 것이었다. 가장 중요한 대화의 양상은 시적 자아와 타자가 대면하여 주고받는 말하기였다. 시 「강길1」과 「중복」에서 타자—'황아장수' · 이발사—는 말하기를 함으로써 시적 자아의 이념 · 논리 · 사유와 무관한 낯선 처지에 처해 있음을 보여주었다. 대화의 또 다른 양상은 응답이었다. 시적 자아는 시 「안의장날」과 「달빛」에서처럼 타자가 말하는 것을 옆에서 경청하고 있다가 타자의 사연에 노출되어 타자를 위로하는 응답을 하였다.

셋째, 시집 『어머니와 할머니의 실루엣』 이후를 대상으로 하여 외국여행의 현장에서 사회적 약자나 제3세계인 등과 같은 제3자의 이해 불가능한 고통이 드러나는 양상을 주목했다. 신경림 시 속의 현장은 제3자인타자의 고통을 이해 불가능한 것으로 보여줌으로써 역설적이게도 시적자아에게 환원되지 않는 타자성을 드러내는 장소가 되었다. 시 「너무 먼길」과 「소녀행2」에서 타자—'그' · '그녀' · "그녀의 아버지" · '오빠' · "그녀의 어머니" · 그녀의 조부모—의 고통은 이해가 불가능하고 자기의식 속으로 환원되지 않는 것이었다. 이러한 시적 자아는 제3자의 고통과 죄를 바라봄으로써 자기 자신을 그를 위해 내어놓는 비움의 윤리적 태도를 보여줬다. 시 「인샬라」에서는 시적 자아가 제3자가 사기를 치는 모습을 바라보면서 자신의 주체성·중심성을 비우고 있음이 확인되었다.

이렇게 볼 때, 신경림의 시에서 현장은 외부존재가 타자로 현현되는 지점이 되고, 타자의 근본적인 낯섦과 무한성이 드러나고 응답되는 대화의 장이 되며, 이해 불가능한 타자성을 지닌 제3자의 고통이 표출되는 국외의 지역이 된다. 좀 더 요약적으로 말하면, 시 속의 현장은 타자가 이념화되지 않은 채로 스스로를 드러내는 생생한 장소인 것이다. 이러한 현장론은 그 동안 신경림 시 속의 타자가 이념적인 민중론으로 과도하게 해석된 것에 대한 반발·보완이자 이념적인 민중 개념을 열어놓는 대안의 모색인 것이다. 이러한 논의는 앞으로 민중시 전체로 확대될 필요가 있다.

신경림과 민족문학 다시 읽기

초판 1쇄 인쇄일	2014년 11월 21일
초판 1쇄 발행일	2014년 11월 22일

지은이	강정구
펴낸이	정구형
편집장	김효은
편집/디자인	박재원 우정민 김진솔 윤혜영
마케팅	정찬용 정진이
영업관리	한선희 이선건 허준영 홍지은
책임편집	우정민
표지디자인	박재원
인쇄처	월드문화사
펴낸곳	**국학자료원**

등록일 2006 11 02 제2007−12호.
서울시 강동구 성내동 447−11 현영빌딩 2층
Tel 442−4623 Fax 442−4625
www.kookhak.co.kr
kookhak2001@hanmail.net

ISBN	978−89−279−0861−6 *93800
가격	25,000원